Un père au défi

*

Liaison secrète à l'hôpital

*

Sous le charme du patron

LOUISA HEATON

Un père au défi

Traduction française de
MARIE-JOSÉ LAMORLETTE

BLANCHE

HARLEQUIN

Collection : Blanche

Ce roman a déjà été publié en 2020

Titre original :
HEALED BY HIS SECRET BABY

HARPERCOLLINS FRANCE
83-85, boulevard Vincent-Auriol, 75646 PARIS CEDEX 13
Service Clients — www.harlequin.fr
ISBN 978-2-2805-1628-0 — ISSN 0223-5056

Édité par HarperCollins France.
Composition et mise en pages Nord Compo.
Imprimé en février 2025 par CPI Black Print (Barcelone)
en utilisant 100% d'électricité renouvelable.
Dépôt légal : mars 2025.

FSC
www.fsc.org
MIXTE
Papier issu de sources responsables
FSC® C159065

Pour limiter l'empreinte environnementale de ses livres, HarperCollins France s'engage à n'utiliser que du papier fabriqué à partir de bois provenant de forêts gérées durablement et de manière responsable.

1

Soupirant de frustration, Lane Carter fixait le petit cabinet médical niché au cœur du village de Bourton-on-the-Water, comme si contempler assez longtemps le bâtiment de l'autre côté de la rue ferait disparaître toute cette horrible et triste histoire.

Elle connaissait par cœur la lettre de Skye qu'elle tenait dans sa main.

Salut, toi

Eh bien, voilà, on y est. Mon dernier souhait. Je suis désolée de te demander de t'en charger, mais je n'ai vraiment personne d'autre. Tu es la seule en qui j'aie confiance, tu as toujours été là pour moi, et maintenant je te demande d'être là de nouveau. Mais cette fois c'est pour Tori, du coup tu ne peux pas refuser !

J'ai besoin que tu trouves son papa.

Je n'ai jamais rien dit à son père. Tu sais pourquoi. C'était la chose à faire à l'époque, mais en approchant de la fin, je ne peux m'empêcher de penser à ma petite fille chérie n'ayant personne au monde à qui elle soit apparentée. Je sais ce que c'est : on se sent très seul. Bien sûr elle t'aura toi, sa marraine, mais… Elle a un père quelque part, et il se pourrait qu'il soit génial avec elle.

Alors je te charge de ceci : trouve-le. Il se nomme Cole Branagh, il est médecin généraliste. S'il est médecin, il se soucie sûrement des gens. J'espère qu'il a bon cœur. J'espère qu'il pourra être ce dont elle aura besoin.

Je voudrais que tu le retrouves, et si tu penses que c'est un homme bien, mets-le au courant pour Tori.

Je sais que tu prendras les bonnes décisions.

Toute mon affection à toi, pour toujours.

Skye xxx

Pourquoi son amie de toujours la mettait-elle dans cette situation ?

Il était là-dedans. Cole Branagh. Le *Dr* Cole Branagh.

L'homme qui avait couché avec sa meilleure amie. L'homme qui avait été capable de profiter d'une femme désinhibée parce qu'elle avait trop bu.

Skye lui avait dit tout ce qu'elle avait besoin de savoir sur ce Cole Branagh. Elle savait exactement quel type d'homme ce serait : un séducteur. Un coureur de jupons. Le genre de types à traîner dans des bars en quête d'une proie facile. Ce Cole Branagh avait eu exactement ce qu'il voulait de Skye, rien de plus. Tout à fait comme Simon avec elle-même.

Et voilà qu'elle était là, assise dans sa voiture avec une migraine qui couvait, appréhendant d'entrer parce qu'un homme de ce style n'aurait à coup sûr pas envie d'entendre parler d'une défunte conquête d'une nuit, ni d'une enfant qu'il ignorait avoir engendrée. Les hommes comme ça s'en moquent.

Elle avait mis sa vie sens dessus dessous pour trouver cette ordure et prouver que ses théories étaient justes. Ce serait sûrement une perte de temps…

Ce n'avait pas été trop difficile de le trouver sur Internet, et le cabinet médical de Liberty Point où il exerçait n'était pas très loin de chez elle. Le site web comportait une page consacrée au personnel avec une photo souriante de chaque membre et un court paragraphe expliquant brièvement qui il était. Probablement pour les faire paraître humains.

Qui voudrait s'en prendre à la réceptionniste Mary, quand on savait qu'elle tricotait des bonnets pour les prématurés de St. Luke ?

Cole était le seul à n'avoir ni photo ni commentaire. Il y avait juste son nom et la liste de ses qualifications.

Dr Cole Branagh. Diplômé en médecine, membre du Collège royal des médecins généralistes, diplômé en gériatrie, diplômé du planning familial, diplômé du Collège royal d'obstétrique et de gynécologie...

Ces deux dernières spécialités l'avaient fait rire jaune. Cet homme qui en savait tant sur la meilleure façon d'avoir un bébé n'avait *aucune idée* du fait qu'il était père d'une petite fille de huit mois. N'était-ce pas ironique ?

Soupirant, elle remit la lettre de Skye dans son sac et fixa encore le cabinet médical, tardant juste quelques instants.

L'immeuble était agréable. Moderne. En brique rouge. Il était même orné de superbes corbeilles de fleurs.

Elle avait de la chance qu'ils aient eu besoin à ce moment précis d'une infirmière intérimaire. Elle s'était inscrite auprès d'une agence afin d'avoir le poste. Sa mère avait accepté de garder Tori, le temps qu'elle découvre si ce Dr Branagh était fiable et méritait de savoir qu'il avait un enfant.

Elle abaissa le pare-soleil pour voir la photo qu'elle y avait glissée, une photo d'elle et de Skye.

La future maman de Tori soufflait les bougies d'un gâteau d'anniversaire, un bras passé autour de Lane.

C'était un an avant le diagnostic qui allait tout changer.

— Je ne peux pas croire que tu me fasses faire ça, Skye ! gémit-elle à haute voix. Qui suis-je pour être juge et juré ?

« Tu es la tutrice légale de Tori, voilà qui tu es. Tu m'as fait une promesse. Sur mon lit de mort. Tu ne peux pas la briser ! »

C'était comme si la voix de Skye lui parvenait. Elle pouvait presque entendre le rire de son amie.

Non. Elle ne la briserait pas. Elle l'avait juré, tenant les mains de Skye et les serrant fort tandis que sa meilleure amie rendait son dernier souffle.

Elle avait presque sombré, après ça. L'intensité du chagrin l'avait plongée dans des ténèbres inimaginables.

Skye et elle étaient amies depuis la maternelle. Celle-ci lui avait paru bizarre au début. Quelqu'un qui n'avait pas de maman ? Pas de papa ? Mais elles s'étaient liées tout de suite et étaient restées proches l'une de l'autre à travers tout ce qu'il leur était arrivé dans la vie.

Jusqu'à la fin ultime.

Seule la petite Tori avait permis à Lane de se remettre à avancer. De se rendre dans les tribunaux pour obtenir la tutelle légale. Tori était tout ce qu'il lui restait de Skye. Elle riait et souriait comme sa maman ! Et maintenant Lane devait décider si un homme qu'elle ne connaissait même pas pouvait être un père pour cette précieuse petite fille. Décider si un pilier de bar pervers devrait faire partie de leur vie.

Ce n'était pas juste.

Elle le détestait déjà. Mais puisque Skye, paix à son âme, avait pensé qu'il méritait d'avoir une chance de connaître sa fille, de montrer qu'il pouvait être quelqu'un de bien et un bon père, elle allait lui donner cette chance.

— Il a intérêt à être une sorte de saint, déclara-t-elle à la photo. C'est tout ce que je dis !

Cinq minutes plus tard, elle pénétrait dans le cabinet médical, son sac à dos sur une épaule, essayant de ne pas avoir l'air d'une espionne en mission secrète, mais simplement d'une infirmière intérimaire ordinaire prête à prendre un nouveau poste.

En entrant dans la réception, elle vit une foule de gens

rassemblés autour d'une personne qui gisait par terre, et son instinct prit immédiatement le dessus.

Elle laissa tomber son sac.

— Laissez-moi passer, je peux aider ! lança-t-elle en jouant des coudes pour aller porter secours à la victime.

Mais lorsqu'elle arriva au premier rang, ce fut pour voir la femme allongée sur le sol la regarder avec curiosité, tandis que le très bel homme agenouillé près d'elle s'interrompait dans les soins qu'il lui prodiguait.

— Bonjour, dit-il, un sourcil levé en signe d'interrogation.

Elle jeta un autre coup d'œil à la patiente.

Celle-ci semblait complètement indemne. Elle souriait largement. Elle était consciente. Elle respirait. Elle était... en pleine forme !

Lane rougit en entendant autour d'elle deux ou trois personnes rire discrètement.

— Que... Que se passe-t-il ? balbutia-t-elle.

L'homme sourit.

— Démonstration de premiers secours. Je montre à nos patients comment mettre quelqu'un en position latérale de sécurité.

Il désigna le poster affiché sur le mur.

En effet, ce poster annonçait que tous étaient les bienvenus à une démonstration de premiers secours qui aurait lieu ce jour-là au cabinet.

Comment ne l'avait-elle pas remarqué en entrant ? Avait-elle été si absorbée par le besoin de paraître normale ?

— Bien. D'accord. Désolée pour l'interruption.

Une démonstration faite par le Dr Cole Branagh...

Elle déglutit difficilement et se retourna vers l'homme qui avait maintenant pris la main de la « victime » et l'aidait doucement à se relever.

Tori et lui avaient les mêmes yeux.

Il ne ressemblait en rien au don Juan charmeur et matois qu'elle s'était imaginé. C'était contrariant, mais il avait l'audace d'être extrêmement beau, et elle pouvait comprendre que Skye ait succombé à ses charmes. Autour de lui, les femmes le contemplaient avec adoration, et il jouissait visiblement de leur attention. De leur *adulation*.

Il avait probablement l'habitude de voir toutes les femmes à ses pieds.

Eh bien, pas moi, docteur Branagh !

Elle se détourna, essayant de contrôler la chaleur qui enflammait ses joues, puis elle fendit de nouveau le groupe pour s'approcher du bureau de réception où elle se présenta d'une voix basse et gênée.

— Lane Carter, infirmière intérimaire...

Mary, la réceptionniste tricoteuse de bonnets – elle la reconnaissait d'après ses recherches sur Internet – lui sourit.

— Oh ! oui, nous vous attendions. Vous êtes dans la salle de soins n° 2. Voici votre carte pour l'ordinateur.

Elle lui tendit un badge de remplaçant accroché à une lanière de la Sécurité sociale.

— Laissez-moi vous montrer où tout se trouve.

Cole se tenait dans la petite kitchenette du personnel où il se préparait une tasse de thé.

Il était satisfait. La démonstration de premiers secours avait attiré plus de monde qu'il ne s'y attendait. Il avait appris à son public comment réagir à un étouffement, faire une réanimation cardio-pulmonaire à un adulte et à un bébé, mettre une personne en position latérale de sécurité.

Il sourit en se rappelant la jeune femme qui avait interrompu sa démonstration.

Le fait qu'elle ait été aussi avide d'aider lui plaisait. Et son expression, quand elle avait compris qu'il s'agissait d'un exercice, avait été impayable !

Comme s'il l'avait convoquée par ses pensées, elle apparut sur le seuil de la kitchenette. Elle s'arrêta un bref instant lorsqu'elle le vit, puis elle entra pour prendre un mug dans le placard.

— Rebonjour, dit-il en tendant la main. Nous n'avons pas pu nous présenter, tout à l'heure. Mon nom est Branagh. Cole Branagh.

Curieusement, elle sembla hésiter, comme si elle ne voulait pas lui serrer la main, puis elle le fit et eut un sourire un peu crispé.

— Lane Carter.

Il la dévisagea, légèrement perplexe.

Était-elle contrariée par l'incident de la matinée ? Il ne voulait pas qu'elle se sente embarrassée. N'importe qui aurait pu commettre la même erreur.

— Vous êtes notre infirmière intérimaire ?

— Oui.

— Dieu merci ! Nous avons grand besoin de vous après le départ précipité de Shelby pour l'Écosse. Son père a eu une crise cardiaque. Votre présence va alléger la charge de nos infirmières.

Ils avaient été débordés depuis que Shelby était partie. Cela avait posé de vrais problèmes pour les pauvres réceptionnistes, qui devaient gérer les patients mécontents de ne pas obtenir de rendez-vous avant des semaines.

Lane prit un sachet de thé déthéiné et le mit dans son mug.

— Bien. J'espère être d'une aide *réelle.*

Il sourit, supposant qu'elle se référait à la fameuse démonstration.

— J'en suis sûr. Vous semblez être au taquet, et c'est ce qu'il nous faut ici.

Elle se détourna pour verser de l'eau bouillante sur son thé.

— Je fais toujours de mon mieux.

— Bon. Je vous verrai peut-être plus tard ?

Elle hocha la tête.

— Absolument.

Il prit son propre thé et sortit, se sentant un peu bizarre.

Quelque chose n'avait pas sonné juste dans leur conversation, et il était incapable de dire quoi. Lane Carter avait paru... tendue. C'était étrange, car il était doué d'ordinaire pour mettre les gens à l'aise. Peut-être était-ce la nervosité du premier jour ?

Oui. C'était sûrement ça, elle avait besoin d'un peu de temps pour se sentir bien. Tout s'arrangerait vite.

Il ne doutait pas qu'elle s'intègre à merveille une fois qu'elle serait habituée à son nouvel environnement. Et peut-être un jour espéreraient-ils ne pas la voir partir ?

« Mon nom est Branagh. Cole Branagh. »

Juste ciel, est-ce qu'il se prenait pour James Bond ?

Lane imaginait bien son nouveau patron susurrant cela accoudé à un bar, un verre à la main, séduisant une femme après l'autre par cette présentation étudiée, son costume sur mesure et ses yeux bleus qui étincelaient. Il avait probablement une voiture de sport au parking...

Il n'avait aucun souci au monde. Il était là, menant la belle vie, des femmes à ses pieds, alors qu'elle avait subi la pire des pertes et qu'elle s'occupait maintenant de *son* enfant, pendant qu'il paradait dans ses vêtements coûteux et ses chaussures brillantes !

C'était injuste. Ce n'était pas normal.

Elle posa son mug sur le bureau et remarqua sur l'écran qu'elle avait une patiente attendant pour une prise de sang.

Lane pressa le bouton pour l'appeler et, en attendant qu'elle arrive, prépara le matériel dont elle avait besoin.

La patiente entra et s'assit.

— Vous êtes nouvelle.

— Oui, je m'appelle Lane, madame Downing. Pouvez-vous me confirmer votre date de naissance ?

La dame le fit et ajouta même son adresse.

— Merci. Vous avez votre ticket jaune ?

Le ticket jaune venait du centre d'anticoagulation de l'hôpital. Il y retournerait avec l'échantillon de sang.

— Oui, ma mignonne, voilà. Mais vous risquez d'avoir du mal. Mes veines ne sont pas très bonnes.

Lane lui sourit et prit le garrot.

— Nous allons voir.

Elle choisit le bras gauche et trouva sans peine la veine cubitale. Tout se passa à merveille.

— Vous avez fini ? demanda la patiente qui ne regardait pas.

— Oui. J'y suis arrivée du premier coup.

Elle retira l'aiguille et la remplaça par du coton.

— Appuyez ici.

— Oh ! vous êtes bonne. Je vous demanderai, la prochaine fois. J'aime bien toutes les infirmières ici, mais celle que j'ai vue il y a quinze jours m'a fait d'horribles bleus.

Lane ne dit rien. Elle n'avait pas à critiquer ses collègues.

Elle inscrivit les informations sur le flacon de sang, le mit dans un sachet avec le ticket jaune et fixa le coton avec du sparadrap.

— Gardez le pansement une heure ou deux. Et ne soulevez rien de lourd, d'accord ?

Mme Downing sourit et fit un clin d'œil.

— Alors je louperai mon cours de gym, aujourd'hui. C'est tout ?

— Oui. Passez une bonne journée, madame Downing.

— Vous aussi, mon chou.

Lane mit le sachet dans la boîte de collecte et nettoya, se préparant pour son prochain patient. Comme il n'était pas encore arrivé, elle but une gorgée de son thé en songeant au piège à filles qui se trouvait dans la pièce voisine.

Le cabinet de consultation du Dr Branagh était à côté du sien. Ils n'étaient qu'à quelques pas l'un de l'autre, un simple mur les séparait. Et elle détenait un secret qui allait faire basculer en un instant sa vie bien ordonnée !

L'arrivée de Tori l'avait obligée, elle, à changer toute son existence, alors elle se demandait si elle devait se sentir désolée pour lui.

Eh bien, non. Personne n'avait jamais exprimé de regrets pour elle. Simon n'avait même pas pris ses sentiments en compte. Il n'avait pensé qu'à lui, à son propre confort de vie.

Elle devait considérer le bonheur de Tori. Le pauvre chou avait perdu sa mère pour toujours. Lane n'introduirait pas son père dans sa vie avant de savoir si elle pouvait compter sur lui pour ne pas causer plus de dégâts dans sa jeune existence. Simon et son propre père lui avaient appris que lorsque les choses deviennent difficiles ou compliquées, la plupart des hommes prennent la tangente.

Et si Cole n'était pas quelqu'un de bien ? S'il avait une vie dissolue ? S'il n'avait aucune idée de la façon de s'occuper d'un enfant ? S'il laissait tomber Tori au bout de quelques semaines ? S'il était déjà marié ?

Cette pensée lui fit se mordiller un ongle.

Si le Dr Branagh avait une épouse, elle lui causerait des problèmes à elle aussi. Et s'ils avaient déjà des enfants ? Ils auraient une demi-sœur...

Soudain, comme si elle l'avait appelé mentalement, il apparut sur le seuil de sa salle de soins, son stéthoscope autour du cou, affichant son sourire charmeur et la fixant de ses superbes yeux bleu clair.

— Avez-vous un moment ? J'ai besoin d'une assistante.

Elle battit des cils, hocha la tête et vérifia s'il avait ou non une alliance à la main gauche.

Il n'en avait pas.

— Bien. J'arrive tout de suite.

— Mademoiselle Thomas ? Lane va nous servir de chaperon. Elle est notre nouvelle infirmière intérimaire. Si vous voulez bien passer derrière le rideau et vous dévêtir au-dessus de la taille, puis nous dire quand vous serez prête...

La patiente acquiesça et fit ce que Cole lui avait demandé. Pendant ce temps, il relut ses notes concernant son cas, puis il sourit à Lane.

— Comment vous intégrez-vous ?

Elle paraissait toujours un peu mal à l'aise.

La nervosité de la débutante, encore ?

— Bien. J'essaye de me rappeler comment utiliser le système informatique.

— Vous n'avez pas travaillé en médecine générale depuis un moment ?

Lane n'eut pas le loisir de répondre, car la jeune femme était prête. Cole lui fit signe de le précéder, passa dans la cabine avec elle et tira le rideau.

Mlle Thomas avait subi une double mastectomie. La guérison de ses cicatrices l'inquiétait.

Il vit que l'incision gauche cicatrisait bien, mais la droite suintait. Il enfila des gants et regarda de plus près.

— Vous ressentez une douleur ?

— Un peu, mais on m'a dit que ce serait normal.

Il palpa la peau autour de la plaie. Elle n'était pas chaude, toutefois une enflure subsistait.

— Je pense que nous devrions faire un prélèvement par mesure de précaution, et je vous mettrai sous antibiotiques, juste au cas où il y aurait une infection. Lane, pouvez-vous me passer un tampon, s'il vous plaît ?

Lane fouilla dans un tiroir et lui donna ce qu'il demandait.

Il tamponna doucement la cicatrice suintante pour envoyer le prélèvement au laboratoire.

— Voilà. Vous pouvez vous rhabiller.

Il écarta le rideau pour laisser passer Lane puis le referma.

— Avez-vous besoin de moi pour autre chose ? demanda-t-elle sans le regarder en face.

Pourquoi avait-il l'impression qu'elle était impatiente de s'éloigner de lui ? L'avait-il embarrassée, ce matin ?

Il ne pensait pas avoir dit quelque chose de blessant. Il

devrait peut-être s'excuser lorsqu'il le pourrait. Il ne souhaitait vraiment pas que l'atmosphère soit tendue entre eux. Il tenait à faire disparaître cet inconfort. Normalement, les gens étaient détendus avec lui.

Elle avait un regard profond, très expressif. D'un bleu fascinant. Il semblait presque douloureux, comme si elle avait subi une terrible perte.

Ayant vécu une cruelle épreuve lui-même, il voulait faire en sorte qu'elle se sente mieux. Lui donner une raison de sourire. Mais ce n'était pas le moment d'aborder un sujet personnel.

— Si ça ne vous ennuie pas, pouvez-vous porter le prélèvement dans la boîte de collecte à la réception ?

Ce fut tout ce qu'il trouva à dire. Tout autre mot resta coincé dans sa gorge.

— Et si vous pouviez ajouter une note dans le dossier de Mlle Thomas, disant que vous l'avez chaperonnée ?

Elle acquiesça et prit le tampon.

— Bien sûr.

Puis elle s'en alla, et la pièce lui sembla étrangement plus sombre après son départ.

Ridicule ! C'était le jeu de la lumière.

Il sourit à sa patiente et se mit à taper une ordonnance pour elle, se replongeant dans son travail.

Lane plaça le prélèvement dans la boîte de collecte et prit un instant pour respirer l'air frais qui venait des portes ouvertes du cabinet médical.

Elle ne s'était pas attendue à en ressentir un tel choc. Être de nouveau face au cancer. Elle s'était efforcée de rester impassible dans la cabine, mais elle avait lutté contre les larmes, pensant à Skye.

Cette pauvre femme… Une double mastectomie ! Avait-elle subi une opération préventive ou avait-elle vraiment eu un cancer du sein ? Elle paraissait si jeune. Son âge, à peu près.

En tout cas, elle survivait. Les médecins avaient peut-être eu le temps de lui sauver la vie.

Le Dr Branagh s'était montré très gentil, plein de considération. Intéressé. Et si bon avec sa patiente ! Le voir si attentif, si secourable… Aurait-il été ainsi avec Skye ? Sa meilleure amie avait-elle commis une erreur en ne l'informant pas de sa grossesse ? Ou bien n'était-ce que la personnalité professionnelle du docteur ?

Elle l'ignorait. Elle avait coutume de se tromper sur les hommes, de se laisser abuser par eux. Et il avait été extrêmement pénible d'être si près de Cole en sachant qu'elle connaissait sur lui quelque chose qu'elle ne pouvait pas lui dire. Pas encore.

Y aurait-il jamais un bon moment pour ça ?

Quel était l'instant adéquat pour dire à un homme qu'il était le père d'un bébé de huit mois dont il avait jusque-là ignoré l'existence ?

Lorsqu'elle lui aurait parlé de Tori, il voudrait sûrement la rencontrer. Tout père digne de ce nom le ferait. Tout homme correct. Il pourrait même la réclamer auprès des tribunaux. Skye n'avait pas établi clairement si elle désirait que Lane partage officiellement Tori avec Cole, ou si elle souhaitait juste que sa fille connaisse son père.

Et si Cole s'opposait légalement à elle pour obtenir la garde de Tori ?

Cette pensée la fit frissonner. Elle en eut la chair de poule et se frictionna les bras.

Elle rentra dans le bâtiment où le travail l'attendait.

Avant l'heure du déjeuner, elle réalisa un électrocardiogramme, deux débouchages d'oreille, trois piqûres de vitamine B12, ôta par deux fois des points de suture et prit à plusieurs reprises la tension de patients hypertendus.

Et soudain, Cole fut de nouveau là, la regardant étrangement depuis le seuil de la cuisine tandis qu'elle réchauffait son repas au micro-ondes. Elle sentait son regard intense fixé sur elle, ce qui la rendait nerveuse.

— Puis-je vous aider ? demanda-t-elle.

Il fronça les sourcils, les bras croisés.

— Pourrais-je vous parler rapidement en privé ?

Oh ! mon Dieu ! Il savait ! Comment l'avait-il découvert ? Elle déglutit avec peine et le suivit dans son cabinet.

Il ferma la porte derrière elle et lui dit de s'asseoir. Elle pensa qu'il allait se mettre à son bureau, mais il attrapa sa chaise et la tira pour pouvoir s'asseoir face à elle, en égal.

Il esquissa un sourire.

— Je veux juste dire que j'espère ne pas vous avoir embarrassée ce matin. Ce n'était pas mon intention. En fait, j'ai été très impressionné par votre volonté d'intervenir.

Le soulagement envahit Lane, et elle sentit la rougeur de ses joues commencer à s'estomper.

Elle rit à demi.

— Ah oui… Cet incident.

— J'ai l'impression que vous n'êtes pas très à l'aise avec moi, ce qui ne me plaît pas, alors si j'ai fait quoi que ce soit de travers, je m'en excuse.

Bon sang, il se montrait aimable. Et respectueux.

— Non, ce n'est pas ça.

— C'est donc la nervosité du premier jour ? J'aimerais aider, si je le peux. Nous sommes tous vraiment ouverts, ici. Nous nous occupons les uns des autres et nous soutenons.

Pourquoi ne pouvait-il pas être idiot et égoïste ?

— Non, ce n'est pas ça. C'est…

C'est à cause de vous. De ce que vous avez fait. Et comment ça a tout changé. Sans vous, mon amie serait peut-être encore en vie, pour autant que je sache.

Si Skye n'avait pas rencontré cet homme, s'il ne l'avait pas mise enceinte, elle aurait peut-être survécu au cancer en se faisant traiter plus tôt au lieu de poursuivre sa grossesse.

— Ce n'est rien. Je suis désolée si je vous ai donné cette impression.

Elle essayait de paraître sincère, de le regarder dans les yeux, mais c'était difficile. Elle avait passé des mois à *haïr* cet homme. Le simple fait qu'il existe, qu'il ait couché avec Skye, signifiait que la vie de sa meilleure amie avait été changée pour toujours, et la sienne avec. Les répercussions s'étaient répandues comme des ondes à la surface d'un étang. Et la façon dont il la regardait maintenant...

Son regard était intense, et la manière dont il la jaugeait l'intimidait. Ses yeux bleus si semblables à ceux de Tori étaient hypnotiques, ils étincelaient d'un éclat qu'elle trouvait fascinant. C'était un homme très séduisant, avec ses courts cheveux châtain foncé, ses larges épaules et ce sourire authentique, à la fois chaleureux et engageant. Si c'était elle qui l'avait rencontré dans un pub, elle devait reconnaître avec réticence qu'elle aussi aurait été attirée par lui.

Mais elle n'aurait pas laissé cela arriver.

Finalement, il hocha la tête comme s'il allait accepter sa réponse pour le moment, bien qu'ils sachent tous les deux que ce n'en était pas fini.

— Bon. Eh bien, je ne veux pas vous retarder dans votre déjeuner. Notre pause n'est pas longue, et j'ai une visite à domicile à faire.

Ce fut un soulagement pour elle d'être congédiée.

— Très bien, d'accord. À cet après-midi.

— Quelle sorte de gâteau aimez-vous ?

Elle était à la porte, la main sur la poignée, et sa question sembla venir de nulle part.

Un *gâteau ?*

— Pardon ?

— C'est à mon tour d'acheter un gâteau pour tout le monde, mais comme vous êtes nouvelle, je serais heureux de prendre votre préféré. Qu'est-ce que c'est ?

Elle le fixa, essayant de le percer à jour, tentant de discerner s'il était vraiment aussi gentil qu'il en avait l'air.

— Une tarte au citron ?

Cole eut un sourire rayonnant.

— C'est mon gâteau préféré aussi.

Elle lui rendit son sourire et sentit quelque chose vaciller dans son cœur, comme si une partie du mur qu'elle avait si soigneusement édifié autour d'elle avant de rencontrer cet homme commençait à s'écrouler.

Sapristi ! Elle était seulement venue ici pour le jauger, lui apprendre sa paternité et mettre en place une nouvelle vie « normale ». Elle ne se serait jamais attendue à *l'apprécier.*

2

Ce week-end-là, Lane avait décidé d'emmener Tori au parc aux oiseaux, juste à l'extérieur de Bourton-on-the-Water. La petite fille adorait les oiseaux, et en particulier Peter, l'ara macao que la mère de Lane emportait partout avec elle. Le parc lui plairait certainement. Ce serait aussi une sortie bienvenue pour Lane, qui avait trouvé sa première semaine au cabinet médical de Liberty Point assez étouffante.

Pas à cause du travail – ça, c'était facile –, mais à cause du Dr Branagh et de ses émotions conflictuelles à son sujet.

Elle avait passé des mois à haïr un homme qu'elle n'avait jamais vu, et maintenant qu'elle l'avait observé, à la fois avec et sans patients, elle l'estimait aimable, charmant, généreux, gentil. Et le reste du cabinet ne cessait pas de chanter ses louanges ! Rien de tout cela ne collait avec l'idée qu'elle s'était faite de lui au cours de l'année passée. Elle s'était figuré un personnage ténébreux, cruel, égoïste, probablement sans cœur. Un homme comme tous les autres, qui guettait ses proies et se moquait du reste.

Seulement, il ne ressemblait pas du tout à cette image. Peut-être ne lui avait-il jamais ressemblé. Elle avait des remords de l'avoir méjugé. Il y a toujours deux versions dans une histoire, et elle n'avait jamais songé à se demander quelle était la sienne à lui.

— *Lane !*

Elle sursauta et se tourna pour voir qui criait son nom.

Et qui cela aurait-il pu être, sinon le Dr Cole Branagh en personne, l'air délicieusement décontracté dans une chemise à carreaux et un jean ajusté ?

Elle sentit son cœur manquer un battement et ses joues s'empourprer.

— Docteur Branagh ! Que faites-vous ici ?

Elle tourna prestement la poussette de Tori dans l'autre direction, de telle sorte que le bébé tourne le dos à son père et regarde les flamants roses à la place.

— Je suis là pour soutenir un patient. Le parc fait une expérience appelée « Gardien d'un jour », et ses parents m'ont invité à venir.

Oh. Cette explication semblait acceptable.

— C'est gentil à eux.

— J'ai mis ce garçon au monde à l'arrière d'une voiture. Il est né avec le syndrome de Down, et j'ai été son médecin depuis. C'est son anniversaire aujourd'hui, et il voulait le passer à nettoyer des oiseaux. Que peut-on trouver à y redire ? Le cœur a ses raisons…

Elle lui rendit son sourire, mais son esprit galopait, ballotté dans un tourbillon de pensées et de soucis.

Il fallait qu'elle trouve un sujet de conversation qui soit sûr, et elle repoussait dans son cerveau en proie à la tourmente tous ceux qui ne convenaient pas.

Cole était à moins d'un mètre de la fille qu'il ignorait avoir. Sa vie pouvait basculer en un instant. Maintenant qu'elle le connaissait un peu mieux, elle ne pouvait pas s'empêcher de le voir reflété dans sa fille. Et lui ? Comprendrait-il à la seconde où il verrait Tori ? Aurait-il des soupçons ?

« Le cœur a ses raisons ». Oui. Certainement.

Elle déglutit et s'efforça de ne pas rougir.

— Eh bien, je ne veux pas vous retenir…

— Vous ne me retenez pas ! Il va être occupé pendant une heure environ. Ils l'emmènent dans la couveuse, alors j'ai du temps avant que l'on ait besoin de moi pour prendre des photos.

Il agita son portable et le glissa dans sa poche arrière.

— J'ignorais que vous aviez une fille.

Oh ! miséricorde !

Elle battit rapidement des cils.

— Ce n'est pas ma fille, c'est ma… filleule.

Terrifiée, elle le regarda contourner la poussette et s'accroupir pour parler à Tori. Elle l'observa, le cœur au bord des lèvres, en attendant que le couperet tombe, qu'il réalise avec horreur qu'il contemplait sa propre fille.

Mais cela ne sembla pas arriver. Il se contenta de sourire au bébé et d'agiter la main.

— Elle est superbe. Comment s'appelle-t-elle ?

— Victoria. Nous l'appelons Tori.

— Vous avez donné une journée de liberté à ses parents ?

— En quelque sorte.

Ils étaient en territoire dangereux, et elle sentait sa gorge se nouer de peur.

Il regardait sa propre fille ! Ne se rendait-il compte de rien ? La voix du sang ne lui criait-elle pas qu'il admirait sa propre enfant ?

Quand Cole se releva, elle se détendit un peu. Impatiente de s'éloigner, elle se mit à marcher.

— Voudriez-vous prendre un café ? demanda Cole.

Elle s'arrêta, crispée.

— Oh ! je ne sais pas si…

— Ils font des éclairs au caramel fantastiques au Jungle Café.

Il y avait des années qu'elle n'avait pas mangé un éclair au caramel. Et si elle refusait, est-ce que ça ne paraîtrait pas bizarre ? Ils étaient censés s'efforcer d'être aimables l'un avec l'autre. Si elle reculait de nouveau et tentait de l'éviter, il sentirait *vraiment* que quelque chose de bizarre se passait. Or, elle n'était pas encore prête à avoir cette conversation.

Si elle acceptait, si elle dominait sa gêne, peut-être

pourrait-elle en apprendre un peu plus sur lui ? Découvrir qui il était réellement, le juger avant de lâcher la bombe ?

— Bon, d'accord.

— Génial ! Laissez-moi vous aider.

Il se saisit des poignées de la poussette et se mit à pousser sa propre fille dans l'allée.

Un instant, ce fut comme un aperçu d'un avenir possible : Cole emmenant Tori et la laissant en arrière.

Elle n'aimait pas cela. Elle se sentit vide, et son ventre se crispa douloureusement à cette idée.

Le cœur serré, elle se hâta pour rattraper l'homme et la petite fille, s'obligeant à sourire lorsqu'elle arriva à leur hauteur et essayant de dompter la terreur qui l'habitait.

Cole avait eu raison concernant les éclairs au caramel. Ils étaient délicieusement onctueux et allaient parfaitement avec le thé. Si la situation avait été différente, si elle avait eu un autre homme splendide assis face à elle, elle aurait savouré ce moment. Elle aurait peut-être même flirté un peu, si Simon n'avait pas tout gâché pour elle dans ce domaine.

Mais elle était assise en face de Cole Branagh, nerveuse, sur la défensive, hésitant à accorder sa confiance.

— Qu'est-ce qui vous a fait devenir infirmière intérimaire ? demanda-t-il.

— Ma mère était infirmière en hôpital, et elle adorait son métier. Je l'écoutais raconter sa journée le soir, et la plupart du temps cela me paraissait formidable.

— La plupart du temps ?

— Elle assurait de longues heures de présence. Elle restait parfois après la fin de son service pour s'assurer que ses patients allaient bien, et elle rentrait à la maison pour trouver mon père de mauvaise humeur. Il n'aimait pas passer après l'hôpital… Il a fini par partir, ajouta-t-elle, consciente d'en dire trop.

Mais elle réagissait toujours ainsi quand elle était nerveuse. Elle parlait, elle remplissait les silences.

— Je suis désolé.

— Il n'y a pas de quoi. Ma mère a bien pris la fin de son mariage. Maintenant, elle fait ce qu'elle veut sans avoir à demander la permission à quiconque.

Elle sourit en songeant aux nombreuses occupations caritatives de sa mère.

— J'ai grandi en voulant avoir des patients, mais sans le stress de l'hôpital et des longues heures de service. Être infirmière intérimaire me convient parfaitement. Et vous ? Qu'est-ce qui vous a poussé à devenir médecin ?

Autant saisir l'occasion d'en savoir plus sur le père de Tori.

— Quelque chose de similaire. Ma mère était infirmière, mon père généraliste comme son père avant lui. Mais ce n'était pas qu'une histoire de famille. Pour moi, c'était vraiment une vocation. J'ai adoré mon métier.

« J'ai adoré ». Au passé.

Elle fronça les sourcils, curieuse.

— Vous ne l'adorez plus, maintenant ?

— Si. Mais il y a eu des occasions où je me suis senti horriblement impuissant et en colère de ne pas pouvoir faire plus.

Cole parlait d'un ton véhément, et elle vit son regard s'assombrir alors qu'il semblait contempler son passé.

Elle connaissait bien ce sentiment. Elle avait éprouvé la même chose à regarder Skye mourir lentement.

Son amie avait été si rayonnante, si pleine d'entrain ! Elle aurait mérité une longue vie, mais celle-ci lui avait été cruellement arrachée par une maladie qui ne montrait pas de pitié.

Cole paraissait triste, et elle combattit l'impulsion de poser sa main sur la sienne. Elle en avait envie, mais elle avait toujours la sensation que cet homme était son ennemi.

Elle regarda Tori assise sur la chaise haute prêtée par le café, visiblement heureuse et barbouillée de yaourt.

— Nous traversons tous ces moments où nous aimerions pouvoir faire plus, dit-elle.

Cole la regarda, et elle vit dans ses yeux une souffrance qu'elle ne connaissait que trop bien.

S'était-elle trompée en supposant qu'il n'avait aucun souci au monde ? En le prenant pour un don Juan incorrigible qui couchait à droite à gauche et dont la seule préoccupation était de savoir s'il avait assez de préservatifs en poche ?

Honteuse, elle écarta le reste de son éclair. Elle n'avait plus faim. Elle baissa les yeux et leva son thé pour en boire une gorgée.

— Je suis désolée. Je n'avais pas l'intention d'évoquer quelque chose de difficile.

— Vous ne pouviez pas savoir. J'oubliais que vous n'êtes pas au courant.

Au courant de quoi ? Elle avait envie de savoir, mais en même temps elle ne voulait pas le pousser à remuer des souvenirs douloureux. Cole Branagh n'était pas un tombeur de femmes, il était *humain.* Pas la caricature qu'elle s'était faite de lui avant de le rencontrer. Pourquoi lui parlerait-il ? Il ne la connaissait pas. Pour lui, elle était une étrangère. Une nouvelle collègue de travail.

— Ma femme est morte.

Oh.

— Vous étiez marié ? Je l'ignorais.

Il sortit son portable de sa poche, tapota l'écran et lui montra un cliché de lui et d'une femme sur un télésiège. Ils riaient au milieu d'une tempête de neige. La femme était très belle, et ils paraissaient heureux.

— C'est la dernière photo que nous avons prise avant l'accident.

Elle lui jeta un coup d'œil et lut sur son visage l'amour et la nostalgie.

Elle aurait voulu dire : « Vous êtes superbes, ensemble », parce que c'était vrai. Elle aurait voulu dire : « Je suis tellement navrée pour vous de cette perte ». Mais si elle proférait ces mots, elle parlerait de sa propre perte, et cela la toucherait de trop près.

— Où a-t-elle été prise ?

Ce fut tout ce qu'elle put articuler.

— Dans les Alpes. Nous y allions chaque année, pour notre anniversaire de mariage. C'était notre quatrième fois, et nous avons pris ce télésiège pour arriver au sommet d'une piste noire. Nous l'avions déjà faite. Ce jour-là, une tempête menaçait, mais nous pensions avoir le temps de redescendre avant qu'elle éclate.

Il but une gorgée de thé, s'arrêtant un instant comme s'il revivait ce moment.

— Nous nous sommes trompés. La tempête a provoqué une avalanche.

— Oh ! mon Dieu !

— Nous avons essayé de la devancer, de l'éviter. Et nous y arrivions. Côte à côte, nous avons descendu cette piste aussi vite que possible. Mais Andrea a dû buter sur un obstacle, car tout à coup elle n'a plus été là. Et je ne pouvais pas m'arrêter pour la chercher, sous peine d'être englouti à mon tour et de ne plus pouvoir rien tenter pour elle...

Lane sentit sa bouche s'assécher. Son cœur tambourinait devant la douleur qu'exprimait la voix de Cole.

— Que s'est-il passé ?

— Elle a été enterrée sous la neige. Il a fallu trois jours pour la retrouver et la dégager. Les pires journées de ma vie. Elle était grièvement blessée. Même si on l'avait retrouvée plus tôt, elle n'aurait pas survécu.

— C'est terrible, docteur Branagh.

— Cole. Je vous en prie... Lors de l'autopsie, on a découvert qu'elle était en début de grossesse. Environ six semaines. Nous ne le savions pas.

Lane ferma les yeux et chercha instinctivement la petite

main potelée de Tori qui frappait le plateau de la chaise avec un jouet.

Perdre non seulement sa femme mais son enfant à naître...

— Je ne sais que dire.

Il soupira.

— Que pourriez-vous dire ? Que ces choses-là arrivent ? Que nous aurions dû être plus prudents ?

Elle secoua la tête.

— Vous ne pouviez pas savoir.

— Je me pose souvent la question. Aurions-nous dû prêter plus d'attention aux prévisions météo ? Ne pas monter là-haut ? Cela se bouscule sans arrêt dans ma tête. Avoir risqué notre vie pour connaître l'excitation de conquérir un sommet, savourer l'adrénaline de la descente, nous prouver à quel point nous étions bons skieurs ! C'est de l'arrogance, de l'inconscience.

De nouveau, elle secoua la tête.

— Non. Vous ne pouvez pas vous en blâmer.

— Qui dois-je blâmer, alors ?

À cet instant, Tori commença à s'agiter.

Lane la sortit de sa chaise pour la prendre sur ses genoux, lui essuya le visage avec une serviette en papier et la fit boire.

— Nous faisons tous des choses que nous regrettons ensuite.

Il acquiesça.

— Ça vous est arrivé ? Quelqu'un a perdu la vie par votre faute ?

Elle rougit et se leva, berçant Tori dans ses bras.

Elle pensait à la conversation qu'elle n'avait pas eue avec Skye, parce qu'elle n'avait pas osé lui dire d'avorter du bébé qu'elle désirait tant. Mais n'aurait-elle pas dû être plus courageuse et dire à Skye ce qu'elle pensait, que *sa* vie était plus importante ?

Non. Elle n'aurait jamais pu. C'était impossible. Tori fit tomber son gobelet juste au moment où une femme passait avec ses enfants.

Celle-ci se pencha pour le ramasser et le tendit à Cole.

— Ma parole, comme elle vous ressemble ! Elle a les yeux de son papa !

La femme sourit, tapota les doigts de Tori et poursuivit son chemin.

Lane fixa Cole, figée par l'horreur, attendant de voir la compréhension poindre dans ses yeux, mais par chance cela ne se produisit pas. Il rit.

— Les gens pensent que nous sommes une famille ! Je suppose que nous en avons l'air : une maman, un papa, un bébé... Qu'est-ce que tu en dis, Tori ?

Lane se mordit la lèvre.

Cette conversation commençait vraiment à la mettre mal à l'aise. Il fallait qu'elles quittent ce café sur-le-champ ! Qu'elles s'en aillent !

— On va bientôt avoir besoin de vous pour prendre des photos, non ?

Cole jeta un coup d'œil à sa montre.

— Vous avez raison. Merci pour le thé et la conversation. C'était agréable.

— Oui, c'était... agréable.

En fait, cela avait été l'expérience la plus terrifiante qu'elle avait vécue depuis son arrivée !

— On se voit au travail lundi... Cela ne vous ennuie pas que je prenne une photo de nous trois ? C'est un nouveau truc que j'essaye pour me guérir : garder une trace des bons moments. On ne sait jamais quand les choses peuvent changer. Et quand vous ne serez plus avec nous, j'aurai ce souvenir.

« Quand vous ne serez plus avec nous ».

Elle savait qu'il parlait du travail. Du court contrat qu'elle avait pour remplacer Shelby pendant son absence. Mais elle n'était capable de penser qu'à une chose : que par « avec nous », il veuille dire sa fille et lui. Qu'ils resteraient ensemble tandis qu'elle retournerait à son ancienne vie sans Tori. Mais il ne pouvait sûrement pas faire ça.

— Allez-y.

Cole mit son portable en mode photo, vint se placer à côté d'elle, puis passa un bras sur son épaule et les serra contre lui, Tori et elle.

Elle regarda l'image sur le téléphone.

Elle pouvait voir comme ils allaient bien ensemble, Cole, Tori et elle. Une vraie petite famille. Tori souriait et lui aussi, alors elle se força à sourire également, espérant que cela aurait l'air naturel.

Il appuya sur le bouton et sauvegarda la photo.

— Donnez-moi votre adresse mail, je vous l'enverrai.

Elle l'écrivit sur une serviette en papier et la lui tendit. Puis elle lui fit un signe de main tandis qu'il quittait le café.

Elle resta assise, se sentant très mal.

Cole n'était pas un don Juan. Il était veuf et paraissait généreux, compatissant, authentique. Elle *devait* lui parler de sa fille.

— Skye, marmonna-t-elle à voix basse, c'est trop dur !

Cole n'avait pas eu l'intention d'en dire autant à Lane. Elle n'était qu'une collègue de travail. Nouvelle. Temporaire. Mais ça avait été facile de lui parler, et plaisant pour lui d'être assis là avec quelqu'un, comme s'ils formaient une petite famille. Ce que la femme qui était passée à côté d'eux avait cru ! Cela faisait longtemps qu'il ne s'était pas assis avec une autre femme pour savourer une tasse de thé et parler de la vie avec elle comme s'il s'agissait d'une amie.

Ce souvenir le fit sourire, et il regarda de nouveau la photo d'eux trois sur son téléphone – ce qu'il avait déjà fait pas mal de fois durant le week-end.

Il savait que cette femme dans le café avait fait ce commentaire en passant, sans plus, mais si Andrea n'était pas morte, il aurait très bien pu être assis là avec son épouse et son enfant. Peut-être même une petite fille comme Tori. La promeneuse avait dit que celle-ci avait ses yeux, et en regardant la photo il devait reconnaître que c'était vrai. Ils se ressemblaient d'une façon incroyable. Quelle bizarrerie ! L'une des étranges coïncidences de la vie...

Son regard se porta sur Lane.

Elle souriait, mais il se rappelait combien elle s'était crispée lorsqu'il avait passé un bras autour des épaules. Avait-il dépassé les limites ? Il n'avait aucune idée de ce qu'elle avait vécu, il ignorait si elle avait ou non une relation, mais les démonstrations d'affection semblaient la mettre mal à l'aise.

Ou peut-être s'agissait-il simplement des démonstrations venant de lui ? Elle s'était peut-être sentie gênée parce qu'il lui avait parlé de sa femme décédée... Ou bien ça n'avait rien à voir. Il peut y avoir un tas de raisons pour lesquelles une femme n'a pas envie qu'un homme passe un bras sur ses épaules. Un homme doit faire attention à tellement de choses, surtout un employeur... et il était d'accord avec ça. Mais il avait fait ce geste sans réfléchir.

Il devait cesser d'être aussi impulsif ! Cela ne lui avait-il pas déjà créé assez d'ennuis ?

Il allait ranger son portable, quand une alerte rouge s'afficha sur l'écran.

De l'aide à la réception, tout de suite !

Mary avait déclenché l'alarme qui s'affichait sur tous les écrans du cabinet médical. Chaque membre du personnel avait la même sur son téléphone en cas de besoin.

Il quitta son bureau en courant et faillit rentrer dans Lane qui sortait du sien. Il vit immédiatement quel était le problème : Oscar Jameson était évanoui sur le sol de la salle d'attente.

— Que quelqu'un aille chercher le pack de réanimation !

— J'y vais ! répondit Lane en se dirigeant rapidement vers la réserve.

M. Jameson était un patient à lui. Un monsieur de plus de quatre-vingts ans qui vivait seul. S'il se souvenait bien, son traitement comportait de la statine, un comprimé pour la tension artérielle et un spray pour les angines.

Il demanda aux personnes présentes de s'écarter pour lui laisser de l'espace, s'agenouilla près du malade et lui secoua doucement l'épaule.

— Monsieur Jameson ! Pouvez-vous ouvrir les yeux ?

Lane arriva alors avec le pack de réanimation.

— Qu'avez-vous besoin que je fasse ?

M. Jameson ne respirait plus.

— Préparez le défibrillateur. Et la bouteille et le masque à oxygène.

Il entreprit aussitôt de masser la poitrine du patient, tout en criant à Mary d'appeler une ambulance. Lane, elle, coupa les vêtements de M. Jameson afin de placer les capteurs sur sa peau nue. Puis, après un moment d'intense silence, le moment vint d'administrer le choc. Dès que ce fut fait, Cole reprit les massages, et Lane bougea la tête du malade pour lui appliquer le masque à oxygène.

Enfin, M. Jameson gémit et commença à cligner des paupières.

— Nous l'avons récupéré, dit Cole. Continuez à administrer l'oxygène à plein régime.

Il se pencha vers son patient.

— Tout va bien, Oscar. Vous avez eu un petit accident cardiaque. Vous êtes au cabinet médical.

Le vieil homme hocha la tête, visiblement épuisé.

Cole éprouva un vif soulagement et regarda Lane, qui était profondément soulagée aussi. Ils avaient sauvé la vie de cet homme. Au moins pour l'instant.

Ils se sourirent.

— Ça va ? lui demanda-t-il, sachant que ce genre de situation pouvait impressionner.

Elle fit signe que oui et sourit, les yeux brillants d'adrénaline.

À la façon dont elle le regardait, il aurait presque eu

l'impression que… Non. Il était ridicule. C'était juste l'excitation du moment. Ils étaient collègues, pas plus.

Quand les ambulanciers arrivèrent, il aurait aimé accompagner son patient, mais il savait que d'autres personnes avaient besoin de lui au cabinet. En particulier celles qui avaient été secouées par l'incident.

— Je pourrais peut-être vous offrir quelque chose à boire ? demanda Lane à la ronde. Nous avons du jus de fruits à la cuisine.

Qu'elle réagisse ainsi plut à Cole.

— Ce serait bien, dit-il. Merci.

— Et je vais vous apporter une tasse de thé bien fort. Vous la méritez.

— Vous aussi. Merci, Lane, vous avez été formidable. Je n'aurais pas pu demander plus.

Elle le regarda dans les yeux, et il sentit de nouveau un instant d'attirance pure qui l'ébranla jusqu'à la moelle.

Il avait conscience qu'ils pourraient être davantage l'un pour l'autre. Qu'il pourrait s'attacher à cette femme s'il en avait le courage, s'il laissait cela arriver.

Mais il était effrayé.

Il n'avait pas eu de relation avec quiconque depuis la mort de sa femme. Sauf une fois : il était sorti, avait trop bu et avait couché avec une inconnue de rencontre qui s'était enfuie au petit matin. Mais ça ne comptait pas.

Lane ne resterait pas longtemps. Il n'avait aucune idée du temps qu'il aurait à passer avec elle. Shelby, qu'elle remplaçait, pouvait revenir à tout moment. Il valait mieux garder les choses sur un plan amical.

Il s'en sentit un peu abattu, après l'euphorie d'avoir sauvé une vie, mais il devait être réaliste. Si l'expérience lui avait appris une chose, c'était celle-là.

Quand Lane lui apporta son thé, elle le posa sur son bureau et s'assit en face de lui.

Il leva les yeux vers elle, un peu surpris.

— Ça va ?

Elle hocha vivement la tête puis détourna le regard, comme si elle était embarrassée par quelque chose.

— Je me demandais si nous pourrions nous parler…

— Bien sûr ! Mais j'ai des patients qui attendent, maintenant, et vous en avez probablement aussi.

Elle sourit et hocha de nouveau la tête.

— Oui. Mais il faut que nous parlions. Le plus tôt sera le mieux.

Il ne pouvait se figurer de quoi il s'agissait, mais quelque chose la perturbait visiblement. Était-ce la réanimation ? Voulait-elle s'assurer qu'elle avait tout bien fait ?

— D'accord. Fixez-moi un rendez-vous, et j'y serai.

— Le kiosque dans le parc ? Ce samedi si vous n'avez rien d'autre à faire, vers midi ?

Il acquiesça. C'était un curieux endroit pour parler, mais bon. Si elle le souhaitait…

— Je vous y retrouverai.

Elle se leva abruptement, avec gaucherie.

— À plus tard, dit-elle en s'en allant.

Il resta assis là, fixant la porte et s'interrogeant.

Manifestement, elle était mal à l'aise. C'était peut-être de cela qu'elle voulait parler ? Tant mieux. Il voulait l'aider.

3

Le ciel était couvert quand Lane se dirigea vers le parc le samedi suivant. Elle avait espéré qu'il ferait une belle journée. Un jour plein de soleil et de fleurs où elle pourrait révéler l'information qu'elle avait si fermement gardée pour elle, avant de s'esquiver rapidement.

Les deux dernières semaines lui avaient démontré que toutes ses suppositions sur le Dr Cole Branagh étaient fausses : c'était un homme bien. Un bon médecin. Respecté, aimable, et avec un passé tragique lui aussi. Il aurait même pu déjà être père ! Mais il avait perdu du même coup sa femme et son enfant. Comment traversait-on une épreuve pareille en gardant le sourire ?

Chaque soir, une fois rentrée chez elle, en câlinant Tori, en jouant avec elle, en lui racontant une histoire avant de dormir, elle s'était demandé à quel point Cole aimerait faire ça. Elle s'était dit qu'il devrait le faire normalement et qu'elle lui volait ces précieux moments avec son enfant.

Mais Tori n'était-elle pas sa fille à elle aussi ? Légalement et pour tout le reste. Durant ces six derniers mois elle avait été là pour le premier sourire, le premier rire, la première dent…

Elle était contente d'avoir pris la décision d'informer Cole, parce que ne pas le faire commençait à la ronger et qu'elle ne pouvait pas continuer ainsi. À lui cacher quelque chose d'aussi monumental. Quelque chose qui changerait sa vie.

Plus elle tenait Tori éloignée de lui, plus ils perdaient de temps à passer ensemble, et elle ne voulait pas que l'un ou l'autre le lui reproche un jour.

Elle avait toujours essayé de faire ce qu'il fallait. Skye lui avait demandé de décider s'il ferait un bon père, et son cerveau lui disait que oui. Elle le connaissait, maintenant. En tout cas, suffisamment. Il ne semblait pas être le genre d'homme à prendre cette nouvelle à la légère et à s'esquiver. Il n'était pas le don Juan ou le séducteur qu'elle avait imaginé. Il était simplement un homme. Un homme qu'elle commençait à apprécier. Et cela lui faisait mal de savoir qu'elle lui cachait ce secret. Et puis, un parent responsable faisait passer son enfant avant tout, et Tori avait le droit de connaître son père.

Le kiosque était désert lorsqu'elle y arriva. Visiblement, le temps couvert avait dissuadé les gens de venir au parc. Elle se tint debout sous le toit et contempla, à l'autre bout de l'étang, un cygne solitaire qui glissait sur l'eau sombre.

Les cygnes s'accouplent pour la vie. Où était donc son ou sa partenaire ?

Elle était heureuse d'avoir laissé Tori à sa mère. Cette conversation pouvait prendre de multiples tours, et elle ne voulait pas avoir à se soucier de ce que faisait le bébé pendant qu'ils parlaient. Elle voulait se concentrer sur tout ce qu'il y avait à expliquer.

Cole ne se sentirait-il pas dupé ? N'aurait-il pas l'impression qu'elle s'était moquée de lui en s'insinuant dans sa vie sous un prétexte quelconque ?

— Bonjour.

Son cœur s'emballa en entendant sa voix, et elle pivota vers lui.

Il avait belle allure. Mais il avait *toujours* belle allure. Vu sa silhouette, tous les vêtements lui allaient bien. Il pourrait être vêtu d'un sac à pommes de terre et le porter avec classe.

Elle parvint à sourire faiblement.

— Bonjour. Comment allez-vous ? demanda-t-elle.

— Bien. Un peu intrigué par la raison de ma présence ici, si je veux être honnête.

Il se tenait à quelque distance d'elle et attendait, l'air incertain.

Le kiosque avait des sièges sur tout son pourtour. Elle alla s'asseoir, lui indiquant d'un regard de venir s'asseoir à côté d'elle.

Ce qu'il fit. Puis il tendit la main pour couvrir ses doigts.

— Quoi que vous ayez à me dire, je suis prêt à l'entendre.

Elle tremblait. Le sentait-il ? Il la réconfortait, alors que cela aurait dû être le contraire ! Mais elle lui sut gré de ce contact.

— Je l'espère. J'espère que vous comprendrez.

— De quoi qu'il s'agisse, je suis là pour vous. Je sais que nous sommes collègues, mais j'aimerais penser que nous sommes amis aussi. Nous avons sauvé une vie ensemble, et cela nous lie.

Elle sourit à cette pensée. M. Jameson était encore à l'hôpital, mais apparemment il s'était bien remis et devait rentrer chez lui le lundi.

— Ce que j'ai à vous dire est… énorme. De quoi changer votre vie, en fait. Et je veux que vous sachiez que je ne suis pas venue travailler au cabinet pour vous tromper. Je suis venue pour…

Elle ne put trouver les mots justes. Les mots qui seraient parfaits et ne le blesseraient pas. Parce qu'elle se souciait de ce qu'il éprouvait. Il avait passé lui aussi des moments difficiles. Il avait aimé et perdu quelqu'un, comme elle. Et elle avait vu comment son visage avait changé, presque imperceptiblement, quand elle avait prononcé le mot « tromper ».

Elle s'efforça de contenir ses larmes.

— Il fallait que je le fasse. J'ai fait une promesse.

— Une promesse ? À qui ?

Une légère pluie commençait à tomber. Elle l'entendait résonner sur le toit du kiosque. Elle contempla le parc autour d'eux, comme si cela pouvait lui donner la force de continuer.

— À ma meilleure amie. Skye, la mère de Tori.

Cole fronça les sourcils, ne comprenant manifestement pas de quoi il retournait ni pourquoi elle éprouvait le besoin de lui en parler.

Elle s'était exercée à le dire. Chaque jour de la semaine, elle s'était tenue devant le miroir de sa salle de bains en essayant d'avoir cette conversation de différentes manières.

Elle avait annoncé tout à trac : « Vous êtes le père de Tori ». Elle l'avait dit avec douceur. Avec colère. Elle s'était efforcée de le faire sans reproches, sans attendre quoi que ce soit, et aucune version ne l'avait satisfaite.

Comment révèle-t-on à un homme qu'il est le père d'un enfant ?

— Skye et moi, nous avons grandi ensemble. Nous nous sommes connues à la maternelle et sommes tout de suite devenues amies. Nous étions si proches que beaucoup de gens nous croyaient jumelles.

Il lui sourit, l'encourageant à poursuivre. Il lui tenait toujours la main.

Elle aimait ça, ses longs doigts forts serrés autour de sa main. Cela semblait juste. Réconfortant. Un geste de soutien. Mais le fait qu'il soit si proche, la regardant avec une telle intensité, faisait tambouriner son cœur pour maintes raisons, dont certaines qu'elle ne souhaitait pas examiner maintenant, parce que rien ne sortirait de son attirance pour lui. C'était impossible.

— Elle se sentait fatiguée depuis un moment. Léthargique. Je ne cessais de lui dire d'aller voir un médecin, mais elle ne le faisait pas. Elle en avait peur. Elle était orpheline et avait été élevée dans un foyer où, chaque fois qu'un docteur venait, c'était pour lui faire une piqûre. Elle disait qu'elle avait l'impression d'être un animal d'expérimentation. Je lui répétais qu'ils ne faisaient que leur travail, mais vous savez ce que c'est que la peur.

Cole hocha la tête. Écoutant, patient.

C'était ce qui faisait de lui un bon médecin : il savait écouter.

— Elle pensait beaucoup à ses parents biologiques, se demandant qui ils étaient. Pourquoi ils l'avaient abandonnée. Elle disait tout le temps que si elle était fatiguée, c'était à cause du stress de les rechercher. Puis elle a retrouvé sa mère, qui a catégoriquement refusé d'avoir affaire à elle. Ce soir-là, elle est sortie et s'est enivrée. Pour finir, elle a accompagné un homme chez lui. Elle n'a jamais voulu en parler. Et sa maladie s'est aggravée.

— Elle était enceinte ?

Lane fit signe que oui.

— Cela lui a causé un choc, au début, mais ensuite elle a été aux anges ! Elle aurait enfin quelqu'un de son sang. Quelqu'un de sa vraie famille, qui l'aimerait. Une petite fille ou un petit garçon qu'elle pourrait gâter. Mais quand elle est allée faire une échographie, on a découvert la vraie raison de sa fatigue.

— Qu'est-ce que c'était ? demanda gentiment Cole.

— Un cancer des ovaires.

Elle se rappela l'instant où Skye le lui avait dit. La façon dont celle-ci avait éclaté en sanglots et s'était écroulée. Elle avait essayé de la réconforter, lui disant de ne pas s'inquiéter, que les médecins avaient des solutions.

Ses yeux la brûlaient des larmes qu'elle retenait.

Elle jeta à Cole un regard embué.

— Le médecin lui a dit qu'on pouvait tenter une chimiothérapie et une opération pour la traiter, mais que sa grossesse compliquait les choses. Les hormones prénatales faisaient grossir plus rapidement la tumeur, et il craignait que le cancer ne se répande. Il a déclaré que si elle avortait, on pourrait essayer de la sauver.

Elle déglutit, terrifiée par ce qui allait suivre. La partie qui la rendait furieuse. Mais elle ne voulait pas que Cole perçoive la colère dans sa voix, qu'il croie qu'elle était en colère contre *lui*. C'était l'expression de sa propre frustration, son problème à elle.

— Skye a refusé tout traitement pour pouvoir porter son bébé jusqu'à son terme. Elle voulait tellement cet enfant ! Pas question pour elle d'avorter. Quand Tori est née, le cancer avait tellement progressé qu'il ne restait plus à envisager que des soins palliatifs. Elle n'a pas paru s'en alarmer. Elle disait qu'elle avait fait ce qu'il fallait. Son seul regret était de ne pas avoir prévenu le père de Tori, mais elle n'avait pas voulu qu'un étranger la voie porter son enfant alors qu'elle était mourante et qu'il se sente coupable.

C'était une des choses que Lane avait adorées chez Skye : elle pensait d'abord toujours aux autres.

L'expression de Cole avait un peu changé. Pressentait-il ce qu'elle allait dire ? S'en doutait-il ? Avait-il peur des prochains mots qu'elle allait prononcer ?

— Alors, avant de mourir, Skye m'a chargée de retrouver le père de Tori et de le mettre au courant pour sa fille...

Elle le regarda, hésitante. Elle savait que ses yeux confirmaient ce qu'il devait soupçonner.

Il lâcha sa main et s'adossa à sa chaise.

— C'est vous, Cole. Vous êtes le père de Tori.

Cole resta assis sans bouger, comme assommé, les paroles de Lane tourbillonnant dans sa tête.

Il aurait une fille ? Comment serait-ce possible ?

Mais, déjà, son cerveau le persuadait que c'était vrai. Il y avait eu ce soir-là, le jour de l'anniversaire d'Andrea, peu après sa mort. Il n'avait pas pu rester seul chez eux, et il était allé dans un bar pour prendre un verre – puis deux, trois, peut-être quatre...

Il était en rage contre le monde entier. Pour sa dureté, sa cruauté. Pour se voir enlever quelqu'un qu'il aimait tant et avec qui il avait eu si peu de temps.

Au milieu de son désespoir, il avait remarqué une femme qui paraissait aussi triste que lui. Elle était assise au bar, les mains autour de son verre de whisky qu'elle contemplait fixement, et elle semblait porter le poids du monde sur ses épaules.

Sa douleur l'avait attiré vers elle. Il était allé lui demander si elle allait bien. Le médecin en lui avait vu quelqu'un qui souffrait, et malgré sa propre souffrance il avait voulu l'aider. Les yeux de l'inconnue s'étaient emplis de larmes, et il avait eu mal pour elle. Quand elle s'était mise à pleurer, il l'avait emmenée prendre l'air dehors. Et là, ils s'étaient mis à parler. Alors il avait compris qu'un bar n'était pas le meilleur endroit pour elle, et il lui avait offert de la reconduire chez elle.

— Elle n'a pas voulu rentrer, dit-il doucement.

Lane le regarda.

— Je lui ai proposé de la raccompagner, mais elle a dit qu'elle ne voulait pas aller chez elle. Que ce n'était pas un foyer, juste une maison. Je n'avais pas l'intention…

Il se frotta le visage, encore incrédule, puis se passa les mains dans les cheveux.

— Je l'ai emmenée chez moi. J'ai refait mon lit pour elle, disant que je dormirais en bas. Mais nous nous sommes mis à parler, assis sur le bord du lit, et…

Il sentit ses joues s'empourprer en se remémorant la culpabilité qu'il avait éprouvée de coucher avec une autre femme.

— Nous avions pris des précautions, mais manifestement cela n'a pas suffi. Quand je me suis réveillé, elle était partie. Je n'ai même jamais su son nom. Elle a laissé un billet me remerciant de m'être occupé d'elle, de l'avoir gardée en sécurité et de lui avoir fait sentir qu'elle valait quelque chose pour quelqu'un, même si j'étais un étranger. Elle a signé avec un « S ». Je suppose que maintenant je connais son nom.

Lane sortit son portable de sa poche et afficha une photo de Skye.

Cole prit le téléphone, contempla un moment la photo.

— Oui, c'est elle. Vous devez avoir une terrible opinion de moi. Mais je n'ai pas abusé d'elle, Lane. Nous avions tous les deux du chagrin. Je me sentais très mal. Ma femme était morte depuis quelques mois, c'était son anniversaire et...

— Je comprends.

— Je jure que je n'ai jamais rien su à propos de Tori... J'ai une *fille* ?

Il se rappela soudain ce moment au parc aux oiseaux, quand la promeneuse avait dit que Tori avait ses yeux. Maintenant, il comprenait l'expression paniquée de Lane.

Cela faisait vraiment beaucoup. Il était père d'une petite fille, et Lane était venue ici pour le retrouver ! Pour décider quoi ?

— Vous êtes sa marraine ?

— Et sa tutrice légale, selon le testament de Skye. Tout est officiel.

— Alors, elle a huit mois ?

Lane acquiesça, des larmes ruisselant sur son visage.

Comme elle avait dû redouter de lui apprendre la vérité !

Il tendit la main pour essuyer ses larmes, mais le souffle de Lane parut se coincer dans sa gorge, et elle l'en empêcha.

Mesurant combien ce geste était intime, il écarta sa main.

Elle venait de lui annoncer une nouvelle incroyable. Souhaitait-il vraiment s'aventurer sur ce territoire et compliquer encore les choses ?

Non. Il ne *pouvait pas* se comporter en fonction de son attirance pour Lane.

— J'aimerais la voir, dit-il d'une voix enrouée. Passer du temps avec elle, si vous le permettez.

Elle hocha la tête.

— Bien sûr.

— Pourrais-je la voir aujourd'hui ?

Lane fronça les sourcils et s'essuya les yeux.

— Maintenant ?

— J'ai déjà perdu huit mois. Je ne veux pas perdre davantage de temps.

4

Lane ouvrit la porte d'entrée.

— Je suis de retour !

Elle entendit rire Tori, et soudain elle fut là, la prunelle de ses yeux, dans les bras de sa mère qui arrivait dans le vestibule.

— Cette petite chérie a été… Oh ! bonjour. Tu ne m'avais pas dit que nous avions un visiteur.

Cole se tenait sur le seuil, derrière elle. Elle se tourna vers lui, l'invita à entrer et referma la porte.

— Maman, voici Cole. Le père de Tori.

Sa mère le fixa un moment puis hocha la tête.

— Un grand jour pour vous.

Elle sourit.

— Je ferais bien de nous préparer une tasse de thé ! Comment prenez-vous le vôtre, Cole ?

— Euh… Avec du lait, s'il vous plaît.

— Je vais vous l'apporter. Lane, si tu emmenais Tori et Cole dans la salle de séjour ?

Lane prit le bébé à sa mère, sentit le poids rassurant de sa filleule et mit le nez dans son cou, humant avec bonheur son odeur familière. Puis elle l'embrassa sur la joue avant de la tourner vers son père.

— Tori, voici ton papa. Dis bonjour.

Tori fit un petit bruit avec sa bouche, puis attrapa le col de Lane et se mit à tirer dessus.

Lane passa au salon et posa la petite fille par terre près du coffre à jouets.

— Asseyez-vous, dit-elle.

Cole semblait être dans un autre monde. Coupé de tout, fasciné par Tori qu'il observait.

Lane lui prit la main et la pressa.

— Ça va ?

Il parut alors la remarquer et battit des cils.

— Oui, ça va. C'est juste que c'est…

— Renversant ?

Elle lui sourit pour lui montrer qu'elle comprenait.

— Vous pouvez le dire. Est-ce que je peux… ?

Il désigna le sol, et elle hocha la tête, le regardant s'asseoir par terre à côté de sa fille.

— Hé, Tori, qu'est-ce que c'est, ça ?

Il prit un cube rose orné d'un chat et essaya d'attirer l'attention du bébé.

Lane l'observa, émue.

Avait-il eu la moindre idée en se levant ce matin-là que son monde allait changer du tout au tout ? Devenir plus grand ? Qu'à la fin de la journée il aurait un enfant ?

Elle ne lui enviait pas ce chamboulement. Elle savait ce qu'elle avait ressenti quand Skye lui avait demandé d'être la tutrice légale de Tori.

Elle avait prévu d'avoir un enfant rapidement, mais ce rêve s'était écroulé car Simon venait de la quitter, et elle était encore sous le choc de cet abandon. La demande de Skye était exactement ce qu'il lui fallait pour retrouver le sourire. Lui donner une raison de se lever le matin et d'aller de l'avant. Et après la mort de Skye, la petite fille avait signifié *tout* pour elle.

Devenir brusquement mère alors qu'elle vivait un double deuil lui avait demandé un énorme effort d'adaptation. Elle avait dû se plier rapidement aux circonstances, avec de longues journées se fondant dans de courtes nuits, souvent sans sommeil. Certains jours, elle ne faisait que pleurer, mais heureusement, ces jours-là, elle avait pu se tourner vers sa mère qui avait souvent pris Tori pour lui laisser le temps de se ressaisir, de mettre ses idées en ordre, de revenir plus forte.

Elle y était arrivée, et Tori était devenue son univers. Quelqu'un qu'elle aimait énormément et qu'elle n'avait pas envie de partager. Mais elle devrait le faire si Cole décidait d'être le genre de père que Skye avait espéré qu'il serait.

Elle avait fait ce qu'il fallait. Elle avait réalisé le dernier souhait de Skye.

Cole s'y prenait très bien avec sa fille. Il était un étranger pour Tori, et celle-ci aurait pu pleurer et tendre les bras vers elle, mais ce n'était pas le cas. La petite fille semblait bien l'aimer, et il se montrait parfait avec elle. Son visage s'illuminait chaque fois que le bébé riait en le regardant, et Lane ne pouvait s'empêcher de sourire en écho.

— Voici votre thé, Cole. Je le mets en sûreté sur le manteau de la cheminée.

— Merci, madame Carter.

—Appelez-moi Patricia. Je vous laisse tous les trois.

Sa mère retourna à la cuisine, comprenant qu'ils avaient besoin de temps ensemble pour se faire à la situation.

— Elle vous ressemble, dit Lane.

Cole la regarda et sourit.

— Je trouve aussi.

— J'ai toujours pensé qu'elle avait le sourire de sa maman, mais depuis que je vous ai rencontré, je me rends compte que tout le reste vient de vous. Vous devez regretter de n'avoir pas su plus tôt, pour elle ?

Il parut dérouté.

— Eh bien, oui, bien sûr... Mais la vie ne marche pas toujours comme nous le voudrions. Je regrette que Skye ne m'ait pas mis au courant. Je regrette qu'elle se soit enfuie ce matin-là sans me dire qui elle était. J'aurais aimé m'assurer qu'elle allait bien.

Lane secoua la tête.

— Je l'ai questionnée tant de fois au sujet de cette nuit. Elle m'a assuré que l'homme avait été très gentil. Que *vous* aviez été très gentil. Que vous l'aviez bien écoutée. Elle en avait besoin, et vous le lui avez donné. Moi, je n'ai pas pu. Je n'ai pas été là pour elle ce soir-là comme j'aurais dû l'être. Peut-être que si j'avais été présente, tout ceci ne serait jamais arrivé.

Tori bâilla et se frotta les yeux. Lane regarda la pendule.

— C'est l'heure de sa sieste. Laissez-moi aller la coucher, et nous parlerons encore un peu.

Elle souleva la petite fille, attrapa sa couverture et se tourna vers l'escalier.

— Attendez !

Cole s'avança, hésita, puis posa un petit baiser sur la joue de sa fille.

— Bon. Dors bien, Tori. Sois bien sage.

Lane sourit et emporta Tori à l'étage. Elle la posa dans son berceau, la borda et ferma doucement la porte. Normalement, elle s'endormait très bien toute seule.

De retour en bas, elle tendit sa tasse de thé à Cole.

— Ne le laissez pas refroidir.

Il prit la tasse et s'assit sur un des canapés.

— Comment vous sentez-vous ? demanda-t-elle.

— Je ne sais pas trop ! Abasourdi, troublé, anxieux.

— Je comprends. C'est ce que j'ai éprouvé aussi quand j'ai soudain dû devenir un parent.

— Je n'ai pas l'impression d'être un parent.

— Je ne pense pas que quiconque s'y fasse jamais. Je suppose que vous voudrez faire un test ADN ?

Il secoua la tête avec gravité.

— J'ai simplement besoin d'intégrer ce qu'il m'arrive. Je crois que je suis encore sous le choc.

— Vous avez le temps.

Il hocha la tête.

— Je suppose que nous devons mettre au point ce qu'il se passera par la suite ?

Elle sentit un frisson la parcourir.

Il songeait déjà à partager Tori avec elle ?

— Oui, répondit-elle. Mais cela peut attendre un peu. Habituez-vous à l'idée d'abord.

Cole tentait d'ausculter la poitrine du bébé, mais celui-ci ne cessait d'attraper son stéthoscope en gloussant. Il demanda à la maman si elle pouvait tenir les bras de son fils, mais celle-ci en parut incapable. Alors il se décida à appeler Lane à la rescousse.

Il alla frapper à sa porte ouverte.

— Ça vous dirait de venir faire des bulles pour moi ? J'ai besoin de tenir un petit patient occupé pendant que je l'examine.

— Bien sûr, j'arrive.

— Merci !

De retour dans son cabinet, il sortit le flacon à bulles d'un tiroir. Les bulles ne manquaient jamais de distraire et de ravir les enfants. Quand Lane arriva, il lui tendit le matériel.

— Le petit Sam va apprécier.

Lane lui sourit, et la chaleur de son sourire lui remua les entrailles.

Elle était si différente au travail, maintenant. Tellement plus détendue ! En y repensant, il mesurait quelle pression elle avait dû éprouver, de garder le secret sur sa fille. Pas étonnant qu'elle ait paru mal à l'aise en sa présence !

Pendant qu'elle faisait des bulles et amusait Sam, il effectua son examen. Le petit garçon n'avait qu'un rhume, mais sa mère avait bien fait de l'amener.

Il lui fit ses recommandations et la tranquillisa : cela passerait dans quelques jours.

Quand ses patients furent partis, Lane lui rendit le flacon.

— Tori aussi adore les bulles.

— Vraiment ?

Il était heureux d'apprendre quelque chose de nouveau sur sa fille. *Sa fille.* Il devait se le répéter sans arrêt, car cela ne lui paraissait pas encore réel.

— Oui.

— Alors, il faudra que je lui en achète. Pourrais-je passer ce soir après le travail ? J'aimerais la voir un moment avant qu'elle aille dormir.

— J'ai pris rendez-vous pour un cours de massage des bébés à 18 heures, mais vous pourriez venir avec nous ?

Le massage des bébés ? Il en avait entendu dire beaucoup de bien.

— J'y serai. Dois-je vous prendre chez vous ?

Elle acquiesça.

— Je me réjouis d'avance.

— Moi aussi.

Lane se sentait nerveuse à l'idée que Cole vienne ce soir-là. Elle ne savait pas très bien pourquoi. Peut-être parce que c'était le premier pas sur de nombreux à venir par lequel il allait commencer à connaître sa fille ? Il la connaîtrait de mieux en mieux. Elle avait mis en route un processus qui ne lui permettait désormais plus de reculer.

Et elle se sentait des papillons dans le ventre.

Une partie de son stress avait disparu, maintenant que le secret était révélé. Il lui avait été plus facile de parler à Cole au travail, ce jour-là, et elle avait constaté qu'elle pensait souvent à lui. Ce qu'elle ne devrait peut-être pas faire.

Elle devait reconnaître qu'il l'attirait – même si elle essayait de résister et de se dire qu'il ne fallait pas céder.

Skye et lui avaient été ensemble une fois, se parlant, découvrant chacun dans l'autre une âme blessée et se réconfortant mutuellement, et ça ne se faisait pas d'avoir le béguin pour un ex de sa meilleure amie. Elles n'étaient jamais sorties avec le petit copain de l'autre, une règle fermement établie pour ne pas mettre leur amitié en péril.

Mais Skye n'était plus là, maintenant. Lane avait appris à connaître un peu Cole, et elle ne pouvait s'empêcher de penser à lui.

Toutefois, c'était d'abord le père de Tori ! Seul ce fait-là devait l'intéresser : sa fille. Cole et elle partageaient une sorte d'amitié, oui, et elle en était reconnaissante. Une amitié qui aurait aisément pu être détruite par ce secret, mais qui avait tenu bon. Il ne lui avait fait aucun reproche. Il ne l'avait pas accusée de l'avoir dupé ou pris pour un idiot. Il ne lui avait pas donné un ultimatum comme Simon l'avait fait.

Elle lui en savait gré. Cole Branagh lui plaisait vraiment beaucoup.

C'était peut-être ça, le problème ?

Il n'avait été rien d'autre qu'attentionné, aimable et compatissant. Sans même mentionner qu'il était très beau et complètement inconscient de l'effet que son physique produisait sur les femmes alentour. Tout le monde au cabinet médical le trouvait formidable. Même Mary, la réceptionniste, avait dit à Lane qu'elle avait le béguin pour lui. Son sourire était contagieux. Et ses yeux bleus, même s'ils contenaient une ombre de chagrin, pouvaient s'illuminer de façon magnifique. Ils l'attiraient dans leurs profondeurs, et elle se rendait brusquement compte qu'elle le fixait…

Elle aimait passer du temps avec lui. Apprendre à le connaître. Elle pensait qu'il ferait un père merveilleux, mais il allait encore falloir qu'il le lui prouve. Et dès qu'il lui en aurait donné une preuve irréfutable, quelles objections contre lui pourrait-elle avoir ?

Et s'ils avaient une relation – Cole et elle ?

Alors, ils n'auraient pas à se partager Tori… Mais ce n'était pas la bonne raison pour se lier. Cole avait pu voir la force de ce qui les unissait, la petite fille et elle. Elle était la marraine de Tori. Elle lui servait de maman depuis ses deux mois.

On sonna à la porte à 17 h 45, et elle se précipita pour aller ouvrir.

Cole se tenait là, superbe dans un jean foncé et un T-shirt blanc qui laissait voir les muscles de ses bras.

Ne surtout pas regarder...

Trop tard. Elle avait vu, et elle lui lançait des œillades sans même qu'elle en ait conscience.

— Bonsoir. Vous y êtes arrivé.

— Bien sûr. Rien n'aurait pu m'arrêter. Elle est prête ? Vous avez besoin d'aide pour rassembler des affaires ?

— Non, tout est au point. Si vous pouviez seulement prendre ce sac, là-bas ? Je vais chercher l'héroïne du jour.

— D'accord.

Il attrapa le sac de bébé dans lequel elle avait mis des serviettes moelleuses et un biberon de lait pour après la séance. La thérapeute lui avait dit que beaucoup de bébés s'endormaient après le massage, mais que d'autres avaient faim. Elle s'était préparée aux deux éventualités.

Ils montèrent en voiture, elle donna les indications à Cole, et ils s'arrêtèrent bientôt devant une maison. Janet, la thérapeute, les accueillit à la porte et les fit entrer dans une pièce pleine de bébés et de parents, tous assis par terre en cercle.

— Bon, bienvenue à tous ! Vous avez peut-être un peu chaud. J'ai monté le chauffage parce que nous allons déshabiller nos bébés. Mais d'abord, pouvez-vous étendre sur le sol la serviette que vous avez apportée et allonger le bébé dessus ?

Cole sortit du sac une serviette épaisse et douillette. Il la plia en deux et l'étendit par terre, souriant à Lane.

— Quand vous serez prêts, ôtez au bébé ses habits et sa couche. Ceux qui ont un garçon, préparez une deuxième serviette au cas où. Ils adorent faire pipi quand leur zizi est à l'air.

Il y eut des rires dans la salle.

— Commençons par les mamans. Prenez l'huile de raisin,

chauffez-la dans vos mains et passez-la en gestes lents et réguliers sur les épaules et la poitrine du bébé. Comme ceci.

Janet fit une démonstration avec une poupée.

Lane regarda bien, puis commença à passer l'huile sur les épaules de Tori. C'était fluide et glissant, mais sa filleule sembla apprécier.

Elle était contente d'essayer ces massages. Elle voulait se fabriquer autant de souvenirs que possible avec Tori. C'était si important ! Comme disait Cole, on ne sait jamais si les choses ne vont pas changer.

Ensuite, elle passa aux bras, au ventre, aux jambes et aux pieds. Cole lui donnait de l'huile chaque fois qu'elle en avait besoin. Il était attentif et semblait prendre du plaisir à ce moment.

— Bien. Maintenant, au tour des papas. Mettez les bébés sur le ventre.

Elle et Cole échangèrent leurs places et elle le regarda prendre tendrement sa fille pour la mettre en position. Il lui parlait tout le temps, murmurant qu'elle était une gentille petite et qu'elle se débrouillait très bien.

Les pères massèrent le dos des bébés, puis de nouveau leurs bras, leurs jambes et leurs pieds.

Lane remarqua que Tori commençait à s'endormir. Cole l'enveloppa dans la serviette et la prit sur ses genoux, la berçant doucement. Il regarda Lane avec un tel bonheur dans les yeux qu'elle ne put s'empêcher de lui sourire.

Mais elle se sentait un peu triste, en même temps. Et elle se détestait d'être aussi égoïste.

Il ne s'agissait pas d'elle, après tout. Elle était venue ici pour présenter un homme à sa fille. Pour s'assurer qu'ils s'entendaient bien, qu'il était un bon père. Tout avait paru si simple, des mois plus tôt. Mais à chaque jour qui passait, la situation se compliquait.

Elle devrait être heureuse que Tori laisse Cole la tenir. Qu'elle se sente assez bien avec lui pour s'endormir dans ses bras. Pour sa part, elle avait vraiment fait de son mieux pour élever Tori, mais elle avait toujours le sentiment d'être une remplaçante, et elle ne pouvait s'empêcher de se sentir un peu exclue.

Ils réussirent à rhabiller la petite fille et à la mettre dans son siège-auto sans la réveiller, et Cole les ramena chez elles. Il souleva le bébé dans ses bras puissants, le porta doucement à l'étage et le déposa dans son berceau. Puis il contempla avec fierté sa fille endormie.

— Il lui faut Nounours jaune, chuchota Lane en désignant la peluche en question.

Cole l'attrapa et le plaça à côté de Tori.

— Et Miaou, ajouta-t-elle avec un signe de tête vers le chat en peluche gris assis dans un coin.

Cole était loin de tout savoir, encore. Mais il apprendrait. Combien de temps cela demanderait-il ? Tori avait survécu à une perte cruelle. Lui aussi. Elle aussi. Ils avaient tous perdu quelqu'un de précieux. Maintenant, ils étaient reliés par cette petite fille qui l'avait aidée à traverser une période difficile et lui apportait une joie incommensurable.

— Nous devrions la laisser dormir, murmura-t-elle.

Elle se tourna pour quitter la chambre et referma doucement la porte derrière Cole.

Ils descendirent sur la pointe des pieds.

— C'était génial, Lane. Merci de m'avoir invité.

— C'était avec plaisir. Il faut que vous passiez du temps ensemble. Que vous appreniez à vous connaître.

Il avait dû percevoir la tension dans sa voix, car il pencha la tête de côté et lui releva le menton d'un doigt.

— Hé, je ne vais pas vous la voler.

Elle le regarda dans les yeux.

Ses magnifiques yeux bleus. Savait-il quel genre d'effet il produisait sur elle, dernièrement ? S'il le savait, peut-être ne la regarderait-il pas ainsi. Ou ne toucherait-il pas si délicatement son visage.

Son regard lui donnait envie de se blottir dans ses bras et de poser la tête sur sa poitrine – lui faisait souhaiter qu'il la serre fort en lui chuchotant des mots doux à l'oreille. Son désir qu'il la tienne contre lui était intense. Ce désir de se sentir réconfortée par lui, par quelqu'un qui la protégerait et la garderait en sûreté, elle pourrait aisément s'y noyer.

Les derniers mois, elle avait dû être forte. Pour Skye, pour elle-même, pour Tori. C'était sûrement au tour de quelqu'un d'autre de lui offrir un endroit moelleux où se blottir ?

Mais non. Elle ne pouvait pas. Pas avec Cole Branagh. Il était le père de Tori, ce serait compliqué. Elle en avait envie, mais elle n'était pas sûre d'en avoir le droit.

— Je sais. C'est juste que… Je me suis occupée d'elle pendant tout ce temps. Je l'aime comme si c'était la mienne.

— Elle est une enfant très chanceuse de vous avoir.

— Elle aurait dû avoir plus de chance. Elle aurait dû avoir sa vraie mère.

Il hocha la tête.

— Est-ce que Skye l'a vue ? A-t-elle pu la prendre dans ses bras ? Quand est-elle morte, exactement ?

Lane poussa un gros soupir.

— Tori avait deux mois quand sa maman est partie.

— Vous vous êtes occupée d'elle depuis lors ?

— Depuis sa naissance, en réalité. Skye était si malade vers la fin, elle avait besoin que je prenne soin de Tori. Le cancer s'était métastasé un peu partout. Elle a accouché avec un mois d'avance. Les médecins ont insisté pour ça. Ils disaient que la grossesse était une épreuve supplémentaire pour son corps.

Cole acquiesça.

— Je regrette de ne pas l'avoir su.

Son intonation était sincère, et elle ne doutait pas qu'il disait la vérité. Mais la situation devenait embarrassante. Ils se tenaient en bas de l'escalier, parlant de la mort de Skye.

Cela lui rappelait Simon, son ultimatum : c'était lui ou Skye et le bébé.

Elle n'avait pas l'habitude qu'un homme soit gentil avec elle. Elle avait vraiment besoin que Cole s'en aille, maintenant, pour pouvoir mettre de l'ordre dans sa tête.

— Voulez-vous un café ?

Elle avait prononcé ces mots sans en avoir conscience.

— Très volontiers. Merci.

Cole ne s'était pas attendu à ce que la soirée se passe si bien. Il avait pensé que seule Lane ferait les massages et qu'il assisterait en simple spectateur, alors que tout ce qu'il voulait était être impliqué. Faire quelque chose. Faire partie de la vie de cette petite fille maintenant qu'il connaissait son existence. Il avait déjà manqué tant de choses ! Il ne voulait plus rien rater.

Oui, cela avait été un choc. Et il regrettait que Skye ne se soit pas sentie capable de lui dire pourquoi elle était dans ce bar, fixant son verre avec les larmes aux yeux. Il avait toujours pensé qu'il était quelqu'un d'abordable, quelqu'un à qui les gens parlaient. C'était en partie pourquoi il se savait bon médecin : parce que ses patients se confiaient à lui. Mais comme il était lui-même ce soir-là au fond de la dépression, il n'avait pas insisté suffisamment. Il avait simplement écouté quand elle avait dit combien elle se sentait seule. Il avait perçu sa mélancolie. Il avait reconnu en elle une âme sœur, souffrant comme lui, et pendant un court moment ils s'étaient donné du réconfort de la seule manière qu'ils pouvaient.

Il n'avait jamais été question pour lui d'avoir un échange sexuel débridé avec une inconnue. Il ne s'était même pas agi de célébrer le fait d'être encore en vie. Il s'était agi de deux personnes solitaires ayant besoin du réconfort l'une de l'autre. Et cela l'avait réconforté pendant un moment – même si, après, il s'était senti coupable d'avoir couché avec une autre femme pour l'anniversaire d'Andrea. Il avait espéré qu'elle aurait compris. Qu'elle ne lui en aurait pas voulu d'avoir cherché à se consoler avec quelqu'un qui souffrait aussi, si, durant un bref laps de temps, ils avaient rendu le monde juste un peu moins hostile l'un pour l'autre.

Et maintenant, il avait cette magnifique petite fille dans sa vie, et une seconde chance de bien faire les choses !

Tout à l'heure, il aurait voulu embrasser sa fille dans son berceau, mais il avait été distrait par Lane qui lui disait avec quels jouets en peluche elle aimait dormir. Il avait besoin de le savoir. Il avait besoin de savoir tellement plus ! Et personne n'était mieux placé que Lane pour le lui apprendre.

Elle considérait Tori comme sa fille. Voilà pourquoi elle avait eu l'air un peu triste un moment plus tôt, au bas de l'escalier. Il était clair qu'elles avaient toutes les deux une relation formidable. Pas une fois il n'avait entendu Tori pleurer. Elle semblait être un bébé heureux grâce aux soins et à l'amour que Lane lui prodiguait. Pas question pour lui d'ignorer cette réalité.

Il prit le mug de café qu'elle lui mit dans les mains et attendit qu'elle s'installe sur le canapé d'en face.

Sa maison était agréable. Chaleureuse, accueillante. Il remarqua des photos de Skye sur le manteau de la cheminée. En avait-elle d'autres ? Et il y avait une bibliothèque bien garnie. Il brûlait de s'en approcher pour voir ce qu'elle aimait lire.

— Je mesure combien ce doit être difficile pour vous, dit-il. Je veux que vous le sachiez.

Elle le regarda.

— Vraiment ?

— Vraiment. Je sais ce que je ressentirais si j'étais à votre place.

Elle sourit.

— Moi, j'ai été à votre place. Je me suis retrouvée soudain avec un bébé après avoir subi une grande perte. Cela fait beaucoup à absorber.

— En effet. Et je veux aussi que vous sachiez... Enfin, je veux dire, vous pouvez compter sur moi. Je ne vais pas m'enfuir. Je suis là. Vous pouvez vous fier à moi. J'aimerais rester impliqué dans la vie de Tori... Si cela vous convient, bien sûr, ajouta-t-il.

Il tenait à montrer qu'il était ouvert à la façon dont leur relation pourrait se développer. Qu'il ne voulait pas marcher sur les brisées de Lane ni exiger quoi que ce soit. Tout ceci était si difficile. Il ferait des erreurs, évidemment. Mais il ne voulait pas perturber Lane. Ni Tori.

Cette prise de conscience lui fit mesurer à quel point il tenait déjà à elles deux.

Lane baissa les yeux sur le tapis.

Visiblement, elle pensait à des choses qu'elle ne voulait pas dire. Avait-elle peur de les exprimer ?

— Vous êtes clairement la personne la plus importante de sa vie, reprit-il. Vous êtes sa marraine. Vous ne la perdrez jamais. Elle saura toujours qui vous êtes et combien vous comptez.

Il espéra que ces mots sonnaient mieux. Son joli visage sembla s'adoucir. Peut-être ne l'avait-il pas trop offensée...

— Elle est tout pour moi, Cole. Ma raison de continuer à avancer. Ces derniers mois, savoir que je devais vous retrouver était une menace suspendue au-dessus de ma tête. Au début, je luttais pour faire face à mon chagrin et élever un bébé. Je savais que le temps passait comme du sable dans un sablier. C'était un compte à rebours. Je n'ai jamais souhaité frapper à votre porte et vous dire simplement ce qui était arrivé. Je ne pensais pas que vous me croiriez. Je n'avais aucune idée du genre d'homme que vous étiez. Alors, une fois que j'ai retrouvé mon équilibre, j'ai postulé au cabinet médical pour pouvoir vous observer. Une part de moi espérait que je pourrais m'en retourner sans rien vous dire, pour ne pas avoir à la partager. Mais à présent, vous savez, et cela me terrifie. Il me semble que je n'ai pensé qu'à elle depuis une vie entière. Je ne pourrais jamais laisser quelqu'un lui faire du mal.

Il comprenait très bien.

— Alors, il faut que nous trouvions une solution qui marche pour nous deux et pour Tori.

— Oui. Il le faut.

— Une vie réglée, structurée. Pour ne pas troubler la petite.

— D'accord. Que suggérez-vous ?

Il réfléchit un instant.

— Pour commencer, je pourrais peut-être passer chaque soir pour jouer avec elle, l'emmener promener ? La préparer à aller au lit et la coucher ?

— Très bien. Et pour les week-ends ?

— Je peux faire ce qui vous convient.

Il devait lui montrer qu'il voulait collaborer avec elle. Il ne voulait pas avoir l'air de celui qui prend les décisions. Elle était sa tutrice, pas lui.

— Le week-end, j'aime la sortir. Ce samedi, il y a une foire aux fées. Tout le monde doit se costumer en fée. Vous ne voudrez probablement pas venir.

Il sourit largement.

— Vous plaisantez ? J'adorerais ça.

— Vraiment ? fit-elle, surprise.

— Absolument. Dites-moi où et quand, et je serai là.

Lane éclata de rire lorsqu'elle vit Cole à la porte le samedi matin.

Il était vêtu de son jean habituel et d'une chemise, mais il portait aussi une paire d'ailes attachée dans le dos et une volute scintillante, rose et verte, allait de sa pommette à son œil gauche. Il avait même une baguette argentée à la main.

— Qu'est-ce que vous en dites ? Est-ce que je vais convenir ?

Il avait l'air d'un *papa*. Un papa qui essaye de faire plaisir à sa fille.

Elle ne pouvait pas s'arrêter de rire.

— Je pense que oui ! Entrez. Venez voir notre petite fée.

Elle le conduisit dans la salle de séjour où Tori était assise par terre, des ailes roses attachées dans le dos. Elle glapit et agita les bras quand il apparut.

Cole se pencha pour la prendre et l'installa sur sa hanche.

— Tu es magnifique ! Mais, après tout, tu es toujours très belle. Prête à secouer le monde des fées ?

Tori fronça la bouche, et une bulle s'échappa de ses lèvres.

— Je vais prendre ça pour un oui, dit-il.

Il se tourna vers Lane.

— Je peux vous aider à quelque chose ? J'ai un petit panier de pique-nique dans la voiture.

— Oh ! c'est super, merci. Il faut juste que je prenne mes ailes, et nous pourrons y aller. Prenons-nous ma voiture, pour ne pas déménager le siège-auto ?

— Parfait. Je vais récupérer le pique-nique dans la mienne.

Ils installèrent Tori dans son siège après lui avoir enlevé ses ailes, puis Cole ôta les siennes pour pouvoir boucler sa ceinture de sécurité. Quand le moteur démarra, la musique habituelle retentit : une voix de femme qui chantait une comptine à propos des roues d'un bus.

Cole se mit à chanter avec elle, et Lane sourit en les conduisant à la foire.

Comment avait-elle pu penser qu'il serait un mauvais père ? Il se donnait à fond ! La plupart des hommes auraient écarté l'idée de s'habiller en fée, mais pas lui ! Il s'était même maquillé ! Elle nota mentalement de le prendre en photo quand ils arriveraient.

Se garer fut compliqué, vu le monde qu'il y avait. Ils durent s'arrêter dans un champ éloigné et remirent leurs ailes avant de se diriger vers la grand-rue du village où la foire avait lieu.

Il y avait des stands qui vendaient des costumes de fées. Un maquilleur. Un château gonflable. Des étals de nourriture. La plupart des gens avaient fait un effort pour se costumer, et il y avait même un défilé de chiens habillés en fées ! Tout le monde souriait, c'était vraiment parfait.

Cole acheta de la barbe à papa pour eux deux puis, pour elle, un superbe collier de fleurs roses et jaunes qu'il lui passa autour du cou.

Elle s'amusait tellement ! Elle pouvait presque croire qu'ils formaient une famille.

Elle se força à écarter cette pensée et tira son portable de sa poche.

— Prenons une photo.

Cole se pencha vers Tori, et elle prit le cliché qu'elle lui montra.

Il eut un grand sourire.

— Prenons-en une de Tori à côté de tous ces ballons.

Il la détacha de sa poussette et alla jusqu'à un marchand de ballons gonflés à l'hélium qui avaient toutes les formes possibles : des lapins, des licornes, des renards, des coccinelles... Juste comme elle prenait la photo, Tori se tourna vers son père et rit.

Cet instant parfait lui réchauffa le cœur et lui donna envie d'être sur la photo avec eux deux.

Elle aborda une dame qui passait avec ses enfants.

— Excusez-moi, pourriez-vous faire une photo de nous trois ?

La femme hocha la tête en souriant, et Lane alla poser avec Cole et Tori.

— Quel super papa ! dit la dame en rendant le téléphone. Mon mari a refusé de venir.

— Merci.

En glissant le portable dans sa poche, Lane se sentit presque euphorique.

Cole prouvait qu'il irait jusqu'au bout, et même plus, pour fabriquer des souvenirs qu'ils pourraient regarder plus tard en souriant. Il était généreux, et elle appréciait sa compagnie.

Pourquoi avait-elle été un jour amoureuse de Simon ? Son ex était l'égoïsme personnifié !

— Oh ! regardez, une diseuse de bonne aventure ! Allons voir ce qu'elle raconte.

Cole rit.

— Si vous voulez. Croyez-vous à ces choses-là ?

— Pas vraiment, mais je pense que ce sera amusant.

Lane s'approcha du dais sous lequel la diseuse de bonne aventure était assise. Celle-ci s'appelait Melrose, et une pancarte indiquait qu'elle lisait dans les lignes de la main, dans les cartes, et qu'elle interrogeait aussi les esprits !

Elle fit signe à Lane de s'asseoir.

Lane lui tendit sa paume. Melrose l'étudia un moment.

— Vous avez ici une ligne de vie longue et claire.

Lane sourit.

— Est-ce que ça signifie que je vivrai longtemps ?

La voyante ne dit ni oui ni non.

— Votre ligne d'amour est d'abord droite, puis elle semble décoller, là. C'est parce que vous avez trouvé le véritable amour.

— D'accord...

Elle *avait* trouvé le véritable amour ? C'était déjà fait ? Eh bien, Melrose devait se tromper, parce qu'elle était pour l'instant célibataire. Et cela ne pouvait pas concerner Simon, qui n'était en aucun cas son grand amour !

Elle jeta un coup d'œil nerveux à Cole qui portait Tori dans ses bras.

Ça ne pouvait pas être lui. Oui, elle l'aimait beaucoup et était attirée par lui, mais... Non, tout ça était juste un amusement. Ce n'était rien de scientifique. Rien de réel.

— Votre ligne de mariage, ici, est longue et ininterrompue. Votre relation va durer.

Melrose les regardait tous les deux. Elle pensait qu'ils étaient mariés !

— Oh ! nous ne sommes pas ensemble ! rectifia Lane, les joues en feu. Nous sommes collègues, rien de plus.

La voyante sourit et s'adossa à sa chaise.

— Vous allez avoir des surprises.

— Quel genre de surprises ?

— Vous allez traverser les mers ensemble.

Traverser les mers ? Comme… Comme pour assister à un colloque médical ? Cette diseuse de bonne aventure n'était sûrement pas très douée – mais après tout, à quoi s'était-elle attendue ?

— Et il va y avoir un moment, très bientôt, où vous devrez faire un acte de foi, un geste de confiance. Vous jeter à l'eau.

— À propos de quoi ?

— Il est impossible de donner des détails précis.

Lane s'éloigna du stand, légèrement irritée.

Elle avait su que c'était juste pour rire, mais pour une raison quelconque elle avait espéré – un tout petit peu – que la voyante lui dirait quelque chose qui sonnerait vrai. En fait, elle s'était trompée sur presque tout et avait fait des prédictions très vagues.

Et cette histoire de se jeter à l'eau ! Cela ne s'était-il pas déjà produit lorsqu'elle avait choisi Skye et Tori à la place de Simon ? C'était certainement ça. Cela ne pouvait pas être autre chose.

Cole ne s'était pas attendu à se sentir blessé quand il avait entendu Lane expliquer qu'ils étaient collègues, rien de plus.

Il aurait pensé qu'ils étaient plus que ça. Plus que des gens qui ne font que travailler ensemble. Il avait espéré qu'ils étaient au moins amis. Elle était la tutrice de sa fille. Il était le père. Oui, ils travaillaient ensemble – temporairement —, mais il faisait tout pour faire sentir à Lane qu'elle avait sa place à la fois au cabinet médical et dans cette relation qu'ils étaient en train de forger. Bon, c'était en cours et ça le serait peut-être toujours, mais dire qu'ils n'étaient rien de plus que des « collègues », cela suggérait une distance qui, il l'espérait, n'existait pas entre eux.

Peut-être devrait-il simplement se concentrer sur le fait d'être le meilleur père possible pour Tori ? Parce que c'était elle qui primait là-dedans, c'était elle qu'il ne voulait pas perdre.

Mais il ne voulait pas perdre Lane non plus !

C'était parfait comme c'était, non ? Eux trois ensemble. Il était le père, et elle, techniquement, la mère. Ils formaient une parfaite petite famille. Pourquoi voudrait-il y changer quelque chose ?

Mais peut-être devait-il clarifier sa façon de penser. Être le meilleur père qu'il fallait à Tori, un bon collègue pour Lane, et se contenter de ça. Après tout, avait-il vraiment besoin d'introduire une autre femme dans sa vie ? Ses sentiments croissants pour Lane le faisaient se sentir coupable. Si tout se terminait mal ?

Il était habitué à ce genre de choses...

Mais alors même qu'il tentait de se convaincre qu'il devait définir des limites claires avec Lane, quelque chose lui criait que tout ce qu'il désirait vraiment, ce qu'il voulait, c'était être avec elle.

Il la regarda pousser la poussette avec ses ailes de fée, ses cheveux bruns dansant au rythme de ses pas. Il observa la ligne de sa mâchoire, la forme de sa bouche pleine, la façon dont elle mordillait sa lèvre inférieure comme si elle réfléchissait à quelque chose...

Il devait porter les yeux ailleurs, se concentrer sur ses pas. Il y avait tant de monde !

Tori commençait à se frotter les yeux.

— Mettons-la dans sa poussette, dit Lane. Je pense qu'elle va dormir.

Il installa doucement la petite fille et l'attacha, puis il lui donna la peluche qu'elle aimait avoir pour s'endormir.

« Regardez-nous. Tous les trois. »

Ils pourraient être la famille avec laquelle il avait rêvé

de faire des choses comme celles-là, un jour. Elle était là, sa chance d'en profiter au maximum, et tout ce à quoi il pouvait penser, c'était que Lane avait dit qu'ils étaient collègues et rien d'autre.

— Tout va bien ? demanda-t-elle. Vous semblez… bizarre.

Elle l'avait remarqué.

— Je vais bien, affirma-t-il.

— Je devrais peut-être vous saupoudrer de poussière de fée ? Pour que tout vous semble de nouveau magique, comme ce matin.

Il sourit à sa tentative de l'égayer. Elle voulait qu'ils soient en bons termes, et lui aussi.

— De la poussière de fée ?

Elle sortit de sa poche un petit sachet plein d'une poudre scintillante.

— J'en ai acheté dans un stand. On ne sait jamais quand ça peut servir.

— C'est juste de la poudre qui brille.

— C'est de la poudre *magique*. Et ce n'est pas nocif pour l'environnement. Allez, tendez votre main et faites un vœu.

Il n'avait pas envie d'obéir. Il se sentait ridicule. Mais d'un autre côté, il portait des ailes de fée, et il avait déjà de la poudre brillante sur le visage, alors pourquoi pas quelques paillettes de plus ?

Il tendit sa main ouverte, et elle versa de la poudre dessus.

— Maintenant, serrez très fort votre main, faites un vœu et lancez la poussière par-dessus votre épaule. Mais attention à ne pas aveugler quelqu'un !

Elle rit.

Il aimait la façon dont son sourire et son rire éclairaient son visage. Ses yeux brillaient d'une façon merveilleuse. Elle passait un bon moment et il ne voulait pas le lui gâcher.

Alors, il serra fortement sa main.

Que souhaiter ? Mieux connaître Tori ? Trouver un arrangement plus formel pour la prendre ?

Il regarda le visage souriant de Lane, son regard s'abaissa sur sa bouche, ses lèvres… Et le souhait se forma de lui-même.

« Je voudrais embrasser Lane. »

Quoi ? D'où cela sortait-il ? Il sentit ses joues se colorer et lutta pour penser à Tori en lançant la poudre par-dessus son épaule.

— Qu'avez-vous souhaité ? demanda Lane.

— Je ne peux pas vous le dire, ou ça ne se réalisera pas.

Elle rit, serra sa propre main et crispa les paupières.

Il la fixa, heureux de pouvoir la contempler sans qu'elle l'observe. Sa joie enfantine était fascinante.

Que souhaitait-elle, *elle* ?

Il pourrait profiter de cet instant pour l'embrasser…

Il secoua la tête, s'efforçant de chasser cette pensée. Il ne pouvait pas embrasser Lane. Elle était la tutrice de Tori. Sa marraine. Sa collègue à lui. S'il le faisait, cela compliquerait ce qui se passait déjà entre eux – et ils avaient assez de choses à gérer sans une romance en plus.

S'ils se mettaient ensemble et que la relation ne marche pas ? Qu'est-ce que cela donnerait pour Tori ? Il pourrait y avoir une rupture amère, et elle pourrait emmener sa fille. Il ne pensait pas qu'elle le ferait – elle semblait être une bonne personne, pas du genre vindicatif —, mais si cela arrivait ?

Il ne pouvait pas perdre Tori maintenant en sachant que c'était sa propre faute. Il avait perdu sa femme à cause d'une erreur stupide, il n'allait gâcher cela aussi.

Lane ouvrit les yeux et lança la poudre par-dessus son épaule.

— Mon vœu est fait. Espérons qu'ils se réaliseront tous les deux.

Il lui sourit et hocha la tête.

— Espérons-le.

5

Ils marchaient, cherchant où ils pourraient pique-niquer, quand ils remarquèrent un petit attroupement devant eux. On aurait dit que quelqu'un était étendu par terre.

Cole se fraya un chemin entre les gens. Quand ceux-ci s'écartèrent, Lane crut voir du sang sur la personne allongée, puis elle entendit Cole demander un bandage.

Manifestement, cette personne avait des ennuis.

Elle entreprit de fendre la foule avec la poussette.

— Excusez-moi ! Je peux aider !

Une femme âgée était étendue sur le sol, comme le jour de leur rencontre, mais cette fois du sang coulait en abondance de sa jambe.

— Que quelqu'un appelle une ambulance, je vous prie, demanda calmement Cole. Dites-leur qu'un médecin se trouve sur place, mais qu'ils doivent arriver au plus vite avec un bandage de contention.

Ses mains qui tenaient la jambe de la blessée étaient pleines de sang.

Un vieux monsieur – le mari ? – tendit un mouchoir propre plié en quatre.

— C'est un accident, docteur, se lamenta-t-il. Je marchais derrière elle avec le fauteuil roulant pour le cas où elle voudrait s'asseoir. Ses jambes ne sont plus très bonnes depuis quelque temps. Il y avait une bosse dans l'herbe, j'ai poussé trop fort, et le fauteuil l'a heurtée à l'arrière de la jambe.

Visiblement, la dame avait une peau fine et fragile. Elle avait dû être entaillée par le métal.

Cole pressait fortement le mouchoir sur la plaie, mais le sang le traversait. Il fallait un bandage serré, rapidement, pour que la blessée n'en perde pas trop.

Il lui demanda son nom.

— Freda. Freda Mallard, dit la patiente d'une voix faible.

Il lui sourit.

— Vous saignez, Freda, alors je vais garder ma main pressée sur votre jambe pour essayer d'arrêter le saignement. Prenez-vous des anticoagulants ?

— De la warfarine.

Lane sentit sa gorge se contracter.

Cela signifiait que son sang coagulerait moins vite que la normale et qu'elle risquait d'en perdre beaucoup. Si elle s'évanouissait... Ce n'était pas le meilleur endroit pour cela.

Lane s'agenouilla près d'elle. Tenant d'une main la poussette de Tori, elle prit de l'autre celle de Freda.

— Je suis infirmière et je travaille avec le Dr Branagh. Nous allons nous occuper de vous.

Elle fit parler la vieille dame pour la distraire de sa blessure, lui demanda comment elle avait rencontré son mari... Soudain, elle entendit une sirène dans le lointain et se détendit légèrement. Freda était pâle, mais n'allait pas trop mal.

— Les secours arrivent, Freda, annonça Cole.

— J'en ai déjà avec moi ! J'ai un docteur-fée, que demander de plus ?

Il sourit.

— Je veux dire de vrais secours, avec l'équipement nécessaire. Moi, je n'ai que de la poussière magique.

— Un peu de magie ne peut pas faire de mal, docteur, dit Freda en gloussant.

— Dès que vous serez dans l'ambulance, je ferai le vœu que vous guérissiez vite.

— Très bien.

Freda lui sourit, visiblement réconfortée par sa bonne humeur.

— Viendrez-vous me rendre visite ? Cela fait longtemps qu'un jeune homme ne m'a pas tenu la jambe aussi merveilleusement.

Son époux fit claquer sa langue.

— Elle a toujours été charmeuse, docteur. Surveillez votre mari, ma jeune dame, avant qu'elle décampe avec lui !

On les prenait encore pour un couple !

Lane regarda Cole et lui sourit, mais il détourna les yeux et son sourire se figea.

Est-ce que l'idée le contrariait à ce point ? Certes, il était veuf depuis peu, mais ils s'entendaient bien. Se sentait-il infidèle à la mémoire de sa femme ? Elle ne pouvait évidemment pas entrer en concurrence avec la superbe créature qui avait été l'amour de sa vie. Peut-être faisait-il semblant de bien l'aimer juste pour la mettre de son côté ? Les hommes s'étaient toujours servis d'elle ou l'avaient laissée tomber, et là Cole avait le beau jeu : une fille avec une mère prête à servir.

Cette pensée la refroidit, et elle lâcha la main de Freda pour ne pas gêner les ambulanciers qui débarquaient avec leur matériel. Elle resta debout, tenant la poussette de Tori – qui avait heureusement dormi tout le temps —, et observa Cole qui faisait son rapport aux secouristes.

C'était un bon médecin, elle devait le lui reconnaître. Calme. Concentré. Et il établissait tout de suite un lien avec ses patients.

Il l'avait fait aussi avec elle, mais dans quel but ? Faire valoir ses droits de père ? Était-ce possible qu'il se batte contre elle pour obtenir la garde de Tori ? Lui poserait-il un ultimatum comme Simon l'avait fait ?

« Donnez-moi ma fille ou… »

Est-ce que tout ce qu'elle avait fait pour Tori – les sacrifices, les bouleversements – n'aurait servi à rien ?

En fait, elle ne savait même pas quels droits elle avait !

Une personne présente remit une bouteille d'eau à Cole pour qu'il puisse se rincer les mains.

— Je vais aider à installer Freda dans l'ambulance, dit-il.

Lane hocha la tête et suivit des yeux ses ailes qui scintillaient au soleil.

Il était si attentif, si dévoué ! C'était horrible de sa part de douter de lui. Qu'avait-il fait pour qu'elle le juge si mal ? Il lui avait juste décoché un regard qu'elle avait peut-être mal interprété. C'était la faute de Simon si elle réagissait ainsi. Elle se disait toujours qu'un homme ne pense qu'à lui-même.

Le couple âgé installé dans l'ambulance, Cole referma la portière et leur adressa un signe de la main à travers la vitre.

C'était un homme bien. Sa femme avait eu de la chance de l'avoir. Manifestement, il restait très attaché à elle.

Combien de temps attendrait-elle avant qu'un homme comme Cole tienne à elle de cette façon ? Mais se fierait-elle jamais assez à quelqu'un pour le laisser essayer ?

Les paroles de la voyante lui revinrent à l'esprit : « Vous avez trouvé l'amour véritable. »

Et si c'était Cole ?

Tous les gens les prenaient pour une famille, et peut-être en formaient-ils une à leur façon. Une famille différente, composée de pièces séparées cousues ensemble, comme un patchwork. Mais cela lui donnait-il moins de valeur ? N'était-ce pas parfait, tous les trois réunis ainsi ?

Peut-être Cole l'emmènerait-il au-delà des mers avec Tori, comme l'avait dit Melrose. Mais qu'est-ce qui était réel, et qu'est-ce qui n'était que fantaisie et poussière de fée ?

6

Pendant la pause déjeuner, Cole s'adossa à son siège pour observer Lane qui feuilletait un magazine.

Il avait remarqué un changement chez elle depuis la foire aux fées. Elle restait souriante avec ses patients et ses collègues au cabinet médical, mais à part dans ces moments-là, elle lui paraissait absente.

— Vous êtes bien calme, ces derniers jours, Lane. Est-ce que vous allez bien ?

— Je vais bien, répondit-elle en tournant distraitement les pages de son magazine.

— Tout va bien avec Tori ?

— Mais oui.

Une page. Une autre. Encore une.

D'où pouvait venir son humeur morose ?

Pas de la foire. Cela avait été une bonne journée, urgence médicale incluse. Il avait passé de bons moments avec Tori, même si certaines personnes les avaient pris pour une famille !

À chaque fois, pour lui, cela avait été doux-amer. Il avait souhaité si longtemps avoir une famille ! Être un bon père. Un bon mari. Et il avait failli envers la femme à qui il avait promis sa vie. Il n'avait pas su la protéger.

Peut-être aurait-il dû revenir en arrière quand Andrea avait disparu ? Mais il serait mort aussi, et n'aurait pu lui être d'aucun secours. Peut-être aurait-il dû y aller quand même ? S'il avait aimé Andrea autant qu'il le pensait...

Stop ! Il avait assez ressassé tout cela. Ce n'était pas sa faute. Il avait fait ce qu'il avait pu.

Lane disait qu'elle allait bien, mais ce n'était pas le cas, manifestement, et peut-être était-ce le moment de voir s'il pouvait y faire quelque chose ? Car le destin lui avait enseigné une chose : un avenir heureux n'est jamais garanti.

Elle avait traversé beaucoup d'épreuves au cours de l'année passée, non ? Perdre sa meilleure amie d'un cancer, prendre sa fille en charge, exaucer le dernier souhait d'une mourante et le rechercher, lui, pour partager le bébé qu'elle aimait. Le partager avec lui.

Peut-être ne voulait-elle pas d'un autre homme dans sa vie ?

— Je comprends que tout ceci soit difficile pour vous.

Elle cessa de feuilleter le magazine.

— Quoi ?

— Tori. Elle vous connaît. Vous êtes son univers. Je me rends bien compte que, tout en étant sa mère vous devez aussi compter avec moi. Ce que vous n'avez jamais demandé à faire.

Elle lui jeta un coup d'œil méfiant.

— Tori est en confiance avec vous, reprit-il. J'aimerais qu'elle ressente un jour la même chose pour moi.

Lane posa le magazine.

— Je le souhaite aussi, évidemment.

Il eut envie de mettre sa main sur la sienne pour lui montrer que son amitié avait une énorme importance pour lui. Mais il ne le pouvait pas. Parce que s'il le faisait, il désirerait aller plus loin. Il aurait envie de se rapprocher d'elle, de serrer sa main et de lui sourire jusqu'à ce qu'elle lui rende son sourire. Et alors, il se perdrait dans ce sourire, et il n'était pas sûr d'avoir le courage de se perdre de nouveau de cette manière.

À la place, il esquissa un sourire bref, parce que c'était plus sûr, et parce qu'avec l'adrénaline qui lui parcourait le corps, il ne pouvait pas simplement rester assis là à...

— Ce week-end, c'est mon anniversaire, dit-elle.

Il se tourna.

— Ah ?

— Oui. C'est le premier anniversaire que je passerai sans Skye. Elle et moi, nous allions toujours au bord de la mer pour le fêter. Nous marchions sur la jetée, nous jouions dans les stands forains, nous mangions des *fish and chips* et nous rentrions à la maison avec des brassées de jouets en peluche que nous avions gagnés.

C'était pour cela qu'elle avait été si morose ces derniers temps ! Après la mort d'un proche, les anniversaires et les célébrations sont toujours difficiles à affronter, il le savait.

— Je suis navré qu'elle ne soit plus là pour faire ces choses-là avec vous.

— Je savais que cela approchait. J'ai essayé de ne pas y penser et de me dire que ça n'avait pas d'importance, mais ne pas y aller me fera... bizarre.

— Je vous emmènerai, déclara-t-il tout à trac.

Puis il eut très chaud, tout à coup.

Il n'avait pas prévu de prononcer ces mots. Maintenant que c'était fait, il ne pouvait pas revenir en arrière. Bien sûr, ce serait chouette de passer la journée avec Lane – il ne pouvait pas songer à quelque chose de plus agréable –, mais plus il passait du temps avec elle, plus il avait envie de l'enlacer, ce qui dépassait de loin le fait d'être de simples collègues.

— Vous pouvez refuser, dit-il.

Mais il avait vu déjà ses yeux s'éclairer à cette idée.

— Vous m'y emmèneriez ? Vraiment ?

— Je ne peux imaginer une meilleure façon de passer le week-end. Nous pourrions emmener Tori.

Elle fit une grimace.

— Ma mère la prend pour la journée, pour aller rendre visite à un oncle et une tante. Elle voulait m'offrir ce jour de congé. C'est organisé depuis longtemps.

Tout ce temps seuls. Rien que Lane et lui. Sans être distraits par Tori. Sans être *chaperonnés* par Tori.

— Oh ! très bien...

Elle parut déçue.

— Vous ne vouliez y aller que si Tori était avec nous, n'est-ce pas ? Bien sûr. J'aurais dû y penser...

— Non. J'adorerais vous emmener au bord de la mer.

Elle le fixa comme si elle essayait de lire en lui. Pour voir s'il disait la vérité.

— Vous en êtes sûr ?

Non, il n'en était pas sûr. Il n'avait jamais pensé qu'il se sentirait attiré par une autre femme comme il se sentait attiré par Lane – pas après la mort d'Andrea —, et voilà qu'il donnait son accord pour une sortie d'une journée entière en tête à tête avec elle !

Mais après tout, il savait se contrôler, et Lane le voyait comme un collègue, alors...

— J'en suis absolument sûr.

Il sourit et hocha la tête. Juste pour se le prouver.

Lane sentit des papillons s'éveiller dans son ventre lorsqu'elle entendit sonner à la porte.

Toute une journée à la mer sans Skye pour la première fois depuis des années, et avec Cole sans la distraction de Tori...

Une demi-heure auparavant, sa mère lui avait donné la carte d'anniversaire que Skye lui avait écrite avant de mourir. Elle ne s'y attendait pas, et cela avait soulevé le couvercle posé sur tout le chagrin qu'elle avait réprimé durant les derniers mois.

Mais quand elle ouvrit, elle pouffa de rire car Cole tenait une énorme grappe de ballons gonflés à l'hélium, qu'il dut écarter pour qu'ils puissent se voir.

— Bonjour ! Joyeux anniversaire !

Il lança les ballons vers elle, et elle sentit sa gorge se serrer d'émotion heureuse.

— Laissez-moi les mettre quelque part, balbutia-t-elle.

Elle alla les attacher au dossier d'une chaise dans la salle de séjour. Tori allait adorer.

Puis elle se tourna vers Cole, le cœur battant.

Il était superbe, ce jour-là, vêtu d'un jean sombre et d'une chemise noire ajustée qui mettait parfaitement en valeur sa taille mince et ses larges épaules. Mais ce qui lui faisait le plus battre le cœur, c'était son sourire.

— Et je vous ai apporté ceci.

Il lui tendit un petit sachet cadeau.

— Oh ! vous n'aviez pas besoin de m'offrir quelque chose.

— Vous plaisantez ? Bien sûr que si ! Nous sommes amis.

Elle nota qu'il avait dit « amis » et non « parents ». Mais après tout, ils ne formaient pas une vraie famille. Elle était la tutrice et la marraine de Tori, mais elle ne lui était pas reliée par le sang comme Cole et Tori qui étaient père et fille. Quoi qu'en disent les papiers officiels, elle était en dehors.

— Dois-je l'ouvrir maintenant ?

Il fit signe que oui.

Elle ouvrit le sachet et en retira une petite boîte carrée. Un bijou ? Les mains tremblantes, elle souleva le couvercle et étouffa une exclamation de surprise.

L'écrin contenait un joli bracelet en argent avec trois breloques. La première était la lettre S, la deuxième la lettre T et la troisième la lettre L. *Skye, Tori, Lane.* Sa délicieuse filleule intercalée entre elle et sa vraie mère.

— C'est splendide !

— Ça vous plaît ? Je ne savais pas très bien quoi vous offrir.

— Je l'adore.

Elle voulut le mettre, mais elle n'y arrivait pas avec une seule main, et Cole s'avança pour le lui enfiler. Elle se tint là, le cœur battant très fort avec Cole si près d'elle, inhalant son odeur et sa proximité, tout en observant la manière dont ses doigts fixaient habilement le bracelet autour de son poignet.

— Merci. Mais où est votre initiale ?

Il sourit.

— Il m'a semblé un peu présomptueux de l'ajouter.

— Vous êtes le père de Tori !

— Oui, mais ce bracelet symbolise la relation spéciale que vous aviez toutes les trois. Ce que vous avez forgé ensemble. Je n'en fais pas partie.

Elle le contempla avec admiration pour son tact et eut envie de l'embrasser là, tout de suite. Puis, à cette idée, elle sentit ses joues s'embraser.

— Eh bien, je ferai ajouter la lettre C dès que je le pourrai, déclara-t-elle. Cela fera comme une famille.

Cole ne fit pas de commentaire.

— Alors, êtes-vous prête ? Nous avons un long trajet à faire, et si nous voulons arriver à Weston avant le déjeuner...

Cet homme lui donnait tout. Il la rassurait, la traitait bien. Il était si gentil. Elle doutait d'en rencontrer un jour un autre comme lui.

— Merci, Cole. Du fond du cœur.

Elle le regarda au fond des yeux et se hissa sur la pointe des pieds pour l'embrasser sur la joue.

Ses lèvres ne firent qu'effleurer sa peau, mais cela suffit pour qu'elle sente un début de barbe sur sa mâchoire. Ce bref instant resterait gravé pour toujours dans sa mémoire.

— C'était un plaisir pour moi, dit-il, la voix rauque.

Cole était content de conduire. Cela lui donnait quelque chose à quoi penser en dehors de ce baiser que Lane lui avait donné...

De qui se moquait-il ? Il ne pouvait penser à rien d'autre !

Il avait voulu lui faire un cadeau qu'elle pourrait chérir, mais quand il avait cherché une idée, il s'était aperçu qu'il ne savait presque rien d'elle. Tori mise à part, de quoi avaient-ils parlé ? De Skye, évidemment. De sa femme, Andrea. Mais avaient-ils jamais parlé de Lane ?

Il ne savait rien de ce qu'elle préférait. Il ignorait comment elle était quand elle allait à l'école, si elle avait eu quelqu'un qui avait compté pour elle, ni ce qu'elle attendait de la vie avant que le cancer emporte Skye, lui laissant la charge de Tori et changeant pour toujours l'orientation de son existence. Tout ce qu'il savait, en fait, c'était que leur relation avait été forte. Alors, il lui avait offert quelque chose qui la commémore.

Et elle l'avait embrassé.

Ce n'avait été qu'un rapide baiser sur la joue, mais lorsqu'elle s'était haussée vers lui, une main sur son torse, il avait senti son cœur s'accélérer. Ne l'avait-elle pas remarqué, ainsi que le désir dans ses yeux et la déception qu'il avait éprouvée quand elle s'était écartée ?

Ensuite, la culpabilité était revenue en force. Cette culpabilité qui l'avait tourmenté pendant des mois et des mois, le laissant solitaire, esseulé. Il n'avait noué aucune relation. Sa seule et unique diversion avait été Skye, et après ça il avait bataillé avec sa voix intérieure qui lui disait qu'il n'aurait jamais dû faire ça.

Et maintenant il se trouvait dans l'une des situations les plus compliquées qu'il avait jamais affrontées !

Lane l'affectait d'une façon qu'il n'aurait plus jamais crue possible. Il ne savait pas qu'en penser.

C'était si tentant de laisser leur relation s'épanouir. Il pourrait avoir la famille dont il avait rêvé pendant des années. Son corps, son cœur le désiraient…

Mais son esprit logique lui criait de garder ses distances.

Qui gagnerait ? Il l'ignorait, et c'était comme une délicieuse agonie de rouler vers Weston avec Lane à son côté, sachant qu'ils avaient toute la journée à passer ensemble.

Il souhaitait lui donner tout ce qu'elle voudrait ce jour-là. Il n'avait pas envie que la journée soit douce-amère, même s'il supposait qu'elle le serait quoi qu'il fasse. Il n'était pas Skye. Il ne la remplacerait jamais. Mais il était déterminé à lui offrir le meilleur anniversaire qu'elle ait jamais eu.

— Que voulez-vous faire en premier quand nous arriverons ? demanda-t-il.

Elle soupira.

— Je veux voir la mer. C'était la première chose que nous faisions toujours, Skye et moi. Nous longions la promenade, enlevions nos chaussures et traversions la plage en courant pour patauger dans l'eau.

— Même aujourd'hui ? Le temps est couvert. Ce ne sont pas les meilleures conditions pour la plage.

Elle hocha la tête.

— Même aujourd'hui.

— D'accord. Et ensuite ?

Elle rit.

— La foire, pour jouer aux jeux et gagner des peluches.

— On peut le faire. J'étais bon à ces machines, autrefois.

— Moi aussi ! On devrait faire un concours. Voir qui gagne le plus !

Il sourit.

— Très bien. Le premier qui arrivera à dix n'aura pas à payer les *fish and chips*.

— Mais il paiera la glace.

Il acquiesça en souriant, savourant combien il leur était facile de se parler même sans la présence de Tori.

— Votre parfum favori ?

— Menthe avec des pépites de chocolat.

— Moi aussi !

Il rit.

Il avait craint qu'ils n'aient rien à se dire. Ils partageaient sa fille, mais sans elle ils étaient de quasi-étrangers.

— Êtes-vous déjà venu à Weston ? demanda-t-elle.

— Une fois, pour un colloque médical. Mais nous sommes restés confinés dans un hôtel du bord de mer toute la journée, alors je n'ai pas vu grand-chose.

— Je suppose que vous avez l'habitude d'aller outre-mer pour vos vacances ?

Il secoua la tête.

— Pas toujours. Une fois, nous sommes allés en Écosse. Nous avons aussi passé un week-end à Dublin. Et vous ?

— Maman m'emmenait à la mer chaque année. Skegness. Yarmouth. L'île de Wight, une fois. Je n'ai jamais vraiment voyagé.

— Pourquoi ?

Elle secoua la tête.

— Je n'en ai jamais eu l'occasion, et quand j'ai rencontré, euh... Simon, il était toujours en train de travailler.

Il nota la façon hésitante dont elle avait lâché ce nom. Ce Simon avait compté pour elle.

— Un petit ami ?

Elle lui jeta un coup d'œil et fit signe que oui.

— Malheureusement.

— Dois-je changer de sujet ?

Il ne voulait pas insister, même s'il souhaitait ardemment en savoir davantage sur elle. Qu'est-ce qui lui plaisait chez cet homme ? Et pourquoi leur relation avait-elle été regrettable ?

Elle soupira.

— Non. Nous pouvons en parler. Cela a commencé comme d'habitude. Je pensais qu'il était mon prince charmant, et à la fin il s'est avéré qu'il n'était qu'un crapaud.

— Houlà ! Combien de temps êtes-vous restés ensemble ?

— Un an.

— C'était sérieux, alors ?

— Les premiers mois ont été idylliques. J'étais amoureuse. Il était beau, charmant, délicieux avec tout le monde. Je lui ai demandé de s'installer avec moi parce que je détestais être séparée de lui, et il ne cessait de dire que nous étions inséparables. C'était ce que je voulais entendre : que quelqu'un ne puisse pas vivre sans moi. Je voulais le croire, mais je cherchais déjà trop d'excuses à sa conduite sans même m'en rendre compte.

Il écoutait. Pas seulement ses mots, mais son intonation, qui en disait autant que ses paroles.

— Je travaillais dans une maison de retraite, alors. S'occuper de personnes âgées atteintes de démence sénile était stressant, mais il y avait surtout des problèmes liés à la direction. Quand je rentrais, j'en parlais pour décompresser, et Simon n'aimait pas ça. J'avais besoin qu'il m'écoute, mais il refusait.

— Et ensuite ?

— Skye est tombée malade. J'avais été si focalisée sur Simon, si occupée par ce que je prenais pour de l'amour, que je ne l'avais pas vue aussi souvent que d'habitude, même si elle était enceinte. Il n'aimait pas que je passe du temps avec elle. Mais quand on a diagnostiqué son cancer, j'ai su que je devais être là pour elle.

— Vous étiez sa meilleure amie, et elle la vôtre.

— Exactement. Mais Simon ne supportait pas que j'accorde mon attention à quelqu'un d'autre. J'ai commencé à accompagner Skye à ses rendez-vous à l'hôpital. J'étais souvent partie pendant des heures. Je voyais à peine Simon, et le reste du temps nous nous disputions. Il me disait sans arrêt que lui aussi avait besoin de moi. Puis on a annoncé à Skye que son cancer était inopérable, qu'il s'était répandu, et elle m'a dit qu'elle voulait que je sois la tutrice de son bébé.

— Comment Simon a-t-il réagi ?

Elle eut un rire amer.

— Mal. Il ne voulait pas être père, il n'était pas assez généreux pour ça. Alors, s'occuper du bébé de quelqu'un d'autre ? Quand il a découvert que j'avais déjà accepté, nous avons eu une violente dispute et il m'a posé un ultimatum : c'était lui ou le bébé.

Cole, choqué, ne trouva rien à dire.

— Pourquoi Skye ne m'a-t-elle pas dit qu'elle était enceinte ?

— Elle pensait que ce n'était pas juste de vous le dire. Vous n'aviez passé qu'une nuit ensemble. Elle ne se voyait pas arriver chez vous en annonçant qu'elle était enceinte et qu'elle ne vivrait pas assez longtemps pour voir grandir son bébé. Alors elle a pris une décision. Bonne ou mauvaise, nous ne pouvons rien y changer.

— J'aurais aimé la connaître davantage.

— Vraiment ?

— Oui. Elle semble avoir été une bonne personne.

— Elle l'était.

— Je suis désolé que Simon vous ait blessée. Vous méritez mieux.

— Merci.

Ils restèrent silencieux un moment. Ils approchaient de Weston.

Il souffrait de savoir que Lane avait eu une relation aussi détestable. S'il avait été son ami alors et avait appris ce que ce Simon avait fait, il s'en serait mêlé et aurait...

Quoi ? Cassé la figure à ce type ?

Peut-être. Il n'était pas violent, mais il aurait aimé défendre Lane et faire savoir à ce Simon quel minable il était. Un idiot de première. Égoïste et irréfléchi.

Lui, il ne traiterait jamais une femme de cette façon.

— Oublions Simon, Lane. Oublions le cancer, la mort et célébrons la vie. *Votre* vie. Votre anniversaire. Qu'en dites-vous ?

Elle lui sourit et fit un signe de tête.

— D'accord.

7

Il faisait gris, et un vent froid soufflait sur la plage à découvert. Il commençait même à pleuvoir un peu.

Lane décocha à Cole un sourire rayonnant.

— Prêt ?

— Prêt !

Elle le prit par la main.

— Alors, allons-y !

Ils se mirent à courir sur le sable, se précipitant vers la mer qui venait vers eux en petites vagues écumantes. Quand leurs pieds nus touchèrent l'eau glacée, elle glapit et sauta par-dessus les vagues, s'éclaboussant les jambes. Puis elle se tint immobile, haletante, contemplant l'étendue argentée et mouvante.

Elle se sentait dans une telle forme ! Si vivante, si…

Elle se rappela alors qu'elle n'avait pas Skye avec elle pour la toute première fois, et elle sentit des larmes lui piquer les yeux. Elle inhala profondément, déterminée à ne pas pleurer, se demandant si son amie les regardait d'en haut, souhaitant pouvoir être là, aussi.

Elle sentit Cole lui serrer la main et lui jeta un coup d'œil pour le remercier.

Mais il fixait l'eau, comme s'il savait qu'elle avait besoin de ce moment pour se remémorer Skye. Pour verser une larme parce qu'un nouveau chapitre de sa vie avait commencé sans sa meilleure amie.

À la place, elle avait Cole à son côté.

Qui aurait pu penser qu'il serait aussi formidable ?

Elle se rappela ce moment, quelques semaines plus tôt, où elle était assise dans sa voiture devant le cabinet médical de Liberty Point, hésitant à entrer parce qu'elle pensait y trouver un banal séducteur. Un charmeur comme Simon, qui se servait des femmes pour assouvir ses besoins égoïstes.

Cole n'avait rien à voir avec ce genre d'homme. Il avait maintes fois prouvé qu'il était aimable et bon.

Elle sourit.

Bien sûr, il était également beau et séduisant... Comment lui en vouloir pour cela ? Il était facile à fréquenter, et elle aimait qu'il lui tienne la main, qu'il la soutienne, qu'il fasse ceci avec elle. Qu'il s'assure que son anniversaire soit un jour mémorable. Il n'avait pas voulu qu'elle soit seule pour ce jour spécial, c'était quelque chose qui comptait.

— Je suis contente que vous soyez ici avec moi, Cole, dit-elle.

Il se tourna pour la regarder, le vent ébouriffant ses cheveux courts.

— Je suis content aussi.

— Il fait froid, il pleut, et j'ai les pieds gelés, mais ça n'a pas d'importance.

Il lui sourit.

Elle adorait son sourire.

Elle se remit sur la pointe des pieds pour planter un baiser sur sa joue en guise de remerciement. Et là elle s'arrêta, humant l'air salé sur sa peau, l'odeur de ses cheveux humides, savourant la façon dont il la tenait contre lui. Elle recula légèrement pour le regarder dans les yeux, pas très sûre de ce qu'elle faisait, pas très sûre que ce soit sage.

Il lui rendit son regard avec intensité.

Désirait-il qu'elle l'embrasse ? Elle le pensait. Elle l'espérait. Mais si cela compliquait les choses ? Ce qu'ils partageaient pour le moment était bien, pourquoi tout embrouiller en l'embrassant ? Si tout allait de travers après ?

Avec un sourire incertain, elle fit un autre pas en arrière. En fut-il soulagé ? Déçu ? Elle ne put le dire.

— Retournons à la jetée, dit-elle.

Il hocha la tête.

— Oui.

Ils s'en retournèrent en marchant, main dans la main.

Elle savourait ce contact. La chaleur de sa paume. La force de son emprise. C'était presque comme s'il disait : « Ne crains rien. Je te tiens. Je ne te lâcherai pas ». Elle se sentait en sécurité, protégée par cet homme à côté d'elle. Elle souhaitait presque ne pas arriver au moment où elle devrait lâcher sa main pour remettre ses chaussures.

Elle ralentit un peu l'allure pour que ce moment dure plus longtemps. Enfin, avec réticence, elle lâcha Cole et s'assit sur le muret pour ôter le sable de ses pieds et se rechausser.

Il fit de même, puis – *oh, oui !* — il lui tendit de nouveau la main pour aller jusqu'à la zone de divertissement.

Ils gagnèrent seize peluches, et Lane fut très satisfaite d'arriver à dix avant Cole. Elles étaient bon marché et pas très belles, mais elles avaient été amusantes à gagner, et elle se réjouissait à l'idée de les rapporter chez elle et de les mettre dans le hamac installé dans la chambre de Tori.

Quand il se mit à pleuvoir pour de bon, ils se réfugièrent à l'intérieur de la boutique qui vendait des *fish and chips.*

Dedans, il faisait chaud et l'air sentait bon la nourriture. Ils se restaurèrent avec des frites parfaites et des croquettes de poisson croustillantes à point.

— Pourquoi les *fish and chips* paraissent-ils toujours meilleurs au bord de la mer ? demanda-t-elle.

Cole sourit et trempa une frite dans un petit pot de ketchup.

— Je n'en sais rien, mais c'est un fait.

— Je passe un anniversaire formidable. Merci.

— Cela me fait plaisir. Et ce n'est pas encore terminé.

— Ah non ?

— Non ! Il nous reste les glaces, et ensuite il y a un tour de manège que nous devrions faire.

Elle s'arrêta presque de manger.

Elle n'avait jamais vraiment apprécié les montagnes russes. Elle n'aimait pas avoir la sensation que son estomac se décrochait.

— Un tour de manège ? Après avoir mangé autant ? Est-ce raisonnable ?

— Tout ira bien. Je le promets. Je veillerai sur vous.

— Je l'espère !

Il sourit.

— Comptez sur moi.

La pluie avait cessé lorsqu'ils se dirigèrent vers la fête foraine.

Elle s'accrocha à son bras, s'imprégnant de l'atmosphère traditionnelle du bord de mer en Angleterre – le bruit, l'odeur de la barbe à papa et des hot-dogs aux oignons. En passant entre les diverses attractions, elle se mordait la lèvre, se demandant dans quel manège Cole voulait l'emmener et cherchant une excuse pour y échapper sans lui gâcher son plaisir.

— Et voilà, annonça-t-il.

Elle regarda devant eux, incrédule.

— Le train fantôme ?

Il rit à son expression.

— Il paraît que c'est le plus terrifiant de tout le pays !

Elle secoua la tête en riant de concert, soulagée.

— Je peux supporter un train fantôme.

— Asseyons-nous à l'avant ! s'exclama Cole.

Elle rit face à cet enthousiasme.

— Vous aimez ce qui fait peur, hein ?

— J'apprécie une bonne décharge d'adrénaline.

Ils s'installèrent l'un à côté de l'autre, abaissant la barre de sécurité, et leur wagon commença à avancer.

Des bruits sinistres les entouraient. Lane chercha la main de Cole tandis qu'ils s'enfonçaient dans le noir.

Ils eurent droit à tout : des squelettes, des zombies, des clowns diaboliques, des fantômes qui surgissaient brusquement devant eux, des tunnels emplis de toiles d'araignée… Elle s'appuyait contre Cole, riant comme une folle, et il la tenait contre lui. Comme elle se tournait vers lui pour partager son plaisir, elle vit qu'il la contemplait, le visage rayonnant de joie.

Soudain, toutes ces horreurs furent oubliées. Il n'y avait plus que lui. Derrière lui, l'obscurité était traversée de flashs lumineux. Il y avait toujours des personnages effrayants, mais elle ne les voyait pas. Elle ne voyait que la façon dont il la contemplait, son regard si intense…

Ils revinrent brusquement dans la lumière, et le train s'arrêta.

Les lèvres de Cole se posèrent sur les siennes au moment où la barre de sécurité se relevait.

Elle approfondit le baiser, heureuse de sentir sa langue dans sa bouche, s'autorisant cet instant dont elle avait rêvé si longtemps, oubliant toutes les complications qui allaient avec et se moquant de savoir si c'était raisonnable ou pas.

— Excusez-moi, est-ce que je peux monter ?

Une voix d'enfant avait rompu le charme. Ils s'écartèrent l'un de l'autre.

Lane avait les joues en feu, le souffle court. L'adrénaline qui la parcourait ne devait rien à l'attraction foraine.

Cole lui prit la main et l'aida à sortir du wagon. Ils restèrent là un moment, se fixant mutuellement, à court de mots.

Cole n'avait pas pensé un instant qu'il finirait par embrasser Lane ce jour-là. Il avait eu l'intention de lui faire passer une bonne journée, de lui ôter un peu de la tristesse due à l'absence de Skye. Il espérait simplement la connaître mieux et approfondir leur amitié.

Avait-il tout gâché ?

La vague de culpabilité qui l'engloutit de nouveau était familière. Il avait rarement embrassé une femme comme ceci, de tout son cœur. Comme s'il n'aurait pu continuer à respirer s'il ne l'avait pas fait.

Ce qu'il y avait entre eux allait en être changé, maintenant.

Ce désir qu'il ressentait pour Lane s'était construit lentement. Il avait fait de son mieux pour l'ignorer, mais on ne peut pas combattre quelque chose de ce genre. C'est primal. C'est... *la vie.*

— Je suis désolé. Je n'avais pas l'intention de...

Ses mots moururent tandis qu'il contemplait Lane.

Ses lèvres étaient encore entrouvertes, et tout ce qu'il était capable de penser, c'était combien elles lui avaient semblé parfaites. Douces. À quel point il avait été bon de l'embrasser.

— Non, ne vous excusez pas. C'était juste... l'excitation du moment.

Elle ne semblait pas croire du tout à ce qu'elle disait. Essayait-elle de le mettre à l'aise ?

Il déglutit fortement, tâchant de cesser de penser à ce baiser.

— Il faut que les choses restent professionnelles entre nous. Cela ne, euh... se reproduira pas, déclara-t-il.

Elle hocha la tête.

— Vous avez raison. C'est compliqué, n'est-ce pas ?

« Compliqué » était un terme faible.

— Oui, ça l'est. Alors... Qu'avez-vous envie de faire, maintenant ?

Il se sentait mal de changer de sujet alors que quelque chose d'aussi monumental venait de se passer - Lane et lui s'embrassant passionnément. Ça lui semblait lâche, et il en éprouva encore plus de culpabilité.

Il se dirigea au hasard vers un stand de tir et se mit à viser des boîtes de conserve cabossées.

En fait, son âme était aussi cabossée qu'elles. Le bonheur s'achevait toujours en tragédie.

Qu'est-ce qu'il lui avait pris de laisser émerger ses sentiments de cette façon ? Lane était la marraine de sa fille ! Sa tutrice légale ! S'il ratait leur relation, elle partirait avec Tori, et il ne pourrait rien y faire.

Il était censé apprendre à connaître sa fille, pas tomber amoureux de la femme qui en était responsable. Sans mentionner qu'ils étaient collègues de travail ! Dans un tout petit cabinet ! S'il gâchait tout, les répercussions pourraient être très importantes – non seulement pour lui et son avenir avec sa fille, mais pour les patients aussi !

Il mentirait s'il disait qu'il n'avait pas songé au côté pratique de la chose s'ils se mettaient ensemble – ne prendrait-il pas cette commodité et la promesse d'une famille toute faite pour une véritable attirance ?

Il n'avait rien gagné au stand de tir, mais il n'était pas prêt à se retourner et à voir le visage de Lane.

Que pensait-elle ? Se sentait-elle rejetée ? Elle avait semblé être d'accord avec lui sur le fait que ce baiser avait été une mauvaise idée... Mais ne le lui avait-elle pas rendu ? Elle s'était pressée contre lui, elle avait passé les doigts dans ses cheveux. Était-ce là l'attitude d'une femme qui ne voulait pas être embrassée ?

Ou peut-être avait-elle éprouvé la même chose que lui ? Peut-être s'était-elle laissé emporter par l'intensité du moment et, durant un instant de folie, avait-elle oublié ce qui importait ? Peut-être encore était-ce elle qui comptait sur lui pour lui fournir une famille toute faite ?

Il se détourna du stand et la regarda.

Ses cheveux devenaient humides avec le crachin, et elle n'avait pas de capuche.

— Allons acheter un parapluie, dit-il.

— Ce n'est pas la peine.

— Si. Je crois que j'en ai vu dans cette boutique de cadeaux.

Il lui acheta un parapluie, et comme elle était beaucoup plus petite que lui, cela lui fournit une bonne raison de marcher à une certaine distance d'elle.

Quelle qu'ait été la proximité qu'ils avaient partagée auparavant, elle paraissait précaire, maintenant. C'était comme s'il y avait un mur entre eux. Il savait que c'était lui qui avait édifié ce mur, mais il en avait besoin. Cela l'avait protégé depuis la mort d'Andrea, et là il devait le renforcer. S'assurer que Lane ne puisse pas le faire tomber. Il n'y avait qu'à voir ce qui s'était passé la dernière fois qu'il l'avait franchi !

Même si le souvenir de ce baiser lui donnait envie de démolir ce mur brique par brique pour franchir de nouveau la ligne.

Ce lundi, Lane était debout à la réception, attendant l'arrivée de son prochain patient, quand Cole sortit de son cabinet.

Hyper consciente du fait qu'il s'approchait, elle sentit son eau de toilette avant même qu'il s'arrête à côté d'elle, et elle se crispa bien qu'elle n'en ait pas eu l'intention.

La veille, cela s'était terminé de façon si embarrassante ! Il l'avait reconduite chez elle en silence ou presque, ne faisant que de rares commentaires sur la pluie ou la circulation. Enfin, il l'avait déposée sur un bref « merci pour la journée ».

Il remit des prélèvements à envoyer au laboratoire puis s'éloigna sans dire un mot.

Elle n'avait jamais eu autant besoin d'un câlin avec Tori. Elle éprouvait la nécessité de la serrer fort contre elle et de lui parler comme si elle était Skye.

« J'ai fait une énorme bêtise. Je l'ai embrassé. J'ai embrassé ton père. Et c'était à couper le souffle. Le monde a cessé de tourner pendant un moment. »

Elle imaginait Skye lui demander :

« Et après ? »

Après, il ne s'était rien passé. Elle avait vu les protections de Cole se mettre en place très vite, et bien qu'il ait fait froid toute la journée, elle avait ressenti son premier frisson. L'amusement avait disparu, et ils étaient rapidement convenus qu'il était temps de rentrer. Et maintenant, elle ne savait pas comment se comporter avec lui.

— Vous êtes en froid, tous les deux ? demanda Mary.

— Non, pas vraiment.

Celle-ci haussa les sourcils.

— « Pas vraiment » ? Ça veut dire que vous vous êtes un peu disputés. Vous pouvez m'en parler, je ne le répéterai pas.

Lane sourit devant son insistance.

— Il m'a emmenée quelque part pour mon anniversaire, et ça ne s'est pas très bien passé, c'est tout.

— Oh… Comment ça ?

— Il faisait froid et il pleuvait. Nous nous sommes moins amusés que nous ne le pensions.

Mary se tapota la lèvre inférieure, pensive.

— Mais alors, vous devriez le regretter ensemble ? Quand il est arrivé près de vous, vous vous êtes figée comme si vous étiez plongée dans de l'azote liquide. Autre chose s'est produit…

— Rien du tout.

— Vous en êtes sûre ?

Lane sourit de nouveau, soulagée de voir arriver son patient qui venait pour un bilan.

— Absolument… Monsieur Jammeh ! Voulez-vous me suivre ?

Alors qu'elle escortait le vieux monsieur dans le couloir, Mary se pencha par-dessus le comptoir de la réception.

— Je trouverai ce que c'est ! lança-t-elle.

Lane secoua la tête sans se retourner.

Elle aimait bien Mary. C'était la mère poule du cabinet, s'occupant de tous ses poussins. Mais il y avait des limites.

À la fin de la journée, Lane termina ce qu'elle avait à faire. Après avoir nettoyé sa salle de soins, elle alla voir dans le cabinet de chaque médecin s'il manquait quelque chose. Chez le Dr Summer, elle changea le papier de la table d'examen. Chez le Dr Green, elle mit une boîte de garrots et des aiguilles neuves, gardant le cabinet de Cole pour la fin.

Ensuite, elle vérifia si tout allait bien dans la salle des infirmières tout en guettant les bruits venant du couloir.

Rien. Maintenant, Cole avait dû s'en aller, non ?

Elle alla presser l'oreille contre la porte de son cabinet, bataillant pour chasser le souvenir de leur baiser… quand la porte s'ouvrit.

Elle faillit tomber dans les bras de Cole.

Il lâcha sa mallette pour l'attraper.

— Hé là ! Ça va ?

Elle se libéra, rouge comme une tomate.

— Désolée. J'allais entrer, mais j'ai cru vous entendre bouger à l'intérieur, et je me suis dit que vous travailliez encore.

Elle parlait parce qu'elle ne savait pas quoi faire d'autre. Elle n'avait pas le courage de le regarder dans les yeux.

Ils ne s'étaient pas vraiment parlé depuis le baiser, et maintenant il se tenait là, la fixant comme s'il attendait quelque chose tandis qu'elle meublait le silence.

Elle sentait ses joues brûlantes. Pensait-il qu'elle l'avait espionné ? Croyait-il qu'elle avait eu peur d'entrer ?

— Je ne voulais pas vous déranger. Si vous avez encore des choses à faire, je vais vous laisser…

— Lane, c'est bon. Je m'en allais.

— Oh ! très bien. Il faut que je jette un coup d'œil à votre poubelle et que je vérifie… euh… si vous avez besoin de quelque chose…

Il hocha la tête, reprenant sa mallette.

— Je crois que je n'ai plus d'aiguilles vertes. Et il me faut peut-être quelques seringues.

Elle acquiesça et se dirigea vers sa poubelle. De dos, il ne pouvait pas voir son visage en feu !

— Est-ce que je peux toujours passer ce soir pour voir Tori ?

Elle avait oublié qu'ils s'étaient mis d'accord pour que Cole vienne voir sa fille chaque soir, avant son coucher !

Soudain, elle s'imagina Cole la mettant au lit, elle, et se penchant pour l'embrasser.

Oh ! sapristi ! Vite, penser à autre chose !

Elle fit un bref signe de tête en changeant le sac-poubelle.

— Oui. Vous pouvez venir. Comme convenu.

Elle se retourna vers lui, sentant qu'elle devait lui sourire, mais elle ne put croiser son regard.

C'en était trop pour elle, après la façon dont il l'avait rejetée après le train fantôme. Elle aurait dû se fier à son premier instinct le concernant. Il ne voulait pas d'elle, il était simplement là pour Tori. Elle n'avait été pour lui qu'une distraction qui n'avait pas duré, et il devait se sentir coupable vis-à-vis de sa femme. Comment pourrait-elle se comparer à l'amour de sa vie ? On ne voulait jamais d'elle. Son père l'avait abandonnée, Simon avait voulu la contrôler. Cole craignait qu'une relation avec elle mette en péril sa relation avec Tori. S'ils se mettaient ensemble et rompaient ensuite…

En fait, plus vite elle admettrait qu'il était là pour Tori et non pour elle, mieux ce serait.

— Je devrais être rentrée vers 18 heures, dit-elle.

— 19 heures, ça vous va ? Ça me laissera le temps de manger un morceau.

— Ce sera parfait.

Elle essaya de nouveau de sourire, mais son sourire s'estompa lorsqu'il s'en alla sans ajouter un mot.

Elle avait probablement tout gâché en embrassant Cole…

Mais non, c'était lui qui l'avait embrassée ! Passionnément. Ils avaient été tous les deux attirés l'un par l'autre. Elle avait senti la tension dans l'air, tous deux s'étaient perdus dans cet instant hors du temps…

Lorsqu'elle verrait Cole ce soir, elle mettrait les choses au point. Si elle montrait des émotions, elles étaient réelles ! Cette journée au bord de la mer avait été difficile pour elle, et elle s'était laissée emporter un moment. Il fallait qu'il le sache.

8

Ce soir-là, Tori refusait obstinément de manger sa purée.

Découragée, Lane la sortit de sa chaise haute et la posa sur son tapis avec ses jouets. Elle n'avait aucune envie de se remettre à lui donner un biberon la nuit.

Juste comme elle pensait avoir réussi à passer ce cap, se dit-elle, frustrée, en s'adossant à l'évier. Elle s'était donné tant de mal pour être la meilleure des mères pour Tori !

Un coup frappé à la porte la tira de ses pensées moroses.

Cole.

Elle soupira en songeant qu'ils allaient passer au moins deux longues heures à devoir se supporter. En ouvrant, elle s'attendait à voir un homme embarrassé, mais à la place il la regarda avec curiosité.

— Eh bien ? Qu'est-ce qu'il y a ? demanda-t-elle avec colère, se sentant au bord des larmes. Parce que j'ai eu une journée difficile et…

Il se mordit la lèvre inférieure et eut un sourire gêné.

— Vous avez quelque chose sur la joue et sur… votre chemise, dit-il en indiquant sa poitrine.

Elle porta une main à son visage et rougit violemment.

De la purée !

Terriblement humiliée, elle se planta les dents dans la lèvre pour se retenir, mais elle fondit quand même en larmes. Elle se mit à sangloter, les deux mains sur le visage.

Et soudain, Cole fut là, la tenant dans ses bras.

Elle pleura contre son torse, mouillant sa chemise, essayant de proférer des excuses. Mais il la fit taire gentiment et la garda contre lui jusqu'à ce qu'elle parvienne à se calmer.

Elle n'aurait su dire combien de temps ils demeurèrent ainsi, mais elle savait une chose : elle avait envie de rester là pour toujours. Seulement, elle ne pouvait pas, parce qu'il ne voulait pas d'elle.

Elle s'écarta de lui en s'essuyant les yeux, sachant qu'ils devaient s'occuper de Tori.

— Pardon. Je suis terriblement désolée. Je ne sais pas d'où c'est venu.

— Pas de problème. Laissez-moi vous préparer une tasse de thé.

— Non, c'est bon, je peux m'en occuper. Il faut juste que je voie ce que fait Tori.

— Occupez-vous d'elle, je nous prépare du thé.

Elle acquiesça et le conduisit dans la cuisine, où il s'accroupit pour dire bonjour à Tori puis se mit à chercher dans les placards de quoi faire du thé.

Un instant plus tard, une tasse fumante de thé à la menthe posée près d'elle, elle lui lança un coup d'œil hésitant et découvrit qu'il la fixait.

— Un penny pour vos pensées ? demanda-t-il.

Il haussa un sourcil et sourit gentiment. Aucun jugement. Juste de l'amitié.

Elle se détestait d'avoir laissé une distance s'installer. Cole était un homme bien, quoi qu'il se soit passé entre eux. Oui, il était là pour Tori, mais peut-être voulait-il être son ami aussi ?

— Tori n'a pas voulu manger son dîner, c'est la goutte d'eau qui a fait déborder le vase. Mon fragile château de cartes s'est écroulé.

Il hocha la tête.

— Je comprends. Avez-vous une banane ?

Elle le regarda, perplexe.

— Euh... Oui. Au-dessus du panier à fruits.

— D'après ma mère, quand je ne voulais pas manger mon dîner, elle me donnait une banane pour que je ne me réveille pas affamé au milieu de la nuit.

Elle sourit, l'imaginant bébé.

— Mais Tori ne veut rien manger.

— Avez-vous essayé ?

— Non, mais...

Il pela la banane, en rompit la moitié et la tendit à sa fille, qui l'attrapa d'un air réjoui et la fourra aussitôt dans sa bouche.

Lane secoua la tête, incrédule.

— Je n'en reviens pas.

— Parfois, les bébés perçoivent le stress de leurs parents. Peut-être a-t-elle senti votre mal-être ?

Il évoquait un sujet qu'elle n'avait pas envie de le voir aborder.

— Peut-être.

— Vous voulez en parler ? Je sais bien écouter.

Elle soupira.

— Je ne suis pas sûre que vous soyez la meilleure personne à qui je pourrais me confier. D'habitude, je parlais à Skye.

— Mais elle n'est plus là, dit-il.

Il n'avait pas besoin de le lui rappeler. Rien qu'à cette idée, elle sentait revenir les larmes.

— J'ai perdu des proches, moi aussi, reprit-il. J'ai perdu ce que je ne me serais jamais attendu à perdre : mon cœur. Ma femme. Mon enfant à naître. Et puis, j'ai appris que j'avais perdu les premiers mois de la vie de Tori. Et la chance de connaître sa mère.

Elle déglutit avec peine.

— Skye ne peut pas vous manquer ?

— Si. J'aurais aimé savoir qui elle était. J'aurais dû la connaître mieux. La soutenir tandis qu'elle traversait quelque chose d'aussi terrifiant. En tant que médecin, j'aurais pu l'aider.

— Ses docteurs n’ont rien pu faire. Le cancer était trop avancé.

— Je sais. Mais j’aurais aimé la rencontrer, la regarder dans les yeux et lui assurer que j’aiderais à donner à notre fille la meilleure vie possible.

Sentant une larme couler, elle l’essuya vivement.

Plus de larmes. Pas ce soir.

Cole pouvait-il offrir à Tori une meilleure vie qu’elle ?

— Skye l’aurait apprécié, murmura-t-elle.

— Je suppose que, à la place, je peux vous le dire à vous.

Il la fixait. Droit dans les yeux. Elle ne pouvait détourner son regard. C’était intense. Intime.

— Je ne suis pas un homme volage, Lane. Toute ma vie, j’ai souhaité deux choses : être médecin et être père. Ceci est ma seconde chance. Je ne veux pas la perdre.

Elle ne le quitta pas des yeux.

— Mais si nous gâchons tout ?

Il fronça les sourcils.

— Que voulez-vous dire ?

— J’adore Tori, elle est tout ce qu’il me reste de Skye…

Elle ne put finir sa phrase. Ne put prononcer les mots qui venaient de se former pour la première fois dans son esprit, et qu’elle éprouvait le besoin d’analyser.

Cole se pencha vers elle.

— Et… ?

Entre eux, par terre, Tori avait fini la banane et jouait avec ses briques.

— Et… Je l’aime autant que si elle était ma propre fille.

Il posa une main sur la sienne, sur la table.

— Nous l’aimons tous les deux.

Elle se dégagea et se leva.

— Mais vous êtes son vrai père. Son vrai parent. Ne devrait-elle pas être avec vous ? Je n’aurai jamais avec elle la même connexion que vous.

Il se leva à son tour.

— Vous ferez toujours partie de sa vie, Lane.

Elle se détourna, le visage en feu.

— J'ai été tout pour elle ! J'ai été sa mère ces derniers mois, je lui ai sacrifié mon couple, et tout ça pour quoi ? Pour avoir l'impression de n'être rien, comparée à vous. Si nous la partagions, comment cela marcherait-il ?

— Nous trouverons une solution.

Elle haussa un sourcil incrédule.

— Il faut qu'elle prenne son bain, maintenant.

Cole soupira, se rendant visiblement compte qu'ils n'allaient rien régler ce soir-là.

— Laissez-moi le lui donner.

— Vous ne savez pas comment elle l'aime.

— Montrez-moi, j'apprendrai.

Et elle le fit. Elle lui indiqua quelle quantité d'eau mettre dans la baignoire, quelle était la bonne température et comment la vérifier, quels jouets mettre dans son bain, quelle serviette, quel bain moussant utiliser.

Cole donna son bain à Tori, joua avec elle.

Lane les regarda du pas de la porte, se disant que c'était ce qu'elle éprouverait désormais tandis que Cole s'impliquerait davantage.

Si elle le permettait.

Un sentiment qui la mettait mal à l'aise.

— Je vais ranger en bas et lui préparer son dernier biberon, annonça-t-elle alors qu'il séchait Tori avant de la mettre en pyjama.

Elle descendit et ramassa les jouets de Tori. Quand tout fut rangé, elle se dit que c'était à cela que ressemblerait son avenir quand Cole prendrait davantage de responsabilités : vide et solitaire. Simon l'avait avertie de ne pas le faire, de ne pas prendre une enfant qui n'était pas la sienne.

C'étaient des pensées trop déprimantes.

Elle retourna dans la cuisine préparer le biberon de Tori.

Il fallait la coucher. Cole voudrait le faire aussi, sans doute. Apprendre ses habitudes.

Stupidement, elle n'avait pas pensé que cela arriverait. Elle avait été convaincue qu'elle ne retrouverait qu'un vulgaire séducteur qui ne voudrait rien avoir à faire avec Tori. Mais il n'en avait pas été ainsi. Il était aimable, attentif, concerné. Il était un bon médecin. Un bon ami. Elle ne doutait pas qu'il serait un bon père aussi.

En tant que tutrice légale de la petite fille, elle ferait toujours partie de sa vie, mais que serait-elle réellement ? Une personne extérieure ? Quelqu'un qui fait semblant ? Quelqu'un que Tori en viendrait à ne plus supporter parce qu'elle voudrait passer tout son temps avec son père biologique ?

D'un pas lourd, elle monta à l'étage.

En haut, Cole l'attendait, Tori babillant gaiement dans les bras.

Un père et sa fille, comme cela se devait. Elle en aurait été heureuse si cela ne signifiait pas pour elle l'exclusion.

— Puis-je la mettre au lit ? demanda-t-il.

Elle lui donna le biberon.

— Bien sûr. J'ai l'habitude de lui lire une histoire pendant qu'elle boit son lait.

— D'accord. A-t-elle une histoire préférée ?

— Je vais vous montrer.

Elle le conduisit dans la chambre de Tori, lui donna le livre et l'observa tandis qu'il couchait sa fille avec son biberon. Puis elle resta sur le pas de la porte et l'écouta lui lire l'histoire en mettant le ton voulu.

Tori ne tarda pas à s'endormir.

Ils sortirent sur la pointe des pieds, et Cole ferma la porte à moitié derrière eux.

— Elle devait être fatiguée, dit-il.

— Elle s'endort toujours très bien. Je n'ai jamais eu de problème.

— C'est parce que vous vous occupez vraiment bien d'elle. Elle vous fait honneur.

Elle hocha la tête, acceptant le compliment.

— Merci. Je suis sûre que vous vous débrouillerez bien aussi.

Il y eut une pause, et elle ferma les yeux, en proie au désespoir.

Elle ne pouvait pas exprimer l'indicible. Ne comprenait-il pas la douleur qui habitait son cœur et la crainte qu'elle éprouvait à la possibilité de perdre Tori ?

— Je suis désolé de vous avoir contrariée le jour de votre anniversaire, déclara-t-il soudain. À la foire. Avec ce baiser. Je ne voulais pas dire que cela avait été une erreur. J'ai juste pris peur, c'est tout.

Son cœur se mit à tambouriner dans sa poitrine.

— J'étais terrifiée aussi.

— Tant de choses sont arrivées avant, et… Je ne voulais pas nous mettre dans une situation où je faillirais envers vous. Si nous avions une relation, ce serait…

Elle entendait à peine ses paroles. Si près de lui, les mains sur son torse, le regardant au fond des yeux, elle se sentit happée…

Et soudain, ils furent en train de s'embrasser.

C'était comme si ni l'un ni l'autre ne pouvait résister. Ils étaient attirés l'un vers l'autre comme par une force magnétique, chacun ayant besoin de l'autre. Elle sentait sous ses mains le fort battement du cœur de Cole, ses muscles solides, son goût dans sa bouche - elle avait du mal à se rappeler comment respirer !

Elle voulait absorber et sentir chaque pouce de lui…

Elle tira sur sa chemise enfilée dans son pantalon, chercha par-dessous sa peau brûlante, les muscles rigides de son ventre, de son torse, de son dos.

Elle avait besoin de sentir ses mains sur elle.

Elle interrompit le baiser.

— Viens avec moi.

Elle l'entraîna dans sa chambre, déboutonnant sa chemise dès qu'ils furent à l'intérieur. Il tira son haut par-dessus sa tête, ses lèvres trouvèrent son cou, sa gorge, et elle étouffa une exclamation en sentant sa bouche sur elle, le jeu de sa langue, le mordillement de ses dents. Plaisir, douleur, chacun aussi intense que les sensations précédentes.

Elle sentait son érection pressée contre elle, et cela la transportait. Elle voulait son sexe dressé. Elle en avait *besoin.* Elle voulait oublier tout le reste, tout ce qui ne comptait pas en cet instant. Elle ne pouvait pas rester loin de lui. Même lorsqu'elle avait tenté de dresser une barrière entre eux, elle en avait souffert et s'était sentie terriblement déprimée. C'était comme si elle était incapable de respirer sans lui.

Ils tombèrent sur le lit, et elle saisit la boucle de sa ceinture. Avait-elle un préservatif quelque part ? Dans le tiroir de sa table de chevet ? C'était possible. Quand elle vivait avec Simon, elle en avait toujours en réserve.

Elle tendit la main et ouvrit le tiroir, cherchant à l'aveuglette. Elle sortit quelque chose, mais c'était une boîte de paracétamol. Elle la jeta par terre et chercha de nouveau. Cole riait. Cette fois, elle trouva ce qu'elle voulait.

Se mordant la lèvre, pleine de joie, elle le lui donna et l'embrassa passionnément.

— Pas de grossesse surprise, cette fois, dit-elle.

Il sourit et l'embrassa à son tour.

— Je suis d'accord.

Quand Cole s'éveilla, le soleil transperçait les rideaux et Lane, nue, était nichée contre lui. Elle s'accordait parfaitement à lui et il ferma brièvement les yeux, en savourant la sensation de tenir dans ses bras quelqu'un qu'il...

Quelqu'un qu'il *quoi ?*

Si l'embrasser avait été une erreur, qu'est-ce qu'avait été *ceci* ?

Pourtant, il n'avait pas envie de rompre le contact. Lane

paraissait tellement à sa place dans ses bras, et la nuit avait été merveilleuse. Il s'était perdu dans cette femme, et cela avait été si bon ! Comment quelque chose qui semblait si juste pouvait-il être une erreur ? Ça ne pouvait pas en être une. Peut-être que s'ils avançaient lentement...

Après l'anniversaire de Lane et la façon dont ils s'étaient séparés, il s'était senti très mal. Au travail, il n'avait pas été capable de lui parler, même pour s'entretenir avec elle des patients. C'était l'une des choses les plus difficiles qu'il avait jamais eues à faire, et vu ce qu'il avait vécu, ce n'était pas rien !

Il n'avait jamais tenu quelqu'un à distance de cette façon, auparavant. Pas s'il était attaché à cette personne. Et pourquoi n'aurait-il pas de sentiments pour Lane ? C'était une très belle femme, intelligente, qui aimait sa fille et la gardait en sécurité. Elle méritait au moins son respect, et il l'avait traitée comme une étrangère. Heureusement, ils avaient dépassé cela, maintenant. Mais aurait-elle des doutes en se réveillant ? Lui demanderait-elle de partir ? Penserait-elle qu'il avait couché avec elle pour renforcer ses liens avec Tori ?

Il chercha des yeux le réveil.

Presque 7 heures. Ils devraient se lever bientôt. Il aimerait prendre une douche s'il le pouvait.

Lane remua légèrement contre lui, et il se demanda aussitôt si elle aurait envie de prendre cette douche avec lui. Sa faim d'elle n'était pas rassasiée. Il désirait davantage.

Il lui chatouilla la nuque du bout du nez.

— Bonjour, belle dormeuse.

Elle s'étira comme une chatte et se tourna pour l'embrasser.

— Bonjour.

— Combien de temps avons-nous ? demanda-t-il, songeant au petit déjeuner spécial qu'il pourrait savourer ce matin-là.

Elle regarda l'heure.

— Pas assez. Je parie que Tori est déjà réveillée.

— Je vais aller la lever.

— Il faudra lui changer sa couche.

— D'accord.

Il l'embrassa sur le bout du nez et lui sourit.

— Tu vas bien, après cette nuit ?

Elle hocha la tête.

— Plus que bien. Et toi ?

— Moi aussi.

Il lui donna un dernier baiser puis repoussa les couvertures et enfila son caleçon.

— Tu vas préparer le petit déjeuner ?

— Oui. Veux-tu quelque chose de précis ?

— Ce que tu as m'ira.

Elle sourit.

— Des toasts à la confiture ?

— Parfait.

Il alla lever Tori, qui était réveillée et gazouillait.

Une famille, est-ce que c'était ainsi ? Ce qu'ils partageaient lui semblait juste. Mais s'ils précipitaient les choses en faisant un bond géant comme celui-ci ? La veille ils se parlaient à peine, et maintenant... En tout cas, ils ne pouvaient certainement pas revenir en arrière.

Il se sentait heureux, en ce moment. Pourquoi penser à revenir en arrière ?

Parce que la dernière fois qu'il avait été heureux, ça s'était fini en tragédie.

Il changea la couche de sa fille et la porta en bas. Il fondit lorsqu'elle appuya la tête sur sa poitrine.

C'était une enfant si affectueuse ! Elle n'avait encore aucune idée de sa triste histoire. Lane faisait un travail magnifique en la rendant heureuse et épanouie malgré le chagrin qu'elle éprouvait d'avoir perdu sa meilleure amie.

L'arôme du café et des toasts lui fit grommeler l'estomac tandis qu'il installait Tori dans sa chaise haute. Lane y avait déjà disposé des céréales, un fruit et des portions de toasts, avec un biberon de lait.

— Je peux aider ? demanda-t-il.

Elle lui sourit et il adora son apparence matinale : décoiffée, ensommeillée et satisfaite.

— Tout est sous contrôle, répondit-elle.

Il versa un peu de lait dans son café et le goûta.

Parfait !

— Je dois partir rapidement.

Elle se tourna vers lui, l'air soucieux.

— Ah oui ? Pourquoi ?

— Je ne peux pas arriver au cabinet avec mes vêtements d'hier. Mary flairerait la chose à une lieue.

Lane se détendit un peu.

— D'accord.

— J'ai vraiment aimé cette nuit, tu sais.

— Moi aussi.

— Tant mieux. Mais nous devrons nous montrer prudents au travail.

Elle s'assit à table à côté de lui.

— Pour le cas où l'on remarquerait que nous sommes de nouveau amis ?

Il lui prit la main.

— Je pense que nous sommes plus que ça, maintenant.

Elle sourit.

— Peut-être.

— Et Mary va certainement noter que je te regarde d'une façon différente.

— De quelle façon ?

Il eut un grand sourire.

— Comme si je t'avais vue nue et que j'aimerais recommencer.

Lane couvrit les oreilles de Tori et rit.

— Chut... Pas devant le bébé !

9

Lane était d'humeur enjouée lorsqu'elle déposa Tori chez sa mère, à tel point que celle-ci en fit la remarque.

Elle prétendit qu'elle avait dormi comme un bébé, mais elle vit bien que sa mère n'était pas dupe. Il faudrait qu'elle fasse beaucoup plus attention au travail.

Le soleil brillait sur le cabinet médical de Liberty Point lorsqu'elle arriva. La voiture de Cole était déjà rangée sur le parking.

Elle se gara à côté puis alla travailler avec un sourire rayonnant.

— Bonjour, tout le monde. Bonjour, Mary, bonjour, docteur Branagh !

— Bonjour, Lane. Comment allez-vous, aujourd'hui ?

Elle lui rendit son sourire.

— Très bien, merci. Et vous ?

— Super, lança-t-il en retournant dans son cabinet.

Mary les avait observés avec attention, comme une chatte devant un bol de crème.

— Bon, que se passe-t-il ? demanda-t-elle.

Lane essaya de prendre l'air innocent.

— Que voulez-vous dire ?

— Vous supportiez à peine de vous regarder hier, et aujourd'hui vous êtes tout sourire comme si…

La réceptionniste s'arrêta, frappée par une idée.

— Est-ce que vous et lui... Vous vous *fréquentez* ?

— Nous ?

Mary sourit largement.

— Je le savais ! Je l'ai su à la seconde où je vous ai vue arriver comme si tout était merveilleux. Et il ne s'est pas rasé !

Lane s'efforça de paraître intriguée et de ne pas rougir.

— Qu'est-ce que ça a à voir avec quoi que ce soit ?

— Eh bien, visiblement, il a eu le temps de passer chez lui pour se changer, mais pas de se raser. Le Dr Branagh n'est pas venu travailler une seule fois sans être rasé de près, et *en plus* il a les yeux qui brillent et un pas allègre que je ne lui ai jamais vu depuis...

Son regard s'assombrit.

— Eh bien, depuis qu'Andrea...

À la mention de la défunte épouse de Cole, Lane perdit son sourire.

— Vous ne devez le dire à personne, Mary. C'est compliqué.

— Oh ! mon chou ! L'amour, c'est *toujours* compliqué.

— Je ne sais pas si nous en sommes déjà là.

Mary prit un mug et eut un grand sourire.

— Moi, je le sais.

— Vous êtes impossible ! Une romantique indécrottable.

— De mon temps, une romance, cela signifiait quelque chose. Maintenant, tout n'est plus que sexe et lubricité. Il n'y a pas de mal à ça, mais d'après mon expérience, ça ne dure pas. L'amour dure.

Lane fit la moue.

Elle n'en était pas sûre. Elle avait pensé que Simon l'aimait comme elle l'aimait, et pour finir il n'avait pas pu supporter de la partager. En outre, il l'avait accusée d'avoir fait capoter leur relation. N'était-elle pas imprudente, de succomber aux charmes de Cole ? Naïve ? Ne recommençait-elle pas la même histoire ?

Et si cette relation échouait – dans la mesure où ils avaient une relation, car ils n'avaient passé qu'une nuit ensemble –, est-ce que cela avait été du sexe ou une romance ?

Mais est-ce que ça ne pourrait pas être les deux ?

Mary redevint sérieuse.

— Je vous aime bien, Lane, mais je connais le Dr Branagh depuis bien plus longtemps, et je sais ce qu'il a traversé. Il n'a pas besoin d'autres bouleversements dans sa vie. Pas besoin de plus de chagrin. S'il vous plaît, ne lui en causez pas. C'est un homme bien.

— Je le sais. Je ne le ferai pas souffrir, Mary. Je le promets.

— Bon. Maintenant, ouvrons ces portes pour laisser entrer nos patients. Nous avons du travail.

Lane accueillit sa première patiente, une dame âgée qui souffrait d'hypertension. Elle fit asseoir Mme Walker, lui demanda comment elle allait et lui annonça qu'elle devait lui faire une prise de sang. Pendant qu'elle préparait son matériel, sa patiente lança :

— Il paraît que vous avez une petite fille. C'est vrai ?

— Euh... Oui.

— Quelqu'un m'a dit que son père est le Dr Branagh ?

Elle se figea.

— Pardon ?

— Je ne veux pas me mêler de ce qui ne me regarde pas, mais j'admire tant le Dr Branagh ! Et quand sa femme est morte... Je suis sûre que vous comprenez. Alors, découvrir qu'il a un enfant, après ça, c'est...

Mme Walker chercha le mot juste.

« Horrible ? Un scandale ? De quoi alimenter les potins ? »

— C'est merveilleux pour lui. Il mérite tellement d'être heureux !

Lane hocha la tête, soulagée.

— Tout le monde le mérite.

Mais pourquoi tout le monde était-il si soucieux du bonheur de Cole ? Et le sien ? Elle voulait être heureuse, elle aussi !

Elle effectua la prise de sang et prit la tension de sa patiente, qui était encore un peu élevée. Elle lui posa des questions sur son hygiène de vie.

— Vous devriez diminuer le sel, vous savez.

— Je le pourrais, je suppose…

Elle lui reprit sa tension, qui était un peu retombée.

— Nous allons utiliser ce résultat. Pour la prise de sang, si vous n'avez pas de nouvelles, c'est que tout est normal.

— Très bien. C'est fini ?

— Oui.

Lane sourit et regarda Mme Walker se diriger d'un pas hésitant vers la porte. Et soudain, la question qui lui brûlait les lèvres lui échappa.

— Puis-je vous demander… De qui tenez-vous que Tori est la fille du Dr Branagh ?

La vieille dame s'arrêta.

— De mon amie Alice. Je pense qu'elle l'a appris par son amie Caroline…

Ainsi, leur secret était bel et bien éventé. Cole avait-il dit quelque chose ? Peut-être l'avait-il dit à ses parents, s'il en avait ? Et s'ils en avaient parlé à d'autres personnes…

— Très bien. Merci.

— Encore une fois, nous trouvons tous que c'est merveilleux pour lui.

Elle sourit et hocha la tête.

— Au mois prochain, madame Walker, dit-elle, même si elle savait qu'elle n'était plus ici pour très longtemps.

Shelby allait bientôt revenir, et Lane s'en irait avec Tori.

À moins que…

Oserait-elle penser qu'elle avait une chance d'avenir avec Cole ? Était-il seulement disponible pour une autre relation ? Pourrait-elle être à la hauteur de ce qu'il avait eu avec sa femme ? Qu'est-ce que cela signifierait de rester par ici ?

Elle garderait Tori dans sa vie, c'était sûr. Et Cole ? L'idée de le garder aussi lui plaisait vraiment beaucoup.

Elle croisa les doigts, toucha le bois de la chaise en face d'elle. Elle prendrait toute la chance qu'elle pourrait avoir.

Cole et Lane s'étaient rendus en voiture au parc. Ils avaient mis Tori dans sa poussette, et ils marchaient lentement, cherchant un bon endroit pour pique-niquer. Il y avait beaucoup de monde, ce jour-là.

— Là-bas !

Cole indiqua un emplacement libre près d'un petit massif de fleurs avec des roses et de la lavande, entouré d'abeilles qui bourdonnaient.

Lane étendit la couverture sur l'herbe et déballa le pique-nique, composé de sandwichs, de gâteaux de riz et de fruits.

— T'ai-je dit que nous sommes devenus le centre des conversations ? demanda-t-elle.

Cole haussa un sourcil.

— Nous ?

— Surtout toi. Et Tori. Les gens savent qu'elle est ta fille.

— Et ils pensent que tu es sa mère ?

— Non. Ils semblent savoir que je ne le suis pas. Dieu sait quelle explication ils ont trouvée à ça.

Cole haussa les épaules et mit un peu de nourriture dans un bol à ventouse qu'il fixa sur la tablette de Tori.

— Nous connaissons la vérité. C'est ce qui importe.

— Cela ne t'ennuie pas que les gens jasent dans ton dos ?

Il secoua la tête.

— Non, pas vraiment. On ne peut pas empêcher les ragots.

— Mais ils pourraient colporter des choses fausses. Supposer que tu as eu une liaison pendant ton mariage.

— Alors, Tori serait beaucoup plus âgée. J'espère que mes patients savent compter. Et toi, est-ce que ça t'ennuie ?

Elle baissa les yeux, n'osant pas admettre que oui.

— Ça t'ennuie, hein ? insista Cole. Pourquoi ?

— Simon m'a coupée de tous mes amis en racontant n'importe quoi sur moi après notre rupture. Ça m'a marquée.

— Les gens se comportent bizarrement dans les situations qu'ils comprennent mal...

Soudain, Tori poussa un cri. Lane tourna vivement la tête vers elle et vit une abeille qui s'éloignait de son visage.

— Oh ! mon Dieu ! Tori !

Elle se leva en hâte comme Cole, prit Tori dans ses bras et tenta de la calmer. Elle essayait de voir la figure de la petite fille, mais c'était difficile parce qu'elle pleurait, rouge et congestionnée.

— Où t'a-t-elle piquée, chérie ? Montre-moi où tu as mal. Cole, il nous faudrait de la glace ! Elle n'arrête pas de pleurer !

Mais celui-ci s'était immobilisé, l'air soucieux.

— Qu'y a-t-il ?

— Son visage commence à enfler. Et elle a des taches rouges. Skye était-elle allergique aux piqûres d'insectes ?

Lane se figea, son sang se glaçant dans ses veines, tandis qu'un lointain souvenir lui revenait.

— Elle a été piquée par une guêpe, une fois... L'enflure a duré quelques jours.

— J'appelle une ambulance tout de suite.

10

Au lieu de profiter comme prévu d'un agréable pique-nique dans le parc avec sa drôle de famille, Cole se retrouvait au chevet de sa fille tandis qu'un médecin inconnu lui injectait de l'épinéphrine. Le pouls de Tori reprenait de la force, mais elle était toujours inconsciente, et il se sentait affreusement impuissant.

Il ne pouvait pas perdre Tori comme il avait perdu Andrea et leur bébé. Il détestait ne rien pouvoir faire, sachant que la nature avait de nouveau frappé sa famille.

Pourquoi cela lui arrivait-il encore ? Était-il maudit ? Destiné à perdre tous ses proches ? Le sort trouvait-il amusant de lui arracher le cœur ?

Il regarda Lane de l'autre côté du lit.

Malgré leur formation, tous deux avaient paniqué. Sans aucun moyen de secours sous la main, ils s'étaient retrouvés comme des gens ordinaires, avec un simple téléphone et la peur au ventre.

Le médecin chef demanda aux infirmières présentes de surveiller attentivement Tori, puis il se tourna vers Lane.

— Elle a eu un choc sévère, mais elle va mieux. Nous avons stoppé la réaction, et je suis sûr qu'elle va bientôt se réveiller. Jusque-là, nous allons la garder sous oxygène. Les infirmières vous donneront un comprimé ou deux d'antihistaminique en prévision d'autres incidents.

Cole haussa un sourcil.

— D'autres incidents ? Nous ne la ferons plus sortir !

Le docteur sourit.

— Tout le monde réagit ainsi, mais elle ira bien, désormais.

— Merci, docteur, dit Lane. Vous êtes sûr qu'elle va se réveiller bientôt ?

— Absolument. Ses constantes vitales reviennent à la normale. Restez là et attendez. Je serai par là si vous avez besoin de me parler.

Il tapota l'épaule de Lane et partit voir son prochain patient.

Cole prit dans la sienne la main de Tori, si petite, si délicate. Il la porta à ses lèvres et l'embrassa.

— Je ne serai plus jamais négligent.

Lane ne voulait pas quitter le chevet de Tori. Il lui semblait que si elle la quittait des yeux une seconde, quelque chose de terrible se produirait.

La dernière fois qu'elle s'était retrouvée dans un hôpital c'était avec Skye, pour entendre un médecin lui dire qu'il n'y avait plus rien à faire… Bonté divine, si seulement elle avait fait attention à Tori au lieu de s'inquiéter des ragots !

Mais Tori respirait de nouveau normalement. Sa peau redevenait rose, et les indications du moniteur étaient bonnes.

Elle fit un petit bruit dans son sommeil et ses paupières s'agitèrent.

— Elle rêve, dit Lane.

— J'espère qu'elle fait de beaux rêves, ajouta Cole.

— Moi aussi.

On pouvait voir la piqûre dans le cou de Tori, sous le menton.

La preuve que Lane n'avait pas fait correctement son travail de tutrice : protéger Tori. Elle s'en faisait amèrement le reproche.

— Je suppose que l'un de nous devra rester cette nuit avec elle, dit Cole.

— Je resterai, répondit-elle très vite. Tu as du travail demain matin, pas moi.

— Je me sens très mal de la laisser. Si elle se réveille et que je ne suis pas là ?

— Elle m'aura avec elle.

— Tu m'appelleras si quelque chose change ?

— Bien sûr.

Il se leva et contourna le lit pour la prendre dans ses bras. Ils restèrent un moment ainsi, enlacés, se réconfortant. C'était bon de se retrouver dans ses bras protecteurs.

Elle ferma les yeux tandis qu'il posait un baiser sur sa tête et la serrait contre lui.

— Je peux être ici en un instant. Tiens-moi au courant.

— Promis.

Ils s'embrassèrent, puis Cole déposa un baiser sur la joue de Tori, lui murmurant quelque chose qu'elle n'entendit pas. Après quoi il prit sa veste et s'en alla.

Elle le regarda partir, sachant combien ce devait être difficile pour lui. Ensuite, elle se rassit près du lit et posa sa tête sur ses coudes.

Elle surveillerait Tori jusqu'à ce qu'elle s'endorme elle-même.

Cole écouta avec soulagement la voix enjouée et soulagée de Lane dans son téléphone.

— Elle est réveillée. Elle est joyeuse et engloutit son petit déjeuner.

Il était si content ! Il n'avait pas dormi de la nuit. Il avait détesté laisser Tori et Lane à l'hôpital. Il avait eu l'impression de les abandonner.

Ce jour-là, pour la première fois de sa vie, il n'avait pas envie de travailler. Même après la mort d'Andrea, il s'était arrêté quelques semaines, puis il était revenu au cabinet, prêt à reprendre son travail, voyant cela comme une distraction bienvenue. Mais là, il ne pensait pas au travail. Il se disait qu'il avait failli perdre sa fille alors qu'il venait juste de la trouver. Il songeait que les médecins n'auraient rien pu lui dire si Lane n'avait pas été présente, parce qu'il n'avait aucun droit légal sur Tori. Aucun droit sur sa garde, sur son bien-être.

Tout se passait à merveille entre sa fille et lui. Elle l'avait totalement accepté. Il ne voulait pas perdre cela. Jamais.

Il était sûrement temps qu'il se renseigne sur la possibilité de rendre sa relation avec Tori officielle, de faire des plans pour l'avenir. Il savait qu'il devrait le demander à Lane, mais il était certain qu'elle serait d'accord.

Il reçut son premier patient, Marcus Darby, sujet à des TOC, et constata avec plaisir que son état s'améliorait. Quand il eut fini et noté ses commentaires sur l'ordinateur, il vérifia son portable pour voir s'il avait des messages de Lane.

Elle lui manquait. Sa présence dans la pièce voisine lui manquait. Quand elle était à proximité, il se sentait mieux. Il aimait le contact de sa main. Son magnifique sourire. La façon dont elle essayait de lui rendre sa bonne humeur quand il était déprimé. Cela faisait longtemps que quelqu'un ne s'était pas occupé de lui de cette manière. Pas depuis Andrea, en tout cas. C'était bon de retrouver ça. Une partenaire. Quelqu'un qui avait les mêmes buts que lui, le même objectif.

Ses sentiments pour Lane s'étaient intensifiés dernièrement, et même si cela le terrifiait, il ne cessait de se dire que tout allait bien. À partir du moment où ils prenaient la vie au jour le jour et ne songeaient pas trop à ce que l'avenir leur réservait, ils pouvaient continuer ainsi.

À son avis, Lane ne voulait rien de plus de lui, et c'était tant mieux car il n'aurait su dire quelle part de lui il avait à donner. Donner son cœur tout entier était une idée qui le dépassait pour le moment.

Elle en possédait une partie, il le savait. Ses sentiments pour elle avaient grandi à chaque nuit qu'ils avaient passée ensemble, à chaque matin où ils s'étaient réveillés dans les bras l'un de l'autre. Mais le lui donner totalement ?

C'était trop effrayant. Avancer au jour le jour, c'était ce qu'il leur fallait faire.

Il vérifia de nouveau son téléphone avant d'admettre son patient suivant.

— Elle peut rentrer à la maison.

Cole se figea et contempla fixement le médecin.

— Déjà ?

— Tout est normal. Elle mange et boit bien. Il n'y a aucune raison de la garder ici.

— Mais...

Le monde extérieur était dangereux.

Le docteur parut comprendre son appréhension.

— Vous êtes prévenus, et vous avez ce qu'il faut en cas d'urgence. Tout ira bien. Laissez-la vivre sa vie. Ne la gardez pas dans du coton. En outre, vous savez où nous trouver, et nos portes sont toujours ouvertes.

— D'accord... Espérons que nous n'aurons pas à les franchir de nouveau.

Le médecin sourit et les laissa se préparer à partir.

C'était fou ce qu'ils avaient accumulé en si peu de temps. Sans parler de l'ours en peluche qu'il avait apporté une heure plus tôt.

Lane l'étreignit et l'embrassa. C'était bon d'être rassuré par elle. D'avoir son affection.

— Tout ira bien, j'en suis sûre, dit-elle. Nous aviserons au jour le jour.

Soulagé qu'elle pense comme lui, il hocha la tête, rassembla les affaires de Tori, et Lane assit l'ours à l'arrière de la poussette. Comme ils arrivaient à la porte principale de l'hôpital, il connut un instant de terreur à l'idée que des abeilles se précipitent sur sa fille. Mais ils sortirent, rien ne se produisit, et il se détendit un peu.

Quand Lane lui prit la main et la serra fort, il sut qu'elle avait éprouvé la même chose, et il la regarda avec gratitude.

Ils étaient dans le même bateau, il le sentait implicitement.

Ils avaient tous les deux le même objectif : garder Tori en sécurité, heureuse et aimée. Un jour après l'autre.

Cole et Lane avaient promis de ne pas garder Tori dans du coton, mais les jours qui suivirent, ils se montrèrent quand même un peu surprotecteurs et ne sortirent qu'au supermarché.

Bien sûr, Cole allait travailler tous les jours, mais il se hâtait de rentrer le soir pour passer de précieuses heures avec Tori.

Un soir, il ne put voir sa fille, car il revint très tard après une urgence.

Lane lui servit une tasse de thé bienvenue.

— Maintenant, tu peux te détendre.

Elle défit le nœud de sa cravate, déboutonna le haut de sa chemise et se mit sur la pointe des pieds pour l'embrasser.

— Tu as bien mérité une bonne douche.

Il émit un grognement de plaisir.

— Ce sera merveilleux.

— Ça pourrait être encore mieux, dit-elle avec un sourire malicieux.

Il haussa un sourcil.

— Comment ça ?

— Je pourrais la prendre avec toi.

— Voilà qui serait parfait !

Elle le suivit dans la salle de bains, où elle le dévêtit lentement, passant les mains sur son corps musclé au fur et à mesure qu'elle le révélait. Puis elle ôta ses propres habits, et il l'attira sous la douche fumante.

Elle effleura sa peau nue de baisers légers, sentant son érection grandir contre elle.

C'était enivrant de savoir qu'elle produisait cet effet sur lui. Qu'elle avait ce pouvoir.

Il la pressa contre lui et lui donna un baiser profond,

explorant sa bouche à loisir. Dans la chaleur de la cabine, le corps brûlant, ils se laissèrent consumer par le feu qui les habitait.

Les jours précédents, ils avaient été particulièrement stressés à cause de Tori. Mais maintenant, avec leur fille endormie dans son lit, en sécurité, ils pouvaient relâcher leur tension et profiter d'un aspect plus agréable de la vie.

Couverte de savon, elle bougea contre Cole et sentit ses mains viriles parcourir son corps, impatientes et avides. Elle grogna de plaisir et rejeta la tête en arrière.

Cet homme était tout ce qu'il lui fallait, en cet instant. Elle se sentait si heureuse, si satisfaite...

Quand avait-elle connu cette sensation ? Elle avait cru l'éprouver avec Simon, mais elle s'était trompée. Elle avait réfléchi, depuis. À présent elle était plus âgée, plus mûre, plus prudente.

Franchir ce pas avec Cole l'avait terrifiée en raison des complications possibles, mais apparemment cela marchait. C'était un homme bien. Attentionné. Aimant. Il tenait compte d'elle et de ses sentiments. Il ne semblait pas être avec elle simplement parce que c'était bon pour son ego, il ne paraissait pas se servir d'elle. Elle sentait qu'il était avec elle parce qu'il le souhaitait sincèrement. Pas seulement parce qu'elle lui apportait Tori sur un plateau et que, pour avoir accès à l'une, il avait besoin de l'autre.

Oui, elle en était sûre. Aussi sûre que pouvait l'être son cœur autrefois brisé. Et peut-être était-il temps pour elle d'accepter de vivre dans le présent et d'oublier l'avenir ?

Il arrive un moment où il faut se jeter à l'eau avec confiance et se fier à son instinct, et c'était ce qu'elle faisait maintenant. Elle se rappela les paroles de la voyante et sourit.

Oui, elle voulait garder Cole Branagh dans sa vie. Il était devenu important pour elle, et elle n'imaginait plus l'avenir sans lui.

Mais pour l'instant, il s'agissait de s'amuser. De profiter

chacun du corps de l'autre. Nul doute qu'ils se sécheraient mutuellement, qu'ils iraient se coucher ensemble et feraient de nouveau l'amour, et qu'au matin elle s'éveillerait une fois de plus dans ses bras.

La vie était presque parfaite. Et elle ferait tout ce qu'elle pourrait pour s'assurer qu'elle reste parfaite.

Le lendemain, après avoir aidé Cole à panser une dame qui s'était blessée à la jambe avec du grillage à poules, Lane s'assit devant son ordinateur et fut soudain prise d'un vertige. Cela la frappa comme une vague. Elle étouffa une exclamation et dut se tenir la tête. Elle avait la nausée, et une sueur froide l'envahissait. Et puis, aussi subitement qu'il avait commencé, le malaise disparut.

Elle lâcha sa tête avec précaution et cligna des paupières.

Plus rien.

Elle n'avait pas eu le temps de prendre son petit déjeuner, ce matin-là. Ce devait être de l'hypoglycémie.

Fouillant dans son sac, elle trouva une barre protéinée et la mangea. Aussitôt, elle se sentit mieux.

Elle fit entrer son patient, à qui elle devait enlever des points après une opération du genou. La plaie avait bien cicatrisé, elle était propre et sèche. Mais en se penchant, elle eut la tête qui tournait.

Peut-être était-elle fatiguée ? Depuis quand n'avait-elle pas fait de vraie coupure ?

C'était dur de travailler presque à plein temps et de s'occuper d'un bébé en parallèle. Elle avait fait passer ses propres besoins après ceux de Tori – et ceux de Cole aussi, dans une certaine mesure. Et ils ne dormaient pas beaucoup la nuit, même si c'était pour la meilleure des raisons.

Elle décida de lui dire que ce soir-là ils devraient dormir. Peut-être se câliner un peu, mais pas plus. Et ce serait très bien ainsi.

Elle sourit à cette idée en ôtant la dernière agrafe du genou de son patient. Puis elle lui appliqua un pansement plus petit et lui fit les recommandations d'usage. Après quoi, elle prit congé de lui.

Enfin ! Son service de la matinée était terminé.

Elle mit du papier propre sur la table d'examen et s'allongea dessus pour se reposer cinq minutes. Une petite sieste, il ne lui en fallait pas plus, et ensuite elle serait en forme pour l'après-midi.

11

Les pâtes cuisaient, et Lane avait mis à réchauffer du pain à l'ail dans le four. Cole s'occupait de Tori pendant qu'elle préparait sa sauce maison à la tomate et au basilic. Quand tout fut prêt, elle emplit les assiettes, y ajouta du parmesan et les servit en bâillant.

— Fatiguée ? demanda Cole.

— Un peu.

— Tu devrais peut-être te coucher tôt ? Je ferai la vaisselle et mettrai Tori au lit.

— Oh ! je ne pourrais pas !

— Pourquoi ?

Elle sourit.

— Eh bien… Tori est ma responsabilité.

— J'aimerais qu'elle soit la mienne aussi. Laisse-moi prendre les rênes. Nous n'avons pas passé beaucoup de temps seuls, tous les deux. Quand nous aurons fini de dîner, monte, prends un bain chaud, mets-toi en pyjama et dodo.

C'était tentant…

— Ça ne t'ennuierait pas ?

— Bien sûr que non ! Ce n'est pas que je ne veux pas passer du temps avec toi, mais un tête-à-tête avec ma fille me plairait.

— D'accord. J'accepte votre aimable proposition, très cher.

— Super ! Et si tu veux bien, après dîner, je sortirai un peu Tori dans sa poussette pour une petite promenade.

— À condition que tu sois prudent et que tu prennes son médicament avec toi.

— Mais oui. Ainsi, la maison sera silencieuse, et tu pourras te détendre.

— Continue à me gâter ainsi, et j'en attendrai autant tous les jours.

Il sourit et entortilla ses pâtes autour de sa fourchette.

En avait-elle trop dit ? Avec son « tous les jours » ?

Mais ce serait difficile de ne pas parler de cette manière alors que tout se passait si bien entre eux. Elle ne se souvenait pas de la dernière fois où elle avait été aussi heureuse, aussi comblée. Toutefois, il ne fallait pas mettre la charrue avant les bœufs. Évoquer ce qu'il se passerait plus tard. Elle devait se contenter de jouir du présent.

— Tu sais ce qui serait super avec ce plat ? Du vin.

Cole se leva et ouvrit une bouteille de vin rouge.

Elle sourit lorsqu'il la servit.

— Tchin !

Elle termina son repas, essuya son assiette avec du pain à l'ail. Elle était affamée, ce soir ! Elle mangea encore une mousse au chocolat, puis après une tasse de thé, Cole mit Tori dans sa poussette.

— Quand je reviendrai, je veux te trouver soit dans ton bain, soit profondément endormie, dit-il en l'embrassant sur les lèvres.

— Message reçu.

Elle bâilla de nouveau, et il rit, posant un baiser sur le bout de son nez.

— Allez, monte !

— Oui, m'sieur.

Elle rit à son tour et lui donna un dernier baiser langoureux.

— À demain matin.

Cole ferma la porte d'entrée derrière lui et se mit à pousser avec bonheur la poussette de Tori.

C'était la première fois qu'il sortait seul avec sa fille, et il était déterminé à en profiter pleinement.

C'était un cadeau que Lane lui faisait, en lui montrant qu'elle avait confiance en lui. Et il l'appréciait à sa juste valeur, sachant combien elle avait de mal à lâcher prise et à laisser quelqu'un d'autre s'occuper du bébé.

— Da-da-da-da-da !

Il sourit à Tori. Il n'y avait pas longtemps qu'elle prononçait cette syllabe et il en était très fier.

— Oui, mon cœur. *Daddy*.

Il n'avait jamais été aussi heureux de sa vie. Dehors avec sa fille ! Se comportant en *papa* ! N'était-ce pas ce qu'il avait toujours désiré ? Être médecin et père ? Et maintenant, il était les deux. La vie ne pouvait plus lui réserver de surprises. Il était comblé, et ils étaient heureux.

Quand Lane se réveilla, elle avait le nez bouché et la gorge qui la grattait. Elle maudit en silence ce début de rhume, qu'elle avait dû attraper au cabinet. Elle se leva, mit ses pantoufles et son peignoir et descendit pour se faire un jus de citron chaud et prendre du paracétamol.

Cole la rejoignit quelques instants plus tard.

— Désolée, dit-elle. Je t'ai réveillé ?

— Non, je l'étais déjà. Tu es enrhumée ?

Elle se moucha dans un mouchoir en papier.

— Oui, malheureusement.

Elle parlait du nez.

— Comme par hasard, ça tombe le jour où je ne serai pas au cabinet pour m'occuper de toi, déplora Cole. J'ai cet entraînement à la survie...

Elle lui donna un petit baiser sur la joue.

— Ce n'est qu'un rhume. Je peux le soigner moi-même, ne t'inquiète pas.

— Essaie de ralentir un peu, au travail.

Elle rit.

— Avec une journée pleine de rendez-vous ? Mais oui !

Il la prit dans ses bras.

— Je prescris plein de câlins et peut-être un massage des pieds quand tu rentreras ce soir.

— D'accord pour ce traitement, docteur. Et maintenant, prépare-toi et file, ou tu vas être en retard.

Il soupira et s'écarta à regret.

— Très bien. Mais appelle-moi si tu as besoin de quoi que ce soit.

— Promis. Maintenant, vas-y !

Cole quitta la maison, et elle fit de même cinq minutes plus tard pour laisser Tori chez sa mère et aller travailler. Elle envoya un baiser au bébé depuis la porte pour ne pas lui donner son rhume.

En arrivant au travail, elle se sentit moins bien, reprit du paracétamol et se fit une pulvérisation nasale. Puis elle reçut sa première patiente, qui prenait la pilule depuis un moment et devait faire vérifier sa tension. En prenant l'appareil, elle constata qu'elle avait de nouveau la tête qui tournait.

Gemma s'inquiéta.

— Vous allez bien ? Vous paraissez un peu... fatiguée.

— Ce n'est rien. Juste un rhume. Et c'est moi qui dois m'occuper de vous, pas le contraire ! dit Lane avec un petit rire gêné.

Quand sa patiente s'en alla, elle cessa de sourire.

Elle commençait vraiment à se sentir mal. Elle avait des frissons, la tête légère...

Elle décida de fermer sa porte et de se reposer un moment, mais lorsqu'elle se leva la pièce se mit à tourner, et tout à coup, tout devint noir. Elle s'affala, évanouie.

Quelque temps plus tard – elle n'aurait su dire combien —, elle cligna des paupières et vit qu'elle était allongée sur le côté sur le sol de sa salle de soins, avec Mary et les autres médecins qui la regardaient d'un air soucieux.

— Ah, Dieu merci ! s'exclama Mary. Vous n'aviez pas l'air bien quand vous êtes arrivée. Je l'ai vu. Comment vous sentez-vous ?

Le Dr Summer lui prenait le pouls, le Dr Green la tension.

— Je vais bien ! C'est juste un rhume de cerveau.

— On dirait plutôt la grippe, dit le Dr Summer. Votre température est très élevée. Vous allez rentrer chez vous vous reposer.

— Mais j'ai des patients prévus !

— Mary annulera leurs rendez-vous. Ils comprendront. Pouvez-vous rentrer chez vous en toute sécurité ?

— Je suis venue en voiture.

— Je vais vous reconduire, déclara le Dr Summer. Vous récupérerez votre voiture plus tard.

— D'accord...

Il l'aida à se relever. Elle se sentait encore un peu vaseuse, mais mieux qu'avant.

— Et personne ne prévient Cole, précisa-t-elle.

Mary haussa les épaules et sourit.

— Je crains que ce ne soit déjà fait.

Cole écoutait le moniteur, prenant des notes, quand un texto s'afficha sur son portable.

Veuillez appeler le cabinet.

Il fronça les sourcils.

De quoi pouvait-il s'agir ? Il n'était censé être absent que quelques heures, et ses collègues étaient capables de gérer n'importe quel problème. Sauf si c'était quelque chose de personnel...

Il s'inquiéta tout de suite pour Tori. Avait-elle été piquée de nouveau ? Mais alors, le texto serait venu de Lane...

À moins que ce ne soit elle qui n'aille pas bien ?

Cette idée le perturba, et il se rappela ce qui était arrivé à Andrea.

Elle n'était pas en forme, ce matin-là. Elle avait dit que ce n'était qu'un rhume, mais si c'était autre chose ? Quelque chose de grave ?

Paniqué, il quitta la salle d'entraînement et composa le numéro du cabinet, les doigts tremblants.

— Ah ! docteur Branagh, répondit Mary. Merci d'avoir rappelé si vite.

— Que se passe-t-il, Mary ?

— C'est Lane. Elle s'est évanouie.

Son cœur se mit à tambouriner dans sa poitrine.

Il *le savait !* Tout allait toujours mal avec lui.

— Comment va-t-elle ?

— Mieux. Le Dr Summer l'a examinée et l'a raccompagnée chez elle.

— Bon... D'accord...

— Il pense qu'elle a la grippe, et peut-être une infection de l'oreille.

Le Dr Summer était un bon médecin. Minutieux. Il lui faisait confiance. S'il disait que Lane avait la grippe, c'était probablement ça. Mais ça ne l'empêchait pas d'être dans tous ses états.

— Bien. J'en ai encore pour une heure environ ici, mais je vais l'appeler. Merci, Mary.

— De rien, docteur Branagh.

Il raccrocha et poussa un gros soupir.

D'accord. Elle allait bien. Mais s'évanouir ainsi...

Avait-elle pris son petit déjeuner, ce matin-là ? Il ne l'avait rien vue avaler à part son jus de citron. Il devrait lui dire de mieux s'occuper d'elle, pour ne pas lui causer des soucis. Mais il le lui dirait plus tard, lorsqu'elle irait mieux.

Il composa son numéro, et Lane décrocha au bout de quelques sonneries.

— Cole. Salut. Ils t'ont dit ?

— Oui. Tu vas bien ?

— Ça va. C'est vraiment idiot, je n'ai rien mangé ce matin, je n'en avais pas envie, et je me suis évanouie. Mais je me suis forcée à avaler des toasts. Là, je suis assise devant la télévision, qui est vraiment nulle le matin, et je ne fais rien, les pieds sur la table basse.

— Bon.

— Mais je sens mal par rapport à mes patients...

— Ne t'inquiète pas. Tes collègues prendront les urgences. Concentre-toi sur toi. Je passerai à la maison à l'heure du déjeuner pour voir comment tu vas.

Il s'aperçut qu'il avait dit « la maison » pour parler de chez Lane. Était-ce mal ? En le disant, cela lui avait paru naturel. Il y passait plus de temps que chez lui, dernièrement. Mais peut-être que tout ceci allait trop vite ? Ils commençaient juste à se connaître, et ils vivaient pratiquement ensemble comme une famille...

Est-ce qu'il prenait la commodité de leur situation pour quelque chose de plus ? Et ce souci qu'il se faisait pour la santé de Lane ?

— Tu n'es pas obligé, dit-elle.

— Je sais, mais je viendrai quand même. En attendant, continue à regarder ta télé débile.

Elle rit.

— Je ferai peut-être un petit somme.

— Encore mieux. À tout à l'heure.

— D'accord.

Il fixa son téléphone un moment puis le mit dans sa poche.

Il ne pouvait s'empêcher de s'inquiéter. Elle semblait aller bien, mais il se sentirait mieux lorsqu'il le verrait par lui-même. Il réfléchirait au reste plus tard.

Lane fut réveillée par le bruit de la porte d'entrée qui se fermait. Elle avait dû oublier de la fermer à clé avant de s'endormir.

— Lane ?

Elle sourit en entendant la voix de Cole et se redressa.

Il était si gentil d'être venu, alors que ce n'était pas la peine.

— Je suis au salon !

— Ne bouge pas. Je vais t'apporter quelque chose à manger.

Ça tombait bien, elle avait une faim de loup !

Elle éteignit la télévision et afficha un grand sourire quand il arriva, portant un plateau avec un bol de soupe, un petit pain croustillant et un peu de beurre sur une assiette.

— Oh ! Cole ! Il ne fallait pas te donner tant de mal !

Il se contenta de sourire.

— Le potage sent délicieusement bon. Il est au poulet ?

— Oui. Je l'ai acheté chez une femme qui fait tout « maison », dans la grand-rue.

— Tu ne manges pas, toi ?

— Si, mais je voulais te servir d'abord.

Il disparut dans la cuisine et revint avec son propre plateau. Il s'assit par terre devant la table basse, et ils mangèrent en silence, à l'aise l'un avec l'autre, jusqu'à ce qu'ils aient tout fini.

— Tu es pâle, dit-il.

Il semblait contrarié par quelque chose. S'inquiétait-il parce qu'elle s'était évanouie ?

— Tu devrais être au lit.

— Je ne veux pas me laisser aller.

— Il s'agit simplement d'être raisonnable. Tu te coucheras, cet après-midi ?

Elle hocha la tête.

Il voulait le meilleur pour elle, et peut-être bataillait-il aussi avec ce qu'il se passait entre eux ?

Les choses étaient allées si vite… Tout était si incertain. Prendre les choses au jour le jour était difficile sans certitudes. Il y avait tant de formalités à régler.

— J'ai appelé ta mère. Elle gardera Tori jusqu'à ce que je passe la prendre après le travail, et je viendrai te préparer à dîner.

— Je peux le faire !

— Je sais, mais tu dois te reposer. Tu retourneras travailler quand tu te sentiras mieux.

— D'accord. Je vais me coucher.

— Bon.

Il la fixa un moment, puis se pencha pour lui donner un baiser, tenant son visage entre ses mains. Il la regarda au fond des yeux, la mine sérieuse.

— Ne me fais plus jamais une frayeur pareille, tu m'entends ?

Elle hocha la tête.

— Promis.

12

La semaine suivante fut difficile. Lane continua à combattre la grippe sous le regard attentif de Cole. Et lorsqu'elle put retourner travailler, elle alla droit à Mary et l'étreignit.

— Une raison ? demanda la réceptionniste.

— C'est de vous être occupée de moi. Je suis désolée si je vous ai causé une belle frayeur.

— J'ai fait ce que j'avais à faire, en rendant grâce à tous ces cours de premiers secours que nous sommes obligés de suivre.

Lane rit et hocha la tête.

— C'est bien utile, parfois.

Mary passa son bras sous le sien.

— Venez voir ce que j'ai à la cuisine.

— Vous avez encore fait de la pâtisserie ?

— Muffins aux pépites de chocolat et tarte au citron meringuée.

— Vous nous gâtez, Mary.

Ensuite, Lane s'occupa de déboucher les oreilles d'une patiente âgée. Ce n'était guère plaisant, mais elle était heureuse de rendre à sa patiente la faculté de mieux entendre.

Mme Watkins lui parla de sa petite-fille, qui l'appelait toujours lorsqu'elle avait des problèmes parce qu'elle n'avait pas grandi avec sa mère. Elle se plaignait que sa petite-fille avait avec son petit ami une relation qui était devenue trop intense, trop vite.

Lane l'écoutait en silence.

Elle était passée par là. Skye venait toujours la trouver pour une foule de choses. Elles avaient eu une relation tellement étroite...

Mais elle-même ? Peut-être qu'elle s'accrochait trop aux gens, qu'elle ne leur laissait pas assez d'espace ? N'était-ce pas pour cela que Cole avait été bizarre avec elle les derniers jours ?

Il avait été le parfait médecin pour elle pendant qu'elle avait la grippe, mais depuis, elle sentait s'élargir la distance entre eux, et cela l'effrayait. Elle se sentait un peu blessée, aussi...

Elle avait eu le temps de considérer la situation durant sa maladie, et elle s'était rendu compte qu'elle avait pas mal contribué aux problèmes de leur relation en ne lui disant pas ce qu'elle éprouvait réellement. Elle devrait peut-être lui en parler ?

— Voilà, madame Watkins. C'est fini jusqu'à la prochaine fois.

Elle s'efforçait de sourire, mais elle pensait à Cole. À Tori. À la situation dans laquelle ils étaient.

Quand sa patiente fut partie, elle regarda le mur qui la séparait du cabinet de Cole et sentit ses épaules s'affaisser.

Ils ne se connaissaient que depuis quelques semaines, et ils vivaient pratiquement ensemble. Ils n'avaient même pas parlé des arrangements à prévoir pour l'avenir. Peut-être devraient-ils le faire ?

Elle l'aimait. Mais pouvait-elle le lui dire ?

Peut-être était-ce trop tôt, peut-être allait-elle trop vite, une fois de plus. Lui révéler ses sentiments changerait tout, mais s'il n'éprouvait pas la même chose, que se passerait-il ? Elle savait qu'il se souciait d'elle. Mais...

Mais elle voyait le doute dans ses yeux. Peut-être avait-il peur de ce que l'avenir leur réservait, lui aussi.

Et si lui dévoiler son amour l'aidait ?

Elle s'efforçait sans arrêt de dissiper ses propres doutes, mais plus elle était amoureuse, plus ces doutes se faisaient insistants. S'il la rejetait, cela lui briserait le cœur... Mais ne valait-il pas mieux être honnête ? S'il ne la rejetait pas, s'il l'aimait aussi, alors ce serait merveilleux !

Elle consulta la montre épinglée à sa tunique.

10 h 10. Encore six heures environ avant de finir sa journée de travail.

Elle avait une autre patiente qui attendait, une jeune fille de dix-neuf ans qui avait des difficultés respiratoires. Parfait. Elle pourrait se concentrer là-dessus pendant un moment.

Cole avait une dernière visite à domicile à faire avant de rentrer et de se détendre pour la soirée. Il y aspirait. Il était épuisé ! Il avait envie d'une bonne douche pour se laver des soucis de la journée, qui avait été longue. Et qui n'était pas terminée.

Cette patiente n'avait pas besoin d'un traitement. Mais on lui avait récemment diagnostiqué une tumeur au cerveau, et il voulait voir comment elle allait. Il la suivait depuis cinq ans, et se rappelait quand elle était venue le consulter pour des migraines chroniques, des nausées et des vertiges.

Deborah lui ouvrit et le fit entrer.

— Bonsoir, Debs, comment allez-vous ?

— Ça va, docteur Branagh. Mais vous n'auriez pas dû vous déranger, je serais allée vous voir au cabinet.

— Oh ! ce n'est pas un problème ! Kevin est là ?

Kevin était le mari de Deborah.

— Il est à la cuisine. Puis-je vous offrir une tasse de thé ?

— Volontiers, merci.

Elle le conduisit à la cuisine, il serra la main de Kevin et s'installa à la table.

— Alors, où en êtes-vous ? Avez-vous vu votre spécialiste dernièrement ?

— Oui. On va commencer la chimio dans deux semaines.

Il m'a avertie que c'était un traitement très agressif et que je devais me préparer aux effets secondaires.

— On peut vous donner des médicaments pour les diminuer.

— Oui, il me l'a dit. Mais j'ai peur de perdre mes cheveux.

Elle passa les doigts dans ses cheveux en souriant, essayant visiblement de se montrer courageuse.

— Cela peut réduire la tumeur. Après ça, il sera plus facile de l'opérer.

Elle était si jeune pour avoir un cancer ! Comme Skye. Et elle avait aussi une petite fille, Sienna, qui devait avoir deux ans.

— Comment a-t-on pris la nouvelle autour de vous ?

— La famille a bien réagi. On ne peut rien dire à Sienna, bien sûr, elle est trop petite. Mais je me demandais si... Pensez-vous que je devrais faire un testament, au cas où ?

Une autre jeune femme dont la vie pouvait être abrégée. Qu'est-ce que l'Univers essayait de lui dire ?

— C'est une chose sensée à faire, mais vous devez essayer de rester positive.

— Oh ! je le resterai ! Mais j'ai juste besoin de savoir que quelqu'un s'occupera de Sienna.

Cole hocha la tête.

C'était étrange d'être assis là, à discuter d'arrangements, alors qu'il n'avait pas pu aider Skye. Il commençait à mesurer ce qu'elle avait dû éprouver et craindre.

Il comprenait cette peur. Il ne pouvait pas s'imaginer avoir à prendre ce genre de décisions lui-même. Y serait-il arrivé ?

Il avait beaucoup réfléchi pendant que Lane était malade, ses craintes étant alimentées par le passé. Était-il *destiné* à vivre avec elle ? Il avait des sentiments très forts pour elle, cela ne faisait aucun doute, mais n'était-ce pas trop, trop vite ? Il songea à sa relation avec Simon, qui d'après elle avait été intense. Ne vivaient-ils pas la même chose actuellement ? Ne se sentait-elle pas étouffée ? Lui, il sentait qu'il l'était un peu. Pas par elle, mais par l'intensité de ses sentiments pour elle et ce que cela signifiait.

Parfois, il n'arrivait pas à respirer, tant il s'inquiétait.

Il avait déjà tout perdu une fois. Oserait-il risquer de perdre de nouveau tout ce à quoi il tenait ?

Légalement, il n'avait aucun droit sur Tori s'il faisait échouer leur relation. En outre, il souhaitait vraiment passer plus de temps seul avec sa fille. Rien qu'eux deux. Pouvait-il lancer une action en justice pour obtenir l'autorité parentale ? Discuter de droits de visite officiels ? Il ne pensait pas que Lane y verrait d'inconvénient – après tout, il était le père de Tori.

C'était super d'être avec Lane, de collaborer avec elle pour que Tori se sente en sécurité. Mais ils étaient toujours ensemble avec elle, et si elle pleurait, c'était Lane qui la consolait, parce qu'elle avait l'habitude d'être celle qui répond. Il voulait avoir l'occasion d'apprendre quoi faire quand sa fille avait besoin de quelque chose.

Il en parlerait à Lane ce soir. Il n'avait aucune idée de ce que l'avenir leur réservait, mais il savait qu'il voulait un avenir pour Tori et lui. Elle était sa fille, et il ferait n'importe quoi pour elle. Il donnerait sa vie s'il le fallait.

Lane le comprendrait. Récemment, elle l'avait laissé sortir seul avec le bébé pour une promenade. Il souhaitait avoir une journée entière. Un week-end, peut-être ? Lane pourrait avoir le plaisir de se reposer un peu. Elle s'occupait de Tori depuis près d'un an, sans trêve. C'était peut-être aussi pour cela qu'elle était tombée malade.

— C'est bien de faire des plans, dit-il à Deborah. Il faut vous assurer que tout ira bien pour votre famille.

Elle sourit, heureuse de son approbation.

Il but son thé et regarda Sienna qui arrivait en courant, traînant sa couverture derrière elle. Sa mère la souleva dans ses bras et l'embrassa sur la joue.

Sa décision était prise. Il parlerait à Lane ce soir.

Tori prenait son bain à l'étage, frappant l'eau de ses petites mains, quand Lane entendit la porte d'entrée s'ouvrir.

Elle avait donné une clé à Cole en essayant de ne pas en faire toute une histoire.

— On est en haut ! cria-t-elle, sentant son cœur s'accélérer.

Elle avait le trac. Quelle était la meilleure manière de lui dire ce qu'elle éprouvait ? C'était un si grand pas à franchir. Pourtant, c'était la chose à faire. Dire à Cole combien elle s'était investie dans leur relation. Il fallait qu'il sache.

— Super. Je monte tout de suite.

Elle l'entendit poser sa mallette, accrocher son manteau au portemanteau, puis elle perçut le bruit de ses pas pressés dans l'escalier. Elle lui décocha un grand sourire lorsqu'il parut sur le seuil de la salle de bains.

— Salut.

— Bonsoir. Y a-t-il quelque chose pour dîner ?

— Nous avons mangé du poulet, des légumes et du riz. J'ai mis une assiette pour toi dans le micro-ondes.

— Merci.

Elle lui sourit de nouveau, se demandant quelle était la meilleure façon et le meilleur moment pour engager cette conversation. Il rentrait juste du travail. Il avait eu une longue journée, plus des visites à domicile. Il était probablement exténué. Mieux valait sûrement repousser la délicate discussion sur leur relation à plus tard, quand il aurait mangé et se serait douché.

— Je m'occupe de Tori, dit-elle. Va manger.

— Tu es sûre ?

Elle hocha la tête.

Il sourit, redescendit, et bientôt elle l'entendit mettre le micro-ondes en route.

Elle relâcha le souffle qu'elle avait retenu et regarda sa filleule.

— Qu'en penses-tu, Tori ? Que va dire papa ?

Plus que tout, elle se rendait compte qu'elle avait besoin de

Cole. Elle l'aimait. Mais le dernier homme qu'elle avait aimé l'avait quittée. Elle pouvait être sur le point de détruire tout ce qu'ils avaient. Leur amitié, leur bonne entente, la petite cellule familiale qu'ils formaient. Elle pouvait gâcher tout cela en insistant pour parler de ses problèmes égoïstes...

Néanmoins, elle avait besoin de lui montrer à quel point elle prenait au sérieux ce qui les liait, et en affirmant son engagement, elle espérait lui prouver qu'ils pouvaient arriver à construire ensemble cet amour qui était en train de naître.

Elle était sûre qu'il ressentait la même chose. Ne se comportait-il pas comme s'ils avaient une relation sérieuse ?

Elle se sentait trembler. Son cœur battait à tout rompre.

Elle retira Tori de l'eau, l'enveloppa dans une grande serviette et l'allongea sur le tapis de bain pour la sécher.

La petite fille rit, et Lane la souleva pour un énorme câlin, jouissant les yeux fermés de cet instant de quasi-sérénité.

Il fallait qu'elle le dise à Cole. Elle ne pouvait pas vivre dans le vague. Elle avait besoin de certitudes. Et elle priait pour qu'il prononce ces trois mots qu'elle aspirait à entendre plus que tout autre chose.

Avec Tori qui jouait en pyjama dans son parc, Lane finit de ranger la cuisine.

Il n'y avait pas grand-chose à faire. Cole nettoyait toujours derrière lui. En fait, en regardant autour d'elle, elle se rendait bien compte qu'il y avait peu de lui chez elle. Aucune de ses affaires. Rien à lui.

Avait-il l'impression qu'il n'était pas à sa place ? Peut-être, lorsqu'elle lui aurait parlé, se sentirait-il mieux sous son toit ? Apporterait-il des objets personnels ?

Quand elle n'eut vraiment plus rien à faire, elle alla dans la salle de séjour et s'assit sur le canapé à côté de lui.

Il lui sourit, et elle lui prit la main. Elle la serra fort, s'émerveillant un instant de cette grande main forte nouée à la sienne, de son avant-bras musclé, de la grosse montre à son poignet. Tous ces détails qu'elle adorait chez lui.

— Tu vas bien ? demanda-t-il.

— Oui, très bien. Et toi ?

Elle lui trouva l'air un peu distrait, comme s'il avait quelque chose à l'esprit.

— Oui...

— Je... euh... me demandais si nous pourrions parler un peu ? Si tu n'es pas trop fatigué.

Il la regarda.

— Bien sûr...

Il était là, son grand moment. Mais à présent qu'il était arrivé, elle se sentait nerveuse et avait envie de pouffer.

Il la regarda en souriant, tenant toujours sa main.

Pourvu qu'il sourie encore quand elle lui aurait dit ce qu'elle ressentait !

— Mais est-ce que je peux te dire d'abord ce que je comptais te dire ? demanda-t-il.

Elle acquiesça.

— Bien sûr !

— Toi et moi, nous nous entendons vraiment bien...

Elle rayonna.

Oui. Ils s'entendaient bien. C'était pourquoi ce moment était si parfait pour lui dire la vérité sur ses sentiments.

— Et Tori et moi avons déjà bien appris à nous connaître.

Elle sourit.

— En effet. Et c'est magnifique à voir !

— Tu m'as aussi laissé l'emmener en promenade, ce genre de choses. Mais... Je veux plus, Lane. J'ai besoin de plus que ça.

On y était. Elle le sentait ! Il allait lui dire qu'il l'aimait aussi, et il y aurait des baisers, des embrassades et des rires tandis qu'ils tomberaient dans les bras l'un de l'autre...

— Quand elle était à l'hôpital, reprit Cole, je me suis rendu compte que je n'avais aucun droit légal aux informations que le médecin nous a données. Si tu n'avais pas été là, je n'aurais rien su. Cela m'a fait me sentir... à part. Comme un étranger.

Il ne l'était pas. Elle avait essayé de le lui montrer. De lui montrer qu'elle pouvait lui accorder tout ce qu'il voulait.

— Alors, j'y ai beaucoup réfléchi, et...

Elle lui pressa la main, affichant un grand sourire, s'attendant à entendre ces trois petits mots.

— J'aimerais prendre Tori chez moi quelque temps. Pour que nous soyons rien que tous les deux. J'ai vraiment besoin de construire cette relation père-fille.

Elle inspira, s'efforçant de ne pas montrer sa déception.

Ce n'était pas ce qu'elle avait espéré ! Il voulait passer du temps seul avec Tori ?

— Juste vous deux ? demanda-t-elle lentement.

Cole hocha la tête.

— Oui. Avec ta permission, évidemment.

Elle acquiesça, souriant toujours, faisant de son mieux pour ne pas donner l'impression qu'elle venait de recevoir un coup de poing dans l'estomac.

Naturellement, qu'il avait envie de passer de précieux moments en tête à tête avec Tori ! Pourquoi ne serait-ce pas le cas ? C'était une merveilleuse petite fille. Il était son père. Bien sûr qu'elle n'y voyait pas d'inconvénient. Mais ce n'était guère la déclaration d'amour qu'elle avait espéré entendre. En fait, il faisait des plans qui n'incluaient que sa fille et lui !

Elle le savait ! Elle savait que la distance grandissait entre eux !

Mais elle ne voulait pas perdre la face en cet instant. Et elle savait qu'il avait le droit de voir davantage Tori, quelles que soient les formalités légales. Il était son père. Qu'était-elle, elle ?

— Bien sûr que tu peux, dit-elle enfin.

— Je pensais la prendre ce soir. Pour l'habituer à dormir chez moi.

« Chez lui ». Évidemment. Il ne songeait donc pas du tout à les réunir tous les trois !

— Et j'ai pensé prendre contact avec un avocat.

Elle sentit son sourire se figer.

— Pour voir si je peux être officiellement reconnu comme son père. Si je peux être mentionné sur le certificat de naissance et demander l'autorité parentale. Franchement, je ne connais pas trop la loi.

Elle se leva et se tint gauchement devant lui, essayant de ne pas se sentir blessée, tentant de faire comme si elle était ouverte à ses suggestions.

— Tu envisages de demander une garde partagée ?

Il fronça les sourcils, secouant la tête.

— Je ne sais pas... Peut-être ?

— Cette idée semble formidable. Mais cela pourrait prendre un certain temps.

— Alors, ça ne t'ennuie pas que je la prenne ? Tu pourras te reposer un peu après... ta grippe.

Elle ne pouvait pas supporter de rester là un moment de plus, le cœur se brisant en deux, pendant que Cole lui montrait très clairement qu'il envisageait uniquement un avenir avec sa fille – sans elle.

— Ça ne m'ennuie pas du tout. En fait, maintenant que tu le dis, je me sens bel et bien fatiguée. Ça ne te fait rien si je vais me coucher tôt ? Tu sais où sont ses affaires...

— Tu vas bien ?

— Mmm-mmm.

Elle tourna les talons, monta prestement l'escalier, entra dans sa chambre et claqua la porte avant de s'affaler sur le lit.

Les larmes coulèrent, encore et encore.

Elle s'était rendu compte que la distance avait commencé à grandir entre eux. Mais de là à ce que Cole lui déclare aussi cruellement que tout ce qu'il voulait était de passer plus de temps seul avec sa fille ! Il ne pensait pas du tout à elle !

Durant toute sa maladie, elle avait senti que quelque chose n'allait pas. Avait-il craint de la mettre au courant alors qu'elle était souffrante ? Avait-il attendu qu'elle aille mieux pour lui exposer ses plans ?

Elle se raidit en entendant son pas dans l'escalier. Il s'arrêta devant la porte de sa chambre. Elle la fixa, attendant qu'il frappe, puis elle l'entendit s'éloigner et redescendre. Rassembler des affaires. Parler d'une voix apaisante à Tori. Enfin, la porte d'entrée s'ouvrit et se referma.

Ils étaient partis. Tous les deux.

Elle savait que Tori irait bien. Elle était avec son papa ! Elle savait aussi que c'était quelque chose à quoi elle devrait sans doute s'habituer.

Cole était assis dans l'aire de jeu, regardant Tori qui jouait dans la fosse à balles pour les bébés. Elle semblait fascinée par toutes ces boules colorées autour d'elle, et prenait grand plaisir à les attraper et à essayer de les lancer.

Il avait obtenu de Lane de prendre Tori la nuit précédente, comme il l'avait souhaité, mais il se sentait très mal. Lane avait *dit* qu'elle était d'accord, mais visiblement elle était contrariée. Se sentait-elle menacée par la façon dont il devenait proche de sa fille ?

Elle avait été comme d'habitude ces derniers temps, malgré sa grippe. C'était lui qui avait essayé de mettre une distance entre eux. S'en était-elle aperçue ? Avait-elle pensé qu'il voulait rompre ? Simon lui avait donné un ultimatum. S'était-elle dit qu'il allait lui en donner un aussi ?

Il était resté éveillé toute la nuit à y penser, et il avait la tête lourde du manque de sommeil.

Elle avait vraiment paru perturbée par le fait qu'il prenne Tori. Mais elle n'était sûrement pas fâchée qu'il veuille être quelqu'un d'important dans la vie de sa fille ? C'était normal, il était son père !

Il s'était contenté de laisser Lane conduire leur relation à sa guise jusqu'ici, parce qu'il n'avait pas voulu parler de règles légales dès le début. Il n'avait pas voulu perturber Tori, qui avait de toute évidence une relation fabuleuse avec sa marraine. Lane était tout ce qu'elle avait connu ! Mais faire appel à la loi avait été de plus en plus présent à son esprit tandis que Tori séjournait à l'hôpital.

Et maintenant il était là, seul, n'allant nulle part.

Il ne pensait pas que ce soit mal de souhaiter que sa fille tende les bras vers lui lorsqu'elle voulait être portée. Qu'elle sache que, quand elle pleurait, elle pouvait aller à lui pour être consolée. Même chose pour les câlins. C'était ce que faisait un père : être là pour sa fille. Il ne se sentait pas en tort d'avoir réclamé sa part. Il refusait d'en éprouver de la culpabilité.

Pourtant…

Pourtant, Lane et lui étaient devenus si proches, à dormir ensemble, et il tenait beaucoup à elle.

Bien sûr qu'il y tenait ! Mais était-ce de l'amour ?

Il avait aimé profondément une femme auparavant, et la perdre l'avait changé. Les jours et les semaines après la mort d'Andrea avaient été les pires de sa vie. Avait-il la capacité d'aimer de nouveau de cette manière ? De risquer son cœur ?

Peut-être Lane lui avait-elle fait une faveur ? La vie lui avait donné un échantillon de ce qu'il pourrait avoir, et il en avait profité avec joie, enchanté de rentrer les retrouver le soir, elle et Tori. Mais étaient-ils allés trop vite ? Faire intervenir un avocat était peut-être une bonne idée, avant que tout ne devienne trop compliqué ?

Il s'agenouilla près de la fosse à balles et se mit à jouer avec sa fille. Elle le regarda de ses magnifiques yeux bleus, rit, et il sut que c'était à Lane qu'il devait une enfant aussi heureuse, aussi épanouie.

S'était-il mis avec Lane à cause de Tori ? Parce que c'était sa responsabilité de la rendre heureuse et satisfaite en retour, ou parce qu'il l'avait souhaité, qu'il en avait eu *besoin* ?La maison était très vide sans Tori et sans Cole. En fait, Lane n'avait jamais été vraiment seule chez elle depuis qu'elle habitait ici, et tout paraissait très silencieux. Elle avait un week-end entier devant elle avant que Cole revienne. Elle savait qu'elle devait utiliser son temps de façon constructive, faire des choses plutôt que de tourner en rond, mais elle n'y arrivait pas. Parce qu'elle ne pouvait penser qu'à Tori et Cole.

La salle de bains du bas avait besoin d'être nettoyée à fond. Cela détournerait son esprit d'eux, non ? Si elle s'obligeait à se concentrer sur des tâches de ce style ?

Ou bien, elle pourrait trier sa garde-robe et sortir ce qui ne lui allait plus, mettre de côté les vêtements qu'elle voulait donner aux œuvres de bienfaisance. Fini les vieilleries, bienvenue à la nouveauté ! La nouveauté était quelque chose qu'elle devait accepter…

Elle ouvrit la porte de son dressing et se contempla dans le miroir en pied qui se trouvait derrière.

Elle était plus pâle que d'habitude, avait le visage un peu bouffi, ses yeux étaient rouges et cernés. Elle portait un vieux T-shirt et un jean avec un trou au genou gauche.

Comment avait-elle pu être aveugle au point de croire que Cole puisse tomber amoureux d'elle ?

Sa conversation avec lui ne s'était pas déroulée comme elle s'y était attendue, loin de là ! Et maintenant, il était parti, seul avec sa fille, ce qui, apparemment, était ce qu'il avait toujours réellement voulu. Peut-être s'était-il un peu attaché à elle, mais ce n'était pas de l'amour – or, elle savait qu'elle méritait d'être aimée, elle n'accepterait rien de moins. Elle valait mieux qu'une amitié décontractée avec quelques bénéfices sexuels en plus !

Mais savoir cela ne l'empêchait pas de souffrir. Elle aimait Cole Branagh. Elle l'avait laissé entrer dans son cœur brisé et avait cru qu'il le réparerait pour elle.

Mais voilà, elle dégainait toujours trop vite. Elle attendait toujours des gens plus que ce qu'ils étaient disposés à donner.

C'était un gros défaut. Une mauvaise habitude dont elle devait apprendre à se *dé-bar-ras-ser.*

Bon ! Il ne servait à rien de se tenir là, à contempler son reflet. Elle allait faire quelque chose d'utile.

Alors elle s'attaqua à la garde-robe et empoigna une pile d'habits. Si elle décidait de faire du rangement, elle allait s'y mettre, et bien !

— Docteur Branagh !

Cole était en train de promener Tori dans le parc. Et qui l'appelait ? Mary, la réceptionniste du cabinet ! Elle tenait en laisse un jeune chiot, un golden retriever.

— Mary ! Bonjour, comment allez-vous ?

Il se pencha pour l'embrasser sur la joue.

— Et qui est ce jeune homme ?

— Ce jeune homme est une jeune fille ! Elle s'appelle Skylar, et je la sors en essayant de faire mes dix mille pas. Je me suis procuré un de ces instruments (elle montra le bracelet noir à son poignet) et il m'a indiqué que je ne faisais qu'environ deux mille pas par jour ! Pathétique, non ? Alors, Bill et moi avons pris une petite chienne pour nous obliger à marcher davantage.

Il sourit et frotta la tête de l'animal.

— Bonne idée. Salut, Skylar.

— Vous êtes tous les deux seuls, aujourd'hui ? Où est Lane ? En train de se reposer à la maison ?

Il eut un sourire peu convaincant.

— Quelque chose comme ça…

Tori poussa des cris excités en voyant le chiot et voulut lui attraper la queue.

— Attention, dit Cole.

— Oh ! Skylar est gentille avec les petits. Elle supporte mes petits-enfants qui la pourchassent toute la journée. La pauvre est K-O, après leurs visites !

Mary le regarda, la tête penchée de côté.

— Vous allez bien ? Vous avez une tête de déterré.

— Merci ! Je n'ai pas très bien dormi.

— Tori vous a tenu éveillé ?

Non, Lane.

— Une insomnie, c'est tout.

— Bon, eh bien, bonne journée ! Prenez un bon bol d'air, vous dormirez mieux cette nuit.

— Je l'espère. J'étais en train de penser aux familles, aux souvenirs, tout ça... Je projette de prendre plus de photos.

— Excellente idée ! Je pourrais en prendre quelques-unes de vous deux, si vous voulez. Je suis douée pour photographier avec un portable.

— Ça ne vous ennuierait pas ?

— Bien sûr que non ! Où allons-nous les faire ?

— Les massifs sont fleuris près du kiosque, ça serait bien d'en prendre une là-bas, je pense.

Il ne semblait pas y avoir d'abeilles, ce jour-là.

Il avait envie d'une nouvelle photo de lui et Tori. Il avait des portraits d'elle sur son portable, bien sûr, et il y avait la photo de Lane, Tori et lui à la foire aux fées...

Il essaya de ne pas repenser à ce jour-là. C'était au tout début de leur relation, pourtant il s'était dit qu'ils étaient heureux. Il avait cru bien faire en allant au rythme de Lane dans sa relation avec Tori, mais il s'était tellement senti en marge, à l'hôpital, qu'il avait décidé de prendre d'autres dispositions. Des dispositions que Lane serait contente qu'il prenne, avait-il espéré. N'était-elle pas venue ici pour le retrouver ?

Il s'était attendu à ce que cette journée ne soit que du bonheur. Rien que Tori et lui au parc ! Mais son cœur n'y était pas.

Sa fille portait une jolie robe rose avec un gilet blanc, et lui une chemise bleue et un jean assorti. Il prit Tori sur sa hanche et alla se mettre devant le kiosque parmi les roses.

— Ici ?

— D'accord.

Mary se plaça en face d'eux et prit de nombreux clichés, de près, de loin. Elle réussit un coup de maître alors que Tori essayait d'attraper un papillon qui passait près d'elle.

Cole sourit quand Mary fit défiler les photos pour les lui montrer.

— Elles sont super !

Mais même s'il souriait extérieurement, intérieurement, il se sentait triste. Ça aurait été bien d'avoir Lane sur ces photos, aussi... Elle lui manquait terriblement. Il n'avait pas compté ressentir cela de façon aussi vive au bout de quelques heures.

Il regarda de nouveau les photos.

Voulait-il vraiment des photos d'eux deux seulement ? Tori et lui ? Elles étaient superbes. Vraiment. Mais quelqu'un manquait.

L'avait-il blessée dans ses sentiments en demandant à passer du temps seul avec Tori ? Elle avait paru choquée, bien qu'elle ait essayé de le cacher.

L'amour était ce qui comptait. Il aimait sa fille, et pas seulement sa fille...

Son souffle se coinça dans sa gorge alors qu'il prenait conscience qu'il aimait Lane.

Il l'aimait. Elle lui manquait follement. Ne pas l'avoir avec lui lui manquait. Son sourire. Son rire. La façon dont elle le faisait se sentir.

Il aurait dû frapper à la porte de sa chambre. Il aurait dû entrer, s'expliquer ! Il souhaitait plus que tout au monde pouvoir lui dire qu'il l'aimait, mais il était terrifié. Aurait-elle envie de l'entendre ?

Et s'il l'annonçait à la ronde – s'il rendait la chose officielle, que redoutait-il qu'il arrive ?

Il avait ouvert complètement son cœur à Tori – pourquoi ne pouvait-il pas en faire autant pour Lane ?

Il remercia Mary d'avoir pris les photos.

— Oh ! pas de problème ! Bon, je vais vous laisser continuer.

Il me reste encore... (elle consulta son gadget) cinq mille deux cent soixante et onze pas à faire.

— Mary ?

— Oui, mon chou ?

— Bill et vous... Vous êtes ensemble depuis longtemps ?

Elle hocha la tête.

— Quarante ans le mois prochain. Je n'aurais jamais cru qu'on tiendrait si longtemps, pour être honnête. Il y a eu des fois où j'aurais pu le tuer !

Elle rit.

— Vous n'avez jamais peur ?

Elle le regarda attentivement. Sourit.

— Si, bien sûr ! J'ai souvent peur de trop l'aimer, de le perdre... Vous savez qu'il a eu une attaque il y a quelques années ?

Cole fit signe que oui.

— Mais je suis là parce que je l'aime. Parce que la vie sans lui est une horrible perspective. Parce que je veux que nous restions ensemble aussi longtemps que nous le pourrons.

— Mais finalement, il arrivera quelque chose, non ? La vie nous fait ça. Elle prend ceux que nous aimons.

Il s'imaginait perdant Lane et Tori comme il avait perdu Andrea et le bébé. Pourrait-il affronter de nouveau de telles pertes ?

Mary donna une friandise à Skylar.

— Oui. Mais pourquoi nous priver du temps que nous avons ensemble *maintenant* ? De la personne qui nous rend plus heureux que ce que nous pourrions l'être seul ? Une année avec Bill vaut mieux que pas d'années du tout avec lui. Mais je sais ce que vous pensez, docteur Branagh...

— Mary, je vous l'ai déjà dit, appelez-moi Cole.

Elle sourit.

— Vous aimiez Andrea, n'est-ce pas ?

— Bien sûr. Mais je l'ai perdue.

— Néanmoins, vous avez encore tous ces heureux souvenirs d'elle, non ? De l'amour que vous avez partagé ?

Il hocha la tête.

— Imaginez que vous n'ayez même pas ça.

Mary haussa les sourcils, l'air effaré.

— Je vous laisse, à présent. Saluez Lane pour moi. La semaine prochaine, c'est sa dernière semaine, n'est-ce pas ?

Sapristi ! Il l'avait oublié.

— Oui.

Sa dernière semaine. Elle allait bientôt partir. S'il lui disait qu'il l'aimait, penserait-elle qu'il voulait seulement la faire rester pour éviter qu'elle n'emmène sa fille ?

Mary sourit.

— Il serait bien dommage de la perdre.

Il acquiesça.

— Oui, en effet...

Lane avait porté trois grands sacs-poubelle pleins d'habits au local de bienfaisance et nettoyé la maison de fond en comble. Mais tout ce qu'elle put conclure de ces efforts, ce fut que ce n'était pas drôle d'être seule. Pas drôle du tout.

Son cœur était douloureux. Tori lui manquait, et Cole aussi. Il était devenu une part d'elle-même, comme Tori.

Elle n'avait pas mesuré à quel point elle s'était mise à dépendre d'eux, du fait qu'ils soient tous ensemble. De les avoir dans sa vie. Elle n'avait passé qu'une matinée sans eux, et elle ressentait déjà vivement leur absence.

Toute sa vie, elle s'était tue quand les choses devenaient difficiles, et la veille au soir elle avait encore fait de même. Elle avait voulu dire à Cole ce qu'elle éprouvait, mais elle avait gardé le silence quand il avait déclaré qu'il voulait passer du temps seul avec Tori. Une fois de plus, elle avait laissé quelqu'un d'autre diriger sa vie pour elle.

Elle n'avait jamais dit à Skye ce qu'elle ressentait à l'idée de la perdre. Elle n'avait jamais dit à Simon quel homme égoïste il était. Elle n'avait jamais pu dire à son père combien elle avait été blessée qu'il soit parti quand elle était petite.

Et quand Cole avait annoncé qu'il aimerait prendre Tori chez lui seul, elle avait automatiquement baissé les bras et dit qu'elle était d'accord – elle avait serré les lèvres sur ses propres désirs et ses propres besoins.

Elle se sentait lâche, en colère contre elle-même. Elle en avait assez que d'autres prennent les décisions concernant sa vie. C'était décidé, elle allait dire exactement à Cole ce qu'elle éprouvait. Elle allait lui reprocher d'avoir malmené son cœur. De l'avoir laissée tomber amoureuse de lui puis de l'avoir plantée là. Elle ne se souciait pas de paraître ridicule. Elle en avait plus qu'assez de se taire sur ce qu'elle ressentait ! Ce serait peut-être la chose la plus embarrassante qu'elle ferait jamais, mais tant pis. Elle serait *entendue !*

Un coup léger frappé à la porte interrompit ses pensées.

Elle n'avait pas envie de répondre, et elle faillit ne pas le faire. Mais c'était peut-être une livraison qu'elle attendait...

Elle descendit en traînant les pieds, ouvrit – et sentit aussitôt son cœur se mettre à tambouriner.

C'était Cole qui se tenait là, Tori sur la hanche.

La petite fille glapit en la voyant et tendit les bras.

Lane ne put s'empêcher de sourire à sa filleule et la prit dans ses bras.

Est-ce que Cole n'avait pas pu s'en sortir seul ? Était-ce pour cela qu'il était de retour plus tôt que prévu ?

— Y a-t-il un problème ? demanda-t-elle.

Cole la fixait, l'air incertain.

— Oui. Un énorme problème.

— Qu'est-ce que c'est ?

— Tu l'aimes, répondit-il.

Où voulait-il en venir ?

— Bien sûr que je l'aime.

— Je le sais, et pourtant tu m'as laissé la prendre comme

si de rien n'était. Quelque chose n'allait pas, ça m'a turlupiné, et finalement j'ai compris. Tu l'as laissée partir comme si c'était une chose à laquelle tu devais t'habituer.

— Eh bien, c'est ce que tu veux, non ? Que Tori et toi passiez du temps seuls ensemble ?

— Pas de la façon dont tu penses. Oui, je souhaite passer du temps seul avec elle, j'estime toujours que c'est une bonne chose, mais je me retrouve coincé. Je suis ici pour te dire que...

Elle le regarda, le cœur battant.

— Quoi ?

— Puis-je entrer ? Je ne crois pas que ce soit une chose à dire sur le pas de la porte.

Malgré elle, elle recula et le laissa entrer. Au salon, elle posa Tori par terre. La petite fille rampa aussitôt jusqu'à son coffre à jouets et se mit à en sortir des affaires.

C'était bon d'avoir Tori de retour à la maison. C'était bon de le voir, aussi. Il lui avait manqué, même si elle détestait l'admettre. Et il était difficile de rester sur ses gardes quand tout ce qu'elle souhaitait, c'était lui dire qu'elle l'aimait, se jeter dans ses bras et se sentir de nouveau en sécurité.

Le fait qu'elle ne puisse pas le faire lui donna un ton bref, presque sec.

— Alors ?

Elle se tenait face à Cole, la table basse entre eux.

— Je veux effectivement passer du temps seul avec Tori. Ce sera bon pour moi, mais je n'ai pas envie de le faire sans savoir que nous pouvons te retrouver à la maison.

Elle resta debout, les bras croisés, le fixant. Elle savait ce qu'elle voulait dire, mais il avait manifestement encore des choses à exprimer, aussi décida-t-elle de l'écouter jusqu'au bout. Ensuite, elle sortirait son jeu.

— Je suis son père, mais tu es sa mère ! Nous avons été une famille le premier jour où nous nous sommes rencontrés. Je n'en avais pas conscience, mais nous l'étions déjà. J'ai tenté de lutter contre ça. Toi aussi, j'en suis sûr. Mais c'est arrivé quand même. Je n'étais pas certain de pouvoir retomber amoureux, d'en avoir le courage. Mais tu me donnes l'impression que tout est possible, Lane. Que nous ensemble, c'est possible.

Avait-elle bien entendu ? Avait-il dit ces mots-là ? Était-il en train de dire qu'il l'aimait ? Qu'il ne s'agissait pas de Tori ?

Cette pensée lui emballa le cœur.

— Que dis-tu, exactement ?

Elle avait besoin qu'il clarifie les choses. Parce qu'elle avait la mauvaise habitude de comprendre de travers. Parce que, en cet instant, elle avait envie de s'accrocher à lui et de ne jamais le lâcher. Mais s'il existait le moindre risque qu'elle essuie encore un rejet, elle ne voulait pas se mettre davantage dans l'embarras.

Cole sourit, les yeux brillants.

— Je dis que je t'aime. Je dis que je t'aime depuis longtemps et que je veux continuer à t'aimer le reste de ma vie. J'aimerais que nous soyons pour de bon la famille que nous formons. J'aimerais que tu m'épouses.

Son cœur s'envolait. Il l'aimait ? Il l'aimait vraiment ?

— Tu m'aimes ?

Il la rejoignit, prit ses mains dans les siennes, les porta à ses lèvres, embrassa l'intérieur de ses poignets avant de les placer sur son cœur.

— Je ne peux pas me passer de toi. *Nous* ne pouvons pas nous passer de toi.

— Je pensais que tu...

Elle secoua la tête et se laissa aller contre lui.

— Je pensais que je risquais de te perdre...

— Tu ne me perdras jamais. Tori non plus.

Elle se pressa encore plus étroitement contre lui. Reconnaissante de s'être tellement, tellement trompée sur son compte.

Il s'écarta pour la regarder dans les yeux.

— Eh bien ? Qu'est-ce que tu en dis ?

Elle rit.

— J'en dis… que je t'aime aussi. Je dis oui à notre famille.

Elle rougit.

— Je veux être ta femme… Si tu veux de moi, bien sûr.

Il l'attira dans ses bras et l'embrassa comme elle n'avait encore jamais été embrassée.

Elle s'abandonna à son étreinte, sachant que, quoi qu'il advienne, Cole et elle seraient ensemble pour toujours.

Épilogue

Dès que Lane s'éveilla, elle se tourna vers son bébé.

Lorelei était née tard la veille au soir. Elle avait émergé dans le monde avec un cri sonore pour annoncer son arrivée.

Lane avait regardé Cole dans les yeux et avait vu ses larmes. Elle l'avait attiré à elle, et ils s'étaient étreints en pleurant, tandis que les sages-femmes nettoyaient leur fille tout juste née avant de la leur donner.

Lorelei était une beauté. Mais quel bébé ne l'était pas ?

Lane n'avait pu cesser de la regarder toute la soirée.

— Vous avez besoin de dormir. Tous les deux, avait finalement dit la sage-femme.

Alors, Cole était rentré chez eux avec réticence pour se reposer un peu. Lane avait gardé un œil sur le berceau, comme si elle n'osait pas regarder ailleurs de peur que son bébé ne disparaisse.

Sa grossesse l'avait emportée dans un tourbillon, mais cela avait été bien plus facile qu'elle ne l'avait pensé. Elle s'était secrètement inquiétée que quelque chose se passe mal, mais cette crainte s'était dissipée à présent qu'elle avait mis sa fille au monde et l'avait tenue dans ses bras. Elle était parfaite. Dix doigts minuscules, dix orteils minuscules.

Elle prit Lorelei dans son berceau et, assise dans son lit, la tint contre elle et la contempla.

Était-il possible d'aimer aussi farouchement un être humain ?

Oui, ça l'était. Elle le savait déjà.

Elle s'était inquiétée à ce propos. Elle aimait tant Tori qu'elle s'était demandé si elle serait capable d'aimer un autre enfant avec la même intensité. Mais elle se rendait compte à présent que le cœur possède une capacité d'amour infinie. Aimer quelqu'un d'autre ne diminue pas l'amour que l'on porte à une personne. Cet amour ne fait que grandir, devenir plus vaste. C'était encore mieux qu'auparavant.

Lorelei avait son nez et sa bouche à elle, mais elle avait les yeux de son père, et Lane pouvait déjà voir la ressemblance entre Tori et sa nouvelle-née. Ça lui plaisait. Elle aimait cet air de famille entre elles. Ils formaient une famille plus grande qu'avant, et si belle !

On frappa doucement à la porte, et Cole passa la tête dans la chambre.

— Prête pour des visites ?

Elle sourit et hocha la tête.

Il entra, tenant Tori par la main, puis souleva délicatement sa fille aînée et l'assit sur le lit afin qu'elle puisse voir le bébé.

— Qu'est-ce que tu en penses, Tori ? C'est ta petite sœur.

Tori se pencha pour mieux voir, souriante. Elle tendit une main hésitante et toucha le visage de Lorelei, puis elle se pencha davantage et l'embrassa sur la joue.

— Petite sœur ! dit-elle.

— Oui. Petite sœur. Elle s'appelle Lorelei.

— Lolo-li !

Tori rit, et ils rirent avec elle. C'était si mignon !

Cola passa un bras sur les épaules de Lane.

— Comment te sens-tu, aujourd'hui ?

Elle laissa aller sa tête contre son torse puis leva les yeux et lui décocha un sourire rayonnant.

— Je me sens comme toujours quand je suis avec toi : j'ai l'impression d'être la personne la plus chanceuse du monde.

Il l'embrassa et sourit.

— C'est impossible. Cet honneur me revient.

KATE HARDY

Liaison secrète à l'hôpital

Traduction française de
MICHELLE LECŒUR

BLANCHE

HARLEQUIN

Titre original :
IT STARTED WITH NO STRINGS...

Ce roman a déjà été publié en 2020.

1

— Bienvenue à Londres.

D'un geste désabusé, Aaron leva sa bière pour trinquer à sa propre santé.

Il était seul, assis au comptoir d'un club de salsa, et ne pouvait s'en prendre qu'à lui-même. Tim, avec qui il avait fait une partie de ses études, lui avait proposé de fêter son premier week-end à Londres. Mais évidemment, aller tranquillement boire un verre quelque part aurait été trop simple.

Aaron aurait dû se rappeler leurs soirées étudiantes. Tim avait toujours été un boute-en-train, finissant immanquablement entouré d'une foule de jolies filles. La trentaine bien sonnée, il était resté le même. Aaron n'avait aucune idée de l'endroit où il était passé, dans ce club bondé.

Aussi décida-t-il, une fois son verre terminé, d'aller à sa recherche. Il allait lui dire au revoir et retrouver l'appartement impersonnel qu'il louait près de l'hôpital.

Après tout, pourquoi attendre d'avoir fini son verre ? Le reposant sur le comptoir, il se retourna pour chercher Tim.

Ce fut alors qu'il la vit.

Elle avait des cheveux absolument incroyables : noirs comme la nuit, ils étaient lisses, brillants, et lui arrivaient presque à la taille. Elle portait une robe courte, d'un rouge qui mettait sa chevelure en valeur et laissait apparaître une paire de jambes superbes. Les talons de ses escarpins avaient beau être d'une hauteur impressionnante, cela ne l'empêchait pas de danser sur un rythme de salsa.

Aaron poussa un soupir. Il n'était pas là pour ça, il ne cherchait pas à rencontrer quelqu'un — même pas pour une aventure. Il allait avoir un nouveau poste et tout son temps serait pris par son travail.

Pourtant, il y avait chez cette femme quelque chose qui l'attirait irrésistiblement.

Alors qu'il la regardait danser, elle se tourna légèrement et il aperçut son visage. Elle était renversante : un visage en forme de cœur, des yeux noirs et la plus belle bouche qu'il eût jamais vue.

Son amie, qui dansait à côté d'elle, lui dit quelque chose à l'oreille et elle se mit à rire, rejetant la tête en arrière et révélant des dents d'une blancheur parfaite.

Subjugué, Aaron en oublia Tim et la raison pour laquelle il était là. Il oublia tout — excepté la femme à la robe rouge. Le bourreau de travail posé et sensé qu'il avait toujours été passa lui aussi aux oubliettes.

Sans même prendre conscience de ce qu'il faisait, il traversa la piste de danse en direction de la jeune femme, tel un insecte attiré par la flamme d'une bougie.

Et à cet instant, peu lui importait d'être brûlé.

— Tu es la meilleure amie que j'aie jamais eue. Et je t'aime, dit Joni en serrant Bailey dans ses bras.

— Je t'aime aussi, ma chérie, répondit Bailey en l'étreignant à son tour.

— Tu avais raison, c'était juste ce qu'il me fallait ce soir. Danser et boire du champagne.

C'était à peu de chose près ce qui avait été prévu au départ — si ce n'était qu'elle n'aurait pas dû se trémousser sur un rythme latino-américain, mais évoluer lentement sur un air de valse follement romantique, dans une robe de mariée élégante et vaporeuse.

Or voilà qu'elle dansait une salsa effrénée dans la robe la plus courte qu'elle eût jamais portée — sur l'insistance de son amie, naturellement.

— Bien sûr que j'ai raison, dit Bailey d'un ton léger. Je suis médecin. Faire de l'exercice est l'un des meilleurs remèdes que je connaisse.

Joni rit.

— Tu es spécialiste de médecine sportive, je te soupçonne de ne pas être tout à fait impartiale.

— Mais c'est vrai, répondit Bailey. Je pourrais te citer des tonnes d'études sur le sujet. L'exercice régulier entraîne une diminution des risques de cancer et de démence, il agit comme antidépresseur, et améliore les résultats scolaires des ados. C'est positif sur toute la ligne.

— Alors comme cela, la salsa est un remède pour tout ?

Même pour les cœurs brisés ? Alors pourquoi souffrait-elle toujours au bout de six mois ? C'était pourtant elle qui avait annulé le mariage.

— Ajoute la gaieté de la salsa aux endorphines du rock, et éclate-toi !

Joni ne put s'empêcher de rire. Elle pouvait compter sur son inénarrable meilleure amie pour l'empêcher de se morfondre, en ce jour particulier qui aurait dû être celui de son mariage.

Elles ne travaillaient pas ensemble, puisqu'elle était spécialisée dans les maladies tropicales et infectieuses alors que Bailey s'occupait de médecine du sport, mais elles étaient les meilleures amies du monde depuis leur rencontre, le premier jour de leurs études. Elles s'étaient toujours soutenues dans les épreuves et avaient fêté chacun de leurs moments de joie ensemble.

— Ne te retourne pas, lui dit soudain Bailey. Il y a un type super sexy qui vient vers nous. Il était assis au bar, et il avance droit sur toi sans te quitter des yeux.

— Il se demande probablement comment une fille comme toi, dont les mouvements sont si coordonnés, peut danser avec quelqu'un comme moi qui ne connais même pas les pas.

— Je ne crois pas. A mon avis, il doit plutôt se dire : « Woaou, mais qui est cette bombe ? » Surtout avec tes cheveux lâchés.

Bailey enroula brièvement une mèche des cheveux de Joni autour de ses doigts.

— Toutes les femmes de cette salle seraient prêtes à tuer pour avoir tes cheveux, dit-elle. Moi comprise.

Des cheveux que Marty avait voulus qu'elle coupe. Son ex était le dernier d'une série d'hommes qui lui donnaient constamment l'impression qu'elle n'était pas assez bien. Après lui, elle s'était juré de ne plus commettre cette erreur : jamais plus elle ne sacrifierait sa carrière ou son estime de soi pour faire plaisir à quelqu'un.

— Allô, Joni ? Ici la Terre, dit Bailey en agitant les deux mains devant son visage pour la faire sortir de sa rêverie. Nous avons un accord. On ne broie pas du noir et on ne pense plus à Marty le ver de terre. Je crois que Mister Sexy va t'inviter à danser.

Joni secoua la tête.

— Même si c'est le cas...

— Tu diras oui, dit Bailey. Ordre du médecin. Danser avec un homme sexy est bon pour ta santé.

— Et si c'est toi qu'il invite ?

— Ce n'est pas pour moi qu'il vient, répondit Bailey avec un clin d'œil. Cet homme n'a d'yeux que pour toi.

Sans être intrusif pour autant, Aaron s'approcha assez près de la femme en robe rouge pour qu'elle puisse l'entendre malgré la musique.

— Vous dansez ? demanda-t-il.

— Je, euh...

Elle rougit, ce qui la rendit encore plus jolie. Elle n'était manifestement pas consciente de l'effet qu'elle produisait, ce qui était plutôt bon signe.

Une petite voix dans sa tête avait beau lui répéter que c'était de la folie, le reste de sa personne n'écoutait pas.

— C'est une excellente idée, dit son amie avec un large sourire. Allez danser, je vais en profiter pour reposer mes pieds, ils commencent à me faire souffrir.

Ce n'était probablement qu'un prétexte, il l'avait vue danser et elle n'avait pas le moins du monde l'air d'avoir mal. Mais il apprécia son tact.

— Bailey !

Il vit une lueur de panique dans les beaux yeux de la femme aux longs cheveux noirs, tandis que son amie se dirigeait vers une des chaises du bar en boitant ostensiblement.

A vrai dire, lui-même n'était pas loin de paniquer. Il savait par expérience qu'il valait mieux éviter certains contacts. Il ne voulait d'aucune émotion susceptible d'entraîner tôt ou tard de la souffrance.

Mais il était trop tard pour reculer. Trop tard pour douter.

— Bonsoir, je m'appelle Aaron, dit-il en lui tendant la main.

— Et moi Joni.

Elle lui prit la main et la secoua nerveusement.

— Désolée pour mon amie…

— Pas du tout, répondit-il avec un sourire. Ce serait plutôt à moi de m'excuser par avance, car le moins que l'on puisse dire est que je ne suis pas un très bon danseur.

— Moi non plus, dit Joni. C'est Bailey qui danse bien. Je vais essayer de ne pas vous écraser les pieds.

— Dans ce cas, concluons un pacte mutuel de non-agression.

Il lui prit la main pour l'entraîner sur la piste et ils évoluèrent, d'abord un peu maladroitement, sur le nouveau morceau. Peu à peu, la gêne s'évanouit et il se surprit à apprécier le rythme trépidant de la danse.

Puis ce fut le morceau suivant, et la musique ralentit.

En quelques secondes, Joni fut contre lui, toute chaleur et douceur. Ils se balancèrent en silence, ses bras fins noués autour de son cou, tandis qu'il lui enlaçait la taille.

Il se pencha vers elle et lui sourit. Elle avait vraiment des yeux extraordinaires. En la voyant de plus près, il se rendit compte qu'elle n'était pas très maquillée et n'en avait d'ailleurs pas besoin. Un soupçon de mascara pour mettre ses longs, longs cils en valeur, et un rouge à lèvres d'un rouge tendre qu'il aurait voulu faire fondre sous ses baisers.

Comme cette pensée lui venait à l'esprit, il se rendit compte que leurs bouches se touchaient presque. Et quand il effleura ses lèvres, un choc électrique lui parcourut tout le corps. Elle lui rendit son baiser, et tout le reste s'évanouit. Il n'y avait plus qu'elle, lui, et la musique.

Mais le rythme changea de nouveau, redevenant très rapide, ce qui les força à s'écarter l'un de l'autre. Ils restèrent debout, immobiles, à se regarder. Etait-elle aussi étourdie que lui ?

Cela n'aurait pas dû arriver. Il n'avait pas l'habitude de faire ce genre de chose. Et pourtant...

— Je vais prendre un taxi pour rentrer, dit Bailey en les rejoignant.

— Il vaudrait mieux que j'y aille, moi aussi, dit Joni.

Mais il n'était pas prêt à la laisser partir. Pas encore.

— Ne pouvez-vous pas rester un peu ? demanda-t-il. Je vous raccompagnerai, si vous voulez.

Bailey se pencha à l'oreille de Joni.

— Reste et amuse-toi, dit-elle tout bas. Evite de trop penser et de tout analyser.

Elle lui prit la main et lui serra brièvement les doigts.

— Apprécie cette soirée pour ce qu'elle est : juste quelques danses, et un bon moment passé en compagnie d'un homme terriblement sexy. Rassure-toi, tu n'as pas de rouge à lèvres plein la figure, même si vous venez de vous embrasser fougueusement comme deux ados en goguette...

Joni se sentit rougir jusqu'à la racine des cheveux.

— Oh ! mon Dieu. Je me conduis comme une grue, fit-elle.

— Absolument pas. Tu prends juste un peu de bon temps, histoire de rendre cette journée moins pénible. C'est sans conséquences, puisque ce n'est rien de sérieux. Vis l'instant présent et amuse-toi. En bécotant Sexy Man, tu produis plus d'endorphines, et c'est bon pour toi.

On pouvait faire confiance à Bailey pour être directe.

Joni laissa échapper un sourire.

— Tu es sûre que tu ne veux pas que je vienne avec toi ?

— Certaine. Contente-toi de t'amuser. Et appelle-moi demain, d'accord ?

— Promis, répondit-elle en la serrant dans ses bras.

Puis elle se remit à danser avec Aaron, jusqu'à en avoir mal aux pieds.

— Si on faisait une pause pour prendre un verre ? fit-il alors qu'un morceau s'arrêtait.

Elle acquiesça et il la conduisit jusqu'au bar, une main à plat dans son dos en un geste protecteur.

Il avait d'excellentes manières, et il n'avait pas l'air du genre à rabaisser une femme pour se valoriser, comme ses ex. Mais elle se méfiait désormais de son propre jugement, elle s'était si souvent trompée dans le passé. Elle ne voulait plus voir les hommes avec des lunettes roses.

— C'est moi qui invite, dit-elle quand ils furent assis au bar. Bailey et moi buvions du champagne, tout à l'heure. Voulez-vous vous joindre à moi ?

— Avez-vous quelque chose à célébrer ? demanda-t-il.

Sans aucun doute. La fuite la plus heureuse de sa vie. Mais elle regrettait également l'anéantissement de tous ses projets. Cela aurait pu être si bien...

Durant à peine quelques secondes, Joni eut l'air triste. Puis Aaron se demanda s'il n'avait pas rêvé, car l'instant d'après, elle le gratifia d'un large sourire.

— On est samedi, n'est-ce pas une raison suffisante pour faire la fête ?

Quelque chose lui disait que ce n'était pas la véritable raison, mais il n'insista pas et se contenta d'accepter la coupe de champagne qu'elle lui tendait.

Ils se remirent ensuite à danser, jusqu'à ce qu'ils soient presque seuls sur la piste. Tim n'avait pas pris la peine de dire au revoir avant de partir — sans doute s'amuser ailleurs. C'était son ancien collègue tout craché : un garçon un peu superficiel qui aimait avant tout prendre du bon temps.

Aaron n'était pas encore prêt à se séparer de Joni.

— Il ne doit plus y avoir un seul café ouvert dans les environs, pourquoi ne pas aller chez moi prendre un café ou un thé ?

Elle lui jeta un coup d'œil méfiant.

— Merci, mais...

— Je parle d'un café, et de rien d'autre, dit-il doucement.

Elle se mordit la lèvre.

— Désolée, mais je n'ai pas l'habitude de...

Comment une fille aussi splendide pouvait-elle être aussi sérieuse ? Peut-être n'était-elle pas encore remise de sa dernière rupture ? Ce qui faisait de lui l'homme idéal pour rebondir, d'autant plus qu'elle ne cherchait probablement pas une relation durable.

— Moi non plus, dit-il.

Entre les études et le travail — et encore et toujours le travail —, il n'avait tout simplement pas de temps pour autre chose.

— Je peux cependant vous assurer que je suis plus doué pour faire le café que pour danser, fit-il d'un ton léger.

Il avait travaillé un temps comme barman pour payer ses études, sa coûteuse machine à café italienne était le seul gadget dont il ne pouvait pas se séparer.

— Dans ce cas, je prendrais volontiers un café, répondit-elle.

En quittant la boîte de nuit, ils eurent la chance de saisir au vol un taxi qui passait.

Elle resta silencieuse à l'arrière de la voiture et il ne la poussa pas à parler, se contentant de mêler ses doigts aux siens. Depuis combien de temps n'avait-il pas tenu la main d'une fille dans un taxi ?

Mieux valait éviter ce genre de réflexion. Cette relation ne le mènerait nulle part. C'était simplement pour une nuit, pas pour la vie. Il en avait toujours été ainsi.

A peine étaient-ils arrivés à son appartement que Joni retira ses chaussures et demanda où était la salle de bains.

— Je serai dans la cuisine, dit-il en lui indiquant la porte.

Elle resta absente un bon moment avant de le rejoindre.

— Désolée de me montrer aussi impolie, mais pourrais-je avoir un verre de jus d'orange et un sandwich avec le café, s'il te plaît ?

Oh ! non. Il avait déjà connu ce genre de situation : quelqu'un qui avait eu une soudaine envie de boire et de manger après être allé en boîte, et qui s'était précipité dans la salle de bains.

Il était prêt à parier que ses pupilles n'étaient pas plus grosses que des têtes d'épingles.

Son expression dut le trahir, car elle lui sourit.

— Il est bien question d'aiguille, mais pas de drogue, dit-elle en retirant un objet de son sac. Je suis diabétique, cet appareil me sert à mesurer le taux de sucre dans mon sang. Il me suffit de me piquer le doigt. Actuellement, le résultat n'est pas excellent, sans doute parce que j'ai avalé deux coupes de champagne alors que je n'ai pas l'habitude de boire. Et que j'ai dansé toute la nuit. Un peu de glucides me permettrait de stabiliser mon taux de sucre. Rassure-toi, je ne vais pas m'évanouir dans tes bras. Un sandwich et un verre de jus de fruits suffisent à régler rapidement le problème.

Il se détendit. Le diabète expliquait beaucoup de choses. Au moins, il n'y aurait pas de complications, il ne se sentirait pas responsable de quelqu'un qui avait fait un mauvais choix de vie. A en juger par la clarté de ses explications, elle était tout à fait capable de s'occuper d'elle-même.

Pendant une seconde, il fut tenté de lui dire qu'il était médecin, mais il ne voulait pas la mettre dans l'embarras et lui versa un verre de jus de fruits.

— Merci.

Cela faisait quelques années qu'il n'avait pas travaillé en endocrinologie, mais il se rappelait qu'un en-cas à base de protéines et de glucides était recommandé pour quelqu'un dont le taux de sucre était trop bas.

— Que dirais-tu d'un sandwich au bacon ? dit-il, espérant ne pas l'offenser au cas où elle serait végétarienne.

— Ce serait super, merci beaucoup.

De nouveau, elle lui adressa un doux sourire.

— Est-ce que je peux faire quelque chose ?

— T'asseoir pour bavarder avec moi, si tu veux, dit-il en faisant griller le bacon. Que voudrais-tu comme café ? Cappucino, café latte, grand crème ?

Elle eut un air surpris.

— Tu peux vraiment faire tout ça ?

Il désigna sa machine à café.

— Comme tu vois, je ne me refuse rien.

— Un cappuccino serait parfait, répondit-elle en souriant. Mais pas de chocolat sur le dessus, s'il te plaît.

— Tu n'aimes pas ça, ou c'est lié à ton diabète ?

— Un peu les deux, en fait. Je suis probablement la seule femme au monde qui ne soit pas vraiment folle de chocolat. Ma meilleure amie me trouve bizarre.

Il rit et lui prépara son cappuccino. Elle but une gorgée et ses yeux s'arrondirent de surprise.

— C'est fabuleux. Qu'est-ce que tu utilises comme café ?

— Un mélange d'une épicerie fine de Manchester. J'espère trouver le même genre d'endroit à Londres.

— Tu viens juste d'emménager ?

Il hocha la tête.

— Je commence un nouveau travail.

Pour aller de l'avant. Evoluer. S'améliorer. Faire ce qu'il n'avait pas été capable de faire quand cela comptait. Il avait fait le vœu de passer le reste de sa vie à se rattraper. Mais il ne tenait pas à raconter à quelqu'un qu'il connaissait à peine pourquoi il se dévouait à ce point à sa carrière.

Aussi s'appliqua-t-il à leur préparer à tous les deux un sandwich au bacon, puis lui tendit une assiette.

Elle avala une bouchée.

— Mmm, tu es parfait, toi, dit-elle.

Puis elle releva la tête en rougissant.

— Désolée, fit-elle.

Il ne put résister à l'envie de la taquiner.

— Tu parlais au sandwich, ou à moi ?

— Au sandwich, répondit-elle sans hésiter. Quoique... Puisque c'est toi qui l'as fait, tu dois également être parfait.

Elle fit la grimace.

— Décidément, j'ai bu un peu trop de champagne.

— Pas de problème, dit-il gaiement.

Il ne se rappelait pas avoir jamais connu quelqu'un d'aussi adorable. Elle était si chaleureuse et si douce, il ne pouvait qu'être attiré par elle.

Pour le coup, Joni était exactement le genre de femme qu'il ne lui fallait pas. Plus il lui parlait, plus il se rendait compte qu'elle n'était pas — contrairement à lui — du genre à rechercher les relations de courte durée, sans complications. Il ne voulait rien de permanent, et il n'aurait pas été honnête de lui faire croire qu'il pouvait lui offrir quelque chose qu'il se savait incapable de lui donner.

Ils bavardèrent agréablement, jusqu'à ce qu'elle ait fini son café.

— Je te ramène chez toi, dit-il.

Elle le regarda d'un air inquiet.

— C'est très aimable à toi, mais tu as bu pendant qu'on dansait.

— Une petite bière, plus une coupe de champagne avec toi. Et on vient juste de manger. Mon taux d'alcoolémie est largement inférieur à la limite autorisée, cependant je peux t'appeler un taxi, si tu préfères.

— Merci, mais je t'ai suffisamment mis à contribution. Je vais l'appeler moi-même.

Il aurait dû la laisser partir, c'était l'option la plus raisonnable. Mais quelque chose en lui voulait à toute force la garder encore près de lui, même pour quelques instants.

— Tu veux bien danser encore une fois avec moi ? demanda-t-il.

Elle le fixa et il crut qu'elle allait refuser. Puis elle hocha la tête.

— D'accord.

Il mit le disque d'une chanteuse de jazz à la voix douce et voilée, puis lui ouvrit les bras. Elle se blottit contre lui et posa la tête sur son épaule, tandis qu'il appuyait sa joue contre ses cheveux soyeux. Ils étaient si doux... Ce n'était vraiment pas une bonne idée, mais il ne pouvait pas s'en empêcher. Il y avait quelque chose en elle, quelque chose de différent, qui l'attirait irrésistiblement. Et qu'il ne pouvait pas définir.

Ils se mirent à tanguer en cadence. Fermant les yeux, il s'abandonna au plaisir de danser avec elle en la tenant contre lui.

Il n'aurait pu dire qui fit le premier mouvement, mais il l'embrassait — l'embrassait vraiment — et elle lui répondait avec la même ardeur.

— Joni, murmura-t-il tout contre sa bouche.

Elle lui caressa le visage et il déposa un baiser au creux de sa paume.

— Sincèrement, je ne t'ai pas proposé de venir ici pour autre chose qu'un café.

— Je sais, répondit-elle avec douceur.

— Mais maintenant... Tu veux bien rester ? demanda-t-il d'une voix rauque.

2

Joni allait-elle accepter, ou partir ? Aaron n'en avait aucune idée.

Elle resta silencieuse pendant un long, très long moment.

— Je, euh… Habituellement, je ne fais pas ce genre de chose, dit-elle enfin.

— Je m'en étais douté, répondit-il gentiment. Désolé. Je n'aurais pas dû te le demander.

Elle secoua la tête.

— Ce n'est pas ça. Je suis flattée, mais je ne cherche pas à rencontrer quelqu'un, en ce moment.

— Moi non plus. Je suis d'autant plus impardonnable de t'avoir demandé de rester.

Déjà il se détournait pour appeler un taxi, quand elle posa sa main sur la sienne.

— La réponse est oui.

Il aurait dû lui laisser la possibilité de changer d'avis, mais il en avait *tellement* envie. C'était même plus que ça : un besoin. Quelque part, il savait qu'il en était de même pour elle.

Alors il se contenta de l'embrasser.

Puis il la souleva dans ses bras et la porta jusqu'à sa chambre. Elle glissa le long de son corps en reposant les pieds sur le sol, n'ayant probablement aucun doute sur l'intensité de son désir pour elle.

Le regardant droit dans les yeux, elle passa la langue sur sa lèvre inférieure.

Il ne se fit pas prier pour l'embrasser, puis il la fit tourner sur elle-même et souleva sa magnifique chevelure pour défaire lentement sa fermeture à glissière, caressant sa peau à mesure qu'il la découvrait. Elle était si douce qu'il ne put résister à l'envie d'y poser ses lèvres, piquetant ainsi son dos de petits baisers.

Elle poussa de petits gémissements de plaisir et il défit son soutien-gorge tout en continuant à descendre le long de son dos. Puis ce fut le tour de la robe.

— Tu es si belle, dit-il en lui faisant face.

Elle ne portait plus que son slip et, avec sa chevelure qui lui couvrait les seins, on aurait pu croire qu'elle était en Bikini sur une plage. Elle était à la fois pudique et terriblement sexy. Tentatrice en diable.

— J'ai envie de te voir, Joni, dit-il d'une voix éraillée. Relève tes cheveux.

De ses deux mains, elle rejeta ses cheveux en arrière.

— On dirait une déesse, dit-il dans un murmure.

Elle rougit.

— Je ne suis qu'une femme ordinaire.

Ne se rendait-elle vraiment pas compte de l'effet qu'elle produisait ?

— Tu es sublime, lui dit-il. Tes cheveux, ton sourire, tes yeux... Tout simplement sublime.

Cette fois, elle osa sourire.

— En fait, je me sens un peu vulnérable, tu es beaucoup plus habillé que moi.

En moins de dix secondes, il fut entièrement nu.

— C'est mieux comme ça ?

— Beaucoup mieux.

Et ce fut son tour de rougir tandis qu'elle le parcourait du regard. Du bout du doigt, elle traça un trait imaginaire depuis son torse jusqu'à son nombril.

— Excellents abdominaux, dit-elle.

— Merci. Mais je ne suis qu'un homme ordinaire.

Elle rit.

— J'allais oublier de te demander. Est-ce que tu as, euh... de quoi nous protéger ?

— Oui. Mais je devrais peut-être vérifier la date de péremption.

— Voudrais-tu me faire croire qu'un garçon sexy comme toi...

Elle s'interrompit, la main sur la bouche.

— Désolée, ce ne sont pas mes affaires. Pas de questions.

Cela sous-entendait qu'il n'avait pas non plus à lui poser de questions sur elle. Personnellement, cela lui convenait très bien : il n'avait aucune envie de s'égarer sur le registre émotionnel.

— Merci pour le compliment, répondit-il d'un ton léger. Je n'ai pas non plus pour habitude d'inviter chez moi des femmes dont je viens juste de faire la connaissance, je voudrais juste que tu le saches.

Il lui caressa la joue.

— Et je parie qu'habituellement, tu n'acceptes pas d'invitations de la part d'hommes que tu viens juste de rencontrer.

— En effet.

Alors, pourquoi lui ? Et pourquoi cette nuit ?

Pas de questions. Ne demande rien, on ne te répondra pas de mensonges. Et tu n'auras pas non plus à donner de réponses, se dit-il.

Il fouilla dans le tiroir de sa table de chevet et vérifia la date sur le paquet de préservatifs.

— Ça va, on n'a rien à craindre. Maintenant, si tu préfères que je quitte la chambre pour que tu puisses te rhabiller tranquillement pendant que j'appelle un taxi... Je ne suis pas du genre à forcer une femme à faire ce qu'elle n'a pas envie de faire.

— Je sais, murmura-t-elle. Sinon je ne t'aurais pas suivi jusqu'ici.

Il fut touché par la confiance qu'elle avait en lui. C'était comme si quelque chose venait de se craqueler dans la région de son cœur. Mais il savait que celui-ci était profondément caché en lui.

Ici, il s'agissait de plaisir, et non d'émotions. Il ferait en sorte qu'elle passe un bon moment, et lui aussi. Ensuite, il la reconduirait chez elle, lui dirait au revoir. Les chances pour qu'il la revoie dans une ville de près de huit millions d'habitants étaient pratiquement nulles. Tous deux reprendraient le cours de leur vie, et il continuerait à faire ce qu'il avait toujours fait : fréquenter les gens et bien s'entendre superficiellement avec eux, en ne s'approchant d'aucun d'eux de trop près.

— Ne réfléchis pas tant, lui dit-elle doucement.

Cela signifiait-il qu'elle ne voulait pas réfléchir, elle non plus ? Il était à peu près sûr qu'elle cherchait à fuir quelque chose, mais appréciait qu'elle n'essaie pas d'en discuter. Car il n'avait aucune envie de parler de ce qui tournait en boucle dans sa tête.

Il l'embrassa de nouveau. C'était plus facile de ne pas penser quand il la touchait. Il lui suffisait de s'abandonner à ses sensations, de se perdre dans le plaisir.

Ecartant la couette, il la souleva légèrement dans ses bras et l'adossa contre les oreillers.

Elle lui sourit en lui caressant la joue.

— Aaron...

Il l'embrassa encore et encore, puis fit glisser son slip. Elle l'accompagna au passage d'un mouvement des reins.

— Tu es très belle. J'ai tellement envie de te toucher.

— Alors fais-le, dit-elle d'une voix douce.

Il enfouit son visage dans son cou qu'il couvrit de petits baisers, puis, descendant peu à peu, prit la pointe d'un sein dans sa bouche et le suça. Elle se cambra et fourra les mains dans ses cheveux, comme pour l'encourager à poursuivre.

Tour à tour embrassant et léchant sa peau, il atteignit son ventre et s'agenouilla entre ses jambes. Elle retint sa respiration. Lentement, il caressa l'intérieur de ses cuisses du bout des doigts, sa bouche suivant la voie ouverte par sa main. Elle se mit à haleter, et c'était exactement ce qu'il voulait : qu'ils oublient tout le reste, excepté le moment qu'ils étaient en train de vivre.

— Aaron... Oui, murmura-t-elle quand sa langue caressa son sexe.

Il titilla doucement son clitoris du bout de la langue, jusqu'à ce qu'il l'entende pousser un gémissement de volupté. Alors il alterna des mouvements de plus en plus appuyés et rapides avec d'autres plus doux et lents. Quand elle atteignit l'orgasme, son corps se cabra et il la tint un long moment contre lui. Tout alanguie par le plaisir, elle était comme une poupée de chiffon dans ses bras.

— Aaron...

— Je voulais que cette première fois soit pour toi, lui dit-il.

Il vit ses yeux se remplir de larmes, comme si elle n'était pas habituée à ce que l'on tienne compte d'elle de cette façon. Il aurait volontiers cassé la figure du type qui lui avait fait croire que ce qu'elle ressentait n'avait pas d'importance.

A cet instant, il eut une vague idée de ce qu'elle devait fuir, et de la raison pour laquelle elle semblait avoir si peu confiance en elle.

De son côté, il pouvait l'aider à se sentir mieux. Qui plus était, cela pouvait également être bénéfique pour lui.

Il tendit la main vers un préservatif et la pénétra en douceur. Les effets de l'orgasme étaient encore perceptibles en elle. Il commença à bouger lentement et elle noua les jambes autour de sa taille pour l'attirer plus en profondeur, contractant ses muscles autour de son sexe.

— C'est si bon, grogna-t-il.

Elle sourit, et recommença.

— Viens sur moi, lui dit-il. Je veux voir ta superbe chevelure retomber sur nous deux.

Elle lui jeta un coup d'œil légèrement surpris.

— Tu aimes mes cheveux ?

Comment pouvait-elle douter de leur beauté ?

— *J'adore* tes cheveux.

Elle sourit de nouveau et ils roulèrent sur le côté. Il était sur le dos et elle le chevauchait. Elle se mit à onduler en cadence et ses cheveux retombèrent sur eux, comme il l'avait demandé.

La réalité dépassait son imagination.

— Tu es magnifique, dit-il dans un souffle.

Apparemment, elle aimait contrôler la situation et l'agaça comme il l'avait fait avec elle, laissant la pression monter jusqu'à un certain point, puis relâchant le rythme avant de recommencer.

Quand il jouit, il sentit qu'elle atteignait de nouveau l'orgasme et la serra tout contre lui jusqu'à ce qu'ils aient recouvré leurs esprits.

— Je m'occupe du préservatif, dit-il enfin.

— Et moi, je vais m'habiller et appeler un taxi.

Il jeta un coup d'œil à son réveil.

— A cette heure de la nuit ? Pourquoi ne pas rester ? A moins que tu ne doives être quelque part…

— Je peux être partout où je le décide, répondit-elle.

— Alors, reste, dit-il spontanément.

Mais qu'était-il donc en train de faire ? Il aurait dû s'habiller et la reconduire chez elle, au lieu de lui demander de rester. Il faisait le premier pas sur une pente très glissante au bout de laquelle quelqu'un risquait d'entrer dans sa vie.

Or, il n'était pas doué pour les contacts rapprochés. Au travail, pas de problèmes, mais tout ce qui impliquait des émotions le faisait reculer. D'ailleurs, toutes ses petites amies sans exception s'en étaient plaintes. Mais aucune d'elles ne lui avait donné envie de changer ou même de poursuivre leur relation, ce qui avait renforcé sa conviction : l'amour n'était pas pour lui.

Il devait donc tout arrêter. Dès maintenant.

Mais les mots qui sortirent de sa bouche n'étaient pas en accord avec ses pensées.

— Je pourrais te préparer un petit déjeuner. Il y a une pâtisserie au coin de la rue qui fait des croissants fantastiques.

— Et tu me feras ton café ?

— Naturellement.

Avait-il donc perdu tout son bon sens ? Pourquoi ne la poussait-il pas dehors au plus vite ?

Il fit une dernière tentative pour tout empêcher.

— Est-ce que tu as besoin… d'insuline, ou d'autre chose ?

— J'ai ce qu'il faut, répondit-elle.

A présent, il était trop tard pour lui demander de partir, pas vrai ?

Bon. C'était juste pour une nuit. Passer quelques heures avec quelqu'un n'équivalait pas à une déclaration d'amour éternel, tout de même. Rien n'était perdu.

Il se débarrassa du préservatif.

— Il y a des serviettes propres dans la salle de bains. Je t'en prie, fais comme chez toi.

Elle lui adressa un sourire embarrassé.

— Je ne voudrais pas en demander trop, mais pourrais-tu me prêter un peignoir ?

Elle n'osait pas sortir du lit nue.

— Bien sûr.

Il alla chercher le sien qui était accroché derrière la porte et le lui tendit en fermant les yeux. Quelques minutes plus tard, elle était de retour, la peau encore légèrement humide, fleurant bon son gel douche au parfum citronné.

— Veux-tu que je ferme encore les yeux ? demanda-t-il, tandis qu'elle restait debout près du lit.

Elle hocha la tête.

— C'est un peu pathétique, je sais.

Non. Cela signifiait simplement qu'elle n'était vraiment pas habituée aux aventures d'une nuit. Mais peut-être en avaient-ils tous les deux eu besoin, cette fois. Il attendit qu'elle ait regagné le lit pour se pencher sur elle et lui embrasser le bout du nez.

— Pour ta gouverne, il n'y a rien de pathétique là-dedans, dit-il. Je trouve même cela charmant. Et je suis très flatté que tu m'aies choisi pour… être avec toi cette nuit.

Elle ne répondit pas, mais le coin de ses yeux se plissa.

— Et maintenant, si on dormait ? fit-il avant d'éteindre la lumière.

Cela faisait très, très longtemps qu'il n'avait pas passé la nuit avec une femme. Ce n'était sans doute pas la décision la plus sensée qu'il ait prise. Mais à cet instant, il fut heureux de s'endormir tout contre sa chaleur, leurs deux corps s'emboîtant parfaitement. Et demain…

Demain, ils prendraient le petit déjeuner, se diraient au revoir en souriant et reprendraient chacun sa route.

Joni se sentait bien, contre le corps chaudement lové autour du sien.

Soudain, elle ouvrit grand les yeux. *Le corps ?*

Tout lui revint aussitôt à l'esprit : elle avait passé la nuit entière avec Aaron.

Mais le réveil risquait d'être embarrassant. Ce qui s'était passé la veille n'était dû qu'à la folle impulsion du moment — à laquelle elle n'aurait pas dû céder.

Pourquoi était-elle restée pour cette dernière danse ? Pourquoi l'avait-elle laissé l'embrasser, pour ensuite faire l'amour avec lui ? Et pourquoi n'avait-elle pas saisi les occasions qu'il lui avait offertes de faire machine arrière et de s'enfuir pour retrouver la sécurité de son appartement ?

La panique s'insinua en elle. Qu'est-ce qu'Aaron allait lui

demander ce matin ? La veille, il avait parlé de prendre le petit déjeuner. Chercherait-il à poursuivre leur relation parce qu'ils avaient passé la nuit ensemble ? Ou craindrait-il, comme elle, qu'elle ne veuille davantage de lui qu'il n'était prêt à donner ?

Retenant son souffle, elle écouta. Il avait une respiration profonde et régulière. Elle avait une chance de sauver la situation.

S'en aller sans dire au revoir n'était pas une attitude très courageuse, mais elle l'assumait. Dans quelques minutes, elle quitterait l'appartement sur la pointe des pieds et sortirait en même temps de sa vie. Les probabilités de se recroiser dans une grande ville comme Londres étaient pratiquement nulles, d'autant plus qu'elle n'avait aucunement l'intention de retourner à la boîte de salsa.

Ainsi, ils garderaient tous deux un bon souvenir de leur rencontre et n'auraient pas le temps d'être déçus.

Avec précaution, elle écarta les mains d'Aaron de sa taille. Il continua à respirer calmement. A l'évidence, il faisait partie de ces gens que rien ne pouvait distraire de leur sommeil. Il devait avoir besoin d'une bonne sonnerie pour se réveiller le matin.

Partir sans un mot était tout de même un peu dur. Dans la cuisine, elle repéra un bloc-notes et un stylo près du téléphone. Elle griffonna quelques mots sur un papier qu'elle posa en évidence contre un mug.

Puis, ayant rassemblé ses affaires, elle gagna rapidement la rue. Sur le trottoir, un passant lui jeta un coup d'œil éloquent : on était dimanche matin et, à en juger par sa tenue habillée, il était facile de deviner qu'elle avait passé la nuit hors de chez elle.

Elle se redressa fièrement. D'accord, sa conduite de la veille n'avait pas été habituelle. Mais c'était exactement ce dont elle avait eu besoin. Contrairement à Marty, Aaron lui avait fait ressentir de l'estime pour elle-même. Il avait dissipé la tristesse qui menaçait de plomber cette soirée. Elle n'avait donc aucun regret.

A présent, un taxi allait la ramener à sa vie habituelle.

Au réveil, Aaron trouva le lit froid à côté de lui. Joni était partie sans le réveiller.

Il aurait dû se sentir soulagé, puisqu'il ne voulait pas de complications dans sa vie. Mais alors, pourquoi était-il déçu ? En fait, il aurait aimé se réveiller auprès d'elle et qu'ils prennent ensemble tranquillement leur petit déjeuner.

Il secoua la tête. Etait-il donc devenu fou ? Il ne savait rien de Joni — à part son prénom. Les chances de la retrouver dans une ville comme Londres étaient quasi inexistantes et c'était sans doute mieux ainsi.

Ce fut après avoir pris sa douche et s'être habillé qu'il remarqua le mot en allant se faire un café.

Merci pour tout. J.

Sympa. Voilà qui dénotait une bonne éducation. Mais il remarqua aussi qu'elle n'avait pas laissé son numéro de téléphone ni aucun autre moyen de la joindre. Elle ne voulait donc pas le revoir.

— C'est mieux comme ça, dit-il tout haut, comme pour mieux s'en convaincre.

Mais sa voix résonna étrangement dans le vide.

En tout cas, il n'avait pas le temps de rester là à ruminer. Son nouveau travail commençait le lendemain. Il l'occuperait suffisamment pour l'empêcher de penser à la femme sublime à la chevelure incroyable qui lui avait fait voir trente-six chandelles et avait passé la nuit blottie dans ses bras.

Un nouveau job, de nouvelles responsabilités, une nouvelle équipe...

Tout cela, il le vivrait seul. Il ne connaissait pas d'autre façon de faire.

3

— As-tu fait la connaissance de notre nouveau consultant ? demanda Nancy, l'infirmière de salle, tandis que Joni se préparait un café dans la petite cuisine.

— Pas encore, répondit-elle. J'ai été en consultations toute la matinée pour la médecine du voyage, c'est ma première pause. A quoi est-ce qu'il ressemble ?

— Le voilà qui arrive, tu vas pouvoir en juger par toi-même.

La porte s'ouvrit. Joni se retourna pour accueillir le nouveau venu, une ébauche de sourire aux lèvres, et se figea aussitôt.

De tous les hôpitaux et les services existant au monde, il avait fallu qu'il atterrisse dans le sien. Elle vit à son expression qu'il l'avait immédiatement reconnue.

Génial. La seule fois de sa vie où elle passait une nuit de folie avec un bel étranger, il fallait que ce soit quelqu'un avec qui elle allait devoir travailler.

Comment la vie pouvait-elle créer des situations aussi compliquées, aussi embarrassantes ?

Eric Flinders, le chef du service, fit les présentations.

— Voici M. Hughes, notre nouveau consultant. Aaron, vous avez déjà vu l'infirmière Meadows, et voici le Dr Parker, notre interne spécialiste. Elle va travailler étroitement avec vous.

De plus en plus embarrassant. Elle se mit à souhaiter que le sol s'ouvre pour l'engloutir, mais rien ne se passa.

Elle n'eut pas d'autre choix que de lui faire face.

— Enchantée, M. Hughes, dit-elle en lui tendant la main.

A son grand soulagement, il se contenta de la lui serrer, sans mentionner leur précédente rencontre.

— Moi de même, docteur Parker.

Pour ce qui était de ne jamais revoir sa belle étrangère, c'était réussi. Aaron allait même devoir travailler en étroite collaboration avec elle !

Les hauts talons, la jupe courte et l'incroyable chevelure du samedi soir avaient disparu, cédant la place au pantalon-blouse blanche et chaussures plates. Quant à ses cheveux, ils étaient attachés en une simple tresse.

Il nota le nom sur son badge : Dr N. Parker. Elle avait pourtant prétendu s'appeler Joni. Le prénom faisait-il aussi partie du déguisement ?

Ses lèvres souriaient, mais il lut de la panique dans son regard. Cependant, il n'avait aucunement l'intention de mentionner la nuit de samedi, si elle n'en faisait rien de son côté. Tous deux avaient vécu un moment de folie, et il espérait que, tout comme lui, elle tiendrait à en rester là.

— Vous assurerez ensemble les consultations de tuberculose cet après-midi, dit Eric Flinders en souriant à Joni. Vous pourriez peut-être expliquer à M. Hugues comment les choses fonctionnent ici ?

— Bien sûr, monsieur Flinders, répondit-elle.

Eric Flinders faisait apparemment en sorte que les rapports entre collègues restent très formels.

Joni jeta un coup d'œil à sa montre.

— On pourrait peut-être profiter de la pause déjeuner ? dit-elle.

— C'est parfait pour moi, Dr Parker, répondit-il.

Elle lui sourit.

— J'en profiterai pour vous faire faire le tour des locaux et vous montrer la cafétéria. Au début, tant qu'on n'a pas pris ses repères, un nouvel hôpital ressemble un peu à un labyrinthe...

Il comprenait pourquoi le chef du département avait chargé Joni de lui faire découvrir l'établissement. Elle était clairement du genre à prendre les gens sous son aile pour qu'ils se sentent rapidement partie intégrante de l'équipe. A n'en pas douter, sa personnalité était aussi belle que son physique. Ce qui faisait d'elle quelqu'un de d'autant plus dangereux.

— Merci, dit-il poliment.

— Je dois d'abord faire la tournée des patients. On pourrait se retrouver à 12 h 30 ?

— Entendu.

Il constata avec inquiétude qu'il avait déjà hâte d'y être. Bon sang. Il fallait arrêter cela tout de suite. Joni — le Dr N. Parker — était sa collègue. Point. Et il avait intérêt à ne pas l'oublier.

Joni arriva à leur rendez-vous avec dix minutes de retard.

— Désolée, la tournée a duré plus longtemps que prévu et...

— Tout va bien, dit-il gentiment. Si un patient a besoin d'un peu plus de temps, on peut difficilement lui dire d'attendre la prochaine fois.

Elle lui adressa un coup d'œil reconnaissant et ils se rendirent directement à la cafétéria de l'hôpital. Là, il ne fut pas surpris de la voir opter pour un repas parfaitement équilibré plutôt que pour le sandwich le plus proche et une barre chocolatée. De même, elle but de l'eau plate et non pas une quelconque boisson sucrée. Il était clair qu'elle veillait à son taux de sucre, la nuit de samedi avait été pour elle une exception.

Quant à lui, il fallait qu'il arrête de penser à cette fameuse nuit... A la douceur de sa peau contre la sienne. Leur relation devait être uniquement professionnelle.

— Le café n'est pas trop mauvais ici, dit-elle avant de rougir comme si elle se rappelait celui qu'il lui avait fait. Hum... En ce qui concerne notre service, je suppose qu'il fonctionne à peu près comme celui dans lequel vous étiez.

— A Manchester, dit-il.

— Nous avons donc les visites aux patients, les tournées de salles, les réunions où l'on passe les cas en revue. Puis nous assurons les consultations régulières — tuberculose, médecine du voyage, parasitologie et maladies tropicales. Il y a aussi les consultations externes pour les gens qui viennent juste de rentrer de l'étranger, de sorte qu'ils n'ont pas besoin de passer par leur généraliste. On y traite généralement les problèmes habituels — parasites intestinaux, éruptions cutanées et fièvres. Parfois il nous arrive de tomber sur un cas plus rare, mais le plus souvent ce sont des symptômes de gastro.

Voilà qui ressemblait beaucoup à ce qu'il avait fait à Manchester.

Il remarqua que, tout en lui parlant, elle évitait son regard. Il devait réagir.

— Dr Parker, dit-il doucement.

— Ou-oui, répondit-elle, visiblement nerveuse.

— Nous pourrions peut-être nous débarrasser de l'éléphant qui est dans la pièce.

Elle inspira profondément.

— Je suis désolée. Vraiment, je n'ai pas l'habitude de... Oh ! non ! fit-elle en couvrant son visage de ses mains. Il faut que j'arrête de m'excuser tout le temps. Bailey ne serait pas contente de moi, elle me mettrait à l'amende. Vous savez qu'il y a des gens qui mettent une pièce de monnaie dans une tirelire chaque fois qu'ils disent un gros mot ? Eh bien, moi, j'ai une tirelire pour les fois où je m'excuse, lorsque cela dépasse une fois par jour.

Elle se mordit la lèvre.

— J'ai bien dû m'excuser deux fois auprès de vous, aujourd'hui.

— Plutôt trois, dit-il en souriant. Quoi qu'il en soit, ce qui s'est passé ce week-end restera entre nous et ne regarde personne d'autre, je voulais vous le dire.

— Merci, répondit-elle d'un air soulagé. Je n'en suis pas revenue lorsque je vous ai vu. Les chances de retomber l'un sur l'autre étaient tout de même minimes. D'autant plus que les maladies tropicales et infectieuses ne sont pas une spécialité courante.

— En effet. Mais on aurait sans doute fini par se retrouver, dans une réunion inter-hôpitaux, par exemple. Et si on reprenait les choses depuis le début, comme deux collègues qui viennent juste de faire connaissance ? Bonjour, je m'appelle Aaron Hughes, spécialiste en médecine tropicale. Enchanté de vous connaître, dit-il en lui tendant la main.

Elle la prit et il se retint de tressaillir quand elle le toucha. Mauvais signe. Il ne fallait pas qu'il réagisse comme cela avec elle. Pas de liens affectifs.

— Je m'appelle Joni Parker, et je suis également spécialiste en médecine tropicale. Enchantée.

Elle n'avait donc pas menti sur son prénom.

— Que veut dire le « N » sur votre blouse ? demanda-t-il, laissant la curiosité l'emporter.

— Nizhoni, répondit-elle. Comme c'est un peu compliqué, la plupart des gens l'ont raccourci en « Joni ».

— Ce n'est pas un prénom ordinaire.

— C'est un peu exotique, tout comme notre spécialité, répondit-elle en souriant, d'un vrai sourire qui fit briller ses beaux yeux sombres.

Pour le coup, il lui sembla que son sang s'échauffait dans ses veines. C'était une très mauvaise idée. Il ne pouvait se permettre de s'impliquer émotionnellement avec Joni Parker, quelle que soit l'attirance qu'il éprouvait pour elle.

Très jeune, il avait appris que garder ses distances était le meilleur moyen d'être en sécurité. Cela permettait d'éviter la souffrance. Si on se laissait aller à aimer quelqu'un, on finissait toujours par se retrouver seul, le cœur brisé. Rester sur la réserve permettait de survivre avec un cœur intact.

— Je crois que la seule différence avec Manchester, ce sont les rapports formels entre collègues qu'il y a ici, dit-il. Là-bas, nous nous appelions tous par nos prénoms.

En même temps, il était bien content qu'ils soient spontanément repassés au vouvoiement, cela permettait de garder une distance.

— Ici aussi, excepté M. Flinders qui marque sa différence. La plupart des membres de l'équipe sont là depuis plus longtemps que moi, comme Nancy, l'infirmière en chef, qui est adorable. Il y en a aussi un ou deux qui viennent juste de commencer. Mikey par exemple, notre médecin de première année, hésite encore entre la médecine tropicale et les urgences pour sa spécialisation. Il fait un roulement de six mois avec nous avant de prendre sa décision.

Puis elle passa en revue le reste de l'équipe.

— En fait, nous sommes tous assez soudés, dit-elle en conclusion. On essaie de passer une soirée tous ensemble au moins une fois par mois. C'est à chacun son tour de l'organiser, et à qui trouvera le thème le plus original.

Elle laissa échapper un sourire malicieux.

— Pour l'instant, c'est moi qui gagne.

— Avec quoi ? demanda-t-il, curieux.

— Une soirée pizza.

— Et qu'y a-t-il de si original là-dedans ? Il y a une pizzeria pratiquement à chaque coin de rue.

Le sourire de Joni s'élargit.

— Ce qui n'est pas banal, c'est de devoir tout d'abord traverser des trombes d'eau sans être mouillé.

Il la regarda sans comprendre.

— Comment est-ce possible ? Etes-vous en train de me dire que vous pouvez prévoir le temps qu'il fera ?

Elle rit franchement.

— Pas du tout. En fait, il s'agissait d'une manifestation

artistique, qui est malheureusement terminée, sinon je vous aurais recommandé la visite. Pour ma part, j'y suis allée quatre fois. A la base, il y avait une installation très précise, avec des capteurs détectant les mouvements qui empêchaient la « pluie » de tomber sur les spectateurs. Mais cela dépendait de leur façon de se déplacer et de leur rapidité.

— Ce devait être amusant, dit-il.

— Très. On était comme des gamins, à essayer de tout faire pour recevoir la pluie. On a sauté dans la pièce, dansé la valse, la samba, tenté d'imiter la « moonwalk » de Michael Jackson...

Elle rit de nouveau et il sentit son sang s'échauffer. Ne pas se laisser distraire...

— A part ça, on a aussi fait du patin à glace, pris un cours de tango... Après, on mange tous ensemble — du poisson et des frites, une pizza ou un curry. Tous les trimestres, nous avons aussi une soirée quiz avec le département des urgences. L'équipe perdante approvisionne les gagnants en biscuits au chocolat pendant une semaine. J'espère que vous êtes bon en culture générale, parce que nous avons perdu les trois dernières fois.

Elle lui décocha encore un de ses sourires qui lui donnaient envie de la prendre dans ses bras et de l'embrasser.

— Cela ne nous ferait pas de mal de gagner cette fois-ci, pour qu'ils arrêtent un peu de se pavaner.

— Je ne suis pas mauvais en culture générale, mais ne pariez pas les biscuits sur moi, dit-il sur le ton de la plaisanterie. En tout cas, c'est bien d'être proche des autres départements.

Elle soupira.

— Mais le nouveau directeur de l'hôpital ne s'en rend même pas compte. Dans une quinzaine de jours, il va envoyer certains d'entre nous dans un de ces centres de coaching pour entreprises qui coûtent très cher. Pour nous apprendre à former une équipe, paraît-il. Je suppose que nous devrons nous soumettre à ce que le directeur demande...

— Est-ce que je peux vous offrir un café ? demanda-t-il.

Elle le regarda d'un air méfiant.

— Pourquoi ?

— Juste pour vous remercier de m'avoir présenté l'établissement en m'indiquant tout ce que j'ai besoin de savoir sur le fonctionnement du département, répondit-il avec empressement.

Elle sourit, visiblement soulagée. Cette femme était un livre ouvert. Elle n'avait de toute évidence pas l'habitude de cacher ses émotions — contrairement à lui.

— C'est inutile, je le fais avec plaisir, dit-elle. Mais un café sera le bienvenu, merci. Un cappuccino, sans chocolat sur le dessus.

Oui, il savait. Et il fut content d'avoir trouvé une excuse pour quitter la table avant de faire quelque chose d'inconsidéré — comme de l'inviter à dîner. Ils étaient collègues. Ils n'avaient pas besoin de compliquer la situation en cédant à une certaine attirance mutuelle. Même si Joni était la femme la plus splendide qu'il ait jamais rencontrée, il fallait qu'il résiste à ces pulsions ridicules.

De retour à la table avec les cafés, il réprima difficilement une grimace à la première gorgée de son espresso.

— Vous n'aimez pas ? dit-elle.

— J'avoue que je suis un peu difficile pour le café.

— Dans ce cas, je dois vous avertir que dans la salle de repos de l'hôpital, il n'y a que de l'instantané. Et le thé est encore pire.

— C'est noté.

— Comment êtes-vous devenu fin connaisseur en café ?

C'était une question personnelle, mais elle n'était pas entachée d'émotions, il pouvait donc y répondre sans problème.

— J'ai travaillé comme barman lorsque j'étais étudiant. C'était un café, et pas une chaîne. Pour mon patron, un bon café équivalait à un grand cru. Il m'a beaucoup appris.

— D'où votre superbe machine à café, dit-elle.

Elle rougit aussitôt.

— Du moins, je suppose que vous en avez une, se reprit-elle. Car comment pourrais-je connaître votre cuisine ?

Il ne put s'empêcher de sourire.

— Euh... Je crois qu'il est temps d'y aller, dit-elle, les consultations commencent dans un quart d'heure.

Une excuse bien pratique. Et qui l'arrangeait lui aussi, car, plus il passait de temps avec Joni Parker, plus elle lui plaisait. Ce qui risquait de menacer sérieusement sa tranquillité d'esprit.

Au club de salsa, Bailey avait qualifié Aaron de « sexy ». Mais à l'hôpital, il était encore plus fabuleux. Joni avait toujours eu un faible pour les hommes de son genre. Par exemple, elle aurait choisi Clark Kent plutôt que Superman. Avec sa blouse blanche et ses lunettes finement cerclées, il lui plaisait incontestablement, mais il était son collègue de travail.

Vouloir se rappeler ce qu'il lui avait fait durant la nuit de samedi ne rimait donc à rien, d'autant qu'il avait lui-même abordé le sujet et lui avait clairement signifié qu'il n'avait pas l'intention de recommencer.

Elle ne pouvait que lui donner raison : une relation extraprofessionnelle entre collègues travaillant ensemble ne pouvait que se révéler gênante pour le reste de l'équipe.

Garder ses distances était la seule chose sensée à faire, elle pourrait ainsi mieux se concentrer sur son travail.

La troisième patiente venue consulter était une jeune fille de dix-neuf ans, Cara, qui avait pris une année sabbatique avant de commencer la faculté et était allée travailler pendant un an dans une école, à Bornéo.

De retour depuis deux mois, elle toussait beaucoup, avait perdu l'appétit et était constamment fatiguée. Elle avait également des sueurs nocturnes. Sa mère avait regardé sur internet et, d'après les symptômes, craignait qu'elle n'ait un cancer.

— Ce genre de symptômes peut signifier beaucoup de choses et pas seulement un cancer, lui dit gentiment Aaron. Surfer sur internet a du bon, mais vous pouvez aussi vous faire vraiment peur lorsque vous n'avez pas tous les éléments. Il est toujours bon de consulter son médecin pour éviter de s'inquiéter sans raison.

— Mais mon médecin m'a demandé de passer une radio…

— Parce que cela lui permettra de préciser son diagnostic en éliminant certaines possibilités, dit Joni.

Cara hocha la tête.

— Le technicien m'a dit qu'il n'y avait pas de signe de tumeur, mais qu'il voyait des taches blanches qui pouvaient être un signe de tuberculose.

— C'est pourquoi votre médecin vous a envoyée ici, puisque la tuberculose entre dans la catégorie des maladies tropicales et infectieuses.

Aaron tourna l'écran pour que la patiente puisse le voir.

— Il y a des traces sur vos poumons, ces taches blanches sont un symptôme classique de la tuberculose, dit-il. J'ai vu que votre médecin vous avait également fait passer un test cutané vendredi dernier. Et tous les autres symptômes que vous avez décrits correspondent également.

— Mais comment est-ce possible ? Je croyais que plus personne n'attrapait cette maladie.

— La tuberculose est due à une infection bactérienne, elle est encore bien présente dans certaines parties du monde, répondit-il. Elle se transmet par la toux et les éternuements, et peut affecter d'autres parties du corps que les poumons. C'est pourquoi les tests sont nécessaires. Toutes les personnes qui ont la tuberculose ne sont pas forcément contagieuses — il ne suffit pas d'être assis à côté de quelqu'un qui en est atteint pour l'attraper. Mais si vous partagez la chambre d'une personne malade, vous avez d'autant plus de risques d'être atteinte. Or, Bornéo a un taux de contamination assez élevé. Si votre examen cutané est positif, je suppose que c'est là que vous avez attrapé la maladie.

Cara eut l'air inquiet.

— On était plusieurs étudiants par chambre. Pensez-vous qu'ils puissent êtes malades ?

— Soit l'un d'eux vous a contaminée, soit vous avez attrapé l'infection ailleurs et c'est peut-être vous qui la leur avez transmise. Ce serait bien de les avertir et de leur conseiller d'aller voir leur médecin pour qu'ils en aient le cœur net.

— Oh ! mon Dieu, dit Cara avec un soupir. Je me sens mal à l'idée que j'ai peut-être contaminé d'autres personnes.

— Ce n'est pas votre faute, dit Joni. Vous ignoriez que vous étiez malade, car la tuberculose met un certain temps à se manifester.

Aaron examina l'avant-bras de la patiente, à l'endroit où l'examen cutané avait été effectué.

— C'est boursouflé et rouge, le test est donc positif, dit-il. J'aurai également besoin d'un examen de crachats, mais la culture des bactéries prend environ quinze jours, nous devrons attendre les résultats. Cependant, je suis pratiquement certain que vous êtes atteinte de tuberculose et j'aimerais commencer le traitement dès à présent.

— La bonne nouvelle, c'est que vous pouvez vous soigner chez vous avec des antibiotiques, dit Joni. Il faudra en prendre de deux sortes pour que nous soyons sûrs que l'infection est enrayée.

— Vous devriez vous sentir mieux d'ici deux semaines, dit Aaron. Mais il est très important que vous continuiez à prendre les médicaments pendant les six mois à venir, sans arrêter lorsque vous irez mieux.

— Six mois ?

— Oui. Sinon l'infection ne disparaîtra pas et la bactérie risque de devenir résistante aux antibiotiques que nous vous donnons. Dans ce cas, la guérison sera encore plus longue à venir.

— Alors, je promets de prendre les médicaments jusqu'au bout, même si je me sens mieux, répondit aussitôt Cara.

— Il se peut que le traitement entraîne des effets secondaires comme des nausées, des démangeaisons et des engourdissements des mains ou des pieds, vous pouvez avoir un teint plus jaune, une urine plus foncée ou des troubles de la vue. Dans ce cas, il faudra adapter le traitement, dit Joni. Mais nous vous donnerons une brochure contenant tous ces renseignements, vous y trouverez également des conseils pour éviter de transmettre le virus à votre entourage — famille, amis ou collègues. Il faut vous couvrir la bouche quand vous toussez ou que vous éternuez, et même si vous riez. Vous devrez jeter tous vos mouchoirs sales dans un sac en plastique fermé. Et ne dormez pas avec quelqu'un d'autre, car vous pourriez tousser ou éternuer dans votre sommeil.

— Pour l'instant, il faut rester chez vous, dit Aaron. On se verra une fois tous les quinze jours. Nous garderons un œil sur vous et vous dirons quand vous pourrez retourner travailler en toute sécurité. Si vous avez la moindre inquiétude, n'hésitez pas à nous appeler.

Il écrivit l'ordonnance pendant que Joni remettait toutes les informations à Cara.

Aaron avait un bon contact avec les patients. Il était clair, précis et aussi plein de sollicitude — il avait serré les mains de la jeune fille quand elle s'était inquiétée à propos du cancer.

Quant à ses rapports avec elle dans le travail, ils étaient simples et naturels, ce qui faisait des consultations un plaisir. Toutes les conditions semblaient réunies pour que l'équipe puisse donner tout son potentiel. Elle n'avait pas l'intention de mettre cet équilibre en péril à cause d'un béguin ridicule pour cet homme. Dans quelques jours, il n'en serait même plus question.

C'était à souhaiter, en tout cas.

A la fin des consultations, tous deux avaient des notes à taper.

— Merci d'avoir rendu ma première matinée aussi agréable, lui dit Aaron.

— Le plaisir était pour moi.

S'il n'y avait pas eu la nuit de samedi, elle l'aurait même invité à venir prendre un verre avec quelques collègues après le travail, pour qu'il s'intègre plus facilement. Mais cette nuit avait bel et bien existé, et elle ne voulait pas qu'il interprète mal son geste — d'autant qu'il lui avait clairement fait comprendre qu'il ne tenait pas à reprendre les choses où ils les avaient laissées.

L'attirance qu'elle éprouvait pour lui n'était donc pas réciproque. Elle n'avait aucune envie de recommencer une relation avec quelqu'un qui ne s'investirait pas autant qu'elle. Elle était déjà passée par là et avait retenu la leçon.

4

— Tu plaisantes. Le type sexy du club de salsa est ton nouveau consultant ? C'est une blague ! fit Bailey tout bas en passant dans la posture du chien sur son tapis de yoga.

— Pas du tout, répondit Joni en chuchotant.

— On ferait mieux de se taire, Jenna nous fait les gros yeux. Tu me raconteras ça après. Concentre-toi un peu sur ta posture...

Après le cours, elles se rendirent à leur bistro habituel, où elles commandèrent deux supersalades au poulet et un verre d'eau gazeuse agrémentée d'une rondelle de citron.

— Alors, parle-moi de Mister Sexy, dit Bailey.

— On a été de service ensemble.

— J'espère qu'il est meilleur médecin que danseur...

Joni esquissa un sourire.

— En effet. Il est gentil avec les patients, il sait les écouter et leur parler.

— Et... ?

Mal à l'aise, elle s'agita sur son siège.

— Nous avons passé la nuit ensemble samedi, Bailey. Je l'ai suivi chez lui et je suis restée. Tu te rends compte ? Un parfait étranger !

Bailey balaya sa remarque d'un revers de main.

— Cela fait des années que je te connais et c'est la première fois que ça t'arrive. Tu es un modèle de sagesse, alors ne sois pas trop dure avec toi-même. Et puis, samedi était une journée particulière, tu avais besoin de penser à autre chose.

Elle regarda son amie droit dans les yeux.

— Alors, est-il aussi sexy en blouse blanche qu'en chemise ?

Joni resta muette, se sentant rougir jusqu'à la racine des cheveux.

— Ne me dis pas qu'il porte des lunettes… ?

Elle répondit par un simple hochement de tête. En plein dans le mille. Son amie connaissait parfaitement ses goûts.

Le sourire de Bailey s'élargit et elle lui serra l'épaule.

— Parfait. Là au moins, tu as fait la connaissance de quelqu'un de gentil — pas comme ce Marty. Cerise sur le gâteau, il est sexy, correspond à tous tes critères et vous avez des points communs de par votre travail. Je sais que tu lui plais, j'ai vu la façon dont il te regardait. Alors, quand ressortez-vous ensemble ?

— Cela n'arrivera pas.

— Ah. Quel est le problème ?

Joni fit la grimace.

— En tant que collègues, ce n'est pas souhaitable. C'est lui qui a abordé le sujet pendant le déjeuner.

Bailey haussa les sourcils.

— Vous avez déjeuné ensemble ?

— Inutile de te faire des idées. Je lui ai présenté le service et nous avons fait une courte pause à l'heure du repas. Nous avons décidé de repartir de zéro et de faire comme si nous nous voyions pour la première fois.

— Mmm, marmonna Bailey en remerciant la serveuse qui leur apportait leur repas. Bon. Je veux bien qu'il puisse être gênant de se fréquenter quand on travaille ensemble. Mais y a-t-il toujours la même alchimie entre vous ?

Joni soupira.

— Il n'est pas pour moi, Bailey.

— Tu n'as pas répondu à ma question. J'en déduis donc que la réponse est oui.

Elle haussa les épaules.

— De toute façon, c'est à sens unique. Et je n'ai pas envie de me retrouver dans la situation où je suis la seule à être impliquée sur le plan émotionnel.

— Marty a une grande responsabilité là-dedans.

— Pas seulement lui. Tu sais comme moi à quel point j'ai le chic pour choisir l'homme qu'il ne faut pas. Au début il est adorable, puis il devient de plus en plus distant, ou bien il veut me changer.

— Et il te fait croire que tu n'es pas assez bien, alors tu passes ton temps à t'excuser pour des défauts inexistants. Mais d'abord, comment sais-tu que c'est à sens unique, avec Super Sexy ?

— Je le sais, c'est tout.

— Hum. Ce n'est pas ce que j'ai vu samedi. Peut-être que vous iriez très bien ensemble.

— Nous sommes collègues, point final, dit fermement Joni. Et puis, tu peux parler. Quand es-tu sortie avec un homme pour la dernière fois ?

— Il n'y a pas encore assez longtemps, répliqua Bailey. Et il ne s'agit pas de moi.

Joni se rappela comment la vie de sa meilleure amie avait implosé deux ans auparavant. Elle lui serra brièvement la main d'un geste amical.

— Désolée, ce n'est pas ce que je voulais dire. Simplement, il est peut-être temps de tourner la page, et de te donner une chance de rencontrer quelqu'un d'autre et d'être de nouveau heureuse.

— J'apprécie ta sollicitude, mais je suis parfaitement bien ainsi, répondit calmement Bailey. Moi, je te parle de toi et de ton nouveau collègue.

— Il ne se passera rien. A présent, tais-toi, ou tu seras privée de dessert. Et au prochain cours de yoga, je dirai à Jenna que tu insistes pour faire davantage de postures du guerrier.

— Ça, ce n'est vraiment pas sympa. D'accord, je me tais.

— Evite même d'y penser, fit Joni d'un ton d'avertissement.

Bailey lui répondit d'un regard innocent qui ne trompa pas Joni une seconde.

C'était sûrement parce qu'il était célibataire depuis des mois — à part la nuit de samedi. Aaron espérait dompter ses pulsions physiques en faisant de l'exercice.

Il ne pouvait même pas mettre l'entorse à ses principes sur le compte de l'alcool, une demi-pinte de bière et une coupe de champagne étaient insuffisants pour faire voler toutes ses barrières en éclats. Il avait été totalement maître de ses actes.

Simplement, quand il avait vu Joni sur la piste de danse, il avait été assez stupide pour laisser le désir prendre le pas sur le bon sens.

Il ajouta encore des poids à la barre, comme si cela pouvait l'aider à se concentrer sur ce qu'il faisait et à oublier ses émotions. Et le sexe. Et Joni Parker.

Elle était sa collègue. Mais, même si elle ne l'avait pas été, il y avait une bonne de centaine de raisons pour qu'il ne s'approche pas d'elle. Il venait juste d'être promu consultant et ne pouvait pas se laisser distraire de ce nouveau poste.

Mais les poids ne fonctionnèrent pas : il ne pouvait pas s'empêcher de penser à elle. Le rameur et le tapis roulant n'eurent pas davantage d'effet.

Il termina sa séance avec un T-shirt trempé de sueur et des muscles douloureux. Mais Joni était encore dans ses pensées. Et il la désirait toujours.

Le jeudi suivant, une adolescente vint en consultation accompagnée de sa jeune sœur et de sa belle-mère. Cette dernière avait l'air terriblement inquiète.

— Josie a de la fièvre depuis deux jours mais elle a tout le temps froid, elle vomit et a mal à la tête. Aucun calmant n'est efficace. Je craignais une méningite, mais il n'y a pas d'éruption cutanée. Notre médecin nous a envoyées ici, car il pense à la maladie de Lyme.

— Avez-vous séjourné dans un endroit où il y a des tiques ? demanda Joni.

La jeune fille restait muette, visiblement trop malade pour parler.

— C'est possible, répondit Mme Stone. Nous avons fait du camping dans le Colorado pendant deux semaines, nous sommes rentrés depuis quatre jours.

— Je ne constate aucune éruption, dit Joni après avoir examiné l'adolescente. Mais si elle a été piquée juste avant votre retour, c'est sans doute trop tôt.

Ou alors il s'agissait de tout à fait autre chose.

— Quoi qu'il en soit, dit-elle, il y a bien une infection. Nous allons effectuer des examens sanguins et commencer à traiter avec des antibiotiques à large spectre. Josie, nous allons t'admettre à l'hôpital pour mieux nous occuper de toi, ta maman pourra t'apporter des affaires.

— Ce n'est pas ma mère, articula péniblement Josie.

Mme Stone accusa le coup en silence. Il y avait manifestement des tensions dans cette famille, cela ne faisait pas bon ménage avec une maladie qui était peut-être grave.

Discrètement, Joni tapota la main de Mme Stone pour la réconforter.

— A présent, Josie, nous allons te laisser te rhabiller, puis je t'enverrai passer une radio des poumons.

— Au début, quand j'ai épousé son père, tout allait bien, expliqua Mme Stone quand elles eurent quitté la pièce. Sa mère ne lui a pas donné de nouvelles depuis des années. Mais depuis quelque temps, c'est devenu difficile. A son âge, Josie commence à chercher sa place dans le monde. C'est pour tenter d'améliorer l'atmosphère familiale que nous sommes partis camper. C'était une enfant tellement adorable...

— Les adolescents ne sont pas faciles et, de nos jours, les

familles sont souvent complexes, dit doucement Joni. Il ne faut pas vous en vouloir.

— Mais c'est ma faute si elle a été piquée, dit Mme Stone. J'aurais dû tenir bon et l'obliger à utiliser un spray répulsif. L'odeur lui donnait la nausée et elle refusait d'en mettre. J'ai pensé que j'allais perdre une bataille de plus, que ce n'était pas la peine que j'insiste. Si seulement…

Sa phrase s'acheva dans un sanglot.

— En dehors du fait que l'on ne peut pas forcer un ado à faire ce qu'il ne veut pas, les répulsifs ne sont pas efficaces à cent pour cent. Vous n'y êtes pour rien, dit Joni. Nous allons commencer les antibiotiques en attendant les résultats des tests, qui nous permettront de mieux cibler le traitement. Essayez de ne pas trop vous inquiéter.

Plus tard dans l'après-midi, les examens montrèrent que Josie n'avait pas de problème pulmonaire, mais que ses globules blancs étaient un peu trop élevés. Il fallait attendre encore deux jours pour les tests concernant la maladie de Lyme et s'armer de patience en espérant que les antibiotiques commenceraient à agir.

Joni était au milieu d'une consultation quand Nancy fit irruption dans la pièce.

— Désolée de vous interrompre, docteur Parker, mais c'est urgent.

— Que se passe-t-il ? demanda Joni quand elles furent dans le couloir.

— C'est Josie Stone. Je crois qu'elle fait un choc septique.

Oh ! non, pourvu que ce ne soit pas vrai. Dans ce genre de cas, le système immunitaire combattait l'inflammation déclenchée par une infection, ce qui entraînait la formation de caillots dans les veines et les artères. Privés d'oxygène et de nutriments, les organes commençaient à s'affaiblir.

Elle se précipita dans la salle et examina rapidement la jeune fille, veillée par sa sœur et sa belle-mère qui se tordait les mains d'angoisse. La tension de Josie était faible, sa température avait augmenté malgré les médicaments, et ses propos étaient confus.

Tout cela n'augurait rien de bon. Le choc septique semblait évident. Il fallait agir vite.

Joni demanda à Nancy d'aller chercher Aaron et mit en place une perfusion pour éviter la formation de caillots et stabiliser la tension.

— Je vais te mettre un masque pour t'aider à respirer, Josie, dit-elle.

Aaron entra dans la salle.

— Nancy m'a dit que vous aviez besoin de moi.

Son attitude calme et son sang-froid lui firent du bien et apaisèrent la panique qu'elle sentait monter en elle. Rapidement, elle lui résuma le cas de Josie et lui décrivit le traitement qu'elle avait commencé.

— C'est exactement ainsi que j'aurais procédé, dit-il.

Pourtant, elle avait l'impression que quelque chose ne collait pas. Josie avait reçu une seconde dose d'antibiotiques, le traitement aurait dû commencer à agir. Au de lieu quoi, ses symptômes s'aggravaient.

— Nous allons effectuer d'autres examens sanguins, mais tout ce que nous pouvons faire pour l'instant, c'est attendre, dit Aaron comme s'il avait lu dans ses pensées.

Il lui toucha brièvement l'épaule en un geste de solidarité.

— N'hésitez pas à me rappeler en cas de besoin.

Joni préleva des échantillons de sang, et la belle-mère de Josie vint la rejoindre. En quittant le chevet de Josie, Joni remarqua la petite Ruby qui sanglotait. Pauvre petite. Elle devait se faire un sang d'encre pour sa sœur.

S'accroupissant près d'elle, elle lui tendit un mouchoir en papier.

— Nous allons tout faire pour que Josie aille mieux, lui dit-elle.

— C'est ma faute si elle est malade, gémit Ruby.

— Mais non, voyons...

— Si ! Josie est toujours méchante avec moi. J'ai souhaité qu'elle soit malade pour qu'elle regrette ce qui s'était passé avec l'écureuil pendant les vacances, et c'est arrivé.

Joni se souvint soudain d'un article qu'elle avait lu récemment au sujet des maladies transmises par les rongeurs.

— Que s'est-il passé avec l'écureuil ? demanda-t-elle gentiment.

— Il était mort quand on l'a trouvé. Je voulais l'enterrer, mais maman a dit qu'on n'avait pas le temps et qu'il fallait le laisser. J'ai quand même voulu le faire et dire une prière, mais Josie m'a suivie. Elle a pris l'écureuil pour le jeter dans le ravin, mais plein de choses horribles sont sorties de son ventre. C'était affreux ! Et Josie a dit… Elle a dit que j'aurais des ennuis si j'en parlais à quelqu'un.

Joni lui serra la main d'un geste rassurant.

— Ne t'inquiète pas, ma chérie. En fait, tu viens de nous dire quelque chose qui va peut-être nous aider à soigner ta sœur. Te rappelles-tu quand cela s'est passé ?

— C'était le dernier jour des vacances.

— Merci, Ruby. Tu m'as vraiment été très utile. Je vais porter les échantillons de sang et demander d'autres tests.

La petite fille esquissa un sourire timide.

— Est-ce que Josie va aller mieux ?

C'était une promesse que Joni ne pouvait pas faire tant qu'elle n'était pas certaine du diagnostic.

— Je vais faire tout ce que je peux pour qu'elle aille mieux, dit-elle.

5

Joni retourna à son bureau et retrouva rapidement l'article qu'elle avait lu. Elle l'imprima, et alla à la recherche d'Aaron.

— Je suis pratiquement certaine que Josie Stone n'a pas la maladie de Lyme, lui dit-elle.

Elle lui raconta ce que Ruby lui avait confié à propos de l'écureuil.

— J'ai lu un article sur les rongeurs dans le Colorado et la peste bubonique.

— Vous êtes sûre que c'est de cela qu'il s'agit ? demanda-t-il, l'air sceptique. Cela fait des années que je travaille dans la médecine tropicale et infectieuse, je n'ai jamais rencontré un seul cas de peste.

— Moi non plus, mais regardez ça, répondit-elle en lui montrant l'article. Il s'agit d'un adolescent qui a eu un grave choc septique à la poitrine, il s'est avéré que c'était la peste bubonique.

Il fronça les sourcils.

— Mais la bactérie de la peste ne se transmet-elle pas par des piqûres de puces ?

— Josie a ramassé un écureuil mort. S'il y avait des puces sur lui, elles ont très bien pu la piquer — il suffit d'une puce infectée pour que la bactérie se répande. J'ai cherché des traces d'éruptions cutanées provenant de la maladie de Lyme autour de ses poignets et de ses chevilles, mais il n'y en avait aucune lorsque je l'ai examinée.

— Et les bubons ?

— Non plus. Pas d'œdèmes aux aisselles ni sur les ganglions lymphatiques, et elle n'a pas de douleurs excepté à la tête. De plus, la période d'incubation pour la peste est de deux à six jours. Elle est malade depuis deux jours. Tout concorde, Aaron.

— Vous avez commencé le traitement aux antibiotiques ?

— Oui, mais ce ne sont peut-être pas les bons.

Elle se mordit la lèvre.

— Il est très possible que l'évolution ait été rapide et que l'on soit déjà passé de la peste bubonique à la peste septicémique, dit-elle. Nous devons faire d'autres examens sanguins. Et je pense qu'il vaut mieux mettre toute la famille sous antibiotiques prophylactiques. La jeune sœur de Josie, Ruby, est persuadée que tout est sa faute.

Aaron savait très bien ce que l'on éprouvait dans ces cas-là. Il était à peine plus âgé que la petite Ruby à la mort de Ned, mais il s'en souvenait encore très clairement, parce que son frère aîné était mort à cause de lui.

Le reste de la famille l'en tenait responsable et lui en avait toujours voulu, il en était persuadé. Si Ned ne s'était pas jeté sur lui pour le protéger du souffle de l'explosion, il n'aurait pas été blessé et emmené à l'hôpital. Et s'il n'avait pas été à l'hôpital, il n'aurait pas attrapé la malaria. Et s'il n'avait pas attrapé la malaria, il ne serait pas mort. L'enchaînement des causes et de leurs effets pesait toujours sur lui.

A l'époque, il n'était qu'un enfant et ne pouvait pas être responsable de ce qui s'était passé, mais il ne pouvait s'empêcher de se sentir coupable. Lui-même s'en était tiré avec une ou deux égratignures et un peu de claustrophobie. Mais Ned — qui aurait eu tant à donner au monde — ne s'en était pas sorti.

Pas maintenant. Il devait se reprendre.

— Allons voir Josie.

Après un examen très minutieux, Joni et lui découvrirent sur les bras de la patiente deux points minuscules, qui ressemblaient à des piqûres de puces. Il n'y avait toujours aucun gonflement des ganglions, mais Joni était certaine qu'il s'agissait de la peste.

Il hocha la tête.

— Je pense que vous avez raison. L'infection est déjà passée des ganglions aux vaisseaux sanguins. Il faut demander d'autres tests au laboratoire, mais nous allons tout de suite commencer d'autres antibiotiques et mettre Josie à l'isolement. Je veux que tout le personnel porte des gants et des masques quand ils la soigneront.

— Entendu, dit Joni. Je vais également informer le service de santé publique. La peste — bien qu'extrêmement rare — reste une maladie à déclarer obligatoirement. Et nous surveillerons la moindre apparition de rougeurs.

L'un des symptômes classiques de la maladie était une éruption cutanée d'un rouge sombre. Dans ce cas, les saignements ne pouvaient plus être contrôlés et Josie ne s'en sortirait pas.

Aaron posa une main réconfortante sur l'épaule de Joni.

— Vous avez trouvé le problème, et nous allons la surveiller de très près.

— Mmm.

Mais elle avait un mauvais pressentiment. Josie n'était pas tirée d'affaire, loin de là. Plus le traitement commençait tard, moins le résultat était bon. Même avec le traitement adéquat, si la maladie avait déjà évolué en peste septicémique, il n'y avait que cinquante pour cent de chances que Josie s'en sorte.

Lorsque Mme Stone vint rendre visite à sa belle-fille, Joni la prit à part.

— Ce que j'ai à vous dire n'est pas facile. Nous attendons d'autres résultats pour confirmation, mais nous sommes d'ores et déjà pratiquement certains que Josie a la peste.

— La *peste* ? s'exclama Mme Stone, choquée. Mais je croyais que cela faisait des années qu'elle avait disparu…

— Non. Elle est toujours présente dans certaines parties du monde, dit Joni. Par précaution, nous allons devoir mettre toute la famille sous traitement antibiotique, au cas où Josie aurait contaminé l'un de vous.

— Mais je croyais que la peste était transmise par les rats ?

— Par les puces des rongeurs.

Elle raconta ce que Ruby lui avait confié à propos de l'écureuil. Mme Stone eut l'air horrifié.

— Oh ! mon Dieu. Alors mes deux filles pourraient être infectées ?

— Je ne crois pas que Ruby ait touché à l'écureuil et elle ne montre aucun des symptômes de Josie. Il est donc peu probable qu'elle ait été piquée. Mais je ne vais pas vous mentir, dit Joni en lui prenant la main. Cela ne va pas être facile.

— Vous voulez dire que Josie pourrait… ? demanda Mme Stone, les yeux écarquillés. Non, non. Ce n'est pas possible.

— Nous faisons de notre mieux, mais elle est très malade.

Josie ne répondit pas au nouveau traitement antibiotique et, le lendemain matin, Joni était au milieu d'une consultation lorsque Shelley, une des nouvelles infirmières, vint la chercher.

— Josie Stone a fait un arrêt cardiaque, dit-elle. Mikey est sur place, mais Nancy a également besoin de vous.

— J'arrive tout de suite. Pouvez-vous prévenir Aaron, et appeler Mme Stone pour lui demander de venir ?

— J'y vais.

— Merci, Shelley.

Ayant enfilé des gants, une blouse longue et un masque, Joni se rendit dans la chambre d'isolation, où Mikey et Nancy avaient déjà intubé Josie et pratiquaient alternativement des compressions sur la poitrine tout en la ventilant.

Le défibrillateur était déjà en charge. Joni appliqua les pads sur la poitrine de Josie.

— Prêts à charger à deux cents, annonça-t-elle, vérifiant

que tout le monde avait ôté ses mains de la patiente avant qu'elle n'envoie la première décharge.

— Pas de changement, dit Nancy en regardant le moniteur.

Une deuxième décharge n'eut pas davantage de résultat, pas plus qu'une troisième, plus forte.

Il *fallait* que cela marche. Elle administra de l'adrénaline et Mikey reprit les compressions. Au bout d'une minute, toujours rien.

Aaron entra à cet instant et se joignit à l'équipe.

— On ne *peut pas* la perdre, fit Joni comme pour elle-même.

Ils reprirent le défibrillateur, vérifiant le moniteur après chaque décharge, et travaillèrent ainsi ensemble pendant une demi-heure.

Finalement, Aaron posa la main sur l'épaule de Joni.

— C'est fini, dit-il.

Elle ouvrit la bouche pour chercher de l'air.

— Encore une. S'il vous plaît, juste une seule.

— C'est fini, dit-il de nouveau avec douceur. Cela fait une demi-heure que nous essayons. Vous savez aussi bien que moi que ça ne peut plus marcher. Son cœur s'est arrêté, les dommages étaient trop importants.

Elle ferma les yeux pour retenir ses larmes. C'était toujours dur de perdre un patient, et cela arrivait rarement dans son service.

— Bon, dit-elle, regardant chaque membre de l'équipe l'un après l'autre. Vous êtes tous d'accord pour que j'arrête ?

Mikey, Shelley et Nancy hochèrent tous la tête d'un air grave.

— Heure du décès : 11 h 45, annonça-t-elle. Merci à tous pour vos efforts. C'est...

Elle déglutit avec peine, incapable de continuer. Que pouvait-on dire quand une adolescente mourait ? Toute cette jeune vie en devenir, tout cet avenir balayés d'un seul coup. Comment sa famille pourrait-elle jamais s'en remettre ?

— Nous avons fait tout ce qu'il était possible de faire, dit gentiment Aaron.

Mais cela n'avait pas suffi.

— Est-ce que les Stone sont là ? demanda-t-elle.

— Pas encore, répondit Nancy. Nous leur avons laissé un message.

— Voulez-vous que je leur parle quand ils seront là ? demanda Aaron.

Elle secoua la tête.

— Merci, mais... Josie est — *était* — ma patiente. Et les vôtres vous attendent.

Tout comme elle.

Il lui jeta un regard scrutateur.

— N'hésitez pas à m'appeler si vous avez besoin, d'accord ?

— Merci.

Elle répondit à peine, craignant de fondre en larmes devant lui — ce qui n'aurait pas été professionnel.

Elle venait juste de compléter le dossier de Josie et de finir de la préparer pour que sa famille puisse la voir quand Shelley entra.

— Mme Stone et sa petite fille sont là, dit-elle, les yeux pleins de sollicitude.

Au secours. C'était déjà difficile d'annoncer ce genre de nouvelle à des adultes. Mais à une enfant...

Mme Stone se leva en la voyant.

— Comment va-t-elle ? demanda-t-elle, l'air anxieux. Quand l'infirmière nous a demandé d'attendre ici... Son état a empiré, n'est-ce pas ?

Joni lui prit la main.

— Je suis désolée.

C'était la partie de son métier qu'elle détestait vraiment.

— Elle — elle n'est pas... ?

Le visage de Mme Stone se figea d'horreur.

— Son cœur s'est arrêté de battre ce matin, dit Joni avec toute la douceur dont elle était capable. Nous avons fait tout ce que nous pouvions pour le faire repartir, mais elle était trop atteinte par la maladie. Je suis sincèrement désolée.

Mme Stone et sa fille étaient toutes deux anéanties par la nouvelle. Malgré son sentiment d'impuissance, Joni resta un moment à tenter de les réconforter. Elle n'avait pas pu sauver Josie.

Plus tard dans l'après-midi, Aaron entra dans le bureau où Joni terminait ses notes sur les consultations de l'après-midi. Il remarqua qu'elle avait pleuré, car ses yeux étaient légèrement rouges et gonflés.

— Est-ce que ça va ? demanda-t-il doucement.

Elle soupira.

— Pas vraiment. On ne perd pas beaucoup de patients ici, et chaque fois je suis en miettes. Surtout quand il s'agit d'un enfant. D'ailleurs… c'est pour ça que je n'ai jamais pu travailler aux urgences.

— En tout cas, ce n'était pas votre faute, dit-il. Vous avez parfaitement suivi les protocoles et rassemblé toutes les pièces du puzzle, en voyant ce qui nous avait échappé à tous.

— Mais cela n'a pas suffi.

Elle releva la tête.

— Désolée, je ne devrais pas vous ennuyer avec ça. J'ai appelé ma mère, je vais aller la voir après le travail. Rien de tel qu'une soirée en famille pour se sentir mieux.

En famille.

Il resta immobile, sans rien dire. Normalement, il aurait dû la prendre dans ses bras pour la réconforter — comme cela se passe entre collègues — mais il se rappelait encore ce qu'il avait éprouvé quand il l'avait serrée contre lui et savait qu'il aurait été capable de faire quelque chose de tout à fait stupide. Comme de l'embrasser pour chasser sa tristesse, par exemple.

En même temps, il se sentait mélancolique et un peu envieux. Comme cela devait être bon d'être soutenu par une famille — de savoir qu'il était possible, après une mauvaise journée, de passer un coup de fil et de se faire remonter le moral, sans que ce signe de faiblesse ne suscite de mépris.

Sa propre famille était beaucoup plus distante — et pas seulement géographiquement. Depuis la mort de Ned...

Il repoussa cette pensée. Il n'allait pas de nouveau laisser tout le malheur du monde s'abattre sur lui maintenant.

— Si je peux faire quelque chose... dit-il, espérant que Joni ne le prendrait pas au mot, car il détestait les épanchements. Vous savez où je suis.

— Oui. Et merci.

Elle leva la tête et le regarda.

— Aaron, et vous, est-ce que ça va ?

Personne ne lui avait jamais demandé ce qu'il ressentait.

— Je vais bien, répondit-il.

— Josie était aussi votre patiente, vous ne devez pas vous sentir bien non plus. Et si vous veniez avec moi chez mes parents, après le travail ?

Pendant une seconde, il fut tenté. Mais cela aurait été un énorme pas dans une direction où il ne voulait pas se risquer. Tout attachement émotionnel ne pouvait que faire souffrir. Il était beaucoup plus sensé de garder ses distances.

— Merci pour la proposition, mais ça va, répondit-il. Je vais sans doute aller faire de la gym.

— Mon amie Bailey approuverait. C'est bon pour les endorphines, dit-elle en s'efforçant de sourire.

La semaine suivante, l'atmosphère dans le service fut comme feutrée. Même le début de la traditionnelle soirée mensuelle manqua d'entrain, jusqu'à ce que tout le monde se retrouve sur le mur d'escalade, concentré sur des mouvements physiques plutôt que sur des bleus à l'âme.

C'était la première fois que Joni voyait Aaron en jean. Il faisait plus jeune et cela le rendait moins distant.

— Je ne crois pas qu'il ait quelqu'un actuellement, lui souffla Nancy à un moment.

— Qui ça ?

Nancy leva les yeux au ciel.

— Ma chère, je vois bien la façon dont vous le regardez. Vous savez très bien de qui je parle. Pourquoi ne pas lui proposer de sortir un soir ?

Joni n'avait aucune envie que ses collègues soient au courant de « la » fameuse nuit.

Elle se retrancha derrière une excuse commode.

— Parce que nous travaillons ensemble. L'atmosphère serait trop gênante après, quand il aura refusé.

— Pourquoi ferait-il ça ?

Joni fit la grimace. N'était-ce pas évident ?

— Je crois que je pourrais étrangler ce Marty, dit Nancy. Il savait qu'il n'était pas assez bien pour vous, alors il a effectué un vrai travail de sape sur votre propre estime. Rompre vos fiançailles est la meilleure chose que vous ayez jamais faite. Maintenant, il faudrait passer à l'étape suivante et commencer à voir quelqu'un d'autre, pour en finir une bonne fois avec ce type.

Joni esquissa un sourire désabusé.

— Vous, vous avez parlé à Bailey.

— Pas du tout. Je dis seulement ce que tout le monde pense. Vous êtes une fille adorable et vous avez tant à donner... Mais je suppose que votre maman vous a déjà dit tout ça ? fit Nancy en souriant.

— Eh bien, oui, reconnut-elle. De même que mes frères, mon père et mes grands-mères...

— Vous voyez bien.

— Mais cela n'arrivera pas, Nancy. Il vaut mieux que Aaron et moi restions simplement collègues.

Joni passa le reste de la soirée à s'efforcer de ne plus penser à cette fameuse nuit. Car il était inutile de s'imaginer qu'elle pourrait se reproduire.

6

Puis, la semaine suivante, arriva la formation à l'esprit d'équipe. Joni, Aaron et Mikey furent envoyés au centre d'aventures en plein air avec une partie du personnel médical des urgences, de la salle des enfants et de la maternité.

Après quelques instructions, l'animateur les envoya sur un parcours d'obstacles. A chaque étape, une nouvelle personne devait faire confiance au reste du groupe pour le soulever par-dessus l'obstacle, ou le guider, les yeux bandés, sur une partie du parcours.

— On est à la troisième place. Ce n'est pas mal, dit Aaron quand ils franchirent la ligne d'arrivée.

— Vous avez bien travaillé ensemble, répondit l'animateur en souriant. C'est un très bon début.

Joni, elle, avait hâte que ce soit fini, pour retourner travailler à l'hôpital.

Après une brève pause accompagnée de thé et de biscuits, l'animateur leur présenta un nouveau défi.

— C'est une course au trésor à faire à deux, dit-il. Chacun de vous aura une carte et un premier indice, qui vous mènera au suivant, et ainsi de suite. Le dernier indice vous conduira à une boîte contenant un message. Le premier duo à nous appeler avec le message est le gagnant. Nous vous présenterons l'activité suivante pendant le déjeuner.

Cela faisait cinq jours qu'il pleuvait sans discontinuer, si bien que la course d'obstacles les avait laissés couverts de boue. La course au trésor leur laisserait-elle une chance de sécher ? Joni croisa les doigts.

— Et voici les couples... dit l'animateur en commençant à débiter sa liste.

Peut-être cette fois-ci mélangeraient-ils les différents services, pour leur permettre de fonctionner comme une équipe élargie plutôt qu'au sein de leur groupe habituel...

— ... Joni Parker et Aaron Hughes...

Génial. Aaron avait été plutôt silencieux jusque-là. Elle n'avait pu s'empêcher de rougir quand il l'avait soulevée pendant la première activité, se rappelant la manière dont il l'avait portée jusqu'à son lit la nuit de leur rencontre. Elle avait cru voir une lueur dans son regard, comme si lui aussi se souvenait — ce qui n'avait fait que compliquer les choses.

— Nous sommes donc tous les deux, dit Aaron d'un ton neutre.

Etait-il gêné, déçu, voire méfiant ? Comment savoir ? Habituellement, elle était assez douée pour lire dans les pensées des gens, mais avec lui, elle était déconcertée.

Faire semblant de se concentrer sur la carte et d'étudier l'énigme était finalement plus simple que de faire face à Aaron.

— Je pense que nous devrions nous diriger par là, dit-elle en pointant un endroit sur la carte.

Il lut l'énigme et hocha la tête.

— D'accord.

Il ne leur fallut pas longtemps pour parvenir à destination et découvrir l'énigme suivante. C'était une anagramme assez facile, qu'ils trouvèrent en même temps.

— Voilà du vrai travail d'équipe, dit-il. Nous fonctionnons de la même façon.

C'était peut-être vrai en situation de travail, mais pas sur un plan personnel. Il était certes très amical et poli avec tout le monde dans le service, mais il gardait une certaine distance avec les autres. En surface, il s'intégrait parfaitement, mais il n'avait pas de relation plus profonde avec qui que ce fût. Il restait toujours sur sa réserve.

Qu'il lui ait proposé de venir chez lui après le club de salsa était d'autant plus étonnant. Ce comportement ne lui ressemblait guère.

Mais elle ne lui poserait jamais la question. C'était bien trop personnel. Et ces deux dernières semaines, s'il y avait une chose qu'elle avait apprise sur lui, c'était qu'il n'offrait aucune prise dans ce domaine. Il était bon médecin, avait un excellent contact avec les patients et travaillait très dur — jusqu'à rester à la fin de son service pour conseiller les plus jeunes membres de l'équipe. Cependant, elle ne savait pratiquement rien de plus sur lui que le jour où ils avaient fait connaissance.

Il éludait toute interrogation personnelle, se contentant généralement de sourire et de répondre par une question afin de détourner la conversation. C'était intrigant : qu'avait-il donc à cacher ? Elle devait à tout prix éviter de s'attacher une nouvelle fois à quelqu'un qui était coupé de ses émotions.

En même temps, quelque chose chez lui l'attirait. Qui était l'homme qui se retranchait derrière tant de barrières ? Elle l'avait entraperçu une ou deux fois et avait aimé ce qu'elle avait vu.

Elle se reprit. C'était une journée de travail, de formation, pas l'occasion de fantasmer sur un homme qui lui avait clairement signifié que leur aventure n'irait pas plus loin qu'une nuit. Terminé.

Le dernier indice les mena à un tunnel derrière un petit bois.

— Vous prenez la partie gauche du tunnel, moi la droite, et le premier qui trouve l'énigme appelle l'autre ? proposa Aaron.

— Entendu, dit-elle, allumant sa lampe de poche avant de s'enfoncer dans l'obscurité.

Elle venait juste de trouver la boîte contenant leur dernier message quand elle entendit un grondement sourd suivi d'un craquement, et la lueur de jour qu'elle apercevait au loin disparut complètement.

— Aaron, ça va ? appela-t-elle, inquiète.

— Oui, et vous ?

— Tout va bien.

— Je suis droit devant vous, dit-il.

Elle aperçut la lumière d'une lampe électrique à quelques mètres.

— Que s'est-il passé ? demanda-t-elle.

— Il a beaucoup plu ce mois-ci, je suppose qu'une partie du plafond du tunnel était saturée d'eau et s'est effondrée.

Elle le rejoignit en faisant bien attention et ils constatèrent que la sortie était bloquée. Ils se rapprochèrent de l'endroit où devait se trouver l'entrée du tunnel et braquèrent leurs lampes dessus, mais on ne pouvait voir qu'un amas de gravats.

— Si on tentait de se frayer un chemin ? proposa-t-elle.

Il se pencha pour voir l'éboulement de plus près et prit un peu de terre qui s'effrita entre ses doigts.

— Il ne vaut mieux pas. Nous risquerions de provoquer un nouvel écroulement et de nous retrouver enterrés au milieu.

— On dirait que vous parlez d'expérience, dit-elle.

— On peut dire ça, répondit-il sèchement.

Elle sortit son téléphone portable pour alerter les organisateurs.

— Super. Aucun signal.

— C'est sans doute parce que nous nous trouvons partiellement sous terre.

— Mais alors, on ne va même pas pouvoir envoyer un texto pour prévenir que nous sommes bloqués ici…

Il fit un essai avec son téléphone et poussa un soupir.

— Je n'ai rien non plus.

— Alors, qu'est-ce qu'on fait ?

A cet instant, il y eut un autre grondement et un peu de terre tomba du plafond.

— Si les organisateurs n'ont pas de nos nouvelles d'ici le

déjeuner, ils se rendront sûrement compte que quelque chose ne va pas, dit-il. Ils vont vouloir nous appeler et commenceront à nous chercher. Tout ce que nous avons à faire, c'est de nous mettre dans un endroit stable et d'attendre qu'ils nous trouvent.

— Mmm.

Super. Etre bloquée dans un tunnel avec un homme qui évitait toute conversation personnelle… Le temps allait être long.

— Avez-vous ce qu'il faut d'insuline ? demanda-t-il.

Elle apprécia qu'il s'en inquiète.

— Ça va, répondit-elle. J'en prends deux fois par jour, je n'en ai donc pas besoin avant ce soir. Cependant, j'ai toujours une dose supplémentaire sur moi, ainsi que des hydrates de carbone rapidement assimilables, je peux donc voir venir. Mais comment reconnaître un endroit stable pour nous abriter ?

Elle était un peu nerveuse.

— En écoutant les bruits et en repérant les endroits où il y a eu des éboulements, répondit-il. Heureusement que nous avons nos lampes. Oh ! et veillez à diriger le faisceau lumineux vers le sol. Dans un environnement aussi sombre, mieux vaut éviter de s'éblouir, nos pupilles sont à leur dilatation maximum.

Ils restèrent silencieux un moment. Joni n'entendait rien, et ne remarqua aucun nouvel éboulement. Il n'y avait plus qu'à espérer que le reste du tunnel soit stable.

— Je pense que nous serons en sécurité ici, dit Aaron en s'approchant du mur. Mais ne nous asseyons pas directement par terre, cela nous ferait perdre beaucoup de chaleur corporelle.

Il ôta sa veste et l'étala sur le sol.

— Elle est imperméable, nous ne sentirons pas l'humidité.

— Mais vous n'aurez pas froid ?

Il se contenta de secouer la tête.

— Comment savez-vous tout cela ? lui demanda-t-elle. Vous avez fait de l'escalade, ou de la randonnée ?

— Manchester est très proche d'une zone montagneuse. Je connaissais des personnes aux urgences qui faisaient partie de l'équipe de sauvetage en montagne, ils avaient affaire aux varappeurs et aux spéléologues.

Il avait dit « des personnes », pas « des amis ».

— Et vous alliez avec eux ?

— Pas moi. Découvrir des grottes n'a jamais été mon truc.

Sa voix était légèrement tendue et elle aurait aimé en savoir davantage, mais elle ne voulait pas le pousser plus loin.

A sa surprise, ce fut lui qui rompit le silence.

— J'ai été enterré sous des décombres quand j'avais huit ans, dit-il. Alors je ne suis pas spécialement attiré par ce qui se passe sous terre.

— Oh. Que s'est-il passé ?

Elle se reprit aussitôt.

— Pardon, je ne voudrais pas être indiscrète.

— Vous pouvez rajouter une pièce dans la boîte à excuses, dit-il avec un léger sourire. C'est moi qui vous ai incitée à m'interroger.

Elle ne répondit pas, lui laissant le loisir de poursuivre s'il le voulait.

— Il y a eu une bombe, dit-il. Mes parents sont dans les forces armées. A l'époque, nous habitions une zone de guerre. Je venais de rentrer de l'école quand notre maison a été touchée.

— Les secours ont mis longtemps à vous faire sortir ?

— Cela m'a paru durer des heures, mais quand on est jeune et qu'on tremble de peur dans le noir sous un tas de décombres, on a tendance à perdre la notion du temps.

Il parlait avec calme et détachement, d'une voix apparemment dénuée de toute émotion.

— Après ça, mes parents m'ont envoyé en pension en Angleterre, pour que je sois en sécurité.

En sécurité, peut-être, mais seul. Il avait dû avoir l'impression d'être puni parce qu'il avait eu peur. Beaucoup d'adultes auraient été terrifiés et fait des cauchemars après une telle expérience. Pour un jeune enfant, le traumatisme avait certainement été énorme.

— Cela a dû être dur pour vous...

Il haussa les épaules.

— J'ai survécu. Et vous ? Avez-vous déjà fait de la spéléo ?

— Non, c'est beaucoup trop dangereux pour moi, répondit-elle en riant. Je crains d'être assez peureuse. J'ai passé une grande partie de ma vie dans ma bulle, comme enveloppée dans du coton.

— A cause du diabète ?

— En partie.

Elle plissa le nez.

— C'est une longue histoire...

— J'ignore combien de temps nous allons devoir rester ici, on ferait mieux d'économiser la lumière, dit-il. D'accord pour rester un peu dans le noir ?

Et lui, que ressentait-il, après ce qu'il avait vécu ? Elle garda sa question pour elle. Mais peut-être faisait-il taire son appréhension et se sentait-il mieux en pensant qu'il pouvait lui apporter sa force et son réconfort.

— L'obscurité ne me dérange pas, tant que je ne pense pas trop aux araignées, répondit-elle.

— Elles ont encore plus peur de vous, dit-il en éteignant la lumière.

— Parlez-moi d'autre chose, pour me distraire.

— Comme quoi ?

C'était une question personnelle, mais elle s'y risqua néanmoins.

— Pourquoi avez-vous choisi la médecine tropicale et les maladies infectieuses, comme spécialité ?

Aaron maugréa intérieurement. Il aurait sans doute dû inventer une raison — raconter qu'à la suite d'une conférence à l'université, il avait flashé sur la médecine tropicale. Ou quelque chose comme ça. Mais les mots ne venaient pas.

Le silence se prolongeait, et il n'arrivait toujours pas à trouver une raison convenable.

Finalement, il opta pour la vérité.

— Mon frère a eu la malaria, fit-il.

— Et vous avez voulu étudier la spécialité qui l'avait sauvé — comme une sorte de manifestation de gratitude ? demanda Joni.

— Elle ne l'a pas sauvé.

Il entendit l'exclamation qu'elle tenta de réprimer. Elle devait se sentir coupable de l'avoir interrogé.

Il sentit sa main chercher la sienne et lui serrer le bout des doigts.

— Je suis désolée. Cela a dû être très difficile pour vous et toute votre famille.

On pouvait dire ça. Ses parents n'avaient plus jamais été les mêmes. Et ils l'avaient envoyé loin. Pour sa sécurité, bien sûr, mais probablement aussi parce que sa présence leur aurait constamment rappelé celui qu'ils avaient perdu.

— C'était ma faute, dit-il.

Oh ! non. Il n'avait pas voulu dire ça, mais les mots lui avaient échappé.

Elle avait toujours ses doigts mêlés aux siens. Comment pouvait-elle le supporter, à présent qu'elle connaissait l'horrible vérité à son sujet ?

— Que s'est-il passé ? demanda-t-elle avec douceur.

Il eut d'abord envie de la repousser, puis de la serrer dans ses bras pour se réconforter. Hésitant entre les deux, il resta figé.

— Aaron ?

Cette fois, elle ne renoncerait pas, se dit-il. Et elle ne lui lâchait toujours pas la main. Ils étaient coincés ensemble dans le noir pour une durée indéterminée.

Alors il céda.

— Quand la bombe est tombée... je n'étais pas seul à la maison. Mon frère était là aussi. J'avais faim, j'étais en train de me faire un sandwich.

Doté d'un caractère agréable, facile à vivre, Ned avait été le seul de la famille à supporter qu'Aaron le suive partout. Il ne l'avait jamais considéré comme une gêne.

Aaron avait toujours su que sa naissance n'avait pas été planifiée — ses trois frères et sœur s'étaient succédé à deux ans d'intervalle, alors que lui, le benjamin, avait huit ans de moins que Ned. Mais ce dernier ne lui avait jamais fait sentir qu'il l'ennuyait. Il avait construit des modèles d'avion avec lui, lui avait appris à jouer au cricket... Aaron l'adorait.

Sa mort avait pesé terriblement lourd sur ses épaules. Même près d'un quart de siècle plus tard, il se sentait toujours coupable.

— Lorsqu'on a senti le souffle de la bombe, il m'a jeté au sol et couvert de son corps. C'est lui qui a été blessé. Je ne pouvais rien faire pour l'aider, à part lui parler et lui raconter des blagues idiotes — n'importe quoi pour faire passer le temps en attendant que quelqu'un vienne nous déterrer.

Il s'interrompit pour chercher de l'air. Pourquoi racontait-il tout cela à Joni ? Il ne parlait jamais de Ned. Jamais.

Mais être piégé dans un tunnel partiellement écroulé avait réveillé ses souvenirs avec une telle clarté qu'à présent, il ne pouvait plus retenir ses paroles.

— Ils ont fini par nous dégager, ils ont emmené Ned à l'hôpital. Mais là-bas, il y a eu une erreur dans les médicaments contre la malaria. Vous savez que, même quand on les prend tout le temps, on n'est pas protégé à cent pour cent. Et si on ne les prend pas une ou deux fois, et que l'on est piqué par un moustique...

Il ferma les yeux, mais voyait encore le visage de Ned.

— Et il a attrapé la malaria.

— *Falciparum* ?

La forme la plus grave, celle qui pouvait entraîner des complications fatales.

— Oui, répondit-il avec effort.

— Je suis vraiment navrée. Cela a dû être terrible pour vous.

D'autant plus qu'il n'avait pratiquement pas été autorisé à rendre visite à Ned. On lui avait clairement fait comprendre qu'il ne devait pas gêner — lui, le petit dernier de la famille, toujours en travers du chemin.

Il hocha la tête en silence.

— Mais, Aaron... vous étiez enfant, vous n'aviez que huit ans quand cela s'est passé. Ce n'était pas votre faute.

Ne voyait-elle vraiment pas ? La chaîne de causalité était pourtant simple.

— Si Ned ne s'était pas jeté sur moi, il n'aurait pas été blessé par l'éboulement. Il n'aurait pas été emmené à l'hôpital, et il n'aurait pas eu la malaria.

— J'ai deux jeunes frères, répondit-elle. Nous avons six et huit ans d'écart, ce qui fait à peu près la même différence d'âge qu'entre vous et Ned. Et je peux vous assurer que, si nous nous étions trouvés dans les mêmes circonstances, j'aurais fait exactement la même chose que Ned.

Cela ne l'aidait pas. Pas du tout.

— Si j'avais été blessée dans les décombres, je n'aurais pas blâmé mes frères, dit-elle. Seules les personnes qui ont jeté la bombe sont coupables.

Intellectuellement, il comprenait qu'elle avait raison. Mais dans son cœur, il ne se pardonnerait jamais la perte de Ned. Il s'en voudrait toujours d'avoir été celui qui avait survécu.

Elle sembla lire dans ses pensées.

— Je me trompe peut-être, mais j'ai l'impression que vous éprouvez la culpabilité du survivant.

Il ne répondit pas.

— Et je suis certaine que vos parents s'en veulent tout autant, parce qu'ils n'étaient pas là quand le drame a eu lieu.

— C'est ridicule. Ce n'était pas leur faute.

— La vôtre non plus.

Il n'avait pas envie de discuter avec elle là-dessus.

— Ned avait tellement à donner. Il voulait devenir médecin, et je suis sûr qu'il aurait été excellent.

— Est-ce pour cette raison que vous êtes médecin ? Parce qu'il n'a pas eu la chance d'accomplir son destin ?

— En partie, reconnut-il. Et aussi parce qu'une partie de moi voulait lui ressembler. Mais je suis aussi médecin pour moi, pour aider les autres.

Et pour pouvoir les sauver sans se sentir impuissant comme durant les derniers jours de Ned.

— Avez-vous eu un suivi psychologique après la mort de Ned ? demanda-t-elle.

Dans une famille qui mettait un point d'honneur à garder la tête haute, on n'avait pas recours à des psychologues. On ne parlait jamais aux autres de ses problèmes. On continuait à aller de l'avant, en ignorant ses propres sentiments.

D'ailleurs, jamais il n'aurait dû lui raconter tout cela.

— Cela pourrait vous faire du bien de parler à quelqu'un, fit-elle. Cela vous aiderait à vous rendre compte par vous-même que vous n'étiez pas responsable.

— Je le sais déjà, répondit-il, ce qui était un pur mensonge.

Il fallait absolument qu'ils changent de sujet.

— Parlez-moi de vos frères, dit-il.

C'était la première fois qu'Aaron posait une question vraiment personnelle à Joni. Depuis qu'ils s'étaient retrouvés, si proches, dans le noir, elle avait senti s'installer peu à peu l'intimité qu'ils avaient connue lors de leur première rencontre, quand ils croyaient ne jamais se revoir.

A présent, elle commençait à comprendre comment il fonctionnait.

Il était le benjamin d'une famille dédiée aux forces armées, qui déménageait constamment en fonction des mutations.

Il n'avait jamais eu la chance de s'installer quelque part et de se faire des amis. Cette situation aurait pu amener les membres de la famille à resserrer les liens entre eux, puisque celle-ci constituait le seul élément stable de leur vie. Ou bien ils avaient pu être tentés de se forger une carapace et éviter d'être proche de quiconque, y compris de leur famille. Surtout depuis la mort de Ned.

Cela expliquait pourquoi Aaron était poli et agréable avec tout le monde, tout en maintenant une distance entre lui et les autres. Parce qu'il avait peur de s'attacher à quelqu'un et de le perdre, comme il avait perdu son frère.

— Luke fait des études d'architecture et Olly est professeur de musique pendant la journée, dit-elle. Le soir et les week-ends, il est guitariste dans un groupe de rock.

— Tu sembles fière de lui, dit-il, repassant spontanément au tutoiement.

— En effet. Il est brillant, Luke et moi allons toujours le voir jouer, quand il donne un concert. Ils vivent tous les deux à Londres. Souvent, nous aimons nous retrouver d'abord pour dîner. Je les adore tous les deux, même s'ils ont parfois tendance à vouloir me mener à la baguette, fit-elle en riant.

— Tu es pourtant l'aînée, dit-il, surpris. Ça ne serait pas à toi de te montrer autoritaire ?

Elle rit de nouveau.

— C'est ce que j'ai essayé de leur expliquer, mais ils ne m'écoutent pas. Je pense qu'ils ont tendance à me surprotéger à cause du diabète. Il faut dire qu'il a été découvert dans des circonstances relativement dramatiques. Je voyageais en Europe avec Bailey pendant les vacances d'été, à la fin de ma première année d'études de médecine. On avait un ticket qui nous permettait d'aller d'un pays à l'autre pendant un mois entier et on voulait découvrir le plus d'endroits possible. Je ne me sentais pas très bien, mais pas question pour moi de gâcher notre voyage en me plaignant. On venait juste d'arriver à Venise après avoir quitté Rome quand je me suis évanouie, j'ai dû être emmenée à l'hôpital dans une ambulance fluviale. C'est là qu'on a découvert que j'avais une acidocétose.

Joni avait parlé d'un ton léger, mais Aaron savait comme elle qu'une acidocétose diabétique aurait pu être fatale. Pas étonnant que sa famille l'ait surprotégée. Ils avaient dû avoir terriblement peur de la perdre.

— Tu ne te doutais vraiment pas que tu étais diabétique ?

— Pas du tout. Cela faisait quelques jours que je me sentais fatiguée et nauséeuse, mais j'ai pensé que c'était parce que l'on marchait beaucoup au soleil de midi. Comme j'avais perdu mon chapeau, je pensais avoir une légère insolation, et que c'était pour cette raison que j'avais tout le temps soif. Je n'étais qu'en première année de médecine.

— Ton amie a dû être terrifiée de devoir gérer une urgence dans un pays étranger.

— Heureusement pour nous, la maman de Bailey est italienne, si bien qu'elle parle couramment la langue. Elle a pu servir d'interprète entre les médecins et moi, et aussi avec mes parents. Ils se sont précipités à Venise quand Bailey les a appelés. Pour finir, je n'ai jamais pu faire cette balade en gondole que nous avions projetée, fit-elle d'un ton désabusé.

— Une autre fois, peut-être... Alors, tu as beaucoup voyagé ?

— Pas vraiment. Quand j'étais plus jeune, on louait un cottage au bord de la mer pendant l'été. Papa n'aimait pas tellement partir à l'étranger. C'est seulement vers l'âge de huit ans, quand maman a pris contact avec mes grands-parents, que nous sommes allés leur rendre visite en Arizona.

— En Arizona ?

— Hum. C'est l'autre raison pour laquelle papa me protège trop. Maman n'est pas ma mère biologique. Ils se sont rencontrés lorsque j'avais trois ans. C'était ma maîtresse à l'école maternelle. Ajei est morte d'une embolie pulmonaire le lendemain de ma naissance.

Il prit conscience que leurs doigts étaient toujours enlacés et exerça une pression sur sa main.

— Désolé.

— Oh ! je ne l'ai jamais connue qu'en photos. Sur chacune, elle souriait et semblait heureuse. C'est elle qui m'a appelée Nizhoni.

— Je n'avais jamais entendu ce nom auparavant, dit-il.

— C'est normal, il faut être d'une certaine région des Etats-Unis pour cela. C'est navajo — la langue maternelle de ma mère biologique. Cela veut dire « belle ». C'est la première chose qu'elle a dite en me voyant.

Il lui serra de nouveau les doigts.

— Donc, ta mère était navajo ?

— De la tribu Diné, ce qui signifie « le peuple ». Elle était étudiante en art et apprenait l'orfèvrerie. Elle faisait des bijoux magnifiques, en turquoise et argent. Papa était allé étudier l'art à Los Angeles pendant un an. Ils sont tombés amoureux, et je suis arrivée. Je n'étais pas prévue. Mes grands-parents n'étaient pas très contents. Mais Ajei était leur unique enfant et ils voulaient son bonheur.

Ses doigts se resserrèrent autour des siens.

— Quand elle est morte, il y a eu une terrible dispute entre mes grands-parents et mon père. Il leur reprochait d'avoir encouragé ma mère à accoucher chez elle, alors qu'elle aurait peut-être pu être sauvée à l'hôpital. Et mes grands-parents lui reprochaient d'avoir mis leur fille enceinte. Ils étaient tous pleins de colère et de chagrin, incapables de voir le point de vue de l'autre. Excédé, papa a fini par s'en aller et m'a emmenée chez lui, en Angleterre. Il n'a plus eu de contacts avec eux, jusqu'à ce que maman le persuade de refaire quelques pas vers eux.

— Ta maman a l'air d'être quelqu'un, dit-il. Tes deux mamans, d'ailleurs.

— C'est vrai. Ajei signifie « mon cœur », c'est la première chose que ma grand-mère a dite quand elle l'a tenue, tout bébé, contre elle. Papa raconte qu'il y avait quelque chose chez elle qui lui donnait l'impression que le soleil venait juste de se lever. Marianna, ma mère actuelle, est quelqu'un de brillant. Elle m'a toujours traitée comme sa fille et ne m'a jamais fait sentir que j'étais une belle-fille non désirée.

— C'est pourquoi la mort de Josie Stone t'a autant touchée, dit Aaron. Parce qu'elle était une belle-fille, comme toi.

— Oui, sans doute, dit-elle avec un soupir.

— Comment ta mère s'est-elle débrouillée pour que ta famille se réconcilie ?

— Elle a convaincu mon père que j'avais vraiment besoin de savoir d'où je venais, et que mes grands-parents avaient besoin de connaître leur petite-fille. Il devait se sentir coupable, d'une certaine façon, car il a accepté. Elle a retrouvé leur trace et leur a envoyé une photo de moi. Ils nous ont invités en Arizona et tout le monde s'est excusé. A présent, je vais chaque année passer une quinzaine de jours là-bas, dans mon autre famille. Depuis que *Shima sani*, ma grand-mère, a internet, on skype une fois par semaine et on s'envoie des e-mails.

— Tu parles navajo ? demanda-t-il.

— Un peu. Je ne pourrais pas tenir une conversation, mais je connais les noms de toute ma famille, et je sais dire « je t'aime », des choses comme ça. En fait, un de mes arrière-grands-oncles était un spécialiste des codes secrets pendant la Seconde Guerre mondiale, dit-elle. Ils envoyaient des messages codés qui n'étaient jamais déchiffrés par l'ennemi. Ils travaillaient très vite — il leur fallait à peine vingt secondes pour coder, transmettre et décoder un message de trois lignes en anglais, alors qu'il fallait au moins une demi-heure aux machines de l'époque pour effectuer le même travail.

Il y avait de la fierté dans sa voix.

— Tu as des gens étonnants dans ta famille, dit-il.

— Les Diné sont étonnants, reconnut-elle. Et je suis vraiment fière de ma famille.

— Cela explique aussi l'incroyable chevelure qu'ils t'ont léguée.

— Tu aimes mes cheveux ?

— Oui. Cela te surprend encore ?

— C'est compliqué, soupira-t-elle. Et je te dois une excuse.

— Pourquoi ?

— A propos de cette nuit, au club de salsa. J'ai un peu honte parce que... je me suis en quelque sorte servie de toi pour oublier le jour de mon mariage.

7

Aaron secoua la tête, déconcerté.

— Je ne comprends pas...

— Le jour de notre rencontre était censé être celui de mon mariage, sauf qu'il n'a pas eu lieu, répondit Joni.

— Et tu essayais de l'oublier ?

— Oui.

Il sentit de la tension dans sa voix. Normalement, quand une collègue était stressée ou bouleversée, il était normal de la réconforter, en la prenant dans ses bras par exemple — bien qu'il ne l'ait pas fait à la mort de Josie. Cela ne signifiait pas que l'on allait s'engager pour la vie. D'autre part, il faisait froid dans ce tunnel humide.

Alors il attira Joni contre lui et l'entoura de ses bras. C'était la meilleure chose à faire. Partager sa chaleur corporelle, uniquement d'un point de vue pratique. Cela n'avait rien à voir avec les émotions, ni avec le fait qu'il était attiré par sa chaleur et sa douceur, au point d'avoir envie de choses qu'il n'avait jamais désirées auparavant. Il n'aurait su dire si cela l'effrayait ou l'excitait.

Elle appuya la tête sur son épaule et, spontanément, il lui caressa les cheveux — sa superbe chevelure soyeuse, qu'il revoyait encore retombant sur son visage quand elle l'avait chevauché...

Repenser à cela n'était pas une bonne idée. Pas plus qu'à

tout ce qu'il avait ressenti avec elle. Parce qu'il ne devait pas se permettre de sentir des choses. N'avait-il donc pas appris à la mort de Ned qu'être trop proche des autres ne finissait qu'en solitude et en chagrin ?

— Ce devait être un sacré imbécile, pour te laisser tomber, dit-il.

Elle laissa échapper un petit rire désenchanté.

— Ce n'est pas lui qui m'a quittée, mais moi qui ai rompu.

— Oh… Je sais bien que nous travaillons ensemble depuis moins d'un mois, mais j'ai vu comment tu étais avec les gens. Tu n'es pas du genre à piétiner les sentiments des autres, ni à te montrer égoïste, dit-il. J'en ai déduit que ton ex avait mal agi avec toi.

Il n'aurait pas dû la questionner, d'autant que, de son côté, il ne tenait pas à parler de lui. Mais c'était comme si sa bouche ignorait ses intentions.

— Que s'est-il passé ? demanda-t-il.

— On lui a proposé un poste à l'autre bout du pays, je n'aurais presque plus vu ma famille, répondit-elle.

— Et tu aurais peut-être dû changer de spécialité, car tous les hôpitaux n'ont pas un service de médecine tropicale…

— Je pensais que l'on trouverait un arrangement, dit-elle. Mais Marty n'aimait pas les compromis. Il voulait que les choses se fassent à sa façon. De mon côté, je suis plutôt conciliante et j'accédais habituellement à ses désirs. Il me semble toujours mesquin de faire des histoires pour les petites choses.

— Et pour les grandes choses ? demanda-t-il doucement.

— J'avais accepté de le suivre, dit-elle, sans paraître l'avoir entendu. De quitter Londres et tout le monde.

Il attendit la suite.

— Et puis… il a dit que je devais me couper les cheveux. Que j'aurais l'air plus professionnel et que cela me donnerait de meilleures chances d'obtenir un bon job.

— En dehors du fait que tu as déjà un travail, comment

couper tes cheveux te donnerait-il l'air plus professionnel ? demanda-t-il, fronçant les sourcils. De toute façon, tu les gardes toujours attachés pour travailler.

— Je pense à présent que c'était pour me tenir un peu plus à sa merci, dit Joni. Je n'ai pas voulu le faire, car il aurait voulu ensuite que je change autre chose.

Elle poussa un soupir.

— Il faut dire que j'ai le chic pour choisir celui qu'il ne me faut pas. Je fais tout pour que ça marche, et pour finir c'est moi qui fais tous les compromis, et lui trouve que c'est normal. J'ai décidé que cela n'arriverait plus.

— Voilà qui est très raisonnable, répondit-il.

Et cela le confortait dans l'idée qu'il n'était pas celui qu'il lui fallait.

Elle avait besoin de quelqu'un qui s'implique au niveau des sentiments. Pas de quelqu'un comme lui.

— Je n'arrive pas à croire que ton ex t'ait demandé de te couper les cheveux. C'est à toi de décider de la façon dont tu veux te coiffer, il me semble.

— Exactement, renchérit-elle. Il y avait eu beaucoup de petits incidents du même genre, mais celui-là a été la goutte d'eau qui a fait déborder le vase. J'ai réfléchi à ce que j'espérais dans la vie, et je ne voulais pas de celle que je voyais se former devant moi. Je ne voulais pas épouser Marty et devenir de plus en plus malheureuse. Alors j'ai annulé le mariage.

— Cela demande beaucoup de courage, dit-il. Une fois que tout a été décidé pour le grand jour, j'imagine que ce doit être difficile de rappeler tout le monde pour dire que l'on s'est trompé.

— En effet, dit-elle. On avait réservé l'église et le lieu de la réception, commandé les fleurs et les voitures, choisi les menus… et payé tous les acomptes.

— Le plus important, c'est de prendre la bonne décision, pas l'argent.

— C'est ce que mes amis et ma famille m'ont dit. Tout le

monde m'a approuvée. De plus, Marty ne s'entendait pas avec Bailey, si bien qu'à la fin, je ne pouvais plus la voir qu'à la cafétéria de l'hôpital. Et même là, je disais à Marty que j'avais déjeuné avec des amis, sans préciser qui pour éviter une dispute. Il ne voulait pas qu'elle soit ma demoiselle d'honneur, il m'avait proposé sa sœur à la place.

— On dirait que ton ex était un obsédé du contrôle, dit-il.

— Au début, non. Quand j'ai fait sa connaissance, il était charmant. Puis il a changé, peu à peu.

— Il a arrêté de cacher qui il était réellement.

— C'est aussi ce que dit Bailey.

Aaron n'avait échangé que quelques mots avec elle au club de salsa, mais plus il en apprenait sur elle, plus il la trouvait sympathique.

— Aller danser la salsa pour fêter ma délivrance était une idée de Bailey, dit Joni en riant. Elle est spécialisée dans la médecine du sport et croit beaucoup aux endorphines. A l'entendre, faire de l'exercice est bon pour tout et ne peut qu'améliorer les choses.

Il sourit à son tour.

— Elle n'a pas tort. Après une journée difficile, aller courir m'aide à me sentir mieux.

— Je ne cherchais pas à rencontrer quelqu'un ce soir-là, dit-elle. Mais je bois peu à cause de mon diabète, et je crois que les bulles de champagne me sont montées à la tête.

— Moi non plus, je ne cherchais pas quelqu'un, dit-il. Toi et moi… c'est juste arrivé.

— Et nous sommes tombés d'accord pour qu'il n'y ait pas de suite, fit-elle rapidement.

— Tout à fait.

D'où venait donc le sentiment de déception qu'il éprouvait ? Il aurait dû se sentir soulagé, voire heureux, puisqu'il n'était pas fait pour les relations durables. Garder Joni sur ses genoux, les bras serrés autour d'elle, était une très mauvaise idée.

Mais il ne pouvait pas faire machine arrière sans la blesser

— il n'en avait d'ailleurs aucune envie. S'il était honnête avec lui-même, il appréciait beaucoup d'être ainsi contre elle. Il aimait la tenir dans ses bras.

— Je ne suis pas doué pour entretenir des relations, dit-il. Je ne m'implique pas émotionnellement et je ne vais jamais au-delà de quelques rendez-vous.

— C'est peut-être parce que tu n'as pas trouvé la personne qui te convient.

— Tu crois vraiment à ça ? Qu'il y aurait quelque part une âme sœur pour chacun ?

— Oui.

Elle resta silencieuse un moment, réfléchissant visiblement.

— Oui, dit-elle de nouveau. Même si ce n'est pas nécessairement quelqu'un pour toute la vie. Regarde mon père, il était très jeune quand ma mère est morte. Il a également connu Marianna, et j'en suis heureuse.

— C'est ce que tu cherches aussi pour toi ? demanda-t-il. Une âme sœur ?

— Actuellement, je ne cherche personne, répondit-elle. Et je suis désolée de m'être servie de toi.

— Ne t'excuse pas.

Il resserra les bras autour d'elle.

— Ce qui s'est passé nous a fait du bien à tous les deux.

— Au départ, je voulais juste boire une ou deux coupes de champagne et m'éclater en dansant.

Mais il l'avait invitée à danser. Et la simple attirance physique qu'il avait ressentie sur une piste de danse bondée était devenue quelque chose de beaucoup plus complexe.

Tout comme maintenant. Elle était dans ses bras, assise sur ses genoux, son visage à seulement quelques centimètres du sien. Il lui aurait suffi de se tourner légèrement et de pencher à peine la tête pour que leurs lèvres se rencontrent.

Ce n'était certes pas la chose à faire. Elle voulait quelqu'un qui la rende heureuse, lui ne saurait que la faire souffrir autant que son ex.

Tout en réfléchissant, il se surprit à se rapprocher imperceptiblement d'elle et effleura sa bouche de ses lèvres, ce qui lui provoqua des fourmillements dans tout son corps.

Ce n'était pas encore assez. Il recommença et frémit de plus belle.

— Aaron, murmura-t-elle d'une voix qui l'invitait à aller plus loin.

La seconde suivante, il l'enlaçait passionnément. Les mains enfoncées dans ses cheveux, elle lui rendit son baiser avec ardeur.

Il eut un sursaut de bon sens. Il fallait que cela cesse. Il s'écarta doucement.

— Joni, je suis désolé, dit-il d'une voix éraillée. Je n'aurais pas dû.

Elle s'agita sur ses genoux, comme pour mettre un peu d'espace entre eux.

— Cela ne m'est jamais arrivé de ma vie, dit-il. Mais avec toi, je me sens prêt à faire n'importe quoi.

Elle s'immobilisa.

— Qu'essaies-tu de me dire, Aaron ?

— J'aimerais être différent. Il y a une grande part en moi qui aimerait te demander de voir où tout cela pourrait nous mener. Mais ce ne serait pas juste envers toi. Je ne sais pas faire parler mes émotions, et je ne veux pas te faire de mal, Joni. Je suppose que, de ton côté, tu as déjà assez souffert et que tu ne veux pas prendre de risques.

— Hé ! Je me suis ressaisie depuis, répondit-elle. Il n'est pas question que mon histoire avec Marty affecte le reste de ma vie. Lorsque je rencontrerai la bonne personne, j'apprendrai à faire de nouveau confiance.

Une part de lui aurait vraiment aimé être la bonne personne.

— *Shima sani* m'a toujours dit que je pouvais être ce que je *voulais* être, dit-elle.

Où voulait-elle en venir ?

— Tu viens de dire que tu aurais souhaité être différent. Ce qui veut dire que tu veux l'être. Et donc, tu *peux* l'être.

Sous-entendait-elle qu'ils pourraient voir où cette histoire les mènerait ? Qu'ils pourraient prendre ce risque, ensemble ?

Les épaules d'Aaron se détendirent légèrement. Autour d'eux, le tunnel ne lui sembla plus aussi sombre.

— Tu me plais, Aaron, dit Joni.

Elle lui plaisait aussi, mais il ne pouvait pas le lui dire. Comment aurait-il pu lui demander de prendre un risque avec quelqu'un qui était dans un tel désordre intérieur ?

— Tu es un bon médecin, dit-elle. Tu es gentil avec les patients, c'est agréable de travailler avec toi, et tu sais conseiller les collègues les plus jeunes, leur donner confiance dans leurs capacités.

— C'est la même chose pour toi, répondit-il, sincère.

Il lui toucha la joue une seconde.

— En plus, tu es sexy.

Il n'en crut pas ses oreilles.

— Je suis... quoi ?

— Tu as bien entendu.

— Seriez-vous en train de me faire des propositions, Joni Parker ?

— Vous êtes parfois un peu long à la détente, monsieur Hughes, répondit-elle d'une voix espiègle.

— Tu es donc bien en train de me faire des propositions.

— Je te signale qu'en ce moment même, je suis assise sur tes genoux avec tes bras autour de moi.

— Parce que nous sommes dans un endroit humide et froid. C'est le moyen le plus efficace de garder la chaleur.

— Alors comme ça, tu serais assis exactement de la même façon si tu étais coincé ici avec une autre personne du service ?

— Bien sûr, dit-il, ce qui était un mensonge éhonté.

— Même avec Mikey ou M. Flinders ?

Il pressa sa joue contre la sienne.

— Bon. Peut-être pas Mikey ni M. Flinders.

Elle rit.

— Comme je le disais, tu pourrais être une personne différente, si tu le voulais.

Le pourrait-il vraiment ? La tentation était très forte.

— Tu serais prête à prendre le risque de sortir avec moi si je te le demandais ? Même si je n'ai pas fait mes preuves sur le plan relationnel ?

Elle embrassa le coin de sa bouche.

— Il n'y a qu'un moyen de le savoir, non ?

8

Joni savait qu'elle prenait un gros risque. Si elle se trompait... eh bien, l'atmosphère serait gênante au travail pendant quelques semaines, puis les choses reprendraient leur cours. Et sinon...

Oh ! pourvu qu'elle ne se soit pas trompée.

— Etre la personne que je veux être, dit lentement Aaron, comme s'il réfléchissait à ce qu'elle venait de dire. Joni, je me dois d'être honnête avec toi. Je ne sais pas entretenir de relation, en dehors de celles que j'ai avec mes patients et mes collègues — uniquement sur le plan professionnel. Je ne sais même pas me faire des amis. Je m'entends bien avec les gens en général, mais je n'ai pas de réelle intimité avec eux. Et je suis incapable de laisser parler mes émotions.

Il poussa un long soupir.

— Tout ceci mis à part, dit-il, pourrais-tu envisager de dîner avec moi un soir ?

— Juste pour que les choses soient claires : serais-tu en train de me proposer un rendez-vous galant ? demanda-t-elle.

— Oui, répondit-il sans hésiter.

— Nous avons tous les deux souffert dans le passé, et commis des erreurs, dit-elle doucement. Je dois être aussi désastreuse que toi sur le plan relationnel. Mais oui, j'adorerais dîner avec toi un soir.

Il lui embrassa le coin de la bouche, et elle sentit une vague de chaleur l'envahir tout entière. D'un seul coup, il n'y eut plus que ses bras autour d'elle et la douceur de ses lèvres. Deux minutes plus tôt, ils s'étaient jetés l'un sur l'autre, mais à présent, leur baiser était devenu incroyablement doux et tendre. Cela lui ouvrait des horizons insoupçonnés sur ce qu'ils pouvaient faire ensemble.

— Nous irons tout doucement, dit-elle.

Elle sentit les coins de sa bouche s'étirer en un sourire.

— En tout cas, je ne regrette pas de t'avoir emmenée chez moi la première fois, dit-il d'une voix légèrement rauque. Excepté pour une chose.

Elle se figea. Commençait-il déjà à vouloir la changer, comme Marty ? Etait-elle sur le point de commettre une nouvelle erreur en le fréquentant ?

— C'est que je dors comme une bûche. Sinon, je t'aurais entendue te lever, j'aurais pu te faire un café et en profiter pour te persuader de rester pour le petit déjeuner.

— Oh.

Elle se détendit de nouveau.

— D'ailleurs, outre le dîner… j'aimerais bien que l'on prenne aussi le petit déjeuner ensemble.

— Ce n'est pas exactement ce que j'appelle prendre les choses doucement, répondit-elle.

— Non, je veux dire… on pourrait se retrouver pour prendre le petit déjeuner. J'aimerais passer une journée entière avec toi. Apprendre à mieux te connaître, découvrir ce qui te motive dans la vie…

Pour toute réponse, elle l'embrassa. Quand ils s'écartèrent l'un de l'autre, ils tremblaient tous les deux.

— Cela restera entre toi et moi, d'accord ? dit-elle. Au travail, nous sommes de simples collègues. Ce n'est pas parce que j'ai honte que cela se sache, mais pour éviter les complications.

— D'accord, répondit-il. Mais je me réserve le droit de te voler un baiser dans le couloir quand il n'y aura personne.

Elle rit.

— Aaron, avec toi je me sens de nouveau comme une adolescente, alors que j'ai trente ans.

— Pareil pour moi. Et j'en ai trente-trois.

— C'est bien jeune, pour un consultant, dit-elle en lui caressant le visage. Ce qui veut dire que tu es quelqu'un d'intelligent. Et j'aime ton sens de l'humour.

— A propos de la sortie mensuelle du service... Je ne sais pas si tu t'es rendu compte du terrible moment que j'ai passé... à cause de ton jean.

— De mon jean ?

— Je mourais d'envie de me retrouver quelque part seul avec toi pour te le retirer très, très lentement. Si j'ai été un peu distant avec tout le monde ce soir-là, à présent tu sais pourquoi. J'essayais de contrôler à la fois mon imagination et ma libido.

Maintenant, c'était lui qui lui mettait des idées en tête. Et ils étaient censés redémarrer doucement ? Aaron Hugues faisait monter sa température en flèche.

Il l'embrassa de nouveau.

— Donc, pour l'instant, dit-il, cela reste entre nous tant que nous ne saurons pas où nous allons. Très bien. Maintenant, je crois qu'il est temps de changer de sujet et de parler de choses très sérieuses, cela pourrait être très embarrassant si l'on nous retrouvait dans les bras l'un de l'autre... Parlons boulot. Tu sais pourquoi j'ai choisi la médecine tropicale. Et toi ?

— Pour voyager en pensée avec mes patients, répondit-elle en riant. Mais aussi parce que j'aime la dimension de recherche, la possibilité d'éradiquer une maladie ou de trouver un vaccin qui prévient sa propagation. En fait, *shima sani* est un peu... devin. Lorsque ma mère a été enceinte de moi, elle a dit que je serais guérisseuse, que je soignerais les gens.

— Tu veux dire, comme un shaman ?

— Dans la langue de ma mère, on dit *hatalii*.

— Pourrais-tu encore être une *hatalii*, maintenant ?

— Non. Il faut commencer à apprendre très jeune parce

que la transmission d'une génération à une autre est entièrement orale, il n'y a rien d'écrit. De plus, l'enseignement se fait exclusivement en langue navajo et je ne la possède pas suffisamment. C'est dommage. *Shi cheii*, mon grand-père, aurait pu tout m'apprendre. Lui est *hatalii.*

— Mais alors... ce qui est arrivé à ta mère a dû être doublement un drame pour eux.

— Oui. C'est pour cela que la dispute a été aussi violente, je suppose. Mon père et *shi cheii* devaient se sentir tous les deux coupables d'avoir échoué, chacun à leur manière.

— Et toi, en tant que médecin qualifié, tu es prise entre les deux ?

— Pas vraiment. *Shi cheii* est fier que j'aie suivi ses traces — même si c'est dans la culture de mon père plutôt que dans celle de ma mère. J'ai de grandes discussions avec lui sur la médecine et sur sa façon de soigner, comparée à la mienne. Nous avons appris beaucoup l'un de l'autre. Dans la culture diné, la médecine est holistique et essentiellement basée sur l'art de rétablir l'harmonie — *hozh* — chez le patient. Il ne s'agit pas seulement de traiter les symptômes, mais de rééquilibrer le corps et l'esprit. Le *hatalii* prend le temps de parler avec le patient, pour trouver ce qui ne va pas, ce qui l'inquiète.

— Il est bon que le patient puisse parler et se sente écouté. Cela réduit considérablement son inquiétude et son stress.

— Exactement. Quand on pense au nombre de maladies qui ont le stress pour origine... Apprendre aux gens à retrouver l'équilibre dans leur vie est très important.

— Il y a donc surtout un aspect psychologique ?

— Non, les herbes médicinales tiennent aussi une grande place. On apprend à préparer des sachets de médecine, surtout des plantes. Certaines sont transformées en teintures, d'autres sont brûlées.

— Je suppose que, quand on étudie leur composition, on

trouve des similitudes avec les médicaments de la médecine occidentale ?

— En effet. M. Flinders m'a proposé de faire une recherche afin de trouver des équivalents aux antibiotiques susceptibles d'exister dans la médecine indienne.

— C'est très intéressant. Il y a de plus en plus de bactéries résistantes aux antibiotiques, nous avons besoin de solutions de rechange car ils ne seront plus efficaces très longtemps — encore quelques années, c'est tout. Ensuite, nous serons de nouveau au point de départ, avant la découverte de la pénicilline. Les gens mourront de nouveau d'une simple égratignure d'épine. Et alors... ?

Soudain, elle se retrouva en train de lui exposer son projet en détail.

— Tu peux compter sur mon appui, dit-il quand elle eut terminé. Et si je peux aider en quoi que ce soit, j'adorerais participer. C'est vraiment très intéressant.

— Merci. Je risque de te prendre au mot, un jour.

L'estomac d'Aaron se mit à gargouiller.

— Pardon. Le thé et les biscuits sont déjà loin, fit-il.

Il vérifia l'heure sur son portable. La lueur l'éclaira faiblement, lui donnant des airs de fantôme.

— C'est bientôt l'heure du déjeuner.

— A cause du diabète, j'ai toujours des barres de céréales dans ma poche, dit-elle, on peut partager.

— Non, merci. C'est pour toi. Ne t'inquiète pas, je ne risque pas d'avoir de problème avec mon taux de sucre. Veux-tu que l'on vérifie pour toi ?

Elle se testa à la lueur de la lampe qu'il tenait pour elle.

— Le taux est effectivement un peu bas, dit-elle.

Elle prit une barre de céréales et lui tendit l'autre, mais il refusa.

— Ces barres te permettront de tenir encore quelques heures. Je me sentirais terriblement mal si j'en mangeais une et que tu te retrouvais en hypoglycémie. Imagine que les secours tardent un peu, que l'on soit toujours bloqués dans le tunnel et que je ne puisse rien faire pour t'aider ! S'il te plaît, n'aie aucun scrupule.

Elle s'exécuta à regret. Heureusement, il accepta de boire quelques gorgées d'eau de la bouteille qu'elle avait aussi avec elle.

— As-tu entendu ça ? demanda Aaron un peu plus tard. Quelqu'un a crié dehors.

— Tu crois qu'ils ont deviné où nous étions ?

— Je l'espère. A trois, on appelle, le plus fort possible.

Ils crièrent ensemble, et un autre cri leur répondit.

— On est ici, fit Aaron. Le plafond s'est effondré.

Les sons de l'extérieur étaient étouffés, mais ils devinèrent la réponse.

— Nous allons creuser jusqu'à vous et sécuriser le passage pour vous faire sortir.

Il fallut une heure aux sauveteurs pour parvenir jusqu'à eux, et ils revirent enfin la lumière du jour.

— Toi d'abord, dit-il à Joni. Et pas de discussion.

Pendant qu'il attendait dans le tunnel, sachant que l'entrée pouvait s'effondrer de nouveau et qu'il risquait de se retrouver piégé, seul dans le noir comme des années auparavant sous les décombres, la nervosité le gagna. Mais au moins, Joni était en sécurité. Bientôt, il put sortir à son tour.

— Nous étions très inquiets que vous ne reveniez pas, dit Nancy. D'autant que votre portable ne répondait pas, Joni. Nous avions peur que vous ne soyez blessés.

— Nous vous avons cherchés pendant une heure avant de vous localiser, dit l'animateur, visiblement soulagé.

Joni sortit la petite boîte de sa poche.

— A propos, nous avons bien trouvé le dernier indice, mais nous n'avons pas pu vous appeler.

— Vous êtes pardonnés pour cette fois, répondit-il, riant.

Rentrons vite pour que vous puissiez vous réchauffer. Vous avez dû geler, là-dedans.

— Un peu, répondit Joni avec un léger sourire.

Etait-ce son imagination, ou avait-elle rougi imperceptiblement ? Aaron sourit à son tour. Car il y avait eu des moments où ni lui ni elle n'avaient pris garde à la température qu'il faisait...

De retour dans les locaux du centre, ils eurent droit à des boissons chaudes et purent se restaurer avant de passer aux derniers exercices.

A la fin de la journée, toute l'équipe fit le chemin de retour vers l'hôpital ensemble.

— Nous pourrons lever nos verres à votre santé à tous les deux lors de la prochaine soirée mensuelle, dit Nancy. D'ailleurs, Aaron, puis-je noter votre nom pour que vous organisiez la suivante ?

— Bien sûr, répondit-il en souriant.

Peut-être qu'ici, à Londres, ce serait différent. Peut-être serait-il lui aussi différent, et apprendrait-il à laisser parler ses émotions.

9

Plus tard dans la soirée, Aaron appela Joni.

— Bonsoir.

— Bonsoir.

— Je, euh… Je voulais juste savoir comment tu allais…

— Très bien, répondit-elle. J'ai allumé toutes les lumières de mon appartement et vérifié partout qu'il n'y avait pas d'araignées.

— Parfait.

Bon sang. C'était pire que quand il était ado et demandait à une fille de sortir avec lui. Il était persuadé de ne pas avoir la moindre chance.

Il réussit à se ressaisir.

— Comme nous avons parlé de dîner ensemble… je voulais savoir quand tu serais libre.

— Que penses-tu de vendredi ?

— C'est bon pour moi. Je vais réserver quelque part.

Là, il se retrouvait sur un terrain familier.

— Y a-t-il des aliments que tu n'aimes pas, ou qui te donnent des allergies ?

— Je n'ai pas d'allergies et j'aime à peu près tout, excepté les abats et le chocolat, répondit-elle.

— Je t'enverrai un texto pour te confirmer la réservation.

— D'accord. Oh ! Aaron ?

— Oui ? demanda-t-il, vaguement inquiet.

— Je suis vraiment contente que tu m'aies appelée.

Curieusement, il sentit une vague de chaleur lui parcourir le corps. Il n'avait pas l'habitude de ce genre de réaction, aussi agréable qu'inquiétante.

— Alors, à demain, fit-il avant de mettre fin à l'appel.

Il passa un long moment à surfer sur internet, cherchant un restaurant qui pourrait plaire à Joni. Rien d'ordinaire, parce qu'il voulait que cette soirée soit spéciale pour elle ; mais rien de guindé non plus, car ils devaient se sentir à l'aise.

Pour finir, il opta pour quelque chose d'un peu différent. Il prenait un risque — surtout pour un premier rendez-vous officiel. Quand il appela pour réserver, tout était plein, mais deux places venaient juste de se libérer à la suite d'une annulation. Il le prit comme un signe de bon augure.

Puis il envoya un texto à Joni.

Réservé pour vendredi. On se retrouve à la station de métro à côté de chez toi, à 18 heures. Viens habillée, mais avec des chaussures confortables.

Joni lui répondit quelques minutes plus tard.

D'accord. Où allons-nous ?

C'est une surprise.

Après tout, elle n'avait pas besoin de savoir que c'en était une pour lui aussi.

Des chaussures confortables ? C'était incompatible avec une robe habillée, non ? Joni devait-elle prévoir deux paires : une plate pour marcher, et une à talons pour le restaurant ?

Pour le coup, elle appela Aaron pour tenter de lui tirer les vers du nez, mais il refusa de lui donner la moindre indication, se contentant de lui demander si elle préférait le vin rouge ou le vin blanc. Elle savait seulement qu'ils prendraient le métro.

Le vendredi soir, elle choisit sa petite robe noire — simple et élégante, à hauteur du genou. Des chaussures plates pour marcher, pour le restaurant les escarpins rouges qu'elle avait déjà mis au club de salsa, et le pendentif turquoise de sa mère pour seul bijou. Elle lâcha ses cheveux, se maquilla peu selon son habitude, et termina par une touche de son parfum favori.

A 18 heures tapantes, elle était à la station de métro près de chez elle.

Aaron l'attendait dehors, nonchalamment appuyé au mur. Les femmes qui passaient n'avaient d'yeux que pour lui. Rien d'étonnant. Avec son costume sombre, sa chemise blanche et sa cravate de soie rouge foncé, il était tout simplement irrésistible.

Et il était tout à elle.

Elle avait l'impression d'être une collégienne à son premier rencard avec le garçon le plus cool de l'école. Même si Aaron et elle étaient déjà allés bien au-delà du premier rendez-vous — avant même d'en avoir eu un, d'ailleurs.

A présent, ils étaient d'accord pour prendre les choses lentement, et apprendre à mieux se connaître en dehors du travail.

Ce premier rendez-vous la remplissait à la fois d'excitation et d'appréhension. Aaron ne lui avait pas caché ses difficultés à gérer ses émotions. Avait-elle raison de s'engager dans cette relation, après l'échec de ses fiançailles ? Ne risquait-elle pas de recommencer la même erreur ?

Pour conjurer ses doutes, elle s'avança vers lui en arborant son plus radieux sourire.

— Bonsoir, dit-elle en l'embrassant sur la joue. Oh ! désolée. Je t'ai mis du rouge à lèvres.

Elle sortit un mouchoir de son sac et lui frotta la joue.

Il lui sourit à son tour.

— Tu es magnifique. Et je suis ravi que tu aies lâché tes cheveux.

— Merci, dit-elle, se sentant rougir. Maintenant que je suis là, peux-tu me dire où nous allons, Monsieur le Mystérieux ?

— En fait, je n'en sais rien, répondit-il.

Elle écarquilla les yeux de surprise.

— Mais tu disais que tu avais réservé...

— C'est ce que j'ai fait, mais c'est un dîner surprise, dit-il. L'endroit change chaque semaine. On ne devrait pas tarder à m'envoyer un texto pour m'informer de l'endroit où nous allons.

A présent, elle comprenait mieux l'utilité des chaussures plates.

— Quelle merveilleuse idée, dit-elle.

Il parut soulagé.

— C'est un peu risqué — surtout pour un premier rendez-vous — mais il paraît que la cuisine est fantastique. La seule chose, c'est qu'il y a un menu unique et qu'on doit apporter son propre vin, ils n'ont pas de licence pour vendre de l'alcool.

— Voilà pourquoi tu m'as demandé quel vin je préférais.

Il lui montra le sac qu'il portait.

— J'espère que tu aimes le sauvignon blanc.

— Oui, répondit-elle en souriant. C'est très excitant. J'ai toujours voulu aller dans un restaurant pop-up.

Son portable sonna et il lut le texto.

— On descend du métro dans trois stations, là nous aurons d'autres instructions.

— Au moins, cette chasse au trésor-là ne se finira pas dans un tunnel, dit-elle en riant.

Ils prirent le métro comme demandé, et continuèrent à suivre les indications. Pour finir, ils descendirent un escalier étroit menant à une salle en sous-sol. Là, un serveur en habit noir et nœud papillon bordeaux leur tendit un verre de boisson pétillante et leur indiqua la direction de la pièce voisine.

— C'est une cave à vin, dit-elle, tandis qu'ils longeaient des rangées de bouteilles poussiéreuses.

Elle but une gorgée de son verre.

— C'est délicieux. Une vraie boisson d'été.

En entrant dans la pièce suivante, elle eut le souffle coupé.

De petites tables de bistro, recouvertes de nappes de soie damassée blanche, étaient disposées dans la cave. La vaisselle étincelait, les couverts étaient en argent. Des bouquets de fleurs fraîches complétaient le tableau, éclairé uniquement à la bougie.

— C'est si romantique, murmura-t-elle. Merci, Aaron. Je n'ai jamais été dans un endroit aussi fabuleux.

Elle était déjà comblée, mais, après les avoir fait asseoir et avoir débouché leur bouteille de vin, le serveur les invita à écouter un groupe de quatre musiciens — tous en habit et nœud papillon blanc — qui venaient de prendre place dans un coin, jouant du violon, du violoncelle ou de l'alto.

Dès qu'ils eurent commencé, elle reconnut la mélodie.

— Oh ! j'adore ce morceau — le *Canon* de Pachelbel. Nous allons écouter de la bonne musique en accompagnement d'un bon dîner ? Aaron, c'est tout simplement parfait.

— Je suis heureux que cela te plaise.

Il avait l'air un peu tendu, elle leva donc son verre.

— A nous, dit-elle. Que cela finisse par une belle amitié, ou plus encore.

Pendant quelques secondes, il ne réagit pas, puis il esquissa un large sourire. A l'évidence, il était aussi nerveux qu'elle à propos de leur relation.

— A nous, répéta-t-il.

— J'ai l'impression que tu es non seulement connaisseur en café, mais aussi en gastronomie...

— Un peu, admit-il. Je suis plutôt à l'aise dans une cuisine, et j'aime faire de nouvelles expériences. Et toi ?

— La même chose.

Le repas se révéla tout à fait délicieux. Il y eut du risotto à la betterave, suivi d'un saumon sur un lit de lentilles du Puy accompagné de chou finement râpé.

— Il a été cuit dans du beurre, du citron et du piment, dit-elle après avoir goûté. C'est un mélange fabuleux.

— Je suis d'accord, dit-il.

Le dessert à base de framboises était à la hauteur du reste. Quant au café — accompagné de petits fours —, il combla les exigences d'Aaron.

— Merci, lui dit-elle avec un soupir de bien-être. C'est le meilleur dîner que j'aie fait depuis bien longtemps. Crois-tu que les organisateurs pourraient créer ce genre de soirée pour un groupe ?

— Pourquoi pas ? Tu penses à la soirée mensuelle que Nancy m'a demandé d'organiser ?

— Je suis sûre que cela plairait beaucoup à notre équipe. Et si les organisateurs trouvent un nouvel endroit à la hauteur de celui-ci, tu pourrais aussi bien battre mon record de « nuit la plus originale ».

— Serait-ce un défi ? demanda-t-il.

Elle haussa un sourcil.

— Peut-être.

— Si je le relève, quel est l'enjeu ?

— On pourrait commencer par un baiser, dit-elle.

— Et finir où ?

Rien que cette pensée lui coupait le souffle.

— C'est une surprise, dit-elle avec défi, et il éclata de rire.

Après le repas, ils discutèrent avec l'organisateur de la soirée, qui leur demanda combien de personnes ils comptaient être.

— Une quinzaine, répondit Joni.

— C'est faisable. Je vais consulter mon calendrier et vous proposer une date.

— Habituellement, nous faisons une activité avant de manger, dit-elle.

— Cette fois, vous pourriez inclure un divertissement dans la soirée, répondit l'organisateur. Un de mes clients dirige une école de cirque. On pourrait servir le dîner sous chapiteau, vos collègues et vous vous essaieriez à la corde raide et au jonglage avant le repas. Et mon client demanderait à sa troupe de faire un numéro entre le plat principal et le dessert.

Aaron et Joni échangèrent un regard.

— Ce serait absolument parfait, répondit-il.

Une fois qu'ils se furent mis d'accord, Aaron appela un taxi. L'appartement de Joni était sur le chemin du sien, il la déposa donc en premier.

— Tu es le bienvenu pour une tasse de thé, dit-elle. Mais il n'est pas question que je te propose un café.

Il rit.

— Je ne suis pas exigeant à ce point, tout de même.

Il n'était pas prêt à ce que la soirée se termine et paya le taxi.

L'appartement de Joni était à son image : coloré et chaleureux. Les murs de la cuisine étaient d'un jaune lumineux, avec des placards et des plans de travail en érable. Il y avait une étagère couverte de livres de cuisine, des photos et des cartes postales étaient aimantées sur la porte du réfrigérateur.

Elle surprit son regard et sourit en versant l'eau bouillante dans deux mugs.

— Bailey, tu la connais déjà. Voici Olly sur scène avec son groupe, et ici, c'est Luke, à Rome. Il y va au moins une fois par an, sous prétexte que le toit du Panthéon serait l'assemblage architectural le plus parfait au monde. Là, c'est papa et maman.

Il nota la ressemblance entre Joni et son père, et entre ses frères.

— Et voilà *shi cheii* et *shima sani* — mes grands-parents.

Ils étaient tous les deux en jeans et chemises à carreaux, ce qui le surprit.

Elle lui jeta un coup d'œil de côté.

— Les Amérindiens ne portent pas tout le temps leur costume traditionnel, tu sais.

— Non, bien sûr. Désolé.

— Ici, c'est *shima* — ma mère, Ajei.

La photo montrait une jeune femme aux longs cheveux noirs, assise sur un rocher sous un ciel d'un bleu profond.

Visiblement enceinte, elle avait l'air radieux. L'image même du bonheur, songea Aaron.

— Elle est très belle. Tu lui ressembles beaucoup.

Joni inclina la tête.

— Merci. Mais j'ai dix ans de plus qu'elle sur la photo.

Un voile de tristesse passa sur ses yeux. Ne sachant que faire d'autre, il la serra dans ses bras et elle s'appuya brièvement contre lui.

— Viens t'asseoir.

Son séjour était également jaune. Elle avait un canapé couleur mandarine et des coussins rouge foncé. Il admira le tapis du milieu de la pièce, qui rappelait le rouge des coussins, avec des motifs géométriques.

— Il a été tissé par une de mes cousines, dit-elle. Je l'ai rapporté d'Arizona il y a deux ans.

— Ta cousine est très douée.

Elle sourit avec fierté.

— Je le lui dirai la prochaine fois.

De nombreuses photos de famille recouvraient le manteau de la cheminée, autour du diplôme de Joni et de ceux de ses frères. La photo du mariage de leurs parents avec Joni en demoiselle d'honneur était également en bonne place.

Cette famille respirait l'amour, tous semblaient proches les uns des autres. Comment Aaron pourrait-il jamais lui suffire ?

Il ignora l'inquiétude qui montait en lui. Pas maintenant. Il verrait cela plus tard.

— A propos, j'aime beaucoup ton pendentif, dit-il.

— C'est ma mère qui l'a fait.

— Il est très beau — comme toi, Nizhoni.

Elle rougit aussitôt.

— As-tu beaucoup de bijoux de ta mère ?

— J'ai un collier, deux bracelets et une bague, répondit-elle. J'ai donné le reste à *shima sani*, j'estimais normal qu'elle ait un souvenir du travail de sa fille.

— C'est très gentil à toi...

— Pas vraiment, dit-elle en haussant les épaules. C'est ma grand-mère et je l'aime.

C'était tellement simple. Il pensa à ses propres grands-parents, très éloignés géographiquement des deux côtés. Il avait parfois passé des vacances chez eux, avec l'impression d'être autant une gêne pour eux que pour ses parents. Quel effet cela pouvait-il faire d'avoir des rapports aussi faciles avec ses proches, malgré la distance ? Sa famille à lui semblait faire partie d'un autre système solaire.

— A quoi penses-tu ? demanda Joni à mi-voix.

Pas question de lui parler de sa famille.

— Au tunnel, répondit-il. Ce que j'ai préféré dans cette journée, c'était te tenir dans mes bras. Si je me souviens bien, j'ai droit à un baiser. Puis-je ?

Elle lui caressa le visage.

— Tu es si mignon, de me demander la permission...

Il fallait qu'il l'embrasse, ou il allait imploser. Il posa son mug de thé et la prit sur ses genoux. Instantanément, il se sentit beaucoup mieux.

— J'ai vraiment passé une excellente soirée, dit-elle. Merci de l'avoir organisée pour moi.

— C'était tout de même risqué...

— Même si le repas ou l'endroit avait été horrible, tu te serais donné du mal pour en faire quelque chose de spécial, et c'est cela qui importe.

Il l'embrassa longuement et tendrement. Il adorait l'embrasser, même si une petite voix dans sa tête l'avertissait de ne pas baisser sa garde. Il aimait trop le contact de sa peau contre la sienne, le goût de ses lèvres, le doux parfum floral qu'elle portait. Il aimait même entendre battre son sang dans ses propres veines.

Quand ils s'écartèrent enfin l'un de l'autre, ses yeux lui parurent immenses. Ses lèvres gonflées étaient entrouvertes et elle avait la tête légèrement penchée, comme si elle s'offrait à lui. Cela lui donna envie de recommencer, encore et encore, jusqu'à ce qu'elle s'abandonne totalement au contact de ses mains et de sa bouche.

Aaron n'avait jamais éprouvé une telle tentation auparavant et cela l'effrayait tout en lui donnant envie de recommencer.

— Voilà ce qu'on appelle un baiser, dit Joni en riant.

Dieu, qu'elle était belle ! Il n'avait jamais désiré une femme autant qu'elle.

— Aimes-tu d'autres styles de musique que le classique ? lui demanda-t-elle.

— J'aime toutes sortes de musiques — excepté peut-être les boys bands.

Elle sourit.

— C'est parce que tu n'es pas une ado. Mon frère joue mercredi soir. Plusieurs collègues du service seront là, ainsi que ma famille et Bailey. Est-ce que cela te dirait de venir ?

Ce n'était pas une présentation officielle à la famille, se dit-il. Pourquoi pas ?

— J'aimerais beaucoup. Ce n'est pas un boys band, au moins ?

— Pas du tout, répondit-elle en riant. Leur musique est un croisement entre le rock et le blues. Ils reprennent des standards, mais Olly écrit aussi beaucoup de leurs compositions.

— Rock et blues ? C'est la musique que je préfère !

Il nomma plusieurs groupes qu'il aimait.

— Je les ai vus plusieurs fois en concert à Manchester.

— Olly les adore. Vous allez bien vous entendre, tous les deux.

Bien qu'elle n'en ait rien dit, il devina que Marty n'avait pas été très proche de sa famille. Celle-ci avait l'air de compter beaucoup pour Joni et cela risquait de devenir un sujet de discorde, ce qui le rendit nerveux.

Il finit sa tasse de thé et l'embrassa langoureusement.

— Je ferais mieux d'aller dormir un peu, dit-il. Merci pour cette soirée.

— Non, merci à toi. C'était fantastique. Oh ! tu fais quelque chose demain ?

— Pas particulièrement.

— Appelle-moi si cela te tente de faire une balade quelque part. On pourrait aller se promener au jardin botanique de Chelsea, par exemple.

— Bonne idée. Je t'appelle demain.

Il l'embrassa de nouveau.

— Bonne nuit, ma belle Nizhoni.

Le lendemain matin, il faisait un temps épouvantable. Aaron appela quand même Joni.

— Et si on allait visiter un musée ou une galerie d'art à la place ? proposa-t-elle.

— Je ne connais pas très bien Londres. Surprends-moi.

Une demi-heure plus tard, il la retrouva chez elle. La veille, elle était sur son trente et un. Aujourd'hui, son visage était exempt de tout maquillage et elle portait un jean et un T-shirt avec des chaussures de toile. Mais elle était toujours aussi belle, et rien qu'en la regardant, son cœur se mit à battre plus fort.

Elle l'embrassa pour lui dire bonjour.

— Tu as attaché tes cheveux...

— Je peux les défaire, si tu veux.

— C'est à toi de décider, dit-il, se rappelant son ex. Mais tes cheveux sont si beaux, c'est dommage de les cacher dans une queue-de-cheval.

— Merci, répondit-elle en rougissant.

D'un geste, elle défit la barrette qui retenait sa chevelure.

— Où allons-nous ? demanda-t-il.

— Tu m'as demandé de te surprendre. Comment puis-je y arriver si je te dis où nous allons ?

Il éclata de rire.

— Je crois surtout que tu es en train de me rendre la monnaie de ma pièce pour hier soir.

— Quelle idée ! Mais tu as placé la barre très haut, il va me falloir un peu de temps pour trouver quelque chose d'équivalent, tout en étant très différent.

— Et si on faisait une liste ensemble ?

Le sourire qu'elle lui décocha le réchauffa de l'intérieur.

— C'est une excellente idée. Nous allons faire une liste de toutes les choses bizarres que nous avons envie de faire. Pour aujourd'hui, nous allons dans un endroit très connu, mais qui vaut bien une visite.

Après tout, peu lui importait, du moment qu'il passait du temps avec elle.

Ils se rendirent à pied à la station de métro, serrés l'un contre l'autre sous un parapluie, et ce fut une bonne excuse pour l'enlacer.

Avant de connaître Joni, Aaron ne s'était jamais considéré comme quelqu'un de très tactile. Mais il aimait être contre elle, sentir son parfum et sa chaleur tout contre sa peau. Elle mettait tous ses sens en alerte, et il commençait vraiment à aimer cette impression.

Ils sortirent du métro à Charing Cross et se rendirent à l'église de St Martin in the Fields. Une affiche annonçait un concert l'après-midi même.

— J'adore Bach, dit-elle.

Elle lui jeta un coup d'œil coupable, comme si elle lui en demandait trop.

— Tu aurais le temps d'assister au concert, en plus de l'endroit où nous nous rendons maintenant ?

Etait-ce ainsi que cela se passait avec son ex ? Il fallait à tout prix la rassurer.

— Non seulement j'ai le temps, mais je pense que c'est une très bonne idée, répondit-il. Prenons les tickets maintenant, cela nous épargnera de faire la queue plus tard.

Puis elle l'entraîna à l'angle de Trafalgar Square et il reconnut aussitôt le musée.

— La National Gallery ?

— C'est une agréable façon de passer un samedi matin pluvieux, non ? Commençons par les tableaux de Van Gogh, j'adore l'éclat et la lumière qu'il y a dans ses peintures.

Aaron goûta particulièrement leur flânerie, main dans la main, d'un tableau à l'autre. Après avoir avalé un sandwich, ils s'aperçurent que la pluie avait cessé.

— Allons admirer les lions de la colonne Nelson, comme tout bon touriste qui se respecte, dit-elle.

Elle sortit même son téléphone portable et le tendit à bout de bras pour prendre un selfie de leur couple enlacé, joue contre joue. Pour le coup, il se sentit aussi jeune que les ados qui les entouraient en faisant exactement la même chose. C'était étrange car, plus jeune, il avait toujours été du genre sérieux, concentrant son énergie dans les études plutôt que les sorties.

L'après-midi, ils se tinrent la main pendant tout le concert. Tout était parfait : la musique, le cadre et la compagnie.

Une fois dans le métro, ce fut à son tour de douter. Allait-il en demander trop ?

— Je sais que je deviens gourmand, mais je ne suis pas encore prêt à mettre un terme à cette journée. Aurais-tu le temps de dîner avec moi ?

— J'en serais ravie.

Alors seulement, il remarqua que, quand elle souriait, elle avait de petites fossettes. Elles lui donnaient envie de la soulever dans ses bras et de tourner en rond avec elle jusqu'à les étourdir tous les deux. Il ne s'était jamais senti aussi insouciant.

Qu'était-il donc advenu de sa maîtrise de lui-même ?

— Je connais un charmant petit restaurant italien au coin de la rue, fit-elle.

Ils passèrent la soirée à discuter, entre deux bouchées, de

films et de livres qu'ils aimaient, et découvrirent ainsi qu'ils avaient le même goût pour les films d'art et d'essai. Aaron se surprit également à parler davantage de lui qu'il ne le faisait habituellement, ce qui aurait dû l'inquiéter. Pourtant, avec Joni, il parvenait à se détendre.

Il lui dit au revoir sur le pas de sa porte et l'embrassa.

— Tu ne veux pas venir prendre un dernier verre ? demanda-t-elle.

Il voulait bien plus que cela : la porter dans son lit, lui retirer ses vêtements un par un — très lentement ; découvrir où et comment elle aimait être touchée, par ses mains et par sa bouche, et continuer à le faire jusqu'à ce qu'elle crie son nom.

— Il ne vaut mieux pas, dit-il très vite. Non pas parce que je ne veux pas, mais je ne tiens pas à précipiter les choses. Mais j'ai passé une merveilleuse journée avec toi.

Son sourire fut sa récompense.

— Moi aussi, dit-elle en lui caressant le visage. On se revoit lundi, au travail. Et merci pour cette journée.

Sur le chemin du retour, il se surprit à sourire. Et il comprit pourquoi : il était *heureux*. Il ne se rappelait pas avoir jamais éprouvé cette sensation de légèreté dans le cœur.

Joni avait bel et bien changé sa vie, pour le meilleur. Pourtant, une part de lui se demandait si cela pouvait vraiment durer. Ou bien était-ce trop demander ?

10

Le lundi matin, Aaron et Joni se retrouvèrent aux consultations externes.

Dans la cuisine du personnel, ils échangèrent un regard si intense que Joni se sentit submergée par une vague de chaleur. Mais ce n'était ni le moment ni le lieu pour l'embrasser comme elle l'aurait voulu, malgré ses yeux emplis de désir.

Il était encore tôt et, pour le reste du personnel, ils n'étaient que collègues.

Elle lui adressa un sourire professionnel.

— Avez-vous passé un bon week-end, monsieur Hughes ?

— Excellent. Et vous ?

— L'un des meilleurs depuis longtemps, dit-elle. Un peu de culture, des amis et ma famille. Il n'y a rien de mieux.

La chaleur dans le regard d'Aaron lui indiqua qu'il savait exactement de quoi elle parlait…

Le premier cas de la matinée, pour Joni, fut un homme qui avait été très désagréable avec la réceptionniste, au point d'avoir presque atteint le seuil de tolérance zéro fixé par le règlement de l'hôpital. Mais la maladie pouvait entraîner des réactions inhabituelles chez les gens et Joni décida de lui accorder le bénéfice du doute.

M. Gillespie se plaignit d'abord de ne pas avoir été bien accueilli, alors qu'il avait mal à la tête, de la température et maintenant une éruption cutanée. Pour faire bonne mesure, il avait mal au dos et dans les jambes, ses yeux étaient rouges et le démangeaient.

— J'en ai assez de tous ces gens qui ne m'écoutent pas, grogna-t-il. Je sais très bien que je n'ai pas une simple grippe.

Elle réussit à le calmer en promettant de l'écouter attentivement.

Après avoir examiné les rougeurs sur son torse, elle lui demanda s'il était parti récemment à l'étranger.

— J'ai passé quinze jours de vacances en France, dit-il. Le premier jour, j'ai fait du kayak et, en chavirant, j'ai avalé beaucoup d'eau. J'ai commencé à me sentir mal quelques jours plus tard, avec vomissements et dérangements intestinaux. Je suis sûr qu'il y avait quelque chose dans l'eau.

— Vous avez probablement raison, répondit-elle. Si j'en crois vos symptômes, il est très possible que vous ayez la leptospirose. Mais il est vrai qu'au stade initial, on peut la confondre avec une simple grippe. La leptospirose est une bactérie qui peut survivre plusieurs mois dans l'eau des canaux ou des rivières, ou en terrain humide. Détail désagréable : elle se transmet habituellement par l'urine infectée des rats, mais vous-même n'êtes pas contagieux.

Elle procéda à des examens de sang et établit une ordonnance pour des médicaments à prendre en pharmacie.

— Vous allez encore vous sentir mal pendant deux ou trois jours, mais d'ici une semaine, vous irez beaucoup mieux, dit-elle.

Elle avertit néanmoins son patient que s'il n'allait pas mieux et qu'au contraire, de nouveaux symptômes apparaissaient, il ne devait pas hésiter à appeler directement son service.

M. Gillespie repartit en promettant de ne plus jamais, jamais naviguer sur des rivières…

Joni fut très occupée pendant le reste de la matinée, mais elle réussit à avaler un sandwich à la hâte avec Aaron pendant la pause déjeuner.

— Comment s'est passée ta matinée ? lui demanda-t-elle.

— Il y a eu beaucoup de problèmes de gastros, ce que je n'ai peut-être pas besoin de détailler maintenant. Et toi ?

— J'ai eu un cas de leptospirose.

— Voilà qui est plutôt rare.

Comme c'était agréable de pouvoir s'asseoir avec lui en discutant librement de son travail ! Marty prenait toujours l'air ennuyé quand elle abordait le sujet, alors qu'il ne se gênait pas pour parler de son métier. Aaron, lui, savait écouter.

Décidément, la vie avait du bon.

Le soir, comme d'habitude, Joni retrouva Bailey pour leur cours de yoga, suivi d'un dîner.

— Tu es rayonnante, dit Bailey quand elles se retrouvèrent au restaurant. Cela n'aurait-il pas quelque chose à voir avec un certain docteur en médecine tropicale qui porte des lunettes ?

Joni rougit.

— Alors, vous sortez ensemble ? A la bonne heure ! s'exclama Bailey. C'est tout à fait ce qu'il te fallait après ce satané Marty.

— Nous avançons prudemment, dit Joni. Il vient au concert d'Olly mercredi, mais seulement en tant que membre de l'équipe. Nous gardons cela pour nous pour l'instant. Alors, pas un mot à maman et papa, d'accord ?

— Naturellement.

Bailey lui tapota la main.

— Cela fait plaisir de te voir heureuse.

— Je le suis, répondit Joni en souriant. Prenons le temps de voir venir.

Le mercredi soir, le groupe du service de médecine tropicale alla directement dîner après le travail, puis se rendit au pub où jouait le frère de Joni.

Sa famille était déjà là et l'accueillit avec effusion. Joni fit aussitôt les présentations.

— Voici Aaron, notre nouveau consultant, dit-elle.

Ainsi, elle le présentait à sa famille en tant que collègue. Aaron le savait bien, ils en avaient discuté entre eux avant, mais il fut un peu vexé, au point qu'il dut faire un effort pour suivre ce qu'elle disait ensuite.

— Aaron, voici mes parents, Sam et Marianna Parker, et mes frères Luke et Olly.

Tout le monde l'accueillit chaleureusement, et il échangea quelques mots avec Olly au sujet de sa musique. Naturellement, il ne put échapper aux questions concernant sa famille et l'endroit d'où il venait.

— Ma famille est éparpillée un peu sur tout le globe, dit-il. Tout le monde est dans les forces armées, sauf moi.

Il avait été le seul, sur quatre générations, à choisir un autre mode de vie, et cela n'avait pas beaucoup plu.

— La médecine tropicale est si intéressante, dit Marianna. Joni vous a-t-elle parlé de son projet de recherche ?

— Oui, c'est passionnant, répondit Aaron.

Marianna et Sam avaient l'air ravi de le connaître, et Luke lui parla de football et d'architecture.

Aaron comprenait maintenant pourquoi Joni était aussi chaleureuse. Sa famille était exactement comme elle : gentille, attentionnée, faisant en sorte que tout le monde se sente accepté.

Bailey arriva juste après le passage du groupe précédent et embrassa Joni en s'excusant de son retard.

— J'ai dû bander un genou, dit-elle. Heureusement, mon patient n'aura pas le cartilage endommagé.

Joni fit les présentations et Aaron serra la main de Bailey en souriant.

— Vous êtes la spécialiste de la médecine du sport fana d'endorphines ?

Elle lui rendit son sourire, le reconnaissant manifestement. Quelque chose lui disait qu'elle savait parfaitement ce qui se passait entre Joni et lui.

Il apprécia le concert, en particulier un morceau de blues qui lui donna envie de prendre Joni dans ses bras et de la serrer tout contre lui. Mais il ne pouvait pas le faire pour ne pas la mettre dans l'embarras.

Il fut tout de même déçu de ne pas pouvoir la raccompagner chez elle, ni l'embrasser pour lui souhaiter bonne nuit.

Le lendemain, sous le prétexte de lui parler d'un cas particulier, il prit un café avec elle entre deux consultations.

— J'ai vraiment apprécié le concert hier soir, lui dit-il. Ton frère a beaucoup de talent.

— C'est vrai, dit-elle en souriant.

— J'ai remarqué que tu m'avais présenté à ta famille en tant que collègue...

Elle écarta les mains en un geste d'impuissance.

— Aaron, la moitié du service était là, et tu étais d'accord pour que l'on garde ça pour nous. Si j'en avais parlé à papa et maman, quelqu'un nous aurait entendus et, en ce moment même, nous serions au cœur de tous les ragots de l'hôpital.

— Tu as raison, dit-il.

— Qui plus est, si j'avais dit à ma famille qui tu étais vraiment, elle t'aurait fait passer sur le gril. Je ne suis pas sûre que tu sois prêt pour ça.

— Probablement pas. Excuse-moi, je n'aurais pas dû t'en parler.

— En fait, je suis contente que tu aies fait la remarque. Cela m'a gênée, moi aussi.

— Bailey est au courant pour nous, n'est-ce pas ?

Joni plissa le nez.

— C'est ma meilleure amie. Elle est aussi proche qu'une sœur. Je sais qu'elle n'en parlera à personne.

— Tant mieux. Que veux-tu faire ce week-end ?

— J'ai pensé que cela pourrait être drôle d'aller voir les pélicans de St James Park, samedi après-midi. Papa m'y emmenait quand j'étais petite et j'adorais ça.

— Cela me va tout à fait. Fais-moi savoir où et quand tu

veux que nous nous retrouvions, dit-il en terminant son café à la hâte. Il faut que je me dépêche, à plus tard.

Pendant tout le trajet de retour, il pensa aux liens qui unissaient la famille de Joni. Peut-être que, s'il faisait des efforts, sa propre famille pourrait lui ressembler. Mais cela n'avait jamais été leur style. Il attendait trop d'eux, et ce n'était pas juste.

En y réfléchissant, il ne pouvait pas donner à Joni le quart de ce qu'elle avait à lui offrir. Sa propre famille serait distante avec elle, et cela lui ferait de la peine, il le savait. Comment pourrait-il lui faire comprendre leur attitude guindée, alors qu'elle avait toujours été environnée de chaleur ? Il serait sans doute plus raisonnable de reprendre un peu ses distances.

Le seul problème, c'était qu'il n'en avait aucune envie.

Mais peut-être devait-il cesser d'être égoïste et faire passer l'intérêt de Joni avant le sien.

Le vendredi matin, Joni rencontra encore un cas très rare. M. Kirby vint consulter avec son épouse, très inquiète, qui pensait qu'il avait été mordu par une chauve-souris. Quelques jours auparavant, il avait restauré les peintures de la tour d'une église habitée par toute une colonie. Mais son mari ne se souvenait pas d'avoir senti une morsure.

Il présentait les symptômes d'une grippe estivale : frissons, maux de tête, gorge douloureuse, température élevée. Mme Kirby trouvait que son mari était également devenu irritable, et elle avait lu sur internet que c'était un des symptômes de la rage.

Joni fronça les sourcils. Si son patient était venu consulter le jour où il avait été mordu, même s'il n'avait pas eu de vaccination antirabique, il aurait été possible de venir à bout du virus. Mais lorsque les symptômes s'étaient déjà déclarés, la rage était souvent fatale et le seul traitement possible consistait à sédater le patient jusqu'à ce qu'il tombe dans le coma et meure d'une crise cardiaque.

Au Royaume-Uni, la rage classique transmise par les chiens, les chats ou d'autres animaux était pratiquement inconnue. Tous les gardiens de zoo avaient été vaccinés contre la rage en cas de morsures d'animaux exotiques. Dans un ou deux cas, des malades avaient été infectés, mais ils s'étaient présentés immédiatement et la procédure habituelle — nettoyage complet de la blessure et injection pour empêcher l'infection de se répandre — avait fonctionné.

Après avoir effectué des tests sanguins et prélevé des échantillons de salive, Joni partit à la recherche d'Aaron et lui expliqua son cas.

— Si les résultats montrent que mon patient a déjà développé des anticorps et les premiers symptômes, il n'y a rien que l'on puisse faire, n'est-ce pas ?

Il secoua la tête, songeur.

— Il y a peut-être quelque chose... Mon patron m'en avait parlé à Manchester, mais c'est encore au stade expérimental et le taux de succès est assez faible.

— C'est toujours mieux que rien, dit-elle. Mais j'attends le résultat des tests avant de paniquer.

— N'hésite pas à venir me chercher si tu as besoin de moi.

Plus tard dans l'après-midi, Aaron entrait des notes dans son ordinateur quand Joni fit irruption dans son bureau.

— J'ai les résultats. C'est bien la rage de chauve-souris.

— Bon. Il faut parler à ton patient.

Joni le présenta aux Kirby et il leur dressa un tableau réaliste de la situation.

— Alors, je vais mourir ? dit M. Kirby, choqué. Oh ! mon Dieu. Je vais me mettre à courir partout, à baver, à avoir peur de l'eau et à mordre les gens ?

— Il n'y a pas de peur de l'eau et vous ne mordrez pas.

Mais vous produirez de plus en plus de salive et vous aurez de plus en plus de mal à avaler.

Il secoua la tête.

— Je ne peux pas supporter ça.

— Il existe une alternative, dit Aaron. Mais il n'y a aucune garantie de succès.

— Au moins cela me donne une chance de survivre, alors je la prends. Que dois-je faire ?

— Nous pensons que le virus de la rage affecte le cerveau avant que le corps puisse combattre l'infection. Si nous provoquons un coma artificiel pour protéger votre cerveau, nous pouvons vous donner une médication antivirale pour aider votre corps à combattre la maladie. On vous met sous perfusions afin que votre corps continue de fonctionner, et vous ne vous rendez compte de rien. Il y a peu de chances que cela marche, et même si c'est le cas, des dommages peuvent être causés par le virus et une rééducation sera nécessaire.

M. Kirby échangea un long regard avec sa femme, puis il prit une profonde inspiration.

— D'accord. Je vais le faire. Mais je veux d'abord voir mes enfants pour leur dire au revoir, au cas où ça ne marcherait pas.

Dire au revoir aux enfants.

Aaron n'avait pas pu dire adieu à Ned, car son frère avait sombré dans le coma à cause de la malaria. Même si les médecins pensaient les patients inconscients capables d'entendre, il ne saurait jamais si Ned avait compris ses dernières paroles. Il lui avait dit qu'il l'aimait, qu'il allait devenir médecin comme lui aurait voulu l'être, qu'il pourrait être fier de lui. Et qu'il ferait tout son possible pour sauver les gens, ce que les médecins n'avaient pas pu faire pour lui.

Il avait tenu sa promesse. Il avait travaillé dur, et sauvé la plupart de ses patients. Il n'y arriverait peut-être pas pour M. Kirby, mais il ferait tout ce qui était en son pouvoir.

A ses côtés, se tenait la seule personne en qui — il commençait à s'en rendre compte — il pouvait avoir confiance : Joni. Elle travaillerait avec lui, et l'aiderait à traverser les épreuves grâce à la douceur de son sourire.

Sous la table, il tendit la main vers elle et lui serra les doigts. Elle réagit aussitôt, comme si elle devinait ce qu'il pensait.

Ils feraient de leur mieux. Ensemble.

Le samedi après-midi, Joni et Aaron flânèrent main dans la main à travers St James Park et arrivèrent devant le rocher au milieu du lac, où les pélicans étendaient leurs ailes et se chauffaient au soleil. A la seconde où le gardien apparut avec son seau de poissons, ils se précipitèrent sur lui et l'entourèrent, impatients de manger — en même temps que les enfants du parc accouraient pour les voir.

— Les pélicans sont dans le parc depuis 1664, expliqua le gardien. Le tout premier fut un cadeau de l'ambassadeur de Russie. Ils se nourrissent des poissons du lac, mais ils aiment aussi le maquereau et le hareng que je leur apporte.

Il jeta un poisson à chaque oiseau, qui l'attrapa adroitement.

— Nous avons même eu un pélican qui volait jusqu'au zoo de Londres pour y dérober son poisson du déjeuner, dit-il.

Joni apprécia le spectacle, mais remarqua qu'Aaron restait silencieux. Après tout, les pélicans ne l'intéressaient peut-être pas.

Cependant, plus l'après-midi avançait, plus il s'enfermait dans son mutisme. Il fallait qu'elle aborde le sujet, elle détestait le sentiment de gêne qui s'était installé entre eux.

— Quelque chose ne va pas, Aaron ?

— Non.

Son expression était totalement indéchiffrable. Il était évident que quelque chose n'allait pas, mais quoi ? Peut-être voyait-il en elle la même chose que Marty ? Leur relation aussi allait tourner à l'échec — et ce serait sa faute, parce qu'elle n'aurait pas été à la hauteur.

— Je suis désolée, dit-elle d'un ton misérable.

Il fronça les sourcils.

— Pourquoi donc ?

— A l'évidence, j'ai dit ou fait quelque chose qu'il ne fallait pas.

Elle écarta les bras en un geste d'impuissance.

— Ou alors, je n'ai pas dit ou fait ce qu'il fallait.

— Bien sûr que non... Joni, pourquoi t'excuses-tu ?

— Je...

— Est-ce que cela se passait comme ça avec Marty ?

Oui. Souvent. Mais elle ne fut pas capable de lui répondre, ayant trop honte pour admettre la vérité. Elle se contenta de détourner les yeux.

Avec douceur, il prit son visage entre ses mains.

— Regarde-moi, Joni.

Elle s'exécuta à contrecœur.

— Tu n'as rien fait de mal. *Rien.* Des idées stupides me trottent simplement dans la tête, mais je t'assure que ça n'a rien à voir avec toi.

Il poussa un soupir.

— Je t'avais prévenue que je n'étais pas très doué pour les relations. Mais promets-moi de ne plus jamais t'excuser devant moi.

— Je suis dé... Hum.

Elle s'arrêta net.

— Celle-là compte, il faut mettre une pièce dans la boîte, dit-il en souriant. Je suis sûr que Bailey serait d'accord avec moi.

Elle sentit que la tension entre ses épaules s'apaisait.

— A la place, tu pourrais m'offrir une glace, ou bien j'ai une meilleure idée. Tu vas devoir dîner avec moi ce soir, et c'est moi qui fais la cuisine. Si tu n'es pas déjà prise, bien entendu.

Non, elle n'était pas prise.

— Est-ce que j'aurai droit à une tasse de ton fabuleux café ?

— Seulement si tu es sage.

Une vague de soulagement la submergea. Tout allait s'arranger.

— Comme ça ?

Se mettant sur la pointe des pieds, elle l'embrassa légèrement sur les lèvres.

Il l'entoura de ses bras.

— Cela ira très bien.

Une fois chez lui, elle remarqua toutes sortes de choses auxquelles elle n'avait pas fait attention la première nuit.

Elle n'avait pas encore vu son séjour : tout était très net. Il n'y avait qu'une seule étagère de livres de médecine, et elle ne vit pas de films ni de disques, et aucun roman.

— Je croyais que tu aimais la musique, dit-elle.

— Beaucoup, mais tout est digital, de même que pour les films. Je télécharge tout, cela fait de la place. Pareil pour les livres, excepté ces textes de médecine. Curieusement, je préfère l'ancienne méthode quand il s'agit de travail.

Il n'y avait aucune photo de famille, et rien de personnel qui puisse dévoiler quoi que ce fût sur lui. Peut-être que, habitué à déménager souvent avec ses parents et à loger en pension, il avait pris l'habitude de vivre avec le minimum. Mais elle ne voulut pas lui poser la question pour ne pas le mettre mal à l'aise.

Elle le suivit dans la cuisine, et il plongea dans son réfrigérateur.

— Est-ce que je peux t'aider ? demanda-t-elle.

— Non, mais tu peux t'asseoir et bavarder avec moi.

Il lui prépara un cappuccino mousseux, juste comme elle l'aimait.

— C'est excellent, dit-elle. Je suis vraiment gâtée.

— J'espère que mon risotto au poulet et aux épinards sera un peu meilleur qu'un sandwich au bacon ordinaire.

Marty n'avait jamais cuisiné pour elle. Il trouvait normal qu'elle soit aux fourneaux, et elle n'avait jamais réagi, au lieu de lui faire remarquer que son travail était aussi exigeant que le sien et de lui demander de faire sa part de corvées.

— J'apprécie beaucoup, dit-elle.

Il lui vola un baiser, puis se mit au travail.

Après le dîner, ils regardèrent un film dans le séjour, blottis l'un contre l'autre sur le canapé. Au chaud dans les bras d'Aaron, elle se sentait en sécurité, plus heureuse qu'elle ne l'avait été depuis très longtemps.

Comme s'il devinait ses pensées, il l'attira un peu plus près. Il rejeta sa chevelure sur le côté et piqueta son cou de petits baisers. Rejetant la tête en arrière, elle le laissa faire et il trouva l'endroit qui la faisait frissonner.

Il glissa les mains sous son T-shirt et lui caressa le ventre du bout des doigts.

— Aaron, murmura-t-elle.

Il l'embrassa à pleine bouche et à son tour, elle souleva son T-shirt et fit courir ses doigts sur son ventre.

— J'aime tellement te toucher...

En guise de réponse, il dégrafa son soutien-gorge et arrondit les mains sur ses seins.

— Moi aussi, dit-il d'une voix rauque. Tu es si douce... Il faut que je te voie.

Il ne lui fallut que quelques secondes pour la débarrasser de son T-shirt.

— Et la parité ? fit-elle.

Il rit et ôta également le sien. Elle promena lentement les doigts sur ses pectoraux.

— Pour un bon vivant, tu es dans une forme étonnante, dit-elle. J'adore te regarder.

Il lui vola un autre baiser.

— Regarder, ce n'est pas assez.

— Alors touche-moi. Embrasse-moi, murmura-t-elle en fermant les yeux.

Il lui lécha la pointe d'un sein.

— C'est si bon...

— Est-ce que je t'ai déjà dit à quel point tu étais fantastique ? dit-il.

Il se redressa légèrement.

— On était censés progresser peu à peu, apprendre à mieux se connaître… mais c'est très difficile de te résister. Cela ne m'était encore jamais arrivé. J'avais toujours réussi à garder mon contrôle. Pourtant, avec toi, c'est différent.

— En bien ou en mal ?

— En bien, naturellement. Même si, en même temps, cela fait un peu peur.

Il posa la main sur sa joue.

— Joni… J'aimerais te prendre dans mes bras, te porter sur mon lit et passer le reste de la nuit à faire l'amour avec toi. Mais je ne le ferai pas.

Parce qu'elle ne correspondait pas à son attente, comme pour Marty ? Elle n'était pas assez bien ?

Il dut voir quelque chose sur son visage, car il lui sourit.

— Je ne veux pas précipiter les choses, ni me dire que c'est acquis. Je veux te chérir, dit-il en l'embrassant. Rien ne presse, et je veux prendre le temps de te faire la cour.

Emue, elle l'embrassa à son tour.

— C'est la chose la plus gentille que l'on m'ait jamais dite…

— Cela vient du fond de mon cœur.

Joignant le geste à la parole, il lui prit la main et la posa sur son cœur. Elle le sentit battre à grands coups forts et rapides. Il battait pour elle.

— Alors, si tu veux bien te retourner ou fermer les yeux, je vais me rhabiller, dit-elle.

Il sourit de nouveau.

— Pour cette fois j'obéis, Nizhoni qui porte si bien ton nom. La prochaine fois…

Rien qu'au son de sa voix, plein de promesses, elle sentit un long frisson la parcourir tout entière.

11

Durant les quinze jours qui suivirent, Joni fut vraiment heureuse. Au travail, elle était en parfait accord avec Aaron, et ils se rapprochaient un peu plus chaque fois qu'ils se voyaient en dehors de l'hôpital. Ils avaient des goûts semblables, et s'amusaient à établir la liste des endroits sortant de l'ordinaire qu'ils avaient envie de visiter.

Mais, par-dessus tout, ils craignaient de moins en moins que ce qu'il y avait entre eux ne disparaisse. Elle ne savait toujours à peu près rien de la famille d'Aaron et il n'avait pas proposé de revoir la sienne, mais elle était sûre à présent qu'il leur fallait seulement un peu plus de temps.

Le plus extraordinaire était qu'ils avaient réussi à mener à bien la seule chose à laquelle ils n'osaient croire. M. Kirby, leur patient atteint de la rage de chauve-souris, était resté dans le coma pendant dix jours — assez longtemps pour que la médication antivirale et les immunoglobulines fonctionnent. Ils l'avaient sorti graduellement du coma. Le virus avait été de la souche la plus faible souvent trouvée chez les chauves-souris — ou bien le traitement expérimental avait réellement marché — car il avait survécu à cette épreuve.

Il avait quelques problèmes de langage, quelques difficultés au niveau moteur, mais la rééducation allait grandement l'aider.

— C'est entièrement grâce à toi, dit-elle à Aaron.

Il haussa les épaules.

— J'avais seulement entendu parler du traitement. C'est toi qui as tout mis en place.

— Alors, c'est un très bon travail d'équipe, répondit-elle en le gratifiant d'un sourire radieux.

— Je lève mon verre à notre collaboration, dit-il en soulevant son mug de café.

Le samedi matin, Aaron et Joni se retrouvèrent chez elle.

— Je te propose d'aller faire un des plus vieux marchés de Londres, à côté du London Bridge, lui dit-elle.

Ils prirent le métro jusqu'à Borough Market et passèrent une heure entre les étals. Elle fut heureuse de découvrir un muesli spécial diabétique, et il trouva sur place le café qu'il faisait venir de Manchester. Cela se termina par une conversation très pointue avec le vendeur sur la torréfaction. Joni apprit, à son grand étonnement, qu'il y avait des notes florales dans le café.

Ils achetèrent du pain artisanal, du jambon, des tomates et du fromage pour le déjeuner, ainsi qu'une barquette de pêches et des bouteilles d'eau. Puis ils traversèrent le pont main dans la main et entrèrent dans le parc pour pique-niquer. Ils trouvèrent le Watts Memorial, dédié aux héros qui avaient fait le sacrifice de leur vie, et notamment un médecin militaire qui avait sauvé un enfant de la diphtérie au prix de sa vie, en aspirant la membrane qui gênait la respiration de l'enfant.

Tous deux échangèrent un regard.

— De nos jours, nous sommes beaucoup plus protégés techniquement et nous bénéficions des progrès de la médecine prophylactique, dit Joni. Mais je pense que nous serions toujours capables de prendre des risques pour sauver quelqu'un, si c'était la seule façon.

Elle réprima un frisson.

— Cela fait prendre conscience de la chance que nous

avons, dit-elle. Je crois que nous devons jouir de chaque instant, car on ne sait jamais ce que l'avenir nous réserve.

— *Cueillez dès aujourd'hui les roses de la vie*, dit Aaron avant de déposer un baiser léger sur son nez. Allez, viens, allons pique-niquer et profiter du soleil.

Le simple fait d'être avec lui suffisait pour qu'elle se sente détendue et heureuse, et elle apprécia leur repas pris dans le parc.

Pendant qu'ils mangeaient, il l'interrogea sur l'alimentation traditionnelle des Diné. Aaron s'intéressait à ses origines et les respectait. Cela lui faisait du bien d'être acceptée pour ce qu'elle était vraiment.

— C'est une nourriture assez simple, dit-elle. Du pain, des légumes, de la viande et du poisson. En fait, les Diné sont essentiellement des fermiers. Si tu veux, je pourrais te préparer un plat traditionnel ce soir. On passera au supermarché faire quelques achats avant de rentrer.

Plus tard, pendant qu'elle préparait le dîner, elle se sentit aussi à l'aise avec Aaron assis dans sa cuisine qu'il semblait l'être avec elle.

— Je vais te faire un ragoût de patates douces, de poivrons et d'oignons. On fait cuire au four, on ajoute une sauce tomate pimentée et des haricots noirs, on laisse mijoter et on sert avec du poisson grillé.

Visiblement alléché, il mit la table pendant qu'elle terminait la cuisson. Puis tous deux firent honneur au repas.

— C'était fantastique ! s'exclama-t-il en poussant un soupir de bien-être quand ils furent de nouveau sur le canapé, blottis l'un contre l'autre. Je n'ai pas été aussi heureux depuis bien longtemps, fit-il plus doucement. Tu as éclairé mon monde, Joni.

Elle sentit ses yeux se remplir de larmes.

— Joni ? Tu pleures ?

— C'est tellement gentil, ce que tu viens de dire. Excuse-moi, je tombe dans la sensiblerie.

— Pas du tout.

D'un baiser, il effaça la larme qui coulait sur sa joue.

— Toi aussi, tu as fait de mon monde un endroit plus lumineux, murmura-t-elle.

— J'en suis heureux. Je t'aime beaucoup, Joni. Vraiment.

— Moi aussi.

Elle l'aimait même plus que cela, mais elle n'était pas prête à le lui dire à haute voix.

— Tu restes cette nuit ? lui demanda-t-elle à mi-voix. Je ne peux pas te promettre un bon café, mais tu auras un très bon sandwich au bacon au petit déjeuner.

Il l'embrassa tendrement.

— Es-tu sûre que c'est ce que tu veux ?

Elle hocha la tête.

— La lenteur ne me convient plus.

— A moi non plus. Que veux-tu, Joni ?

— Toi, répondit-elle simplement. Nu, dans mon lit. Et à l'intérieur de moi.

Ce fut comme si elle avait actionné un déclic. Il se leva et la prit dans ses bras.

— Où est ta chambre ?

Ils allaient de nouveau être peau contre peau. Enfin. Et cette fois, il ne s'arrêterait pas.

— Tu es si belle que tu me rends fou, dit-il dans un souffle.

Dans ce cas, ils étaient deux.

Il la déshabilla lentement — si lentement que le désir ne cessait de monter en elle. Il prenait tout son temps, caressant et titillant de sa bouche chaque centimètre carré qu'il découvrait.

— Aaron, je t'en supplie, touche-moi.

— Ici ? demanda-t-il en lui caressant les chevilles.

— Plus haut.

— Ici ?

Il la caressait derrière les genoux. Depuis quand les genoux étaient-ils une zone érogène ? Pourtant, elle était de plus en plus excitée.

— Ici ?

Il lui embrassa l'intérieur de la cuisse.

— Tu chauffes, dit-elle. Mmm...

Elle ferma les yeux, sachant ce qu'il allait faire ensuite. Elle en avait tellement envie qu'elle se mit à gémir doucement.

Alors il glissa la main entre ses cuisses et commença à la caresser de son pouce.

— Et là, je brûle ? demanda-t-il avec un sourire coquin.

Comme s'il ne le savait pas. Il continua jusqu'à ce qu'elle atteigne l'orgasme et resta près d'elle à l'embrasser tendrement.

Puis il la porta jusqu'au lit.

— Me voici comme tu l'as demandé, dit-il. Nu, dans ton lit... et bientôt à l'intérieur de toi.

— Maintenant, pria-t-elle.

Il prit un préservatif, s'agenouilla entre ses cuisses et entra en elle.

— C'est beaucoup mieux, dit-elle, comblée, avant de l'embrasser.

Aaron poussa un soupir. Ici, avec Joni, il se sentait... complet. Il pouvait se perdre en elle et se retrouver tout à la fois. Avec elle, il était différent. Il pouvait être lui-même, le passé n'importait plus. Et peut-être — peut-être — pourrait-il laisser parler ses émotions... Se connecter avec elle par le cœur autant que par le corps.

Elle noua les jambes autour de ses reins, l'invitant à entrer plus profondément en elle, et il cessa de penser, trop occupé à ressentir : la joie, l'explosion de son orgasme... Il se sentait comme reconstruit, plus fort qu'auparavant.

Il pourrait aimer cette femme. Il plongea son regard dans le sien. Vraiment l'aimer, cœur et âme.

Curieusement, cela ne lui faisait pas peur. Il avait l'impression, au contraire, que tout était à sa place, bien réel.

Quand elle s'endormit dans ses bras, il se sentit plus en paix qu'il ne l'avait été depuis des années.

12

Le mardi, un jeune de quinze ans vint aux consultations externes accompagné de sa mère. Il était allé aux Antilles, en République dominicaine, avec son école un mois auparavant. Sa mère pensait qu'il n'avait pas pris régulièrement ses cachets en prévention contre la malaria, car il avait des symptômes inquiétants : maux de tête, fièvre, frissons et problèmes intestinaux.

Aaron surprit sur lui le regard de Joni. La malaria. La maladie qui avait marqué toute sa vie. Mais il était médecin, ses patients passaient en priorité et ses émotions en dernier.

Il expliqua à la mère de Nick que les cachets n'étaient pas efficaces à cent pour cent et, après avoir examiné son fils, préleva un échantillon de sang.

Le résultat du test ne tarda pas : il était positif. Nick était atteint de la forme la plus grave de la maladie — *Plasmodium falciparum* — à cause de la piqûre d'un moustique infecté. Il fut immédiatement admis à l'hôpital car l'évolution pouvait être très rapide.

C'était exactement ce qui était arrivé à Ned. Le parasite avait détruit ses globules rouges, déclenchant une sévère anémie. L'infection avait progressé sur le plan cérébral, obstruant les vaisseaux sanguins du cerveau, ce qui avait fini par le tuer.

Le traitement médicamenteux était destiné à éliminer les

parasites, il fallait effectuer de nombreux tests sanguins au fur et à mesure pour contrôler leur nombre.

A la fin des consultations et après l'admission de Nick dans la salle, Joni se tourna vers Aaron.

— Est-ce que ça va ?

— Bien sûr.

Mais elle ne se laissa pas abuser.

— C'est la forme de malaria qu'a eue ton frère, et Nick a un an de moins que Ned à l'époque. Cela doit forcément t'évoquer des choses pénibles.

C'était effectivement le cas, mais il haussa les épaules.

— Tout va bien. Mais merci de t'en inquiéter.

— Aaron, dit-elle doucement. Je sais que tu détestes parler de toi. Mais parfois, cela peut vraiment faire du bien de se soulager auprès de quelqu'un au lieu de tout accumuler. Si jamais tu as envie de parler, je suis là. A n'importe quelle heure du jour et de la nuit.

Il en fut stupéfait. Elle était prête à faire cela pour lui ? Personne ne lui avait encore fait une telle offre.

Mais personne, parmi les gens qu'il avait rencontrés dans sa vie, n'avait ressemblé à Joni. Et il n'avait jamais laissé personne s'approcher de lui aussi près — pas depuis la mort de Ned.

Soudain, sans se préoccuper d'être vu, il l'entoura de ses bras et l'étreignit.

— Merci, Joni. J'apprécie vraiment.

Elle parut d'abord choquée par cette manifestation inattendue, puis sourit et effleura sa joue.

— Je sais.

Son regard lui dit à quel point elle comprenait la valeur de son geste en public.

Plus Aaron passait de temps avec Joni, plus il se rendait compte qu'il était en train de tomber amoureux d'elle.

Elle le complétait, comblait tous ses manques. Et il savait

qu'elle pouvait lui donner ce qui lui avait manqué : une famille proche et quelqu'un à aimer, qui l'aimerait tout autant.

Mais serait-il assez bien pour elle ? Ou bien finirait-il par la décevoir, comme il avait déçu tout le monde dans sa vie — y compris lui-même ?

Il voulut faire un effort. Le week-end suivant, il décida de la surprendre chez elle. Ils avaient tous les deux été de service la veille et n'avaient pas pu sortir. Or, il savait qu'elle consacrait le dimanche après-midi à sa famille. Il passa donc la voir le matin, pour lui voler quelques minutes avant qu'elle n'aille les retrouver.

Elle l'accueillit avec un grand sourire.

— Aaron ! Je ne m'attendais pas à te voir aujourd'hui. Viens prendre une tasse de thé.

— Avec plaisir.

Il lui tendit le bouquet de fleurs qu'il tenait caché derrière son dos.

— Pour toi.

— Oh ! des tournesols ! Ils sont magnifiques, dit-elle en l'embrassant. Merci beaucoup.

— Je me suis rappelé les tableaux de Van Gogh.

Elle rayonnait littéralement.

— La réalité est encore mieux. J'adore les couleurs, elles sont si gaies... Entre, je vais les mettre dans l'eau.

Mais quand il passa le seuil, il entendit des bruits de voix.

— Tu as du monde ?

— Ma famille. Le dimanche, nous faisons la cuisine à tour de rôle et aujourd'hui, c'est mon tour.

Il n'était jamais venu à l'esprit d'Aaron qu'ils pouvaient tous se trouver chez Joni. Les rares fois qu'il les avait vus, c'était chez ses parents.

— Désolé, dit-il en faisant un pas en arrière. Je ne voulais pas vous déranger.

— Bien sûr que non. Viens te joindre à nous. Nous te garderons à déjeuner avec plaisir, si tu es libre. Comme mon appartement est petit, je prépare généralement un buffet. Il y a toujours plus que nécessaire.

Sa réticence devait paraître sur son visage, car elle l'embrassa de nouveau.

— Arrête de réfléchir et entre. Si tu veux te rendre utile, tu peux faire du café, mais ce n'est pas une obligation.

Il fut soulagé d'avoir quelque chose à faire — cela lui donnait un prétexte pour ne pas affronter directement la famille. Ce n'était pas qu'ils lui déplaisaient — il avait apprécié leur chaleur et leur convivialité quand il les avait vus au concert — mais là, il sortait largement de son périmètre de sécurité. Même la présence de Joni ne suffisait pas à étouffer l'horrible sentiment que tout allait finir par mal tourner.

— Il y a quelque chose qui sent bon, dit-il pour tenter de se distraire de ses pensées.

— Rien de très excitant, je le crains. J'ai préparé une ratatouille, les pommes de terre en robe des champs sont en train de cuire, et je ne vais pas tarder à mettre le saumon et le poulet au four. Arrête de faire des manières, fit-elle en l'embrassant de nouveau.

— Bien, madame, répondit-il.

Mais il aurait voulu être à des centaines de kilomètres de là. Il n'était décidément pas prêt pour ça : voir la famille de la femme qu'il fréquentait, mais pas seulement en tant que collègue.

Il prépara le café, puis la suivit dans le séjour. Sam et Marianna étaient là, ainsi que Luke et Olly avec leurs petites amies respectives. Tous le saluèrent chaleureusement.

Aaron fit de son mieux pour paraître poli et aimable, comme à son habitude, mais à l'intérieur, il avait l'impression d'être un imposteur. Tous ces gens formaient un groupe uni, alors que lui n'appartenait même pas à sa propre famille. Et c'était uniquement sa faute.

A présent, il avait la réponse à la question qu'il se posait depuis longtemps. Il ne suffirait jamais à Joni : elle méritait bien plus qu'il ne pouvait lui donner. Même en faisant de gros efforts, il ne pouvait prétendre être quelqu'un qu'il n'était pas. Quelqu'un qui savait exprimer ses émotions, qui pouvait avoir des rapports plus profonds avec sa famille et ses amis, et qui saurait lui faire sentir qu'elle était le centre de l'univers.

Il ne pouvait rien faire de tout cela.

Certes, l'attirance physique était très forte entre eux. Certes, il l'aimait bien — plus que ça, même. Au point d'être tout près de tomber amoureux. Mais il ne pouvait pas être l'homme dont elle avait besoin.

Plus il laisserait leur relation se poursuivre, plus ils en souffriraient tous les deux quand elle se terminerait. Il fallait donc qu'elle s'arrête maintenant. Il ne le ferait pas en présence de la famille de Joni — il n'était pas goujat à ce point — mais le lendemain, il trouverait un moment tranquille.

Et il ferait ce qu'il fallait. Pour leur bien à tous les deux.

Plus tard, dans la soirée, la mère de Joni la prit à part.

— Il est plutôt distant, ton Aaron, dit-elle.

— Qu'entends-tu par là ? demanda Joni.

— Il ne se livre pas beaucoup, on dirait. Il est poli et charmant, mais... chaque fois que je lui posais une question personnelle, il changeait de sujet. Tu sais, je travaille avec de jeunes enfants, je connais toutes les techniques pour les distraire. Crois-moi, il les a utilisées avec moi.

— Maman, nous ne sommes pas ensemble depuis longtemps. Il ne savait pas que vous étiez ici aujourd'hui, je l'ai un peu pris de court en l'invitant au dernier moment. Et ce n'est pas la même chose d'être considéré comme un petit ami que comme un collègue.

— Je sens bien que quelque chose ne va pas, et cela m'inquiète...

Joni la serra dans ses bras.

— Parce que tu es ma maman et que tu ne peux pas

t'empêcher de te faire du souci. Mais tout va bien. C'est encore un peu tôt, c'est tout. Il a toujours beaucoup bougé à cause de sa famille, et il a connu le pensionnat dès son plus jeune âge. N'importe qui serait un peu réservé, à sa place.

— Peut-être.

Mais sa mère n'avait pas l'air convaincu.

— Il n'est pas comme Marty, maman, lui dit-elle en souriant. Tout ira très bien.

Le lundi matin, Aaron proposa à Joni de se retrouver à la cantine après les consultations. Il avait l'air sombre, et elle eut le pressentiment que les choses allaient mal tourner.

D'autant plus que, la veille, il avait trouvé une excuse pour partir de chez elle avant sa famille, et ne l'avait pas rappelée de la soirée. Elle avait pensé qu'il avait été un peu gêné par la présence inattendue de sa famille et qu'il avait besoin de tranquillité.

Après une matinée très chargée, elle le rejoignit enfin à la cantine.

— Si on se prenait un sandwich et qu'on allait se promener dans le parc ? proposa-t-il.

Elle accepta avec le sourire, mais elle se sentait de plus en plus mal. Comme si elle avait un trou noir dans le cœur, qui ne lui laissait qu'un grand vide.

Il attendit qu'il n'y ait plus personne autour d'eux pour parler.

— Joni, je suis désolée. Ce qu'il y a entre nous…

Il mettait fin à leur histoire. Elle avait eu beau s'y attendre, cela lui fit mal. Ils s'entendaient pourtant si bien… Tout se passait à merveille entre eux.

Jusqu'à dimanche, quand il avait passé l'après-midi avec sa famille.

Elle avait donc refait la même erreur : elle était tombée amoureuse d'un homme qui n'était pas à l'aise avec sa propre famille, et encore moins avec le fait qu'elle soit proche de la sienne.

Quelle imbécile elle avait été, de croire qu'elle avait enfin trouvé quelqu'un qui s'intéressait à elle pour ce qu'elle était, et non pour ce qu'il voulait qu'elle soit... Cela lui apprendrait à voir la vie à travers des lunettes teintées de rose.

Bon. Elle pouvait lui laisser l'initiative de la rupture, ou garder sa fierté intacte en prenant les devants. Dans les deux cas, cela ferait horriblement mal.

Elle releva le menton. Ainsi, elle se sentirait un peu moins inférieure.

— Tu as raison, dit-elle du ton le plus détaché qu'elle put. C'est trop compliqué quand on est collègues. Il vaut mieux que nous en restions à une relation de travail, sans rien de personnel.

Il parut soulagé de la voir réagir aussi bien.

— Je suis désolé, dit-il encore.

Habituellement, c'était sa réplique, songea-t-elle avec une ironie amère.

Mais il n'avait pas à s'excuser, car ce n'était pas uniquement sa faute. C'était aussi la sienne, pour avoir été aussi stupide. Pour avoir cru qu'ils pouvaient avoir un avenir ensemble, et qu'il éprouvait peut-être la même chose pour elle qu'elle pour lui. Et pour n'avoir pas appris de ses erreurs passées.

— Pas de problème.

Elle lui fit son plus beau sourire.

— En fait, je n'ai pas beaucoup de temps pour déjeuner. J'ai un tas de paperasse en retard, il faut que je rentre. On se voit plus tard, d'accord ?

Elle tourna les talons sans attendre sa réponse. Avant que son sourire ne s'efface, dévoilant toute sa peine. Jamais, plus jamais elle ne tomberait amoureuse.

Aaron se sentit terriblement coupable en voyant Joni s'éloigner. Il savait qu'il l'avait fait souffrir. Mais, en même temps, il était absolument certain que c'était pour son bien et qu'il avait fait ce qu'il fallait, même s'il avait mal, lui aussi. Dès le début, il l'avait prévenue. Elle avait cru qu'il pouvait être différent, mais il n'y était pas parvenu. Il avait donc pris la bonne décision.

Désormais, il allait garder ses distances avec elle. La vie n'aurait plus le même goût. D'un seul coup, toute la lumière était partie.

Pour la première fois de sa vie, il comprenait ce qu'il avait ressenti pendant toutes ces années — un sentiment qui avait disparu quand il avait fréquenté Joni, mais qui avait retrouvé toute sa place.

La solitude.

Eh bien, il lui faudrait vivre avec. Il valait mieux que ce soit *lui* qui se sente misérable et solitaire, plutôt qu'elle.

Il avait agi pour le mieux : il lui avait donné une chance de trouver quelqu'un qu'elle méritait vraiment.

13

Pendant la semaine, l'atmosphère au travail fut lugubre. Aaron évitait Joni le plus possible et se plongeait dans la paperasse entre les consultations et les tournées.

Naturellement, il ne se rendit pas à la soirée mensuelle. Il savait qu'il devrait organiser la suivante, mais, en attendant, il n'avait pas le courage de revoir Joni en dehors du travail. Pas tant que ses émotions ne seraient pas de nouveau totalement sous contrôle. Il devait cesser de vouloir la prendre dans ses bras chaque fois qu'il la voyait, il ne fallait plus qu'elle lui manque.

Toute cette histoire était ridicule. Il avait toujours su que cela ne marcherait pas entre eux et qu'il ne ferait que la rendre malheureuse. Alors pourquoi ne pouvait-il pas cesser d'être égoïste et d'avoir envie d'elle ? Pourquoi ne pouvait-il pas ignorer le besoin grandissant qu'il avait de lui dire qu'il venait de faire la plus grosse erreur de sa vie et de lui demander de lui donner une autre chance ?

Heureusement, Joni avait encore deux jours de congé à prendre. Cela leur donnerait un peu d'espace. Son cerveau allait peut-être s'adapter au changement.

Sauf que cela ne fonctionna pas : elle lui manqua plus que jamais.

La seule chose qui le sauva fut qu'il était vraiment très occupé au travail. Il était pourtant de service aux mêmes heures que Joni, mais elle ne lui demanda son avis pour aucun de ses cas, et il n'eut pas besoin de la consulter pour les siens.

Excepté pour celui de Mme Moore, qu'il avait d'abord crue grippée. Elle s'était finalement révélée atteinte de la maladie des légionnaires, à cause du système d'air conditionné défectueux dans son hôtel d'Espagne.

Aaron fit faire des examens du sang et des urines. Si les tests s'avéraient positifs, il lui faudrait le nom de l'hôtel et il devrait joindre les autorités sanitaires espagnoles.

Les tests indiquèrent effectivement une légionellose. Il mit sa patiente sous antibiotiques et préféra la garder en observation, car elle était diabétique, ce qui la rendait plus vulnérable aux infections.

Si seulement Joni avait été là pour rassurer Mme Moore sur la question du diabète... Une fois de plus, elle lui manquait, cette fois en tant que collègue.

Dans deux semaines, si tout allait bien, il n'y paraîtrait plus pour Mme Moore.

A la fin de la journée, Aaron garda la porte de son bureau ouverte, guettant le passage de Joni.

Il venait juste de sortir dans le couloir, quand il la vit.

— Joni, est-ce que je peux te dire un mot ?

Mais quand elle se tourna vers lui, elle pâlit brusquement et s'évanouit à ses pieds.

— Joni ? Joni ?

Oh ! non. Pourvu qu'il ne lui arrive rien. Ce malaise ne lui disait rien de bon. Surtout avec son passé médical.

Ignorant la panique qui s'insinuait dans ses veines, il s'agenouilla près d'elle pour vérifier sa respiration et son pouls.

« Avant tout, être un médecin. » Une fois Joni en sécurité, il pourrait éventuellement se préoccuper de ses émotions.

Elle n'avait pas de difficultés à respirer, mais était toujours inconsciente. Il savait qu'elle avait toujours surveillé son diabète avec soin, mais mieux valait vérifier son taux de sucre. Si elle n'avait pas bien dormi ou trop travaillé, elle avait peut-être été moins attentive.

Nancy, qui était arrivée en courant, alla chercher le sac de Joni, dans lequel elle gardait toujours son kit. Aaron lui piqua le doigt et fit le test à l'aide d'une bandelette.

— Elle est en hypoglycémie, dit-il. Comme elle est inconsciente, je ne peux pas lui donner de glucose par voie orale, je dois lui administrer du glucagon en intramusculaire. Pouvez-vous m'apporter un linge et de l'eau ?

Puis il se tourna vers Joni.

— Accroche-toi, ma belle Nizhoni. Nous allons arranger ça. Ensuite, j'espère que tu me donneras une autre chance.

Il écarta une mèche de cheveux de ses yeux. Elle avait l'air si fragile, si vulnérable.

— Je te jure que désormais, je ne laisserai plus rien te faire du mal, murmura-t-il.

Nancy revint avec le kit de glucagon et de l'eau. Il prépara la seringue.

— Aidez-moi à la mettre en position latérale de sécurité, dit-il. Le glucagon pourrait la faire vomir.

Il lui injecta la solution dans le muscle du bras.

— Si elle ne revient pas à elle d'ici dix minutes, nous devrons refaire un test et lui donner une seconde dose de glucagon avant de l'envoyer tout droit aux urgences.

Par précaution, Nancy alla chercher un chariot tandis qu'il restait près de Joni, vérifiant toujours sa respiration et son pouls.

Pourvu que le glucagon agisse vite. Pourvu qu'elle se remette vite et n'ait pas besoin d'être soignée aux urgences…

Au moment où Nancy revenait avec le chariot, Joni battit des paupières. La seconde suivante, elle vomit.

— Oh ! non. Je suis désolée, dit-elle en gémissant.

— Ne t'excuse pas, ce n'est pas ta faute, dit-il en nettoyant.

— Je ne me sens pas bien du tout… Que s'est-il passé ?

— Tu es tombée dans les pommes. Hypoglycémie.

— Mais je...

— Ch-chut, n'essaie pas de parler. J'ai dû t'administrer du glucagon. Demain, ton bras sera un peu douloureux.

— Mieux vaut avoir mal au bras que faire un coma diabétique, répondit-elle, visiblement encore groggy.

— Bois un peu d'eau, dit-il en lui tendant un verre. Nancy, si vous voulez partir, je resterai.

— Vous êtes sûr ? demanda l'infirmière.

— Tout à fait.

Plus qu'il ne l'avait jamais été de toute sa vie.

Après son départ, il porta Joni dans ses bras jusqu'à son bureau.

— Tu vas t'asseoir dans mon fauteuil et te reposer le temps qu'il faudra, dit-il. Ordre du médecin.

— Je te trouve bien autoritaire, répondit-elle avec un petit sourire.

C'était plutôt bon signe. Il aurait voulu la garder dans ses bras pendant des heures, mais il n'en avait pas encore le droit.

— Je vais te chercher un autre verre d'eau et quelque chose à grignoter, lui dit-il. Reste ici et ne t'endors pas. Si tu as un malaise, mets ta tête entre tes genoux.

Quand il fut de retour avec deux barres de céréales au chocolat, de l'eau et des bonbons à la menthe pour lui rafraîchir la bouche, elle n'avait pas bougé, l'air encore un peu étourdi.

— Merci. Tu m'as sauvé la vie, dit-elle en grignotant une barre. Tu as vraiment pris soin de moi.

Parce qu'il l'aimait. Il ne voulait plus rester sans elle. Quand il l'avait vue sur le sol, inconsciente, il lui avait semblé que tout se mettait en place dans sa tête.

Mais il n'allait pas tout lui sortir comme cela. Il devait trouver les mots justes.

— A ton avis, comment se fait-il que tu sois tombée en hypoglycémie ? demanda-t-il.

— Je me sentais bizarre depuis un jour ou deux. J'ai pris deux jours de congé cette semaine.

Il le savait. Elle lui avait affreusement manqué.

— J'étais parfois en sueur et un peu tremblante, mais je ne m'en suis pas inquiétée. J'aurais dû faire plus attention, dit-elle en faisant la grimace.

— Tu as beaucoup travaillé depuis ton retour. Et le stress que je t'ai causé n'a pas dû arranger les choses.

Le visage de Joni se ferma.

— On a dit qu'on n'en parlerait pas. C'est personnel.

— C'est justement pour cela que nous devons en parler.

Elle fronça les sourcils.

— Je croyais que tu n'exprimais pas tes émotions, Aaron.

— Il est justement temps que j'apprenne. Parce que, depuis que nous avons rompu, je me sens misérable. Je me suis rendu compte à quel point j'avais été stupide. Juste avant que tu ne t'évanouisses, je voulais te parler.

Elle lui jeta un coup d'œil méfiant.

— En te voyant évanouie, j'ai pris conscience de mon erreur, et de ce que serait ma vie sans toi. Et… elle serait insupportable.

— Mais… nous nous étions mis d'accord pour n'être plus que des collègues…

— Ce n'est pas assez. Je viens de faire la plus grosse erreur de ma vie en croyant agir pour le mieux, et j'en suis désolé. Il y a autre chose qu'il faut que je te dise, Joni. Ay-oo — oh, non. Je me suis pourtant entraîné, mais quand je t'ai vue par terre, tout s'est mélangé dans ma tête. Attends une seconde.

Il saisit son téléphone et passa en revue les notes qu'il avait prises.

— Ça y est. Nizhoni Parker, ah-yoh ah-nee-nish-neh, articula-t-il avec application.

Elle le fixa, stupéfaite.

— Viens-tu de dire ce que je crois que tu as dit ?

— J'espère que j'ai bien prononcé. J'ai visionné une demi-douzaine de vidéos et je l'ai écrit pour m'en souvenir.

Elle sourit en secouant la tête.

— Je n'arrive pas à croire ce que je viens d'entendre. Et en navajo.

Je t'aime. Il n'avait jamais dit ces mots à personne.

— Tu disais que, dans le passé, tu avais toujours choisi les hommes qu'il ne fallait pas — et je m'inclus dedans. Je t'ai fait du mal, et je te demande pardon.

Il inspira longuement.

— Je ne sais pas exprimer ce que je ressens, car j'ai passé toute ma vie à contrôler mes émotions, comme les trois générations qui m'ont précédé. Alors j'ai besoin de temps en temps que l'on me rappelle comment agir comme une personne normale. Mais je te promets que, dorénavant, je ferai des efforts et je ne me découragerai pas. Je ferai en sorte que tu ressentes la même chose envers moi que moi envers toi.

Elle ne disait toujours rien, mais il lui sembla que son regard était rempli d'espoir.

— Je t'aime, dit-il. Ah-yoh ah-nee-nish-neh. Cela me terrifie, mais c'est ce que je ressens et je ne peux rien faire pour l'empêcher — bien que j'aie essayé. Je me sens meilleur depuis que je suis avec toi. Seulement, ma famille… Elle n'est pas comme toi. Nous ne sommes pas proches. Je me fais un devoir d'appeler mes parents une fois tous les quinze jours, mais nous ne parlons jamais plus de deux minutes. S'ils me demandent comment je vais, ils s'attendent à ce que la réponse soit « Bien », de sorte qu'il n'est pas vraiment nécessaire de poser la question.

Elle posa la main sur sa joue.

— Ce doit être dur pour toi.

— Pas vraiment. J'y suis habitué, j'ai grandi comme ça.

Il haussa les épaules.

— Et c'est la même chose avec ma sœur et mon autre frère.

— J'ignorais même que tu avais des frères et sœurs...

— Ils sont plus âgés que Ned. Je suis le petit dernier, et je crois que je n'ai pas été planifié. Sally est en Afrique et Ben dans le Middle East. Ils sont aussi dans les forces armées. Tout le monde pense que j'ai « trahi » en ne devenant pas médecin militaire. Nous n'avons pratiquement rien en commun, je n'arrive même pas à me rappeler la dernière fois que nous avons été réunis. Ce n'est pas un problème pour moi — j'ai toujours eu ce genre de relation avec eux. Mais je crains que ce ne soit difficile pour toi.

— Alors tu as dû trouver ma famille terriblement envahissante, dit-elle d'un air soucieux. C'est la raison pour laquelle tu es parti plus tôt — et c'est pourquoi tu as fait machine arrière le lendemain.

— Ta famille est adorable, dit-il d'un ton sans appel. Ils sont tous chaleureux, bienveillants et prêts à se soutenir. Mais il faut que je me rende à l'évidence : je ne peux pas leur ressembler.

— Tu n'as pas besoin de ressembler à qui que ce soit, dit-elle. Contente-toi d'être toi-même.

Il ne put retenir la question suivante.

— Comment peux-tu savoir que je te suffirai ?

— Parce que je sais de quoi j'ai besoin, répondit-elle.

— C'est-à-dire ?

— De quelqu'un qui aime les choses qui sortent de l'ordinaire. Quelqu'un qui fait un café fantastique. Et quelqu'un qui me donne l'impression que le soleil brille même si la tempête fait rage dehors.

C'était ce qu'il lui faisait ressentir ?

— J'ai besoin de toi, Aaron, dit-elle doucement. Tel que tu es. Si tu es assez brillant pour être consultant à l'âge de trente-trois ans, tu dois l'être assez pour apprendre à faire parler tes émotions. Avec le bon professeur — c'est-à-dire moi.

— Je veux être différent. Mais j'ai essayé, et je t'ai déçu.

— Non, tu ne m’as pas déçue — même si j’ai été plutôt mal quand j’ai compris que tu voulais me quitter.

— Je me suis déçu, moi. Je ne me sens pas assez bien pour toi, même si je suis brillant dans mon travail.

— Le travail fait partie de toi. Si tu ne me convenais pas, je n’éprouverais pas ce que j’éprouve pour toi. Je ne me sentirais pas assez courageuse pour prendre des risques et envisager l’avenir avec toi.

Il écarquilla les yeux.

— Tu es prête à prendre le risque ?

— Oui. Parce que je t’aime aussi, Aaron. Il est vrai que nous avions commencé sur d’autres bases lorsque nous avons dansé ensemble. Mais plus j’ai appris à te connaître, plus j’ai appris à t’aimer. Mais es-tu sûr de tes sentiments ? demanda-t-elle en lui caressant la joue.

— Je n’ai jamais rien éprouvé de tel pour personne, dit-il. Auparavant, j’étais toujours resté détaché. Mais toi… Tu es irrésistible. Tu es comme un rayon de soleil. Tu as éclairé mon monde rien que par ta présence.

Il se tut une seconde.

— Mais je ne peux pas te promettre une vie parfaite.

— Personne ne peut faire une telle promesse, dit-elle. C’est le plus sûr moyen d’aller à l’échec. Mais nous pouvons nous promettre mutuellement que nous serons là l’un pour l’autre. D’être attentif à l’autre, et de le ramener à la raison quand c’est nécessaire.

Il sourit.

— C’est ce que tu es en train de faire avec moi ?

Elle hocha la tête en lui rendant son sourire.

— Si tu es assez courageuse pour prendre le risque, je le prendrai aussi, dit-il.

— Ensemble, murmura-t-elle en lui prenant la main.

— Ensemble.

Ils entrelacèrent leurs doigts.

— Nizhoni Parker, je ne peux pas te promettre une vie

parfaite. Mais je peux te promettre de t'aimer le restant de mes jours. Avec toi à mes côtés, je sais que je deviendrai meilleur.

— Tu es déjà très bien pour moi. Peut-être qu'en te le répétant chaque jour, tu commenceras à y croire. *Ayoo aniinishni.*

— Ah-yoh ah-nee-nish-neh. Je t'aime aussi, dit-il.

JOANNA NEIL

Sous le charme du patron

Traduction française de
CHARLINE McGREGOR

BLANCHE

HARLEQUIN

Titre original :
DARING TO DATE HER BOSS

Ce roman a déjà été publié en 2020.

1

— Lâche ça, Boomer. Lâche-le tout de suite et rends-le-moi.

Saskia se retourna soudain dans son lit. Son esprit ensommeillé avait vaguement reconnu la voix aiguë de la petite Becky, huit ans, qui montrait des signes évidents d'impatience. Que se passait-il ? Elle cligna des paupières à plusieurs reprises et s'étira longuement, avant d'entrouvrir les yeux. Pour découvrir une chambre qui n'était pas la sienne.

Un soleil doux filtrait à travers les rideaux de velours, se reflétant dans les portes vitrées de l'armoire de style géorgien, et éclairant la large coiffeuse et son siège confortable. Elle contempla un instant les lieux, perplexe. C'était une pièce ravissante. Mais que faisait-elle ici ? Et pourquoi tout ce raffut ? Elle était habituée aux matinées paisibles, à s'éveiller en douceur au son de la radio. Elle émit un léger soupir. A priori, elle n'aurait pas cette chance aujourd'hui.

Un cri plus fort que les autres acheva de la réveiller, et elle s'assit brutalement sur le lit. De mauvaise grâce, elle quitta la chaleur de la couette pour poser les pieds sur le sol moquetté. Quelle heure était-il ?

Elle saisit le petit peignoir de soie jeté sur le dossier d'une chaise, et l'enfila sur sa nuisette. Elle secoua la tête. Les choses lui revinrent soudain en boomerang. A l'idée des changements drastiques qui s'étaient opérés dans sa vie ces derniers jours, une vague de panique la secoua. Et puis que faisait-elle encore au lit, alors que tout le monde semblait déjà debout ?

— Tu es un vilain chien, Boomer. Je ne t'aime plus. File.

Un coup sec frappé à la porte, et celle-ci s'ouvrit en grand sur la petite Becky, des larmes de colère baignant ses joues rougies.

— Boomer a mangé le biberon de Milly, et maintenant il est fichu. Regarde !

L'enfant lui tendit l'objet de sa colère, et le regard encore troublé de Saskia se posa sur ce qui avait dû être un biberon de poupée. Elle ne put s'empêcher d'esquisser un sourire. Becky avait raison sur un point : il était fichu.

Saskia passa un bras réconfortant autour des épaules de sa nièce, et déposa un baiser sur les boucles dorées de la fillette.

— Je suis sûre que nous t'en trouverons un neuf la prochaine fois qu'on ira faire des courses. Il faut faire attention à ne pas laisser tes affaires là où Boomer peut les attraper, tu sais. Il a beau avoir deux ans, il se comporte encore souvent comme un chiot.

— Eh bien, c'est un vilain chien.

Se redressant, Saskia jeta un regard en direction du radio-réveil sur la table de chevet. Déjà 10 heures ? Un nouveau frisson de panique la parcourut, jusqu'à ce qu'elle se souvienne qu'elle n'avait plus de travail. Sans compter que l'on était samedi. Pas de souci, donc ? Elle ferma brièvement les yeux. Si seulement c'était vrai.

Quelques minutes plus tard, et alors qu'elle entrait dans le salon pour vérifier ce que faisaient le frère et la sœur de Becky, la sonnette retentit à la porte d'entrée. Boomer y répondit aussitôt par une série d'aboiements excités.

Saskia sentit un début de migraine la gagner. Elle n'était pas d'humeur à recevoir des visites. En plus, la maison était un vrai bazar, entre les cartons et les caisses posés un peu partout.

Dans un angle de la pièce, Charlie, six ans, jouait avec ses petites voitures. En apercevant Saskia, Boomer cessa d'aboyer, et se précipita vers elle en remuant la queue, manquant la renverser dans son enthousiasme. Elle caressa sa fourrure chocolat, tout en jetant un coup d'œil à la ronde. Caitlin n'était pas là. Sans doute était-elle encore au fond de son lit, en bonne adolescente. La veinarde !

— Vous devriez peut-être entrer, entendit-elle Becky suggérer d'une voix mal assurée. Ma maman n'est pas là, mais vous pouvez parler à ma tatie, si vous voulez.

Soudain tendue, Saskia se dirigea immédiatement vers le couloir. Sauf qu'elle n'était pas vraiment dans une tenue appropriée pour recevoir un quelconque visiteur. Elle soupira. Trop tard pour y remédier.

Un homme chargé d'un énorme paquet, une sorte de boîte, suivait Becky jusque dans le salon. L'espace d'une seconde ou deux, en le découvrant, Saskia eut le souffle coupé. La trentaine, apparemment, l'inconnu était absolument superbe… Grand, mince, l'air sportif, il portait des vêtements décontractés mais élégants — une chemise sombre, col ouvert, et un pantalon crème. Elle ferma les yeux une fraction de seconde pour mieux savourer la vision. Mon Dieu ! C'était donc là le genre de spécimens que l'on trouvait sur les îles Scilly ?

Ses cheveux noir de jais étaient coupés court, dans un style qui s'accordait parfaitement à ses traits anguleux. Et à ses yeux… Ses yeux d'un bleu envoûtant, qui en l'occurrence étaient braqués sur elle. Elle ne put s'empêcher de lui rendre son regard, et sentit aussitôt ses joues s'empourprer.

Cela dit, le nouvel arrivant semblait lui aussi déstabilisé par leur rencontre inopinée. Elle l'entendit prendre une brusque inspiration, et s'aperçut, de plus en plus gênée, qu'il la détaillait des pieds à la tête. Il s'arrêta sans vergogne sur ses jambes, joliment bronzées après un été ensoleillé et dévoilées par son peignoir trop court, et elle sentit une étrange chaleur l'envahir.

Soudain, une sorte de courant électrique passa entre eux,

intense et presque intime. Totalement troublée, elle se trouva incapable de bouger.

Puis l'étranger émit un son rauque, comme s'il essayait de dire quelque chose, mais que les mots restaient coincés dans sa gorge.

Retrouvant enfin ses esprits, Saskia tira maladroitement sur son peignoir, dans un vain effort pour couvrir un peu mieux sa peau nue. Le résultat fut l'inverse de celui escompté, puisqu'elle ne parvint qu'à écarter un peu plus encore les pans de son col. Elle prit une profonde inspiration, et resserra la ceinture de soie dans un nœud qu'elle espéra solide.

— Je... euh..., balbutia l'inconnu.

Comme elle, il semblait tenter péniblement de se recomposer.

— Je... suppose que vous n'êtes pas Mme Reynolds, donc...

— Euh, non. Je suis sa belle-sœur, Saskia.

— Ah, je vois, répondit-il avant d'inspirer profondément, et de redresser les épaules. Je suis Tyler, Tyler Beckett. J'ai un paquet pour Mme Reynolds, ajouta-t-il en désignant la grosse boîte qu'il portait, marquée d'un « Fragile, manipuler avec précaution ». Je l'ai depuis quelques jours, en fait le coursier l'a déposé chez moi, à côté.

— Ah, merci, répliqua-t-elle d'un ton à peu près normal, sans toutefois parvenir à masquer sa surprise. Mon frère m'a dit que Megan avait commandé un nouveau lustre... Je suppose que ce doit être ça. D'après ce qu'il m'a expliqué, elle a obtenu l'accord du propriétaire pour effectuer quelques changements.

— En effet, je lui ai donné mon accord, du moment qu'elle m'en informe au préalable.

Elle le dévisagea, étonnée. C'était donc lui, le propriétaire ? Elle s'approcha pour lui prendre la caisse des bras, mais il eut un mouvement de recul.

— C'est plutôt lourd, en fait. Peut-être vaudrait-il mieux que j'aille le poser en lieu sûr moi-même, non ?

— Oh ! Oui bien sûr !

Elle lui lança un regard à la dérobée. La situation risquait d'être un peu embarrassante. Comment allait-il réagir en découvrant ce qu'était devenu l'appartement immaculé et vierge de tout objet, depuis que trois enfants plus un chien y avaient créé leur univers ? Il y avait déjà une trace sur le mur, à l'endroit où avait fini l'une des courses folles et mal contrôlées de Charlie.

Pour l'instant, il posait sur elle un regard interrogateur, et elle devait réagir. S'efforçant de masquer son anxiété, elle le précéda dans le séjour jusqu'à la salle à manger.

— Vous pouvez le poser ici, s'il vous plaît.

Honteuse, elle poussa légèrement les quatre bols à soupe, restes du dîner préparé à la hâte, la veille. Elle s'était sentie trop fatiguée pour ranger après le repas, et par ailleurs, sa priorité était pour l'instant, d'organiser la garde des enfants, ou du moins, de lister les options qui s'offraient à elle. D'autant qu'il lui restait encore à trouver quelqu'un pour sortir le chien — si elle parvenait à décrocher un travail, le pauvre Boomer ne pourrait pas rester enfermé toute la journée.

Elle déplaça donc la vaisselle sale rapidement, ainsi que tout un bazar amoncelé à côté, puis désigna l'espace ainsi libéré sur la grande table de bois massif.

Son frère avait loué cette maison partiellement meublée, et Saskia était impressionnée : d'après ce qu'elle en avait vu jusque-là, son nouveau propriétaire aimait le mobilier de qualité.

Sauf qu'en cet instant, il balayait la pièce du regard, une expression quelque peu déconcertée sur le visage, tandis qu'il prenait la mesure du chaos ambiant. Charlie avait généreusement étalé ses joujoux — son carton avait été le premier ouvert, tant il était pressé de retrouver ses affaires, et Saskia de l'occuper. Ensuite, venait la collection de jouets mâchonnés de Boomer — deux ou trois os en caoutchouc, un jeu à tirer, fabriqué à partir de cordelettes nouées et, son favori, un ballon en plastique mou. L'ensemble jonchait lui aussi le sol.

Elle vit Tyler froncer les sourcils. Zut! Etait-il familier du désordre inhérent à une vie de famille? A constater le léger affaissement de ses épaules, il était manifeste que non.

Néanmoins, il ne fit aucun commentaire.

— J'ai été très occupé au travail, ces derniers jours, dit-il enfin en posant le paquet. Et comme j'ai vu le camion de déménagement hier soir, je n'ai pas voulu vous déranger.

— C'est très gentil à vous, murmura-t-elle.

Alors qu'elle se penchait pour l'aider à positionner le colis, elle eut un léger frisson, en constatant qu'il l'observait encore. Une lueur chaude alluma ses iris bleu sombre, quand il embrassa du regard le nuage de boucles cuivrées qui lui encadraient le visage, balayant la peau laiteuse de ses épaules légèrement découvertes.

— Je... je vous prie d'excuser ma tenue, je n'attendais pas de visite, reprit-elle, gênée. Je n'ai pas entendu mon réveil, chose qui m'arrive rarement, ajouta-t-elle à la hâte. C'est que... euh...

Elle se mordilla la lèvre. C'était qu'elle avait passé la moitié de la nuit sur son ordinateur portable, à essayer de trouver le trajet pour l'école, et à organiser une garde d'enfants convenable, ainsi que tout un tas d'autres choses qu'elle n'avait pas besoin de lui raconter. Seulement, elle avait dû faire tout ça, une fois les enfants endormis.

— On a fait beaucoup de route, jeudi. Deux heures et demie de ferry, plus le voyage du port jusqu'ici. Et depuis, on n'a pas eu le temps de souffler. J'avoue que je suis encore un peu débordée.

— Pas de problème, vous n'avez pas à vous justifier.

Elle tenta un petit sourire. Mais au vu de son expression fermée, il semblait évident qu'il n'en pensait pas moins...

Elle s'écarta de la table, et le regard de Tyler glissa jusqu'à ses pieds nus, s'y arrêtant comme s'il venait de remarquer ses orteils vernis de rose vif. Un détail qui parut l'intriguer. En tout cas, il n'avait pas l'air pressé de partir, au point qu'elle en vint à se demander si elle était censée lui proposer un café. Après tout, ce genre de choses se faisait, entre voisins, non ?

— Euh... Puis-je vous offrir... ?

Elle fut interrompue par Bloomer qui, ayant abandonné son jouet, venait de lui bondir joyeusement dessus une fois de plus. Elle fut déséquilibrée, et promptement rattrapée par Tyler.

— Vous disiez ?

— Euh, oui...

Sauf que la main de cet homme sur son avant-bras, le trouble qu'il provoquait en elle, et sa présence si proche étaient presque aussi déstabilisants que le chien. Saskia dut faire un gros effort pour se reprendre. Tant qu'il la toucherait, elle ne parviendrait pas à réfléchir.

— Café, articula-t-elle enfin. J'allais vous proposer un café.

— Merci, ce serait avec plaisir, répondit-il en la libérant. Vous pourrez peut-être me renseigner sur un ou deux détails, ajouta-t-il. Comme par exemple, ce qui se passe avec votre frère et sa femme.

Elle hocha la tête, s'efforçant de nouveau de contenir l'anxiété qui l'envahissait de nouveau. Ça n'allait pas être aisé de lui expliquer que Megan et Sam étaient tous les deux à l'hôpital, sans espoir d'en sortir avant un moment. En tant que propriétaire, il avait le droit de savoir, mais ça ne rendait pas le sujet plus facile à aborder pour autant. Cet accident inattendu sur une route passante les avait tous laissés sous le choc.

Boomer les suivit dans la cuisine, toujours dans ses pieds, comme s'il essayait de lui indiquer la bonne direction. Elle mit la main sur sa bouche. Mince ! Le pauvre, n'avait pas encore eu à manger, ce matin !

— O.K., je vais te donner à manger, mon chien. Une minute, d'accord ?

Assise à la table ronde dans un coin de la pièce, Caitlin avait finalement fait son apparition, ses cheveux mi-longs lui retombant sur le visage, alors qu'elle pianotait sur son téléphone portable.

— Il a l'habitude qu'on le nourrisse à 8 heures, lança l'adolescente, d'un ton légèrement accusateur. Tu lui as déjà donné en retard hier et avant-hier aussi.

— Eh bien, on a été pas mal occupés, ces derniers jours, non ? répliqua Saskia, mal à l'aise de l'intérêt que Tyler semblait prendre à la conversation. Je serai plus organisée une fois que les choses seront en place.

— Oui, bon. Il vaudrait mieux que ce soit moi qui le nourrisse, dorénavant, répondit Caitlin avec un soupir, tout en poussant vers Saskia un bol de céréales à moitié vide. Je ne peux pas manger ces trucs, ajouta-t-elle en grimaçant. Maman achète toujours la même marque. Et Charlie a encore fini tout le lait.

En plus d'être bouleversée par l'accident de ses parents, Caitlin, à quatorze ans, traversait aussi un début de crise d'adolescence.

— Ne vous tracassez pas pour le café, intervint Tyler.

— Non, non, j'ai des sachets lyophilisés quelque part. On a même le choix entre un latte et un capuccino. Vous allez aimer.

Elle balaya la pièce du regard en quête de la boîte où elle avait rangé le café en question, et au bout d'un instant elle se rendit compte que Tyler cherchait avec elle.

— Ce ne sont pas les boîtes qui manquent..., dit-il doucement.

Entre la vaisselle et les livres de cuisine éparpillés sur le plan de travail, l'endroit était encore plus en désordre que le salon, ce qui n'était pas peu dire.

— Ah, je sais ! s'exclama-t-elle soudain, triomphante. Ils sont dans le placard. Je me souviens à présent les avoir rangés dans un endroit proche de la bouilloire.

Elle plongea la main dans le placard, et en sortit la boîte

tant attendue, au moment même où Boomer posait sa balle à ses pieds, et levait vers elle des yeux emplis d'attente.

— Aïe ! cria-t-elle en écrasant l'un de ses jouets.

— Quoi ? demanda Caitlin, qui se leva pour venir à sa rescousse. Oh ! C'est du sang... Tu saignes, Sass, dit l'adolescente d'une voix anxieuse. C'est vrai qu'il est assez dur et pointu, à force de le mâchouiller, ajouta-t-elle en ramassant l'objet du délit. Ça va aller ?

Saskia prit une longue inspiration.

— Mais oui, rassure-toi. Ce n'est rien.

Elle réprima une grimace avant de reposer délicatement son pied au sol.

La dernière chose dont elle avait besoin, était bien que les enfants s'inquiètent pour elle. Ils avaient assez de soucis comme ça. Elle mit donc la bouilloire en route, tâchant d'oublier le pincement continu au niveau de l'orteil, et versa un sachet de poudre dans deux tasses.

— Vous n'avez pas de trousse de premiers secours sous la main, je suppose ? demanda Tyler.

Elle réfléchit une seconde, puis secoua la tête.

— Je l'ai vue quelque part, mais...

— Je vais chercher la mienne.

— Ce n'est pas la peine, ça va aller.

Il l'observa un instant.

— Ça n'ira pas si vous continuez à bouger ainsi. Asseyez-vous, vous mettez du sang partout. Vous ne voulez pas que ça s'infecte, si ?

— Non, bien sûr que non.

— Bon, dans ce cas ne bougez plus. Je reviens.

Et sur ces mots, il sortit. Caitlin finit de préparer les cafés, puis reporta son attention sur le jouet de Boomer.

— Je vais le jeter à la poubelle. On devrait laisser Boomer sortir jouer dans le jardin, il est surexcité.

— Bonne idée. Et peut-être que Charlie aimerait s'amuser

avec lui, non ? De toute façon, Becky et lui doivent aller nourrir leur lapin.

— O.K., je le leur dis dès que j'ai fini de nettoyer le sol.

Elle sourit à l'adolescente.

— Merci, Caitlin. Tu es un trésor.

Quelques minutes plus tard, alors que Saskia regardait Charlie et Becky courir comme des fous avec un Boomer visiblement aux anges devant la maison, Tyler reparut.

Il alla d'abord ranger une brique de lait pleine dans le frigo, avant de revenir poser une trousse de premiers secours sur la table de la cuisine.

— Je crois que c'en est fini de la bordure de fleurs, murmura-t-il d'une voix contrite en jetant un nouveau coup d'œil par la fenêtre.

Il alla jusqu'à l'évier, et versa de l'eau chaude dans un récipient.

— Désolée. Je vous en prie, servez-vous, ajouta-t-elle en désignant sa tasse de café.

Elle lui jeta un coup d'œil, mal à l'aise. Une boisson tonifiante lui remonterait peut-être le moral. Mais il continuait à préparer ses instruments.

— Merci, répondit-il.

— Je pourrais installer une barrière décorative pour protéger les plantes, reprit-elle. Vous tombez mal, mais on a prévu de tout ranger aujourd'hui. Enfin, d'ici à la fin du week-end. Caitlin est montée pour commencer à déballer et à ranger les vêtements à l'étage.

Il hocha la tête, et approcha d'elle une chaise, sur laquelle il plaça une serviette.

— Posez votre jambe là-dessus. Je vais d'abord faire tremper votre pied, afin de m'assurer qu'il n'y ait pas de saletés dans la plaie.

— O.K., merci.

Elle le regarda se pencher sur sa jambe et s'exécuter. Ses

gestes étaient précis, méticuleux, presque professionnels. Il nettoya la plaie, avant de l'essuyer délicatement.

— Il y a plusieurs petites blessures, annonça-t-il au bout d'un instant. Je vais y mettre de la gaze, jusqu'à ce que le saignement cesse.

— On dirait que vous avez fait ça toute votre vie, murmura-t-elle en observant son kit médical avec intérêt.

— C'est exact. Enfin, en général je m'occupe de blessures un peu plus sévères que celles-ci, répondit-il avec sobriété. Je suis médecin dans l'hôpital de l'île. Je travaille aux urgences et suis inscrit sur la liste des volontaires, en cas de besoin d'intervention à distance.

— Ceci explique donc cela, répliqua-t-elle à mi-voix.

— Je vous demande pardon ?

Il leva les yeux vers elle, posant machinalement la main sur sa jambe, avant de soulever la gaze pour vérifier si le sang coulait encore.

Saskia s'éclaircit la gorge. Son contact lui procurait décidément de drôles de sensations. Des sensations qu'elle croyait avoir oubliées depuis longtemps.

— Non, je me disais que vous aviez l'air très pro, organisé, comme quelqu'un qui sait exactement ce qu'il fait, quoi, expliqua-t-elle. Vous devez être un peu choqué par l'état dans lequel se trouve votre maison, non ?

Il ne répondit pas, mais esquissa un sourire. Il appliqua ensuite un antiseptique sur les plaies, et fabriqua un parfait bandage, maintenu par du sparadrap.

— Voilà, cela devrait être un peu plus confortable ainsi, dit-il enfin.

Il se releva pour avaler une longue gorgée de son café. Il fixa un instant sa tasse, l'air surpris. Saskia réprima un sourire : il était manifestement étonné d'apprécier le goût de son café soluble.

— Comment vous êtes-vous retrouvée ici ? demanda-t-il.

Vous avez décidé d'emménager avec votre frère et sa famille, ou est-ce que vous viviez déjà sur l'île ?

— Euh… Je suis venue parce que mon frère et sa femme ont été… retardés.

Elle détourna les yeux. Elle ne se sentait pas prête à parler des événements récents, et espérait qu'il n'insisterait pas.

— Je dois inscrire les enfants à l'école pour le prochain trimestre, et bien sûr le déménagement était prévu depuis quelques semaines. Il était important que la transition se fasse avec le plus de fluidité possible.

Il opina du chef.

— Et que pensez-vous de notre île ? Vous étiez déjà venue ?

— Non, je l'ai découverte jeudi. C'est beau à couper le souffle, ici. Les plages, l'eau turquoise, les palmiers… On se croirait dans un paradis subtropical.

— C'est vrai, répondit-il en souriant.

Alors qu'il entreprenait de ranger son matériel médical, la porte de la cuisine s'ouvrit en grand, et Charlie entra en courant.

— Boomer a vomi partout sur les fleurs ! annonça le petit garçon. C'est dégoûtant. Il a rendu son petit déjeuner, et puis de l'herbe, aussi.

Saskia soupira.

— Il est dans le jardin depuis un moment n'est-ce pas ?

— C'est Becky qui l'a laissé.

— Très bien, répondit-elle avec un nouveau soupir. Il va falloir qu'on trouve le moyen de l'empêcher de manger de l'herbe. Bon, je vais venir ramasser ça tout à l'heure. Essayer de l'empêcher de courir partout, O.K. ? Mais il vaut mieux le laisser dehors pour l'instant.

— D'accord, lança l'enfant en ressortant aussitôt.

Saskia croisa le regard compatissant de Tyler.

— Je vais vous laisser, vous avez l'air bien occupée.

Elle hocha la tête, à la fois gênée et désolée de l'effet que devait produire la maisonnée.

— Comme je vous le disais, tout devrait être rentré dans l'ordre d'ici à la fin du week-end.

Sur ces mots, elle se leva pour le raccompagner, posant précautionneusement le pied au sol.

— Ah, je sens déjà que ça va mieux, dit-elle. Ça doit être grâce à votre pansement. Merci encore pour votre aide, et merci aussi pour le lait. J'apprécie beaucoup. Et je ne vous dis même pas les points que vous avez dû gagner auprès de Caitlin.

— De rien, répondit-il en souriant.

Il sortit par la porte de la cuisine, et elle l'entendit saluer les enfants en partant. En tendant le cou vers la fenêtre, elle l'aperçut qui caressait Boomer sur la tête.

Elle reporta son attention sur le bazar qui l'entourait. C'était vraiment le plus mauvais moment pour une visite du propriétaire, mais ça n'était pas le pire, dans l'histoire. Ils exerçaient la même profession, elle aussi était médecin. Comment réagirait-il en apprenant qu'elle avait justement postulé dans l'hôpital où il travaillait ? Sans doute pas très bien.

Certes, il s'était montré aimable et serviable, cependant elle le soupçonnait de ne pas vraiment apprécier son indolence en matière de tenue d'une maison. Et ses promesses que tout allait rentrer dans l'ordre n'y changeraient rien. Il paraissait le genre d'homme à toujours tout bien organiser, et avec lui, tout le monde, y compris le chien, se serait vu attribuer sa tâche.

Malgré tout, elle ne pouvait s'empêcher de regretter que les circonstances n'aient été différentes. Après tout, il était de ces hommes dont toute femme rêve, et elle-même n'était pas insensible… Même si elle s'était lassée des hommes. Et puis, quand il lui avait posé la main sur la jambe…

Au bout du compte, c'était peut-être aussi bien qu'elle lui ait fait mauvaise impression. Ainsi, le poussin serait mort dans l’œuf. Parce que enfin, elle devrait tenir compte des leçons du passé, à force. Elle le savait si bien : dès qu’on apprenait à connaître un homme, à partager son intimité, les choses se mettaient à déraper…

2

— Charlie, dépêche-toi, s'il te plaît ! Il faut y aller, sinon on va être en retard.

Saskia balaya la cuisine du regard, listant mentalement toutes les choses à ne pas oublier.

— Becky, n'oublie pas tes affaires de sport, avec ton cartable.

— Oui, oui, O.K.

— Tu as tout ce qu'il te faut, Caitlin ?

Elle passa la tête dans le couloir, où l'adolescente grimaçait à son reflet dans le miroir, essayant vainement de remettre quelques mèches folles dans le droit chemin.

— Et tes affaires de géométrie, tu as pensé à les prendre ? Tu veux que je jette un coup d'œil, histoire d'être sûre ?

Caitlin lui retira son sac de classe des mains, avant que Saskia ait eu le temps de mener son enquête.

— Je peux me débrouiller toute seule, lança-t-elle. Je n'ai pas besoin qu'on vérifie mes affaires.

Sur ces mots, elle porta une main à son front, comme si elle souffrait.

Saskia secoua légèrement la tête. Décidément, tout allait de travers, ce matin. L'image idéale qu'elle s'était faite des préparatifs, avant d'attaquer le premier jour du trimestre, s'effaçait un peu plus au fur et à mesure que s'égrenaient les minutes. Caitlin s'était montrée irascible depuis qu'elle s'était extirpée de son lit, sans oublier Becky, qui avait insisté pour sortir soigner son lapin, et Charlie, qui se souciait comme d'une guigne de ce qui se passait autour de lui. Au final, faire en sorte que tout ce petit monde soit prêt s'était rapidement avéré fort stressant.

— Charlie, peux-tu éteindre ce jeu vidéo, maintenant ? On y va.

Elle émit un petit soupir. Comme ce devait être la belle vie, pour Tyler, à côté, de n'avoir qu'à se glisser au volant de sa BMW rutilante, pour se rendre tranquillement à l'hôpital ! Elle l'avait vu quitter la maison environ une demi-heure plus tôt, impeccablement mis dans son costume sombre, le cheveu parfait. Elle avait même entraperçu un bouton de manchette, quand il avait tendu la main vers la poignée de la portière. La vie de cet homme devait être tirée au cordeau.

Elle parvint enfin à pousser tout son monde vers la porte, mais au moment où ils s'apprêtaient à partir, Becky lâcha :

— Saskia, attends ! Je crois que Boomer est en train de vomir dans la cuisine. Je l'entends, ajouta-t-elle en se précipitant. Beurk ! Il y a des morceaux de mouchoirs en papier dans son vomi !

Et voilà ! Tyler n'avait pas ce genre de problème à gérer, lui. Saskia se tourna vers Charlie.

— Tu as encore donné des serviettes en papier à Boomer ?

Le petit garçon secoua vigoureusement la tête, sans toutefois croiser son regard.

— C'est mauvais pour lui, reprit-elle d'un ton ferme. Et ça ne nous aide pas nous non plus, car maintenant je dois aller nettoyer, alors que nous sommes déjà en retard. Viens donc me donner un coup de main, et ouvre-lui la porte, au cas où il ait encore envie de vomir.

Quelques minutes plus tard, elle avait installé Boomer sur sa paillasse dans la cuisine, et ils étaient enfin prêts à se mettre en route pour l'école. Heureusement que le primaire et le secondaire se trouvaient dans les mêmes locaux. Ça lui faciliterait tout de même un peu la vie.

Surtout qu'aujourd'hui n'était vraiment pas le bon jour pour être en retard. Car après avoir accompagné les enfants, elle devait se rendre à son entretien à l'hôpital. Il lui fallait vraiment ce travail, d'où son état de stress avancé. Car la situation était loin d'être rassurante. Si son frère lui avait fait un virement permanent pour payer le loyer, elle se retrouvait avec trois bouches de plus à nourrir, et les factures commençaient à s'accumuler. Ses économies s'essoufflaient déjà.

En arrivant devant l'école quelques instants plus tard, elle embrassa Charlie et Becky, et souhaita une bonne journée à une Caitlin toujours grincheuse. Elle l'aurait bien prise dans ses bras aussi, mais l'adolescente lui avait clairement montré qu'elle n'appréciait pas les démonstrations d'affection, surtout pas devant les autres élèves.

Saskia s'apprêtait à repartir, quand une voix l'interpella :

— Ah, mademoiselle Reynolds... Ou dois-je vous appeler docteur Reynolds ? Je vous ai vue en train d'aider Charlie à trouver son casier dans le hall, tout à l'heure, et j'en ai déduit que vous deviez être les nouveaux.

La femme qui s'approchait était grande, avec des cheveux coupés au carré, et dégageait une indéniable autorité.

— Bonjour. Oui, c'est exact. Je suis le docteur Reynolds.

— Elizabeth Hunter, répondit la femme en souriant. Je suis la directrice. Je suis vraiment ravie d'avoir l'opportunité de vous rencontrer. Nous voulons vraiment aider ces enfants au mieux.

Saskia acquiesça. Evidemment, elle voulait parler de l'accident, et de la façon dont il affectait sans doute les petits.

— Merci, j'apprécie beaucoup. Ça a été une rude épreuve pour eux.

Saskia parla encore quelques minutes avec la directrice, estimant que c'était important de faciliter la transition pour eux. Tout au long de la conversation, cependant, elle ne parvenait à se détacher de l'heure qui tournait. Il fallait vraiment qu'elle y aille !

Enfin, elle put courir à son rendez-vous. Un coup d'œil à sa montre lui confirma que jamais elle n'arriverait à l'entretien à l'heure.

Peut-être avait-elle eu tort d'aller à l'école à pied, ça avait pris bien plus longtemps qu'elle ne l'avait pensé, entre Charlie qui traînait, et Becky qui s'arrêtait tous les deux mètres pour cueillir des fleurs dans les haies. Mais l'île était petite, et elle avait espéré pouvoir s'épargner l'achat d'une voiture. Elle s'était dit qu'en marchant, au moins, ils profiteraient pleinement des collines verdoyantes et des vallées, ainsi que de la vue sur la baie et le port plein de vie au loin. Seulement, elle avait maintenant, encore dix bonnes minutes de marche jusqu'à l'hôpital.

En arrivant, elle découvrit un joli bâtiment peint en blanc, relativement petit, avec un toit très pentu. A côté, se dressaient un centre médico-social et une pharmacie.

Elle se précipita vers les portes automatiques de l'entrée.

La réceptionniste était en conversation avec une jeune femme, mince et dont les cheveux châtains étaient joliment attachés en une tresse élégante. Sans doute un médecin, vu le stéthoscope qui pendait à son cou.

— Bonjour, puis-je vous aider ? lui demanda la réceptionniste, interrompant sa discussion en voyant arriver Saskia.

— Bonjour, répondit-elle, un peu essoufflée. Oui, je suis le docteur Reynolds et j'ai rendez-vous avec le Dr Gregson.

— Oh oui, répondit la jeune femme avec un sourire, tout en rayant un nom sur sa liste. A 9 h 15, c'est ça ? Ils vous attendent. Si vous voulez bien me suivre, je vais vous conduire.

Sa collègue jeta un coup d'œil à sa montre et fit une grimace. Remarquant sa réaction, Saskia faillit l'imiter. Pas difficile de deviner ce qu'elle pensait : ce n'était pas un très bon départ.

— Pourriez-vous dire au Dr Beckett que j'aimerais qu'il s'implique dans la nouvelle clinique cardiovasculaire ? murmura le médecin à l'intention de la réceptionniste. Et lui demander s'il aurait une minute à me consacrer plus tard dans la journée ?

— Je suis sûre qu'il trouvera le temps, répondit la jeune femme avant d'emmener Saskia vers le fond du couloir. Voilà, nous y sommes, dit-elle.

Et elle frappa discrètement à une porte sur laquelle le nom du Dr James Gregson se détachait en grosses lettres noires. Une voix grave répondit d'entrer, et Saskia prit une profonde inspiration avant de se jeter dans l'arène.

Elle balaya les lieux d'un bref regard. Un imposant bureau d'ébène dominait la pièce, derrière lequel trônait un homme élégant et distingué, qui l'étudiait derrière ses lunettes. Deux autres hommes, plus jeunes, étaient assis à ses côtés, légèrement de biais.

La tête baissée, l'un d'eux était plongé dans un dossier en papier kraft, et l'espace d'un instant, alors qu'elle observait ses cheveux bruns, Saskia sentit un frisson déjà familier la parcourir. Son cœur se mit à battre à tout rompre, plus vite encore qu'après sa course folle contre le temps un instant plus tôt. Etait-ce possible ? Son nouveau voisin ?

— Docteur Reynolds, ravi de vous voir. Je vous en prie, entrez et prenez donc un siège.

Se levant, le Dr Gregson lui indiqua un fauteuil de cuir face au bureau. Elle le regarda. C'était un homme de taille moyenne, doté d'un visage carré et de cheveux bruns légèrement grisonnants sur les tempes. Derrière les verres de lunettes, ses yeux marron étaient perçants, rien ne semblait leur échapper.

— Laissez-moi vous présenter mes collègues, ajouta-t-il. Voici le Dr Noah Matheson, en charge de l'unité de soins courants.

L'interpellé se leva aussitôt pour lui serrer la main. La petite trentaine, il était bel homme, grand et gracieux. Et manifestement intéressé par Saskia. Une lueur alluma ses yeux noisette, alors qu'il embrassait du regard sa chevelure auburn qu'elle avait laissée détachée pour l'occasion. Il contempla ensuite sa silhouette. Elle avait opté pour un ensemble crème, avec une jupe ajustée et une veste cintrée, une tenue à la fois féminine et professionnelle, dans laquelle elle se sentait à son avantage.

— C'est un plaisir de vous rencontrer, dit Noah, retenant sa main une seconde de plus que nécessaire.

— Et voici le Dr Tyler Beckett, chef du service des urgences.

Elle se mordilla la lèvre. Cette fois, il n'y avait plus de place pour le doute, ses craintes se confirmaient.

Tyler se leva et enveloppa fermement sa main de la sienne. Il posa sur elle un regard clairement appréciateur, et son sourire était à la fois chaleureux et accueillant. Elle se détendit quelque peu. Peut-être n'était-ce pas si mal parti, après tout. Tyler était superbe, mince et musclé, comme dans ses souvenirs. La veste de son costume était ouverte sur une chemise bleu marine associée à une cravate gris argent, et des boutons de manchette assortis.

— Le Dr Reynolds et moi nous nous sommes déjà rencontrés, dit-il à ses collègues. Il se trouve que nous sommes voisins. J'ignorais en revanche qu'elle postulait ici, ajouta-t-il d'une voix plus grave, en esquissant un sourire. Cela dit, j'aurais dû le deviner, en vous attendant, c'était logique.

Elle réprima un soupir. Il n'avait pas regardé sa montre, mais l'allusion était suffisamment claire.

Il relâcha sa main, et elle s'assit.

— Je vous présente mes excuses pour ce retard, dit-elle après s'être éclairci la gorge. Ce matin, il se trouve que je devais faire face à quelques contingences matérielles incontournables..., et puis le chien a vomi au moment où je quittais la maison. Pour couronner le tout, je n'avais pas imaginé que le trajet serait si long à pied jusqu'ici.

Elle s'interrompit. N'en révélait-elle pas trop ? Ils n'avaient pas besoin de savoir tout ça.

— Bref, c'est entièrement ma faute, reprit-elle vivement, mais je m'assurerai de m'organiser mieux à l'avenir.

— J'en suis certain, répondit le Dr Gregson.

Il ouvrit une chemise, en parcourut le contenu, avant d'ajouter, au bout de quelques secondes :

— Voulez-vous bien nous en dire un peu plus sur votre ancien poste ? C'était dans un hôpital de Cornouailles, je crois ?

— C'est exact.

Elle se redressa. Là au moins, elle était en terrain sûr.

— J'y ai débuté comme interne au service des urgences. Je devais gérer tous les types d'urgences, trauma et générales. Les jeunes constituaient un bon pourcentage de mes patients.

— C'est une expérience inestimable. Bien... Bien, répondit le Dr Gregson d'un air approbateur, en parcourant de nouveau ses papiers. D'après ce que je vois, vos références sont recevables, et vos qualifications impeccables. Vous vous êtes spécialisée en médecine urgentiste et en pédiatrie, et avez passé du temps en médecine générale aussi. C'est excellent, et exactement ce que nous recherchons. C'est toutefois un peu inhabituel de mêler poste à l'hôpital, et médecine générale en cabinet, non ? ajouta-t-il en levant les yeux vers elle.

Prise au dépourvu par cette remarque, elle marqua un temps d'hésitation.

— Euh... Oui, en effet. Bien sûr. Cela dit, je n'étais pas sûre au départ de la spécialité qui m'attirait le plus.

Elle s'agita légèrement sur son siège. Un sentiment de malaise l'envahit. Tyler Beckett, lui, ne manquerait jamais de confiance en lui. Elle prit une inspiration :

— J'ai aimé travailler en cabinet. Mais après avoir géré plusieurs cas d'urgence pendant cette année-là, je me suis rendu compte que c'était vraiment ce que je préférais faire.

Le Dr Gregson acquiesça.

— Je vois. Des questions que vous souhaiteriez poser au Dr Reynolds ? ajouta-t-il en se tournant vers ses collègues.

— Oui, répondit Tyler d'un air sombre. Euh... concernant les références...

En le regardant feuilleter sa copie du dossier, Saskia se crispa sur son siège.

— Y a-t-il un souci ?

— Non, pas vraiment un souci en tant que tel… Je m'inquiète juste d'un aspect de votre travail qui n'est pas mentionné ici.

— Je ne vois pas ce que j'ai pu oublier…, répondit-elle, perplexe.

Il leva sur elle un regard direct.

— Non, hormis… Si je comprends bien, il vous est arrivé de perdre un patient. Pourriez-vous nous parler de cet incident ? De ce qui est arrivé ?

Son cœur se mit à battre à tout rompre.

— Mais comment… ? Je croyais…

Elle s'interrompit. D'où venaient ces questions ?

Noah fronça les sourcils, et jeta en direction de Tyler un regard interrogateur, à la limite de l'incrédulité.

— C'est simplement une chose qu'a mentionnée votre médecin chef, reprit Tyler d'une voix qu'il voulait manifestement apaisante. Je n'ai pas très bien compris toutes les implications, alors je me demandais si vous seriez capable de nous éclairer davantage.

— Mon… Mon médecin chef ?

Elle s'éclaircit la gorge. Alors là, elle n'en revenait pas.

— Oui. Il se trouve que j'ai appelé l'hôpital de Truro ce matin même, reprit-il. Pour prendre des nouvelles d'un de mes patients, qui vient d'être admis là-bas. On m'a passé Michael Drew. Il a été votre chef de service, non ?

Michael. Elle sentit le souffle lui manquer brusquement, et son ventre se serra. Elle aurait dû se douter que cette histoire lui reviendrait en boomerang. Elle avait fait l'erreur de sortir avec Michael. Il était devenu plus que son chef, et c'était précisément le moment où les choses avaient commencé à mal se passer.

Au début, tout allait bien. Ils étaient restés quelque temps ensemble, elle appréciait sa compagnie, mais au final, quand elle s'était rendu compte qu'il devenait trop directif, elle avait préféré mettre un terme à leur relation. Michael ne l'avait pas bien pris, et la situation s'était peu à peu détériorée, au point que l'ambiance au travail avait fini par devenir intolérable. C'était l'une des raisons pour lesquelles elle s'était résolue à chercher un autre poste.

Et maintenant… Michael réapparaissait au pire des moments. Elle n'avait pas pu éviter de mentionner son nom parmi ses références, et il l'avait assurée qu'il ne lui causerait aucun souci. Sauf que… Qu'avait-il bien pu raconter à Tyler ? Manifestement, il n'avait pas digéré leur rupture et même si elle avait espéré qu'il se comporterait en adulte, ce n'était à l'évidence pas le cas. Rien ne garantissait qu'il ne tente encore une fois de lui compliquer la vie.

Tyler l'observait de son regard perçant.

— Quand j'ai compris qui il était et que vous aviez travaillé ensemble, poursuivit-il tranquillement, nous avons discuté. C'est là qu'il a mentionné votre patient. Je précise qu'il n'a abordé le sujet qu'en tant qu'anecdote amusante.

Elle ne put réprimer un sourire amer.

— Il m'a expliqué que vous aviez perdu cette personne, que ça avait créée tout un pataquès, et qu'au bout du compte on l'avait retrouvée. Sauf qu'entre-temps, elle avait besoin d'être traitée pour un autre problème.

Il posa les mains sur le dossier, entrecroisant les doigts.

— Je comprends que ça ait pu paraître amusant après coup, une fois l'inquiétude passée, mais je suis sûr que de votre côté vous comprendrez pourquoi les circonstances de l'incident doivent être clarifiées. Nous avons besoin d'être assurés de la sécurité de nos patients. Celle-ci doit donc être placée entre les meilleures mains possibles.

Saskia s'humecta les lèvres, consciente que Noah et le Dr Gregson s'étaient redressés, et attendaient visiblement sa réponse avec impatience.

— Oui, c'est bien évident, je comprends tout à fait, dit-elle enfin. A la vérité, je n'ai rien trouvé d'amusant dans la situation pour ma part, que ce soit pendant ou après l'incident. Et je n'ai pas perdu cette patiente. Pas exactement.

— Que s'est-il passé, alors ?

— Elle avait la soixantaine, et souffrait de ce qui ressemblait à une forme de démence sénile. Un passant nous l'avait amenée aux urgences car elle était tombée, et s'était blessée au bras.

Elle se tut un instant, se remémorant l'agitation qui régnait dans le service ce jour-là.

— Les urgences étaient très chargées ce matin-là, et on manquait de personnel. Il y avait un microbe qui traînait et avait atteint plusieurs infirmières. Je n'avais personne pour m'assister, pourtant je voulais faire pratiquer des examens complémentaires sur cette patiente. En plus de son bras, je nourrissais des doutes quant à son état mental. Bref, je lui ai demandé de rester dans la salle d'examens un instant, le temps que je trouve quelqu'un pour emmener ses prélèvements sanguins en pathologie. Quand je suis revenue deux minutes plus tard, elle avait disparu.

— Pas de chance, dit gentiment Noah.

— C'était inquiétant, en effet, reprit-elle. On ne la trouvait nulle part. J'ai soudain pensé que peut-être elle était sortie se promener dehors, dans l'enceinte de l'hôpital. Je me suis ruée vers les cages d'escaliers, et je l'ai découverte assise sur la marche inférieure, avec une cheville enflée. Apparemment, elle avait raté une marche.

— Ce n'était pas sa journée, manifestement, intervint Tyler. Et au final, quel fut le diagnostic ?

Saskia leva la tête vers lui. Son ton avait été un peu sec. Son expression, à présent, était pensive, et il gardait sur elle ses yeux bleus, comme pour la jauger.

— Elle avait un problème de thyroïde. En fait, son organisme produisait trop peu d'hormones, ce qui déclenchait des symptômes semblables à ceux de la démence. En plus de quoi, elle se retrouvait avec un os cassé à l'avant-bras et une entorse à la cheville.

— Eh bien, je dirais que tout cela est clair, à présent, répliqua le Dr Gregson avec un sourire rassurant. Merci, docteur Reynolds. Nous apprécions que vous ne vous soyez pas contentée de juger sur les apparences.

Elle inclina brièvement la tête, tâchant de retrouver une respiration normale. Ouf! Le pire était sans doute passé, voilà qui n'avait pas été agréable. Décidément, Tyler avait du goût pour les choses en règle, mais elle n'aurait pas pensé qu'il aille fouiller ainsi dans les recoins de son CV.

— Il est certain que pour le poste que nous proposons, il faut être particulièrement réactif, reprit le Dr Gregson. Le travail est assez différent, sur une île. On n'a pas toujours tout ce qu'il nous faudrait sous la main. Les patients qui sont trop atteints pour être traités dans notre petite structure doivent être héliportés jusqu'en Cornouailles.

— Je suis persuadée d'être en mesure de gérer ce qui me sera demandé, docteur Gregson. Ma vie a pris un tour inattendu, récemment, mais je m'en sors.

— Pourriez-vous nous en dire plus à ce sujet ? demanda Noah, visiblement intéressé par sa dernière phrase.

Elle ferma les yeux un quart de seconde. Si seulement elle pouvait retirer ses paroles, et se prémunir contre la douleur...

— Mon frère et sa femme ont été victimes d'un grave accident de la route, articula-t-elle. Ils sont tous les deux à l'hôpital de Truro, au moment où je vous parle. Et il semblerait qu'ils doivent y séjourner quelque temps.

Tyler fronça les sourcils, puis se pencha vers le bureau.

— Vous n'en aviez pas fait mention, à la maison.

— En effet. J'aurais peut-être dû, mais il m'est douloureux d'en parler. Ils s'apprêtaient à emménager ici pour le travail de Sam, ajouta-t-elle après une brève hésitation. Il travaille pour le fond de protection de la faune et la flore, et venait d'être nommé sur les îles Scilly. Ce fameux jour, Sam conduisait sa famille dans leur future maison — ils avaient décidé de prendre une location en attendant d'opter pour un logement plus permanent. Ils voulaient en profiter pour visiter l'île, malheureusement ils sont entrés en collision avec un camion qui a pris un virage trop large. Par chance, les enfants en sont ressortis avec des blessures bénignes. Je ne parle pas du traumatisme, bien sûr.

— Je suis vraiment désolé, dit Tyler sur un ton empreint de sincérité. Ça a dû être terrible pour vous. Et donc vous avez assumé la charge des enfants, c'est ça ?

— Exact. D'où ma présence sur l'île, et ma candidature chez vous.

— Il n'y a donc personne d'autre qui puisse se charger d'eux ? Personne pour vous... soutenir ?

Elle se tourna vers Noah. Il faisait preuve de compassion, même si au fond, sa question semblait plutôt intéressée. Comme s'il voyait là une opportunité à saisir. Tyler lui jeta un regard sévère qui lui fit baisser les yeux.

— Pas en ce moment... Du moins, pas dans les parages, répondit-elle.

Ce Noah lui faisait l'effet d'un séducteur professionnel. Avec son physique et sa confiance, il devait avoir un chapelet de conquêtes à son actif.

— J'admire votre loyauté, affirma Tyler, qui s'était replongé dans le dossier. Et je comprends pourquoi ce poste est important pour vous. Pourtant, n'aviez-vous pas donné votre démission avant l'accident de votre frère ?

Elle haussa les épaules, embarrassée. Rien ne lui échappait donc jamais ?

— J'avais déjà décidé de changer d'horizon.

— N'était-ce pas un peu irresponsable, de quitter ainsi votre poste sur un coup de tête ?

Elle serra les lèvres. Pas question qu'elle entre dans les détails de sa relation ratée.

— Peut-être, si, dit-elle enfin. Mais l'expérience m'a

montré qu'on avait toujours besoin de médecins urgentistes au Royaume-Uni.

Tyler hocha la tête.

— Sur le continent, peut-être. Vous allez vous rendre compte que la demande n'est pas aussi pressante ici, cependant.

— Eh bien, oui, je commence à m'en rendre compte.

Son cœur se serra. Les choses ne se passaient pas du tout comme elle l'avait imaginé. A en juger par les doutes qu'il exprimait, il n'avait pas la moindre envie qu'elle obtienne ce poste. Et elle ne pouvait pas vraiment l'en blâmer.

Pour quelqu'un d'aussi sérieux et organisé que Tyler Beckett, ce serait aller totalement à l'encontre de ses principes, que d'embaucher une jeune femme qui semblait agir sur des impulsions et avancer au gré des élans de son cœur.

Elle ignorait combien de candidats ils avaient vus pour ce poste, mais elle n'était probablement pas la seule à postuler. Elle avait même cru apercevoir au moins trois noms, sur la liste de la réceptionniste. Elle se redressa.

— J'avais un poste en vue dans les Cornouailles, dit-elle, d'une voix hésitante, et j'étais sur le point de passer l'entretien d'embauche. Seulement, j'ai dû modifier mes projets, après l'accident.

— Vous devez être consciente que, sur le poste auquel vous prétendez ici, répondit le Dr Gregson, votre travail ne s'effectuera pas uniquement à l'hôpital. Nous devons souvent nous rendre sur les îles voisines pour des urgences. Et dans ces cas-là, nous utilisons le bateau ambulance.

— Je vois.

Elle sentit l'anxiété l'envahir. Elle s'était prétendue capable de gérer les exigences du poste, mais elle ne s'était pas attendue à devoir prendre le bateau. Pourtant, où avait-elle la tête ! Elle aurait dû y songer. Elle aurait dû, mais l'idée ne lui en était même pas venue. S'était-elle voilé la face ?

Le problème, était qu'elle souffrait du mal de mer depuis

l'enfance... Seulement, si elle le leur avouait, jamais elle n'obtiendrait le poste.

— Ça vous dérange ? demanda abruptement Tyler, ses yeux perçants fixés sur elle, une nouvelle fois. Vous semblez gênée, tout à coup.

Elle tenta de lui renvoyer un sourire, qu'elle espéra convaincant.

— Non, non, pas du tout. Ça ne me pose aucun problème.

Elle croisa le regard du Dr Gregson, qui parut satisfait de sa réponse.

— Eh bien, docteur Reynolds, mes collègues et moi avons encore une personne à voir avant de délibérer. Nous devrions être en mesure de vous annoncer notre décision avant la fin de la matinée. En attendant, peut-être souhaiteriez-vous faire le tour de notre établissement ? Janine, ma secrétaire, se fera un plaisir de vous faire découvrir les lieux. Si vous le désirez, n'hésitez pas à passer un peu de temps dans le service des urgences, afin de voir comment nous procédons ici.

— Merci, et avec plaisir, c'est une bonne idée.

Elle remit une mèche de cheveux en place. Au moins, ça lui permettrait de rester dans les parages en attendant leur décision.

Quelques instants plus tard, la secrétaire du Dr Gregson l'accompagna dans les différentes zones de l'hôpital, notamment dans la nouvelle aile consacrée aux soins cardiovasculaires et au service obstétrique. En chemin, elles discutèrent agréablement, même si Saskia était stressée. Elle avait hâte de connaître la décision des médecins.

— Nous sommes sans doute bien différents des hôpitaux auxquels vous êtes habituées, dit Janine en souriant. Tout ici est à petite échelle.

Saskia hocha la tête.

— Je suis impressionnée par ce que j'ai vu jusque-là. Tout est si propre et organisé...

Elles finirent par les urgences, qui comprenaient quelques

salles de réanimation, plusieurs aires de soins, et une zone destinée aux médecins qui souhaitaient taper leurs notes ou accéder aux ordinateurs.

— J'adore la façon dont cette petite zone a été délimitée pour les jeunes patients, s'exclama Saskia. Ce mur peint, par exemple, doit les aider à retrouver le moral.

Janine sourit de nouveau.

— Il est super, hein ? Le Dr Beckett l'a commandé à un proche de l'un de ses patients. Les enfants adorent chercher les poussins qui se cachent dans la ferme. Et le plafond peint les distrait aussi, quand ils doivent rester couchés.

Il représentait un ciel bleu azur, parsemé de nuages cotonneux, d'un vol d'oiseaux et de cerfs-volants colorés.

Elle émit un petit soupir. Si seulement cela suffisait à la distraire, elle aussi… En songeant aux membres du personnel qui décidaient de son destin en cet instant, elle ressentit une bouffée d'angoisse.

Une infirmière vint à leur rencontre, alors qu'elles revenaient vers le comptoir des infirmières.

— Janine, je n'arrête pas de biper le Dr Beckett. Tu sais s'il est là aujourd'hui ? Je ne l'ai pas vu de la matinée, et on a un patient qui vient d'arriver avec une blessure au poignet. On a absolument besoin qu'il vienne l'examiner.

— Il est bien là. Il fait passer des entretiens d'embauche depuis ce matin, mais ils doivent avoir bientôt fini. Il ne devrait pas tarder.

— O.K., merci.

Janine se tourna vers Saskia.

— Ça vous intéresserait d'y aller, histoire de vous familiariser avec notre façon de faire, ici ?

— Vous êtes sûre ? demanda Saskia, étonnée. Je ne voudrais pas m'imposer.

Janine secoua la tête.

— Je suis certaine que ça ne posera aucun problème. L'ambiance est très décontractée, ici, vous savez.

— Vous avez un patient pour moi ?

Le Dr Beckett venait d'arriver aux urgences, pressé et visiblement prêt à passer à l'action. Saskia se raidit. Le panel avait-il arrêté son choix ?

— Il est là, répondit l'infirmière en désignant l'une des salles d'examen. Nous lui avons fait une radio et donné des antidouleurs.

— Merci.

Tyler s'empara du dossier qu'elle lui tendait, et le parcourut, puis il se dirigea vers l'ordinateur pour étudier les clichés.

— J'ai besoin de quelqu'un pour m'assister, dit-il, les sourcils froncés. Qui est libre ?

— Personne, malheureusement nous sommes toutes prises par une arrivée massive de patients. Il y a eu une explosion sur un site de construction — un container de propane, apparemment — et nous avons dû accueillir plusieurs blessés. Heureusement, ce n'est pas trop grave, mais nous avons tout de même quelques vilaines brûlures.

— O.K., je vais donc devoir attendre que l'une de vous se libère.

— Je peux vous prêter main-forte, si vous voulez, intervint Saskia.

Il posa les yeux sur elle.

— Vous êtes sûre ?

— Bien sûr. S'il y a quoi que ce soit que je puisse faire... D'après ce que j'ai compris, cet homme a un poignet fracturé. Est-ce que c'est en lien avec l'explosion ?

Tyler secoua la tête.

— Non, apparemment, ça n'a rien à voir. Il est tombé de son vélomoteur dans un virage.

Ils se dirigèrent ensemble au chevet du patient, un jeune homme d'une vingtaine d'années, qui serrait contre son ventre un poignet très déformé.

— Alors, Mason, lui dit doucement Tyler en approchant une chaise pour examiner sa blessure. J'aurais pu diagnostiquer un poignet cassé sans regarder les radios. Vous avez déjà vu ce genre de fracture ? demanda-t-il à Saskia.

— Une fracture de Smith, murmura-t-elle, vu la position à angle droit du poignet, elle est aisément reconnaissable. Vous avez dû tomber sur l'arrière de la main, non ? demanda-t-elle au patient. Vous pouvez vous estimer heureux de n'avoir pas d'autres blessures que quelques égratignures.

Le jeune homme lui adressa un sourire contrit.

— Oui, vous avez raison. Même si ça fait déjà bien mal.

— Ça, je veux bien le croire !

— On t'aura remis en état en un rien de temps, lui affirma Tyler. Je vais d'abord t'administrer un anesthésiant local ainsi qu'un sédatif, puis nous réalignerons les os, et on te mettra une attelle. Je vais avoir besoin de vous pour lui maintenir le coude en place pendant que je réduirai la fracture, dit-il en se tournant vers Saskia. Ça ne vous pose pas de problème ?

— Aucun.

Quelques minutes plus tard, le poignet de leur patient dûment anesthésié, ils travaillaient ensemble sur la manipulation des os.

— O.K., dit enfin Tyler après vérification de la forme du poignet et du pouls. Je pense que c'est bon. On va refaire des radios pour s'en assurer, et poser l'attelle.

Un peu plus tard, Mason en avait terminé avec la procédure, et Tyler lui avait prescrit des antidouleurs, avant de le laisser entre les mains d'une infirmière qui s'occuperait de remplir les papiers de sortie.

Ils s'éloignèrent, et Tyler se tourna vers Saskia.

— Merci pour votre aide, vous avez été très patiente. Vous devez pourtant être pressée de connaître le résultat de l'entretien, non ? demanda-t-il en posant sur elle un regard un peu fuyant.

Elle hocha la tête.

— La décision est prise ?

— Non, pas encore. Je leur ai donné mon opinion avant

de quitter la réunion, je pense donc qu'ils nous tiendront informés sous peu. On pourrait aller attendre dans mon bureau, vous apprécieriez une tasse de café, j'imagine ?

— En effet, ce serait avec plaisir.

Au fond, tout ce dont elle avait envie c'était de partir et de se retrouver seule pour réfléchir à la suite des événements. Car elle ne nourrissait pas grand espoir d'une issue positive pour ce poste.

Le bureau de Tyler ressemblait à ce qu'elle aurait pu imaginer. Une belle pièce dans les tons de gris et de bleu — neutres, donc — qui exsudait la sérénité. De grandes fenêtres donnant sur une terrasse pavée en contrebas apportaient profusion de lumière, ainsi qu'une touche de couleur, grâce aux chrysanthèmes disposés çà et là dehors.

Les meubles étaient en hêtre doré ; un bureau, doté d'une série de casiers de rangement se dressait d'un côté de la pièce, tandis que de l'autre, des étagères parfaitement rangées s'intercalaient avec des placards fermés par des portes vitrées. Il y avait même des plantes, des fougères duveteuses, qui apportaient une touche de verdure.

— Je vous en prie, asseyez-vous, dit-il en désignant une chaise.

Il alluma la cafetière et un délicieux arôme de café ne tarda pas à se répandre dans la pièce. Tyler posa une tasse sur le bureau, près de Saskia.

— Je suis désolé si j'ai pu vous paraître un peu dur, ce matin. Je me doute que ça a dû être difficile pour vous.

Elle avala une gorgée de café.

— J'ai eu l'impression que vous n'étiez pas du tout emballé à l'idée de m'accueillir au sein de votre équipe, murmura-t-elle. J'ignore ce que vous avez contre moi, cela dit.

— Ce n'est pas ça, répliqua-t-il en allant se poster, dos à la fenêtre. J'ai émis une ou deux réserves, voilà tout. Vous me donnez l'impression d'être une personne impulsive. Ce qui n'est pas forcément un inconvénient, hormis lorsque cela vient interférer sur le travail : aux urgences, les décisions impulsives, ça peut être dangereux.

— Sauf si elles sont basées sur des connaissances solides.

Il haussa les épaules.

— Possible. L'autre point, c'est que j'ai la sensation que vous ne dîtes pas tout.

Il l'examina longuement, mais elle ne lui offrit aucune explication. Au contraire, elle baissa la tête et s'accrocha à sa tasse de café comme à une bouée de sauvetage.

— En fait, je pense que le plus gros obstacle, pour moi, c'était que j'avais en tête un type bien particulier de candidat : quelqu'un qui soit parfaitement en contrôle de la situation, alerte et prêt à affronter les défis de ce poste.

Il lui sourit, et elle vit une touche d'humour se refléter dans ses yeux bleus.

— Au lieu de ce postulant idéal, voilà que vous arrivez… Et d'après ce que j'en ai vu à la maison, vous me faites plutôt l'effet d'être du genre… distraite, désorganisée et sans doute stressée par la charge que représente une famille. La médecine est une profession difficile, même pour les gens les plus capables, et je ne peux m'empêcher de penser que ce n'est pas le moment idéal pour que vous vous engagiez dans un poste à responsabilités.

Elle lui jeta un regard noir. Quel culot ! Mais pour qui se prenait-il de la juger ainsi ?

— Vous ne pouvez pas définir ma personne sur une simple rencontre. Vous vous êtes présenté à la maison à un moment particulièrement compliqué, c'est vrai, mais qui ne décrit pas qui je suis intrinsèquement.

— Peut-être… Il n'empêche que ce moment a produit une forte impression sur moi, répliqua-t-il froidement. Et j'ai beaucoup de mal à agir de façon détachée, lorsqu'il s'agit de prendre ce genre de décisions. J'ai beau essayer de me montrer objectif, chaque fois que je vous regarde, je vois une superbe jeune femme à demi nue entourée du chaos. Une image difficile à effacer, je vous prie de le croire…

Saskia se sentit immédiatement rougir jusqu'aux oreilles.

— Je… Vous êtes arrivé à l'improviste. Je n'étais pas prête à recevoir des visiteurs.

— En effet, je m'en suis rendu compte, répondit-il avec un petit rire. J'aurais dû vous laisser sur-le-champ, mais je dois admettre que la tentation de rester était trop grande.

Elle prit une brusque inspiration et se lança :

— Tyler, j'ai besoin de ce travail.

Il hocha la tête.

— Je sais, dit-il, retrouvant son sérieux. Et à la vérité nous avons de notre côté besoin d'une femme dans l'équipe pour équilibrer les choses. Je suis certes un peu inquiet quant à votre profil, cependant je pense, vu que nous serions amenés à travailler ensemble, que je serais en mesure de garder un œil sur vous.

Elle écarquilla les yeux, sidérée.

— Vous avez donc voté en ma faveur ?

— En effet, en dépit de mes réserves.

Le téléphone sonna à cet instant précis, et il vint se pencher près d'elle pour décrocher. Elle ressentit vivement sa proximité, alors qu'il s'asseyait sur le bord du bureau, et une onde de chaleur la parcourut.

— O.K., merci, dit-il à son interlocuteur. Je vais le faire.

Il reposa le combiné, et planta son regard dans le sien.

— C'était le Dr Gregson. Il m'a chargé de vous annoncer que le poste était pour vous, si vous en vouliez toujours.

Elle lâcha un petit cri.

— Vraiment ? Oh ! Oui ! Oui, bien sûr !

Tyler lui adressa alors un sourire à se damner, et elle se sentit encore plus troublée.

— Bien, c'est donc décidé. Cependant, ajouta-t-il plus sérieusement, il y a une restriction.

Elle leva la tête vers lui, désemparée. Décidément, il avait le don de la perturber.

— Laquelle ? demanda-t-elle, soudain à cran.

— Nous souhaitons instaurer une période d'essai de trois mois, avant de décider si les choses peuvent devenir pérennes. C'est d'ailleurs réciproque, car après tout, il se peut que notre façon de travailler ne vous convienne pas. Une fois que votre frère et sa femme seront sortis de l'hôpital, vous aurez peut-être envie de rentrer sur le continent.

Elle réfléchit un instant à ses paroles. En ce moment, la situation qu'il évoquait ne lui semblait pas possible, tant elle avait envie et besoin de se trouver près de sa famille. Mais elle avait aussi des amis en Cornouailles, des gens qui lui manqueraient.

— Je crois en effet que cette période d'essai de trois mois pourrait convenir aux deux parties, répondit-elle enfin.

Elle retint un soupir. Il n'empêche, elle était troublée. Si la réponse était positive sur l'instant, ça n'était pas tout à fait ce qu'elle avait espéré. Non. Pas avec cette épée de Damoclès suspendue au-dessus de sa tête. A coup sûr, c'était Tyler qui avait insisté sur ce point. Comment allait-elle le convaincre qu'elle ne faillirait pas ?

— Ecoutez, je sais que vous avez des doutes à mon sujet, reprit-elle avec précaution. Pourtant, je vais m'attacher à vous prouver que je suis aussi sensée et méthodique qu'un autre. D'ailleurs, ajouta-t-elle après quelques secondes de réflexion, pourquoi ne viendriez-vous pas dîner, un de ces soirs ? Samedi, peut-être ? Je pourrai ainsi vous montrer que je ne vis pas toujours dans un état d'anarchie totale. Vous verrez, je peux être aussi efficace et affûtée que vous.

— Vous n'avez pas besoin de faire ça...

— Je sais, mais j'en ai envie.

Il inclina la tête, imperceptiblement.

— Dans ce cas, j'accepte. Merci. J'en serais ravi, même, si je ne suis pas appelé par une urgence, bien sûr. Je crois être de garde le week-end prochain, ajouta-t-il, les sourcils froncés. Je ne voudrais pas vous fausser compagnie au dernier moment.

— Ne vous inquiétez pas, je fais toujours trop à manger. Je n'ai pas encore très bien évalué l'appétit de mes ouailles. Mais si vous pouvez venir, ça me fera plaisir. Euh… Y a-t-il des choses que vous aimiez ou pas du tout, en matière de nourriture ? Je ne voudrais pas vous servir un plat très épicé si vous ne supportez pas, par exemple.

— J'aime la cuisine épicée et je suis ouvert à la nouveauté. Mais je vous en prie, ne vous mettez pas en frais de grande cuisine, je sais que vous avez déjà beaucoup à faire.

— Pas de problème, répliqua-t-elle, tâchant de paraître à l'aise.

Pourtant, alors qu'elle quittait le bureau de Tyler quelques minutes plus tard, son sourire était tendu. Qu'est-ce qui lui prenait de jouer les femmes pleines de confiance en elles ? Sa vie actuelle n'avait rien de routinière, et Dieu seul sait dans quoi elle s'embarquait.

3

— Ah, vous avez donc pu vous libérer. Pas d'appel d'urgence ?

Saskia tâcha de se montrer la plus enjouée possible en ouvrant la porte à son futur chef de service. Les choses devaient absolument bien se passer. Elle croisa mentalement les doigts, souriant à Tyler tandis qu'elle s'effaçait pour le laisser entrer dans la maison.

— Aucun, répliqua-t-il en lui tendant une bouteille de vin bien frais.

Le sourire qu'il lui offrit, léger mais charmant, produisit l'effet inattendu d'accélérer les battements de son cœur. Non ! Cet homme était son supérieur hiérarchique, elle ne devait l'oublier sous aucun prétexte. D'ailleurs, il n'était plus question qu'elle l'envisage autrement, dorénavant. Elle avait fait cette erreur une fois, et ne se souvenait que trop bien où cela l'avait menée.

Le problème, difficilement contournable, était son physique : impeccable comme d'habitude. Il portait un jean noir qui moulait ses longues jambes qu'elle devinait musclées, et une chemise bleu marine, ouverte juste ce qu'il fallait sur un torse à l'avenant. Plutôt déstabilisant.

— En fait, je n'étais pas certain que l'invitation tenait toujours, murmura-t-il. J'ai remarqué que vous vous étiez absentés tôt ce matin, et c'est en entendant les enfants que j'ai su que vous étiez rentrés. Ça a dû vous donner du travail, ajouta-t-il, l'air inquiet.

— Euh… Oui, la journée a été un peu agitée, mais tout va bien. Nous sommes allés voir mon frère et ma belle-sœur à l'hôpital sur le continent.

Sa gorge se noua au souvenir de leur triste voyage en Cornouailles.

Elle le précéda jusque dans la cuisine, où elle mit la bouteille au réfrigérateur avant de se retourner vers son invité.

— C'était un peu imprévu, une décision de dernière minute. Les enfants avaient envie de voir leurs parents depuis un moment, mais Sam et Megan n'étaient pas encore en état de nous recevoir. Et ce matin, quand j'ai appelé l'hôpital, l'infirmière m'a annoncé qu'ils supporteraient peut-être une brève visite, alors j'ai décidé de les emmener.

Elle mit la machine à café en route, et invita Tyler à s'asseoir.

— Ils semblent avoir été victimes d'un terrible accident, dit-il doucement. Que s'est-il passé exactement ? A moins que ça ne vous gêne d'en parler, bien sûr.

Elle sortit deux tasses, le sucrier, et versa du lait dans un petit pot.

— Non, ça va. Je crois avoir passé le pire, ce fut un tel choc. Sam s'en tire avec une très grave blessure à la poitrine, ils ont dû lui ouvrir le torse pour lui administrer un massage cardiaque. Megan souffrait, elle, d'un traumatisme abdominal fermé, avec fracture du bassin.

Elle ferma brièvement les yeux. Rien que d'y repenser, elle en avait la chair de poule.

Tyler secoua la tête.

— Ça a dû être horrible. A vous écouter, ils ont de la chance d'en avoir réchappé.

Saskia fit glisser une tasse de café vers Tyler, et avala une gorgée du sien pour tenter d'apaiser sa tension.

— Oui, tous les deux sont restés un moment entre la vie

et la mort. Quel soulagement de les voir aujourd'hui, bien vivants, même s'ils sont loin d'être sortis d'affaire.

— J'imagine, et je pense que de les voir a dû aussi rassurer les enfants.

— Oui, je crois que ça les a un peu requinqués. C'est très difficile pour eux de voir tout leur univers s'effondrer soudain.

— Forcément, répondit-il.

Il sembla hésiter un instant, puis ajouta :

— Tout allait bien en rentrant à la maison ? J'ai entendu les enfants crier. Etaient-ils bouleversés, après cette visite ?

Elle se sentit mal à l'aise. Décidément, cet homme semblait au courant de tout ce qui se passait dans sa vie. Plutôt déstabilisant...

— Eh bien... Ils étaient un peu perturbés, c'est sûr, mais je m'y attendais. Charlie, notamment, était choqué de voir ses parents si mal. Mais je pense que les cris que vous avez entendus avaient une autre raison, poursuivit-elle en faisant une petite grimace. Boomer.

— Ah bon ? Il a encore fait des siennes ?

Elle leva les yeux au ciel, à la pensée du chantier qu'ils avaient découvert à leur retour.

— Oh ! Oui ! s'exclama-t-elle. Je dirais qu'il a exprimé son refus d'être enfermé si longtemps, et choisi de passer sa frustration sur le tapis du salon. Nous l'avons retrouvé en morceaux épars dans la pièce. Je vais en acheter un neuf, bien entendu, se hâta-t-elle d'ajouter.

Elle le vit froncer les sourcils. Le propriétaire qu'il était devait s'inquiéter des dégâts que sa famille allait infliger à son bien.

— Non content de cet exploit, poursuivit-elle vivement, il avait mordu dans l'album photo électronique de Caitlin et dans la manette de Charlie, celle qu'il utilise pour ses jeux vidéo. Ensuite, on a enchaîné avec Caitlin, qui a surpris Charlie en train de mettre le bazar dans sa chambre, puis Charlie, qui a accusé Becky de si bien ranger ses affaires qu'il ne les trouvait plus lorsqu'il les voulait. Tout cela a pris des proportions exagérées, ajouta-t-elle, embarrassée. Je pense que c'était un peu le contrecoup de la visite, ils étaient tous à fleur de peau. D'où toute cette agitation un peu trop bruyante dans la maison…

Elle le regarda en coin. Le chaos qu'elle décrivait semblait laisser Tyler perplexe.

— Je n'imaginais pas que la vie de famille pouvait être aussi stressante. Je vous avoue que je suis habitué à un *modus vivendi* plus calme. Je ne sais pas pour ma part si je serais capable de supporter ce que vous assumez depuis peu, Saskia. Sinon, reprit-il après avoir vidé sa tasse de café, ne vous tracassez pas pour le tapis. Avec un peu de chance, ça ne se reproduira pas.

Il parut songeur un moment, puis demanda :

— Ça ne risque pas de poser problème, quand vous allez commencer à travailler ? D'après ce que je comprends, Boomer va mal accepter de rester seul à la maison toute la journée.

Elle se mordilla la lèvre. Zut ! Elle aurait dû se douter qu'il réagirait ainsi.

— C'est vrai, mais j'y ai réfléchi. Une personne va venir le sortir deux fois par jour. Il s'agit de la femme d'une relation de travail de mon frère. Je sais donc qu'elle est digne de confiance et fiable. Elle adore les chiens, alors quand elle a entendu que j'avais trouvé un travail, elle s'est tout de suite proposée. Y compris pour me donner un coup de main avec les enfants, en cas de besoin.

Tyler jeta un coup d'œil en direction de Boomer, sagement endormi dans un coin de la pièce, sans doute épuisé par ses exploits.

— Dommage qu'elle n'ait pas été dans les parages cet après-midi, lâcha-t-il d'un air las.

— Oui, vous avez raison. Malheureusement, les choses se sont décidées très vite après mon appel à l'hôpital. Je n'ai pas eu le temps de réfléchir à ce qui risquait de se produire en notre absence.

Elle laissa échapper un soupir. Elle avait été bien trop occupée à réserver le ferry, à préparer tout le monde pour y arriver à l'heure, sans oublier les préparatifs du dîner qu'il faudrait bien réussir à caler en rentrant à la maison. Même ses comprimés contre le mal de mer, elle y avait pensé au dernier moment.

Boomer n'aurait pas pu plus mal choisir sa journée pour déclencher un ouragan. Cinq heures sur place, et le retour en ferry n'avaient rien fait pour calmer l'humeur des enfants, et le niveau de stress de Saskia n'avait cessé de monter depuis leur retour.

Enfin, elle ne s'en sortait pas si mal, au bout du compte. Elle avait même trouvé le temps de prendre une douche et d'enfiler une petite robe noire qui avait au moins l'intérêt de lui redonner un peu confiance en elle. D'ailleurs, le regard de Tyler, qui avait glissé sur sa silhouette à plusieurs reprises depuis son arrivée, la confirmait dans son choix vestimentaire. La situation n'était peut-être pas aussi désespérée, après tout.

Concernant le dîner, elle avait opté pour un repas mexicain — les enfants en raffolaient, et elle espérait que cela plairait aussi à Tyler.

Les *enchiladas*, farcies au poulet et aux légumes, et nappées d'une sauce et d'une généreuse couche de fromage râpé, gratinaient au four. Elle se leva pour aller soulever le couvercle de la casserole dans laquelle mijotait le riz.

Tyler huma la bonne odeur, l'air appréciateur.

— Ça sent bon, dites-moi.

— Merci. J'ai finalement opté pour de l'épicé : *enchiladas* de poulet et riz mexicain. Ça vous va ? Sinon, je peux...

— Ça m'a l'air absolument délicieux, l'interrompit-il en souriant.

Elle s'éclaircit la gorge. Il fallait vraiment qu'elle arrête de s'inquiéter pour un oui ou pour un non. Elle était beaucoup trop sur les nerfs.

— Bien, répondit-elle. J'ai aussi préparé un cheesecake pour le dessert. Le repas devrait être prêt dans une minute.

Jusque-là, malgré ses angoisses, tout se déroulait selon ses prévisions. Elle pouvait s'accorder un satisfecit. Malheureusement, cette oasis de calme fut brutalement envahie par des éclats de voix en provenance du salon.

Que se passait-il encore ?

— Je l'ai trouvé, je le garde ! criait Charlie.

— Non, tu me l'as volé. Il est à moi, c'est Saskia qui me l'a donné.

Becky entra dans la cuisine, une expression indignée sur son visage rouge de colère.

— Pourquoi vous disputez-vous ?

Saskia se passa une main dans les cheveux, dans un vain effort pour maîtriser ses boucles indomptables. Il faisait une chaleur de tous les diables dans cette cuisine, et tout ce qui risquait de ruiner sa belle organisation lui donnait encore plus chaud. Tout devait se dérouler sans anicroche, si elle voulait faire bonne impression à Tyler. Il lui restait encore à terminer de mettre la table, à ajouter un zeste de citron dans la sauce, à verser le fromage fondu dans le riz et à sortir les *enchiladas* du four.

— Il m'a pris mon crayon abeille, reprit Becky, les larmes aux yeux.

— Il était par terre, alors maintenant il est à moi, rétorqua Charlie. Si je ne l'avais pas ramassé, Boomer l'aurait mangé.

— Ça ne compte pas. Il est à moi et tu dois me le rendre, dit Becky d'une voix aiguë en poussant son frère.

Ce dernier répliqua avec violence, et dans sa chute, Becky renversa un pot de fleur qui atterrit au sol dans un fracas de porcelaine brisée et de terre éparpillée.

Tyler s'était précipité vers Becky pour la rattraper. Il se

tenait désormais debout près du plan de travail, et posait sur ce qui l'entourait un air aussi ahuri qu'intéressé.

Saskia se redressa. O.K., il fallait réagir. Vite et bien.

— Ça suffit. Tout ce bazar pour un crayon ? Où est-il, montre-le-moi, Charlie.

Elle tendit une main autoritaire, et l'enfant lui donna l'objet à contrecœur.

— Si ce crayon doit créer des embrouilles, eh bien aucun de vous deux ne l'aura. Du moins, pour l'instant, reprit-elle d'une voix ferme, en rangeant l'objet du délit dans un placard, hors de leur portée.

— C'est pas juste !

— Rends-le-moi !

— Tu l'auras après le dîner, Becky. En attendant, pourquoi n'iriez-vous pas essayer de continuer votre puzzle ? Vous l'adorez. Allez, ouste, ajouta-t-elle calmement malgré les regards noirs des deux enfants. Je dois terminer de préparer le repas.

Dieu du ciel ! Elle avait l'impression d'avoir été parachutée au cœur d'une ménagerie.

— Désolée pour le bruit, dit-elle à Tyler. Je les croyais occupés avec leurs coloriages et leurs jeux, mais il semblerait que leur patience ait ses limites. De toute façon, Charlie n'est plus lui-même, depuis qu'on est rentrés de l'hôpital.

Elle quêta le regard de Tyler, mais il semblait distrait par autre chose.

— Je ne voudrais pas me mêler de ce qui ne me regarde pas, dit-il soudain d'un ton vaguement inquiet, mais je crois que ça sent le brûlé.

Elle se raidit. Toute cette confusion lui aurait-elle fait rater l'alarme du four ? Plus les minutes s'égrenaient, et plus ses projets de soirée parfaite s'éloignaient.

— Oh ! Non, ce n'est pas vrai ! s'exclama-t-elle. Les *enchiladas*, le riz...

Becky et Charlie, qui n'avaient pas bougé, l'observaient à

présent, les yeux écarquillés, tandis qu'elle contournait les bris de terre cuite pour aller éteindre le feu sous la casserole de riz. Au comble de l'inquiétude, elle ouvrit le four et en tira la grille de cuisson.

C'était effarant, la vitesse à laquelle une soirée pouvait tourner à la catastrophe.

— C'est brûlé, déclara Charlie.

Elle secoua la tête. Bien vu.

— Euh, je ne crois pas que ce soit complètement fichu, articula-t-elle néanmoins, de plus en plus mal à l'aise.

Tyler leva les yeux vers feu les parfaites *enchiladas*.

— Oui, je crois qu'il n'y a que les coins qui soient un peu trop cuits, murmura-t-il. Là où la sauce a un peu collé. Voulez-vous que je vous aide à les retirer ? Vous avez une spatule ?

— Euh... Oui, je vous la passe. Merci.

Elle lui tendit l'instrument requis. D'abord la querelle entre les enfants, et maintenant ça... Mais que devait-il penser d'elle ? Sans doute que si elle n'était pas capable de gérer une cuisine, elle risquait d'être une catastrophe aux urgences. Ce qui était totalement faux, cela n'avait rien à voir. Elle était douée pour son travail, et évoluait dans un service d'urgences avec la même aisance que si elle y était née. Et ce, malgré les efforts réitérés de Michael, après leur rupture, pour la faire trébucher.

Elle parvint à se reprendre.

— Charlie, va me chercher la balayette et la pelle, s'il te plaît, et ramasse-moi cette plante. Becky, tu poses le guacamole et la sauce sur la table, et ensuite merci d'aller prévenir Caitlin que le dîner est prêt.

Elle secoua légèrement la tête. Qu'est-ce qui lui avait pris d'inviter Tyler ici ? Comment diable pouvait-il la voir sous ses meilleurs atours en pareilles circonstances ? Elle n'était pas habituée à avoir des enfants dans les jambes. Dans sa vie normale, sa vie habituelle, elle était organisée, capable, efficace. Enfin, c'était ce qu'elle avait toujours cru jusqu'ici...

Elle s'adossa contre le placard, épaules basses, s'essuya le front du revers de la main et prit une longue inspiration, histoire de rassembler ses esprits.

— Que diriez-vous d'un verre de vin ? suggéra Tyler. Ça va vous remonter.

Sur ces mots, il alla sortir sa bouteille du frigo, et se mit en quête de verres. Saskia parvint à lui sourire.

— Merci. C'est une excellente idée.

Elle avala avec plaisir une gorgée du vin délicieusement frais, puis reposa son verre, avant de se remettre au travail. Tyler trouva les assiettes qu'elle avait mises à réchauffer au four et les mit sur la table, ainsi qu'une carafe de jus d'orange pour les enfants. A eux deux, ils parvinrent à sauver la plupart des *enchiladas*, qui vinrent s'ajouter aux tortillas chips, au plat de riz mexicain et à la salade qu'elle avait préparée plus tôt.

— Eh bien, ça ne me semble pas mal du tout, émit Tyler, d'un ton compatissant.

Elle cilla.

— Caitlin a dit qu'elle n'avait pas faim, annonça Becky en s'asseyant à table. Mais moi, je suis affamée !

Saskia regarda Becky, incrédule. Caitlin refusait de descendre ? L'adolescente avait donc bien un problème. Elle n'était pas dans son assiette depuis plusieurs jours, il fallait vraiment qu'elle découvre ce qui n'allait pas.

— Vous vous inquiétez pour elle ? demanda Tyler, dont les yeux bleus étaient posés sur elle. Si vous souhaitez monter lui parler, pas de problème. On va se débrouiller, ici.

— Vous êtes sûr ? Je crois en effet qu'il faut que... Mais ne m'attendez pas, servez-vous avant que ça refroidisse.

— Ne vous tracassez pas, tout va bien se passer, reprit-il avec un regard en direction des deux enfants, qui opinèrent vigoureusement du chef, approchant leur assiette pour être servis.

Saskia hésita un instant, regarda Charlie couper l'extrémité d'une *enchilada* et mordre dedans tout doucement. Il mâcha quelques secondes, puis le verdict tomba :

— C'est bon !

Soulagée, elle se précipita à l'étage. Ce serait un miracle si elle parvenait à convaincre Caitlin de descendre goûter aux plats qu'elle avait préparés. Il allait falloir marcher sur des œufs, l'adolescente s'était montrée particulièrement susceptible, ces derniers temps.

— J'ai un peu mal au cœur, expliqua-t-elle aussitôt, lorsque Saskia s'assit près d'elle sur le lit. J'ai envie de rester allongée un moment.

— Y a-t-il quelque chose qui t'inquiète ? Est-ce que c'est le fait de voir tes parents, qui t'a sonnée ?

— Oui, un peu, articula Caitlin en se mordant la lèvre. Ils sont vraiment malades, pas vrai ? On aurait dit que maman souffrait beaucoup, et papa était blanc comme un linge.

— C'est vrai, mais là où ils sont, on fait tout ce qu'il faut pour eux, lui dit doucement Saskia. J'ai parlé avec leur infirmière, elle va demander au médecin de prescrire à ta mère un autre antidouleur. Ils s'occupent très bien d'eux, et à partir de maintenant, leur état devrait commencer à s'améliorer.

Elle continua à discuter avec sa nièce un moment, tout en caressant ses cheveux soyeux.

— Tu es sûre que tu ne veux pas descendre manger un peu ?

— Je n'ai pas faim.

— Bon. Je t'en mets une part de côté, au cas où tu changerais d'avis, d'accord ?

Elle retourna dans la cuisine et découvrit les deux enfants et Tyler en grande conversation sur le dernier jeu de Charlie sur sa Xbox.

— Les dragons crachent du feu, et on peut jeter des sorts aux gens, expliquait Charlie.

— Ouaouh ! Ça a l'air génial, répondit Tyler, tout sourire. Comment va-t-elle ? demanda-t-il en la voyant entrer.

— Elle s'inquiète pour ses parents, je crois. Ça a été une rude journée pour elle..., et pour nous tous.

— Ils me manquent, dit Becky, les yeux soudain gonflés de larmes. Ils ont l'air si faibles...

Charlie s'arrêta de manger pour se tourner vers Saskia.

— Quand est-ce qu'ils vont venir ici ? demanda-t-il d'une voix tremblotante. Je n'aime pas quand ils sont loin.

Elle les regarda tour à tour, le cœur brisé par la détresse qu'elle lisait sur leur visage.

— Je sais, mon cœur. Je comprends ce que vous ressentez, tous les deux. Je ne peux vous dire exactement quand ils rentreront à la maison, mais ils reprennent des forces chaque jour. Et ça, c'est une très bonne nouvelle. Je sais que c'est difficile de s'habituer à ce qui est arrivé, mais nous allons nous soutenir mutuellement, et ensemble, nous traverserons cette épreuve de notre mieux.

Elle les dévisagea, inquiète. Les enfants étaient encore bouleversés et elle cherchait désespérément un moyen de les aider à remonter la pente.

— Vous pourriez peut-être leur dessiner une carte de vœux ou leur apporter quelque chose qui leur ferait plaisir, la prochaine fois que vous irez les voir ? suggéra Tyler.

Becky hocha la tête, et Charlie fronça les sourcils.

— Comme une boîte avec des bonbons dedans ? Papa adore les bonbons à la menthe et les toffees. Je pourrais faire une boîte avec du carton...

— Ça me semble être une très bonne idée, lui répondit Tyler avec un sourire encourageant. Becky et toi pourriez en faire une chacun, non ?

Saskia observa Becky. Au vu de son expression, elle avait déjà sa petite idée.

— Oui ! s'exclama-t-elle, je vais faire aussi une boîte pour maman. Avec des cœurs brillants collés dessus.

Les deux enfants se regardèrent, avant de retourner à leur

assiette avec un enthousiasme redoublé, manifestement pressés d'entamer leur chef-d'œuvre.

— Merci, chuchota Saskia, reconnaissante, à Tyler. Ça aurait pu être compliqué à gérer.

— La situation par essence est compliquée.

Ils finirent le repas dans une bonne ambiance, discutant de tout et de rien.

— Vos parents peuvent vous prêter main-forte pendant cette difficile période ? demanda Tyler au bout d'un moment.

— Mes parents ont divorcé il y a quelques années, répondit-elle en se resservant une cuillérée de riz. Aujourd'hui, mon père vit en Espagne, et on ne le voit plus très souvent. Quant à ma mère, elle a fini par se remarier et a emménagé dans le Somerset. Elle dirige sa propre entreprise, il est donc rare qu'elle puisse s'échapper bien longtemps, mais elle s'inquiète beaucoup de la situation. Elle va voir Sam aussi souvent que possible. Et vous, vous avez de la famille dans la région ?

— Ma mère ne vit pas très loin d'ici. Et j'ai une jeune sœur qui dirige un bureau à Tresco. Je suis régulièrement en contact avec elles, on a toujours été très proches.

— Et votre père ? demanda-t-elle, étonnée.

— Il est mort voici quelques années. Crise cardiaque.

— Oh ! Mon Dieu, je suis désolée ! Ça a dû être dur.

— C'était brutal, et donc d'autant plus douloureux, oui.

Elle tenta de l'imaginer avec sa mère et sa sœur. Il devait se montrer protecteur avec elles, surtout avec sa sœur sans doute, prenant la place du père qu'ils avaient perdu.

Une fois le plat principal terminé, il l'aida à débarrasser la table.

— C'était délicieux, lui dit-il.

— Pas mal, en effet, pour un plat arraché aux flammes de l'enfer..., répliqua-t-elle avec un sourire embarrassé. Enfin, merci du compliment. J'espère que le dessert compensera ce qui a précédé, ajouta-t-elle en sortant le cheesecake du réfrigérateur.

Les yeux de Charlie s'écarquillèrent.

— Miam !

— Oh ! Oui, miam ! reprit Tyler, avec un grand sourire.

Tyler remplit le verre de Saskia et leva le sien.

— A votre nouveau travail, dit-il. Que tout se passe bien.

Elle trinqua avec lui, de nouveau mal à l'aise. Comment parviendrait-elle à le convaincre de sa légitimité ? Il semblait s'être rangé de son côté, du moins pour le moment, alors qui sait, les choses se passeraient peut-être bien ?

Sauf que la période d'essai de trois mois pourrait bien réserver son lot de surprise. Et si Tyler parlait à Michael de nouveau ? Cela pouvait parfaitement arriver, s'il transférait des patients sur le continent. Michael essaierait-il encore de la discréditer auprès de Tyler ? Il ne parviendrait sans doute pas à le faire d'un point de vue professionnel, mais il était bien capable de raconter des mensonges sur sa vie privée. Il l'avait déjà prouvé, quand elle avait refusé de renouer avec lui après leur rupture. Il ne s'était pas gêné pour laisser entendre à leur entourage, qu'elle l'avait trompé en couchant avec n'importe qui. Heureusement, ses amis la connaissaient trop bien pour le croire ; ils la savaient honnête et droite, mais qu'en avaient pensé les gens qui la connaissaient moins bien ?

— Y a-t-il un problème ?

Elle leva les yeux, brusquement tirée de ses pensées par la voix douce de Tyler. Comment faisait-il pour lire aussi facilement en elle ?

— Non, non, rien, répliqua-t-elle vivement. Je songeais juste à ce qui m'attend. Si vous m'aviez dit, il y a encore deux mois, que j'emménagerais sur les îles Scilly pour m'occuper de trois enfants, d'un chien et d'un lapin, je vous aurais traité de fou. Et pourtant... Ma vie a pris un tour tellement différent, en si peu de temps. Je suis passée d'une existence très libre à celle d'une femme au foyer croulant sous les machines de linge. La plupart du temps, je me retrouve à repasser le matin même, les affaires qu'ils avaient oublié de me donner la veille. Sans oublier les cartables, les sacs de gym et l'argent de poche.

Charlie leva la tête de son dessert.

— Il faut de l'argent pour la piscine, mardi. On y va en bus. Et j'ai besoin d'un nouveau maillot de bain.

Saskia lui jeta un regard surpris.

— J'ai reçu un mot à ce sujet ?

Le petit garçon réfléchit.

— Oui.

— Je ne m'en souviens pas, où est-il ?

— Dans mon cartable, répondit-il, le sourcil froncé.

Saskia leva les yeux vers Tyler.

— Voilà encore une tâche que je vais devoir ajouter à ma liste : fouiller tous les jours les cartables en quête de papiers importants.

Il esquissa un sourire.

— Je suis certain que vous faites de votre mieux.

Après le dessert, Becky et Charlie se précipitèrent à l'étage pour s'affairer à leur projet, pendant que Saskia préparait du café.

— Merci pour l'invitation, lui dit Tyler quelques minutes plus tard en buvant le sien, debout près du plan de travail. Ça a été... une expérience. Je dois admettre que je ne suis pas habitué aux hauts et aux bas de la vie de famille.

— Moi non plus, murmura-t-elle. Je me suis toujours bien entendue avec mon frère.

— Pareil pour moi avec ma sœur. Je la protégeais, je pense. Encore aujourd'hui, dans une certaine mesure. A la maison, les choses étaient... compliquées. Mais j'aime ma vie, telle qu'elle est aujourd'hui. J'aime les défis d'un service d'urgences et quand j'arrive à la maison, j'apprécie le calme et la tranquillité.

Elle se mordilla la lèvre. Décidément, cela avait été une erreur de l'inviter.

Dehors, l'obscurité emplissait le jardin de ses ombres noir d'encre.

— Je suis consciente que la soirée ne s'est pas déroulée au mieux, mais je suis contente que vous soyez venu, dit-elle. Je me suis dit que ce serait une bonne manière de faire connaissance, puisque nous sommes voisins et serons bientôt amenés à travailler ensemble.

Il hocha la tête.

— Oui, c'était une bonne idée.

— Même si j'ignore précisément en quoi consistera notre collaboration, ne put-elle s'empêcher d'ajouter, un peu inquiète.

Lors de l'entretien, elle avait eu l'impression que Tyler s'attendait à ce qu'elle fasse un faux pas.

— Je suppose que nous travaillerons tous les deux aux urgences, chacun avec nos patients, et que je devrai vous rendre des comptes en votre qualité de chef de service ?

— Exact. Et en plus, nous partirons en intervention ensemble, au début, histoire que vous vous habituiez plus vite. Même chose, si nous devons transférer un patient en Cornouailles, jusqu'à ce que vous ayez pris vos marques.

— Ah, je vois. Oui, ça m'aidera sans doute.

Il lui avait annoncé cela sur un ton naturel. Néanmoins, elle n'était pas dupe : de cette façon, il garderait un œil sur elle. Il allait vraiment falloir gagner sa confiance.

— En fait, reprit-il, je pourrais vous conduire au travail, le matin, si vous voulez. Ce serait bête d'y aller séparément, non ?

— Oui, c'est… en effet…, balbutia-t-elle, surprise par sa proposition. Ce serait super. Merci. Mais je dois aussi accompagner les enfants à l'école.

— Pas de problème, on pourra les déposer en passant.

— C'est très gentil à vous. J'apprécie beaucoup.

Elle se sentit rosir. Il se montrait coopératif et aimable, et tout ce qu'elle espérait, c'était d'être à la hauteur de ses attentes. L'histoire avec Michael avait entamé sa confiance en elle. Il avait réussi à la faire douter de la moindre de ses initiatives, jusqu'aux médicaments qu'elle prescrivait. Vers la fin, il avait transformé sa vie professionnelle, en un véritable enfer.

Troublée par ces pensées pour le moins déstabilisantes, elle s'approcha de l'évier, où se tenait Tyler. Il lui fallait s'occuper les mains pour chasser de son esprit, tous ces mauvais souvenirs. Il faisait complètement sombre, désormais, et elle tendit la main pour baisser le store, au moment précis où Tyler posait sa tasse dans l'évier. Ils se heurtèrent doucement. La main de Tyler effleura alors la courbe de sa hanche, et un courant électrique la traversa qui augmenta instantanément la cadence de son pouls.

— Oh ! Désolé ! s'exclama-t-il, s'écartant aussi vite que s'il venait de se piquer.

— Non, non, pas de problème, articula-t-elle. C'était un accident.

— Oui.

Il la fixait, comme hypnotisé. Son regard bleu glissa sur les courbes de son corps, mises en valeur par sa petite robe noire. Il lui sembla que ce regard embrasait sa peau, comme s'il l'avait touchée, et elle sentit son cœur s'affoler. Elle eut soudain le souffle court.

Ni lui ni elle ne bougeait plus. Comme s'ils étaient tous deux prisonniers d'un champ magnétique qui décuplait toute sensation. Tyler le ressentait aussi, elle en était sûre.

Lentement, la tension qui les immobilisait commença à se dissiper. Au loin, elle entendit des bruits de pas dans l'escalier. Le charme était brisé, et Tyler tourna la tête vers la porte de la cuisine, tandis que les bruits s'approchaient.

— Je... euh... Je ferais mieux de rentrer, dit-il d'une voix rauque. On dirait que vous allez être sollicitée sans tarder. Encore merci pour le dîner, je... je vous dois à mon tour une invitation.

— Non, non, il n'y a pas de souci, répliqua-t-elle, la gorge sèche. Je vous raccompagne.

Il sortit par la porte de la cuisine, jetant un bref regard en arrière, alors qu'il s'engageait sur le sentier éclairé par la lune. Elle lui répondit d'un petit signe de la main.

Quand il eut disparu, elle resta un instant à respirer lentement l'air frais de la nuit, tâchant de rassembler ses esprits. Cet homme produisait décidément sur elle, un effet extraordinaire, et apparemment il n'était pas non plus insensible à sa personne. Voilà qui pourrait s'avérer problématique.

Elle ne cherchait pas de relation, n'avait pas envie de s'impliquer avec un homme, après son expérience difficile avec Michael. En arrivant ici, et en signant pour ce poste à l'hôpital, elle ne s'était pas préparée à cela.

Sauf qu'à présent, il semblait que Tyler et elle évoluent en terrain dangereux. Et s'il fallait en juger par les événements de ce soir, elle allait devoir rester sur ses gardes.

4

— Salut, Saskia, ravi de vous revoir, lança Noah Matheson en la rattrapant à l'entrée des urgences. Prête pour votre première journée parmi nous ?

— Je crois, oui, répondit-elle en lui rendant son sourire.

— Je suis certain que tout se passera très bien, mais en cas de problème, n'hésitez pas à m'appeler. Je suis dans la salle voisine, expliqua-t-il en désignant la zone des soins mineurs.

— Je m'en souviendrai, merci. Même si j'espère que Tyler sera là pour m'épauler, pendant les premières semaines au moins, ajouta-t-elle en levant les yeux vers l'intéressé.

Noah acquiesça, et lui jeta un rapide coup d'œil.

— Il en a de la veine, celui-là ! N'oubliez pas, si vous avez besoin de quoi que ce soit, répéta-t-il en se penchant vers elle, je suis votre homme.

— Bien entendu, répliqua-t-elle, en riant.

Elle le considéra un instant. Noah semblait être du genre charmeur invétéré, joyeux et plein d'entrain, qui ne pouvait s'empêcher de tenter sa chance.

Tyler, arrivé entretemps, lui renvoya un regard glacial.

— A plus tard, Noah, dit-il d'un ton qui ne supportait aucun refus.

Sur ces mots, posant une main légère au bas du dos de Saskia, il l'entraîna vers les urgences, et loin du collègue trop entreprenant.

Elle sentait pleinement la présence et le contact doux mais ferme de Tyler. Un contact chaleureux et bienveillant, qui provoquait dans tout son corps des sensations pour le moins troublantes. Elle se sentit rougir. Pourvu qu'il ne remarque rien !

Elle lui jeta un coup d'œil. Apparemment, il était tout à fait inconscient de l'effet qu'il produisait sur elle. Et après tout, il n'y avait rien que d'innocent dans son geste. Il avait juste cherché à la soustraire à l'insistance de Noah, car il connaissait le fort pouvoir de persuasion de son collègue. Et il ne souhaitait manifestement pas qu'elle soit distraite un instant dans sa nouvelle tâche...

Une fois aux urgences, il adopta une attitude parfaitement professionnelle, la présentant au personnel de service et lui faisant découvrir les endroits qu'elle n'avait pas vus, lors de sa première visite des locaux.

— Nous rangeons les feuilles de commande ici, lui dit-il en ouvrant une armoire qui contenait une myriade de documents, de fiches vierges et autres dossiers. Pour ce qui est des tampons et pansements, vous les trouverez dans le cabinet qui est là. Les tubes, gants chirurgicaux et échantillons sont dans le placard juste à côté.

— O.K., je note tout ça.

— Il va sans doute vous falloir quelque temps avant de tout mémoriser, mais les infirmières vous aideront volontiers si vous le souhaitez. L'endroit le plus important, cela dit, ajouta-t-il avec un sourire, c'est la salle de repos. Notre oasis, équipée en café, thé, biscuits, le lieu où l'on peut évacuer les frustrations de la journée. Venez, c'est par là.

Il la précéda dans un large couloir jusqu'à une porte portant l'inscription « Réservé au personnel ». Ils entrèrent et il lui fit rapidement visiter les lieux. Il y avait là quelques personnes, parmi lesquelles la jeune femme médecin qu'elle avait vue le jour de son entretien d'embauche.

— Dr Imogen Lancaster, dit Tyler, et notre médecin chef,

le Dr Jason Samuels. Je vous présente notre nouvelle urgentiste, Saskia Reynolds.

Ils la saluèrent tous les deux d'un sourire et de quelques commentaires aimables, puis Tyler et elle retournèrent au service des urgences.

— Officiellement, je suis de garde cette semaine, annonça Tyler. Il se pourrait donc que ce soit votre baptême du feu. Nous ne sortons que dans les cas où les ambulanciers ne peuvent se débrouiller seuls, mais il faut vous y préparer. En attendant, nous allons passer en revue la liste des personnes qui ont été admises aux urgences.

Il leva les yeux vers le tableau blanc, qui annonçait le statut des patients du matin.

— On dirait que l'on a ici quelqu'un qui entre dans vos compétences pédiatriques, dit-il. Tom Carter, dans la salle d'examen n° 2. Douleurs abdominales. Voulez-vous y aller, pendant que je m'occupe du patient voisin ?

— O.K.

Elle se dirigea d'un pas vif, vers la salle qu'il lui avait désignée.

Un jeune garçon était allongé sur le brancard, l'air fiévreux et mal en point, avec sa mère assise sur une chaise à son chevet. La pauvre femme semblait extrêmement anxieuse, les mains serrées sur les cuisses et le front plissé.

Une infirmière était présente également, qui notait la température et la tension artérielle du patient.

Saskia salua tout le monde d'un sourire chaleureux, avant de parcourir le dossier que l'infirmière lui tendait.

— Alors, tu ne te sens pas très bien, Tom ? demanda-t-elle. Tu peux me dire ce qui t'arrive ?

— J'ai mal au ventre, et au dos aussi, et je n'arrête pas d'avoir envie de vomir, répondit-il.

Elle l'observa. Il avait les yeux et d'autres parties du visage gonflés. Et sa tension artérielle était anormalement élevée.

— Je vais examiner ton ventre, d'accord ?

Le petit garçon acquiesça, et elle le tâta délicatement,

tout en posant à sa mère les questions d'usage destinées à découvrir les causes de ses symptômes.

— Il ne mange pas bien, lui expliqua la mère. Et il m'a dit que ses urines étaient sombres. Vous pensez qu'il a un problème aux reins ?

— C'est possible, murmura Saskia. Je vois pas mal de gonflements, dus à une rétention de sel et d'eau, ce qui signifie que ses reins ne fonctionnent pas normalement. Il pourrait y avoir une inflammation.

D'après les tests urinaires, Tom présentait du sang dans les urines, ainsi que des protéines. Ce qui n'augurait rien de bon.

Elle écouta la respiration du patient, examina les glandes dans son cou, et lui demanda d'ouvrir grand la bouche pour observer sa gorge.

— Il va falloir faire d'autres examens afin de déterminer la cause du problème, annonça-t-elle enfin à sa mère. Une prise de sang ainsi qu'un autre test urinaire. Est-ce qu'il se sentait déjà patraque, ces dernières semaines ?

— Il avait mal à la gorge, répondit cette dernière. On a cru à un rhume qui se soignerait seul, mais ça a continué.

— J'ai mal quand j'avale, ajouta Tom.

— Oui, tes ganglions sont un peu enflés, répondit Saskia. Je vais te prélever un échantillon dans la gorge, histoire de vérifier s'il y a une infection. Ne t'inquiète pas, se hâta-t-elle d'ajouter en voyant l'air inquiet de l'enfant, ce n'est rien du tout : je vais juste passer un petit coton-tige dans ta gorge. Ça ne fait pas mal du tout.

En sortant chercher le kit nécessaire, elle trouva Tyler devant la salle d'examen voisine, en pleine discussion avec une infirmière au sujet de son propre patient, mais il s'interrompit dès qu'il vit Saskia.

— Comment ça se passe ? Tout va bien ?

— Il y a visiblement un problème au niveau des reins, mais je suis un peu inquiète car l'enfant présente des gonflements au niveau du visage et de l'abdomen. Il est faible. Je vais lui faire un prélèvement buccal pour détecter une éventuelle infection de streptocoque.

Il grimaça.

— Le pauvre. Tenez-moi au courant.

— Oui, bien sûr.

Elle retourna à son jeune patient, une fois le kit récupéré, et pratiqua le prélèvement.

— Quand aurons-nous les résultats ? demanda la mère.

— D'ici quelques minutes. Je vais analyser le prélèvement tout de suite. Mais je vais d'ores et déjà lui donner un médicament qui réduira la rétention d'eau, et ramènera sa tension à un niveau raisonnable. Je crois que nous allons devoir l'admettre à l'hôpital quelques jours afin de limiter les écoulements, et lui prescrire un régime pauvre en protéines et en sel.

Après avoir rempli et transmis la prescription à une infirmière, puis analysé le prélèvement buccal, Saskia retourna auprès de son petit patient.

— Les résultats montrent bien une infection au streptocoque, annonça-t-elle à la mère. Il va devoir prendre des antibiotiques. Tom présente-t-il des allergies ou des réactions à la pénicilline ?

— Non, je ne crois pas, répondit la mère après un temps de réflexion.

— O.K., on va donc lui donner son premier comprimé tout de suite. Si vous avez la moindre question, ajouta-t-elle avec un sourire rassurant en direction de la mère et de son fils, n'hésitez surtout pas. Nous sommes là pour ça.

— Merci, répondit la jeune femme en serrant entre les siennes la main de son enfant. Je vais rester avec toi, mon chéri. Tu vas bientôt aller mieux.

Saskia sortit de la pièce pour se rendre au bureau des infirmières afin d'y organiser l'admission de Tom. En passant devant l'une des salles d'examen, elle vit Tyler en grande conversation avec le Dr Lancaster. La jeune femme lui souriait, ses longs cheveux châtains retombant souplement autour de son visage. Tyler sourit à son tour à l'une de ses remarques, et lui effleura l'épaule en guise d'au revoir, avant de quitter la pièce.

Saskia détourna les yeux, à la fois gênée et suspicieuse. Existait-il quelque chose entre eux ? Imogen semblait tout à fait à l'aise avec Tyler, et lui, plutôt détendu en sa compagnie.

En même temps, tout cela n'avait rien d'anormal. Ils devaient travailler ensemble depuis pas mal de temps, il était donc naturel qu'ils entretiennent des rapports amicaux. Et puis, qu'est-ce que cela pouvait bien lui faire ? Où avait-elle donc la tête ?

Pour éviter de réfléchir plus avant à ce sujet dérangeant, elle se rendit au chevet de son patient suivant, un bébé atteint d'une infection respiratoire. Une fois qu'elle se fut assuré que l'enfant ne souffrait plus, et qu'il réagissait bien au traitement par salbutamol en nébulisation, elle se dirigea vers la salle informatique, afin de rentrer ses notes.

— Salut, lui lança Tyler venu se poster derrière elle. J'ai vu que vous aviez décidé d'admettre le patient avec le problème rénal. N'y avait-il aucune solution pour le soigner chez lui ?

— Non, répliqua-t-elle, autrement je n'aurais pas pris cette initiative. Pourquoi, y a-t-il un problème ?

— Pas du tout. C'est juste que nous n'avons que peu de lits, nous devons donc nous montrer parcimonieux en matière d'admissions.

— Je comprends tout à fait, cependant je pense que cet enfant souffre d'une glomérulonéphrite, je ne veux donc prendre aucun risque.

Elle se mordit la lèvre. Ses paroles avaient peut-être été prononcées un peu plus sèchement que prévu.

— Pas de problème, répondit calmement Tyler. Vous n'avez pas à vous justifier, je voulais juste...

Il s'interrompit quand l'infirmière qui assistait Saskia un peu plus tôt s'approcha d'eux, l'air inquiet.

— Il faut venir voir Tom Carter, dit-elle à Saskia.

— Que se passe-t-il, Katie ? demanda aussitôt Tyler.

— Je ne sais pas. Il a collapsé, tout à coup. Il s'est plaint d'avoir la tête qui tournait, et de se sentir faible, puis sa tension a brusquement chuté. Et maintenant, il a du mal à respirer, et il perd conscience. Nous l'avons mis sous oxygène.

— Bien, bonne initiative.

Saskia se hâta à ses côtés, pour retourner voir son patient. Qu'est-ce qui avait bien pu mal tourner ? Elle avait effectué toutes les vérifications nécessaires, et croyait dur comme fer en son diagnostic. Rien chez cet enfant n'annonçait une dégradation aussi soudaine de son état.

Une fois dans la salle d'examen, cependant, elle constata immédiatement que Tom était au plus mal. Inquiète, elle l'examina de nouveau. Son pouls était faible, et sa peau prenait une teinte bleutée. Et bien entendu, sa mère était folle de peur.

— Qu'est-ce qu'il a ? demanda celle-ci. Que se passe-t-il ?

Tyler jeta un regard en direction de Saskia.

— Il doit faire une réaction aux médicaments, murmura-t-elle. A la pénicilline.

— Je suis d'accord, il fait un choc anaphylactique. Il faut lui passer une dose d'adrénaline, vite.

Saskia préparait déjà l'injection, tandis que Tyler remontait le pantalon de Tom pour dégager sa cuisse.

Anxieux, ils attendirent que la piqûre fasse son effet ; Saskia se rendit compte qu'elle retenait son souffle. Il fallait que ça marche. Il fallait qu'il revienne.

Au bout de ce qui lui parut une éternité, Tom haleta et se mit à respirer de façon irrégulière, inspirant l'air dans ses poumons dans un sifflement affolé.

— Ça y est, il revient, annonça Tyler. Je préconise de lui administrer une dose d'antihistaminiques et de corticostéroïdes.

Elle acquiesça, incapable de parler. Les mots refusaient

de sortir. C'était son premier patient, son premier jour de travail à ce nouveau poste, et il avait collapsé à cause de sa prescription. Elle en eut le frisson. Quelle horreur que de voir ce pauvre enfant dans cet état, et de savoir en plus, qu'elle en était la cause, bien qu'involontaire.

Elle installa une intraveineuse pour la perfusion, et resta au chevet de Tom, jusqu'à ce que les médicaments fassent leur effet. Pendant tout ce temps, elle entendit Tyler qui parlait avec la mère, l'interrogeant sur l'historique médical de l'enfant et sur ses antécédents avec la pénicilline.

— Eh bien, il a fait une infection pulmonaire voici environ un an, lui raconta la jeune femme. Le médecin lui a prescrit de la pénicilline. Il a pris les comprimés, et c'est vrai qu'ensuite il respirait encore plus mal, et ne se sentait pas bien du tout. On a pensé que les antibiotiques n'agissaient pas, alors on l'a ramené chez le médecin qui lui a prescrit autre chose.

Hochant la tête, Tyler lui expliqua que Tom ne devrait plus jamais prendre de pénicilline.

— Il va devoir porter un bracelet sur lequel cette mise en garde sera inscrite, ajouta-t-il. Car quiconque le soignera à l'avenir devra être averti de sa sensibilité à ce médicament. De notre côté, nous allons le traiter avec une autre molécule.

Saskia observa Tom. Il respirait enfin mieux, même s'il était encore trop mal pour parler. Quand les brancardiers entrèrent, pour l'emmener dans sa nouvelle chambre, elle le regarda partir, la gorge nouée.

Terrible début de journée.

— On retourne à mon bureau ?

Elle eut un petit sursaut, en se rendant compte que Tyler l'attendait.

— Oui, bien sûr.

Elle s'efforça de masquer son anxiété. Les choses étaient mal engagées. Katie, l'infirmière, avait les sourcils froncés par l'inquiétude, sans doute, mais aussi peut-être de se demander si Saskia était vraiment fiable.

Mieux valait en effet qu'elle suive Tyler jusqu'à son bureau, c'était encore prévenant de sa part de ne pas lui infliger une humiliation publique.

— Alors, dit-il, dès qu'ils furent entrés dans la pièce, racontez-moi.

Elle leva la tête. Debout devant la fenêtre, sa silhouette se détachait, sombre, contre le gris du ciel pluvieux. Une météo qui reflétait parfaitement l'humeur maussade de Saskia.

— Pourquoi avez-vous prescrit de la pénicilline à un garçon qui y avait déjà fait une réaction ?

— Je l'ignorais, sa mère n'a pas mentionné cet incident quand je l'ai interrogée sur les antécédents du petit. Apparemment, elle a cru que ses difficultés respiratoires étaient dues à la maladie, à l'époque. Son médecin ne l'a peut-être pas noté non plus. Elle m'a dit qu'il ne souffrait a priori d'aucune allergie.

— O.K., assurez-vous, dans ce cas, que ce soit clairement inscrit dans son dossier. Et envoyez un courrier à son médecin traitant. Peut-être vaut-il mieux que vous me laissiez contrôler vos prescriptions, ajouta-t-il après une brève hésitation.

Saskia se raidit.

— Vous ne me faites pas confiance ?

— Ce n'est pas ça. Simple question de précaution. Je surveille vos arrières, en quelque sorte. Vous êtes nouvelle ici, les gens vont vous avoir à l'œil. Nous vivons dans une communauté restreinte, je ne cherche qu'à vous protéger.

— Pourquoi diable aurais-je besoin d'être protégée ? demanda-t-elle, piquée au vif.

Elle plongea ses yeux dans les siens, et y perçut de la froideur. Il ne faisait tout de même pas cela à cause d'une réaction allergique, si ? Il y avait autre chose. Depuis le début, il avait des a priori la concernant, et elle venait de lui donner l'occasion de le confirmer dans ses doutes. Pourquoi se montrait-il aussi suspicieux à son égard ?

Et soudain, elle comprit.

— C'est à cause de Michael, c'est ça ? C'est pour ça que vous ne me faites pas confiance.

En voyant son expression changer légèrement, elle sut qu'elle avait visé juste.

— Que vous a-t-il dit sur moi ? Que j'avais commis des erreurs ? Je suis surprise que vous m'ayez laissé poser un pied dans cet établissement, dans ce cas.

— L'information m'a été confiée après que nous vous avons offert le poste, répondit-il. J'ai parlé avec Michael Drew ce matin au sujet d'une patiente que je lui ai transférée — une femme atteinte d'un ulcère veineux. Ça l'a amené à évoquer la fois où vous aviez prescrit des anti-inflammatoires à un patient, qui s'est retrouvé encore plus malade suite à un surdosage.

— Et je suppose que vous en avez déduit que je m'étais trompée dans le dosage ? émit-elle entre ses dents. C'est faux. J'imagine qu'il a omis de préciser que le patient en question avait au préalable ingéré des anti-inflammatoires achetés sur internet, et qu'il avait continué d'en prendre en plus du traitement que je lui avais donné. Et ce, malgré mes avertissements répétés.

Tyler secoua la tête.

— En effet, il n'a pas mentionné ce détail.

— Evidemment pas. Michael a ses raisons.

Tyler alla s'asseoir au bord du bureau.

— Et quelles raisons aurait votre ancien supérieur de mettre des obstacles à votre carrière chez nous ?

Saskia s'agrippa avec force au dossier d'une chaise.

— Qui sait ce qui se passe dans sa tête ? Il espère peut-être que je rentre en Cornouailles, et que je le supplie de me reprendre à l'hôpital. Il ne souhaitait pas que je parte.

— C'est une attitude bien étrange, répliqua Tyler, les yeux rivés sur elle. Vous aviez une liaison, tous les deux ?

— En effet... pendant un moment. Mais tout s'est terminé, lorsque j'ai découvert qui il était vraiment. Je savais que ça ne pourrait pas marcher entre nous, et il semblerait que je ne sois pas au bout de mes surprises avec lui. Sa capacité de nuisance se révèle assez vaste.

Tyler prit une profonde inspiration.

— Je suis désolé de ce qui s'est passé, et que cela continue à vous causer des soucis. Je comprends que vous soyez sur la défensive, néanmoins, je continue de penser qu'il est d'autant plus important que je valide vos décisions, pour l'instant. Pour votre propre sécurité.

— Je n'ai pas besoin que l'on me protège, rétorqua-t-elle. Je ne suis plus une interne.

— Peu importe. Je suis responsable des patients, tout comme du personnel de mon équipe, et j'estime primordial d'établir des contrôles.

— Et je n'ai rien à y redire, c'est ça ? Ce sera tout ? ajouta-t-elle, la tête haute. Nous avons terminé ?

— Oui.

Elle quitta son bureau, furieuse et écœurée par le tour que prenaient les choses. Peu importait qu'il ne la juge pas coupable, il admettait apparemment, que d'autres le fassent. Quant à Michael, il allait falloir, malgré ses réticences, qu'elle l'appelle, afin de le questionner sur ses motivations.

— Tout va bien ? lui demanda Katie, un instant plus tard, quand elle se présenta pour prendre en charge son prochain patient. Vous avez eu une rude matinée, mais vous savez, ça aurait pu arriver à tout le monde.

— Ça va, Katie, merci. Disons que ça va aller. Avez-vous eu des nouvelles de Tom ?

— J'ai appelé le service pour me renseigner. Je me doutais que vous voudriez savoir. Il réagit bien au traitement : sa tension est remontée, et il respire mieux.

— Je suis contente de l'entendre. Merci de les avoir appelés.

Saskia dut faire un effort et prendre sur elle pour se concentrer sur son patient suivant, une petite fille victime d'une lourde chute dans la cour de l'école.

— Je vais devoir lui faire des points, dit-elle à l'infirmière. Pouvez-vous me préparer le kit de suture ?

— Bien sûr.

Peu avant la pause-déjeuner, Noah aborda Saskia au détour d'une salle d'examen.

— Salut, lança-t-il avec un sourire chaleureux. J'espérais que vous soyez bientôt en pause-déjeuner. Accepteriez-vous que je vous emmène à notre cafétéria pour vous offrir quelque mets appétissant ? D'après ce que j'ai entendu dire, vous devez avoir bien besoin que l'on vous chouchoute.

Elle sentit son ventre se nouer.

— Tout le monde est au courant ?

Il hocha la tête.

— J'ai bien peur que les nouvelles aillent vite, surtout ici. C'est d'ailleurs pourquoi je vous ai acheté ceci. Pour vous remonter le moral.

Dans un geste exagérément grandiloquent, il sortit un bouquet de fleurs qu'il cachait derrière son dos.

Des larmes lui montèrent aux yeux.

— Comme c'est gentil ! Merci, Noah, dit-elle en prenant le joli bouquet de freesias. Elles sont si jolies, ce sont mes préférées.

— Vraiment ? Je l'ignorais. Je suis ravi qu'elles vous plaisent. On y va ? ajouta-t-il en lui présentant son bras replié. Ils servent du ragoût de bœuf aux légumes, comme plat du jour, aujourd'hui. Vous n'êtes pas végétarienne, au moins ?

— Non. Attendez, je vais juste mettre les fleurs dans un vase, et j'arrive.

Elle trouva un vase près du bureau des infirmières et posa les fleurs sur le bureau central, où tout le monde pourrait en profiter. Tyler était justement là, qui rangeait un dossier dans un tiroir. Il tourna vers elle un regard pensif.

— Je ne voudrais pas que vous interprétiez mal mes propos, murmura-t-il, mais faites attention où vous mettez les pieds. Noah est un homme adorable et un excellent médecin, seulement, il jouit d'une certaine réputation en ce qui concerne les femmes. Il ne faudrait pas que vous tombiez de Charybde en Scylla...

— Merci, je m'en souviendrai, répondit-elle, avec un sourire.

Puis elle s'éloigna du comptoir pour rejoindre Noah qui l'attendait patiemment. Pendant tout le temps qu'elle marchait vers le souriant médecin, elle sentit la brûlure du regard de Tyler dans son dos.

5

— Comment s'est passé votre déjeuner avec Noah, hier ? Il a réussi à vous remonter le moral ? demanda Tyler, tandis qu'ils roulaient sur la route principale vers la côte.

Il jeta un bref regard en direction de Saskia, et elle constata un léger froncement de sourcil. Etait-il simplement concentré ou bien son déjeuner avec Noah, le contrariait-il ?

— Je voulais vous le demander dans l'après-midi, reprit-il, mais la fin de la journée a été un peu chargée, et sur le chemin du retour, nous étions trop occupés à discuter d'autres sujets. Normal, après une première journée.

— Et quelle première journée ! s'exclama-t-elle. Mais oui, c'était gentil de la part de Noah d'essayer de me détendre.

Elle sourit au souvenir de leur repas, et de la façon dont le jeune médecin l'avait convaincue de prendre une délicieuse tartelette aux fruits, surmontée d'une montagne de crème fouettée, avant de l'abreuver de ses exploits à l'époque de son internat. Il avait même réussi à la faire rire.

— Il peut se montrer fort distrayant, reprit-elle. Il m'a montré que ce genre de choses arrive, et qu'il ne faut pas les prendre pour soi. Avec tout ce qui s'est passé récemment, je pense que je suis un peu tendue et susceptible.

— Pas très étonnant, au vu des circonstances, en effet. Vous avez été confrontée à tant de bouleversements.

— C'est vrai.

Elle tourna la tête vers la vitre, et regarda un instant le paysage défiler. La journée était sombre et froide, ventée, ce qui n'enlevait rien à la beauté de la baie, avec ses eaux émeraude et son immense étendue de sable blanc.

— Je devrais peut-être m'accorder du temps pour apprécier cette magnifique île.

— C'est une très bonne idée, je trouve, répondit-il en s'engageant dans un dédale de ruelles. Je vais souvent me promener du côté du port pour me vider la tête.

Elle se tourna vers lui, étonnée. Elle avait du mal à l'imaginer dans cet état d'esprit, lui qui semblait toujours tout maîtriser.

— Je vais essayer de trouver du temps pour le faire. Qui allons-nous voir, aujourd'hui ? demanda-t-elle, alors qu'ils approchaient de leur destination. Vous avez dit que les ambulanciers n'arrivaient pas à traiter le patient ?

— Exact. Ils ont été appelés au chevet d'un homme, mais il ne répond pas aux soins qu'ils lui ont appliqués. Comme nous n'étions pas loin, j'ai proposé de passer.

Il longea une longue avenue, avant de s'arrêter derrière une ambulance garée sur le trottoir. Rapidement, ils rassemblèrent leur matériel et sortirent de la voiture pour se précipiter vers l'entrée d'une maison.

— O.K., qu'est-ce qu'on a ? demanda Tyler en approchant d'un ambulancier qui observait un défibrillateur en fronçant les sourcils.

Un autre intervenant pressait un masque à oxygène sur le visage du patient.

— C'est Simon Jenkins, expliqua l'ambulancier. Il se plaignait de douleurs à la poitrine, de maux de tête, de vertiges et de nausées.

— Il a vomi ?

Le secouriste hocha la tête. Plissant le front, il porta une main à ses tempes. Saskia l'observa. Apparemment, il n'était pas en grande forme lui non plus.

— Il était essoufflé et se plaignait de difficultés à respirer, reprit-il néanmoins. Nous avons vérifié son rythme cardiaque, qui montre un problème de fibrillation auriculaire, pourtant il ne réagit pas aux inhibiteurs des canaux calciques que nous lui avons administrés, et perd régulièrement conscience.

— O.K., merci, répondit Tyler en s'agenouillant auprès du patient. Comment vous sentez-vous, Simon ? lui demanda-t-il doucement. Vous m'entendez ?

Ne recevant qu'un vague marmonnement en guise de réponse, il entreprit d'ausculter le patient, avec des gestes rapides et précis.

Saskia s'agenouilla à son tour, et lui passa une intraveineuse. S'il s'agissait en effet de fibrillation auriculaire, cela signifiait que les impulsions électriques envoyées par le cœur étaient désorganisées, et provoquaient des frémissements au niveau du muscle cardiaque. Par voie de conséquence, la circulation du sang autour du cœur se dérégulait, et si le problème persistait, le patient risquait une attaque.

Soudain, les membres de Simon se mirent à s'agiter.

— Il fait une crise, dit Tyler. Il faut lui donner une dose de diazépam.

Saskia prépara l'injection, sans cesser de s'interroger : pourquoi les médicaments qu'il avait déjà reçus n'avaient-ils pas fait effet ? Quelque chose d'autre clochait. Même les ambulanciers semblaient mal en point. Peut-être était-ce dû à la chaleur qui régnait dans la pièce ?

Elle regarda autour d'elle. Ils se trouvaient dans le salon, et au vu de la température en cette matinée, Simon avait allumé un poêle à bois. Qui brûlait gentiment, enveloppant la pièce d'une chaleur étouffante. Elle aussi, commençait soudain à se sentir affaiblie. La pièce était par ailleurs propre et nette, hormis près du poêle, où le mur comportait de grosses taches de suie. Tout à coup, elle comprit.

— Il faut éteindre le feu, ordonna-t-elle d'un ton sans appel. Il se peut qu'il dégage du monoxyde de carbone, cela expliquerait que Simon ne réponde pas au traitement.

Elle regarda le patient. La situation était inquiétante : une fois que les convulsions commençaient, les chances de rétablissement du patient s'amenuisaient, à moins de parvenir à contrer les effets du poison. Il fallait le sortir de là, et vite.

Tyler, qui était en train de lui administrer le diazépam, jeta un regard autour de lui.

— Vous avez sans doute raison. Emportons-le à l'air frais, et ouvrez les fenêtres en grand, les gars.

Les ambulanciers transportèrent l'homme à l'extérieur sur le brancard, sans cesser de le traiter. Au bout d'un moment, Tyler secoua la tête.

— Je vais appeler l'hélico. La crise est passée, mais sa tension reste bien trop basse, et la circulation erratique. Le monoxyde a pu exacerber la fibrillation auriculaire, n'empêche qu'il va avoir besoin d'une ablation par cathéter pour régler son problème cardiaque une bonne fois pour toutes. On va rester avec lui afin d'essayer de le stabiliser pendant le transfert en hélicoptère.

Saskia acquiesça, mais les battements de son cœur s'étaient brusquement accélérés. Ils allaient emmener Simon dans l'hôpital où se trouvaient son frère et sa belle-sœur. Aurait-elle le temps d'aller leur rendre une petite visite ?

Très vite, elle remisa ces pensées dans un coin de sa tête. Il lui fallait avant tout se concentrer sur le patient, à qui elle passait une perfusion. Tyler avait raison. Aucune des mesures d'urgences qu'ils prenaient aujourd'hui ne réglerait le problème à la source. Cela ne se ferait qu'en éliminant les tissus gênants de son cœur, une intervention qui s'effectuait par électrophysiologie, à l'hôpital principal des Cornouailles.

Heureusement, l'hélicoptère atterrit quelques minutes plus tard, et ils purent transférer leur patient dans l'appareil parfaitement équipé.

— Vous avez été formidable, dit calmement Tyler, une fois qu'ils furent en l'air. Il retrouve un peu ses couleurs grâce à l'oxygène, on dirait. S'il était resté dans cette pièce un peu plus longtemps, je crois qu'on l'aurait perdu. D'ailleurs, on aurait sans doute tous eu des problèmes, sans votre perspicacité.

Saskia hocha la tête, et un frisson la parcourut à l'idée de ce qui aurait pu arriver.

— Je crois que c'est la chaleur du feu qui a éveillé mes soupçons, expliqua-t-elle. Et puis, je commençais à me sentir vaguement somnolente. En tant que femme, je suis peut-être plus sensible que vous et les ambulanciers.

— Possible, mais vous vous trouviez aussi plus proche du poêle. Je ferais mieux d'appeler la police, ajouta-t-il en tirant son portable de sa poche, pour les avertir du problème. Il faut qu'ils s'assurent que personne ne s'en servira.

— Oui, j'y pensais aussi. J'ignorais que ce genre de poêles pouvait causer des risques de fuite de monoxyde de carbone.

— Ça peut arriver, si le poêle est mal entretenu. Le gaz se forme lorsque du bois ou tout autre combustible de type fossile brûle sans un apport suffisant en air.

— Je le saurai maintenant, si j'ai l'occasion d'en acheter un ! Ils se vendent comme des petits pains. Sa tension remonte, reprit-elle après un coup d'œil vers le moniteur. Avec un peu de chance, il sera suffisamment stable en arrivant à l'hôpital, pour que l'ablation puisse être envisagée rapidement. Du moins, après les quelques jours d'anticoagulants.

Tyler hocha la tête.

— Vous savez, vous pourriez profiter de notre présence à l'hôpital, pour rendre visite à votre frère et sa femme.

Elle lui adressa un sourire reconnaissant, touchée par sa sollicitude.

— Merci de le proposer, je me demandais si ce serait possible, répondit-elle. Je me fais beaucoup de soucis, ces jours-ci. J'ai appris que mon frère aurait contracté une infection et hier, quand j'ai appelé, les médecins s'inquiétaient aussi de l'état de Megan. Elle présente des ecchymoses et des gonflements au niveau de l'abdomen. J'aimerais vraiment savoir ce qui se passe. Je ne sais pas comment je l'annoncerais aux enfants, si quoi que ce soit devait arriver…

Il serra gentiment sa main dans la sienne. Un geste spontané qui lui fit chaud au cœur. Ces dernières semaines, il lui était arrivé de se sentir incroyablement seule, comme si elle s'était embarquée sur une sorte de grand huit interminable, dont elle était incapable d'interrompre la course folle. Si seulement elle avait quelqu'un, une épaule contre laquelle s'appuyer pour alléger un peu son fardeau… Mais elle savait que c'était un rêve fou et impossible, et elle avait honte de succomber ainsi à un moment de faiblesse.

— C'est un exploit que vous arriviez encore à vous concentrer sur quoi que ce soit, dit-il doucement. Si vous avez besoin de quelque chose, Saskia, n'importe quand, même s'il s'agit juste de discuter, je veux que vous sachiez que je suis là. Ne souffrez pas en silence.

— Merci.

Elle se sentit émue. Elle lui était reconnaissante de la chaleur et de la compassion de son geste, de ses mots, qui la requinquaient un peu. Tyler n'était sans doute pas en mesure de l'aider, mais elle appréciait beaucoup son offre.

Se tournant vers la vitre, elle tenta de porter son attention sur la côte escarpée des Cornouailles. Bientôt, ils survolèrent de vertes prairies, interrompues par des vallées boisées, des hameaux isolés et çà et là, quelques fermes blanchies à la chaux. Au fur et à mesure qu'ils entraient dans les terres, le paysage changeait, les villages cédant la place aux villes, jusqu'à ce qu'elle aperçoive la vaste étendue bétonnée de Truro. Ils ne tarderaient plus à atterrir, et à débarquer leur passager.

— On est prêts ? demanda Tyler.

— Oui.

L'hélicoptère se posa, et l'équipe médicale sur place prit le relai avec le patient. Tyler les accompagna aux urgences, tout en informant le médecin de garde de l'état de Simon.

— Un café, ça vous dit ? demanda Tyler à Saskia, une fois

que le patient eut été emmené. Vous avez sans doute besoin de quelques minutes de détente, avant d'aller voir votre famille.

— Bonne idée, en effet, merci.

Elle balaya les urgences du regard, prenant soudain conscience qu'ils se trouvaient sur le territoire de Michael. Or, elle n'avait pas la moindre envie de s'attarder dans les parages, car à chaque minute qui passait, les chances de tomber sur lui augmentaient. Et son esprit était trop confus pour supporter une rencontre au sommet… Quelle ironie !

Elle l'avait appelé, souhaitant comprendre pourquoi il essayait de mettre sa carrière en péril, et sa réponse avait été simple :

— Je veux que tu reviennes.

Pour elle, il en était hors de question. Cela avait déjà été suffisamment compliqué, après l'accident, quand Megan et Sam avaient été admis ici. Elle avait dû, par la force des choses, revoir Michael, ce qui avait fait remonter à la surface des souvenirs pénibles, autant que des tensions dont elle ne voulait plus. Malheureusement, si ce n'était pas lui qui les avait pris en charge à leur arrivée, Michael était leur médecin durant leur séjour à l'hôpital, et elle n'avait pu l'éviter.

— Tout va bien ?

La voix douce de Tyler la tira brusquement de ses pensées. Elle se redressa.

— Oui, je vais bien, répondit-elle en s'efforçant de sourire. Un café, voilà ce qu'il me faut. Ça va m'éclaircir les idées. Je subis peut-être les effets du monoxyde de carbone.

— Un peu d'air frais vous fera du bien, on va se trouver une table près d'une fenêtre ouverte.

Ils se rendirent à la cafétéria, où Tyler choisit une sélection de gâteaux pour accompagner leur café.

— Ça va vous requinquer, dit-il en souriant, en poussant une assiette dans sa direction. Vous aviez l'air perturbé, tout à l'heure, reprit-il plus sérieusement en versant du sucre brun dans son café. Vous craigniez de tomber sur Michael Drew ?

— Oui, sans doute, répondit-elle, surprise par sa perspicacité. Enfin, « craindre » n'est pas vraiment le mot. C'est juste que je n'ai pas envie de le croiser, là.

Il posa sur elle un regard pensif.

— Vous êtes sortis ensemble longtemps ?

— Environ un an. Il paraissait bien, attentionné et affectueux, et j'ai d'abord cru que l'on avait une chance, lui et moi. Et puis il est devenu possessif, il voulait savoir où j'allais, avec qui... Ce n'était que le début. Plus tard, il s'est mis à vouloir contrôler mon apparence. Tout y passait : mes tenues, mon maquillage... Il a essayé de me couper de mes amis, sous prétexte que l'on devait passer plus de temps ensemble.

Tyler grimaça.

— Ça m'a l'air atroce. Pas étonnant que vous ayez voulu vous échapper. Vous êtes sortie avec quelqu'un d'autre depuis ? demanda-t-il après une longue gorgée de café.

— Non, Michael est le dernier. Vu la façon dont cela s'est passé avec lui, je ne suis pas sûre d'avoir envie de m'engager de nouveau avec quelqu'un. J'ai l'impression que les relations sont systématiquement gâchées par des conflits insolubles, et qu'aucune ne se passe bien, au bout du compte. J'aurais dû apprendre de mes parents, ajouta-t-elle en faisant une petite grimace.

— Ah bon ! s'exclama-t-il, l'air étonné. Que s'est-il passé entre eux ?

Elle haussa les épaules, un geste bien inutile, qui ne suffirait pas à la délivrer de ces mauvais souvenirs.

— Eh bien, disons, pour faire simple, que mon père ne savait pas se satisfaire d'une seule femme. Il avait tendance à se laisser facilement tourner la tête. Il abreuvait maman de promesses, jurait qu'il allait changer, mais n'en a jamais rien fait, et au bout du compte, elle en a eu assez.

— Désolé, murmura-t-il, son regard bleu plein de compassion. Ça a dû être dur pour vous tous, pas seulement pour votre mère.

— En effet. Sam et moi étions encore jeunes, et après son départ, nous voyions encore mon père assez souvent, au début. Mais ça a vite changé, car encore une fois, il ne s'est pas tenu à ce à quoi il s'était engagé. Il inventait régulièrement toutes sortes d'excuses pour expliquer son absence à tel anniversaire ou à telle sortie prévue au zoo.

— Beaucoup de déceptions, si je comprends bien.

— Oh ! Oui ! Mais j'adore mon père, ajouta-t-elle après une gorgée de café. C'est juste que je ne le respecte pas. Je crois aussi que cela m'a rendue méfiante avec les hommes. Mon expérience avec Michael n'a fait qu'intensifier ce sentiment. Du coup, je ne nourris pas beaucoup d'espoirs d'entretenir un jour une relation stable et à long terme.

Il fronça les sourcils.

— Pourtant votre mère s'est remariée, non ? Ça ne vous a pas redonné de l'espoir ?

Elle ne put réprimer un sourire désabusé.

— Un peu, sans doute. N'empêche, je vois aussi ses faiblesses — la façon dont elle a laissé mon père la traiter, notamment — et je refuse de m'embarquer sur le même chemin. Ma mère n'est pas très douée pour les relations. Elle m'a longtemps considérée comme une sorte de déversoir de ses problèmes, comme si elle attendait de moi que je lui offre les solutions. J'ai fait de mon mieux, mais de mon côté, je ne supportais pas de me laisser balloter comme elle, au gré de mes relations amoureuses. Quand mon père la trompait, ma mère était dévastée. Je n'ai pas l'intention de laisser quiconque me faire subir la même chose. Je ne sais que trop ce qu'elle a traversé.

Elle mordit dans un gâteau, en appréciant par avance le goût, comme le réconfort assuré. Elle ne s'était pas rendu compte à quel point elle avait besoin de vider son sac, et bizarrement, maintenant que c'était un peu fait, elle se sentait nettement mieux.

Elle leva les yeux, soudain consciente du regard de Tyler

sur elle… Sur la langue qu'elle passait sur ses lèvres pour en ôter le sucre.

Enfin, il sembla se reprendre.

— Donc tout est sous contrôle, à présent, c'est ça ? demanda-t-il. Vous savez où vous allez, comment vous devez gérer les situations ?

Elle lâcha un rire sec.

— Grands dieux, non ! J'aimerais bien, mais en fait je me contente d'avancer en espérant que j'agis pour le mieux. J'ai découvert voici longtemps qu'il ne sert à rien de faire des projets, puisqu'ils sont systématiquement mis à mal.

Elle reposa le gâteau, et se lécha le bout des doigts.

— Tout ce que j'ai toujours voulu, en fait, c'est d'abord m'assurer que mon frère allait bien. Nous sommes presque du même âge, alors nous nous sommes toujours soutenus mutuellement, quand notre mère était trop occupée par ses propres problèmes, pour remarquer que nous avions besoin de câlins ou de soutien. Nous sommes donc très proches, et j'ai besoin de savoir qu'il va bien.

Tyler la dévisagea un instant.

— Je trouve qu'il a de la chance d'avoir une sœur comme vous.

— Ah oui ? répliqua-t-elle en souriant. Peut-être. Je suis contente à l'idée de le voir aujourd'hui, en tout cas, murmura-t-elle en reprenant son gâteau. Je vais essayer de ne pas trop vous faire attendre.

— Ne vous inquiétez pas pour ça. Je vais aller voir comment va Simon, et puis aussi un ou deux de mes patients transférés ici récemment. Sans compter que je vais devoir organiser notre retour.

— Oui, bien sûr, je n'y avais pas pensé.

En le regardant, elle sentit l'anxiété monter en elle. Une horrible pensée venait de lui traverser l'esprit. Ils n'avaient plus de raisons de voyager en hélicoptère, ce qui ne laissait qu'une autre option pour rejoindre l'île… Une option qui ne lui plaisait pas, mais alors pas du tout, d'autant moins que ses comprimés pour le mal de mer se trouvaient bien sagement dans son armoire à pharmacie, à la maison. Evidemment, elle n'avait pas imaginé qu'elle pourrait en avoir besoin aujourd'hui.

— Euh... Nous allons rentrer comment ?

— Je vais nous réserver une place sur une vedette. Elles sont assez fréquentes entre ici et les îles.

Un silence s'installa, pendant lequel Saskia absorbait la nouvelle. Comment allait-elle supporter ce voyage ? La voiture, ça allait encore, le trajet en hélicoptère s'était plutôt bien passé, mais en mer... Les bateaux, ça n'avait jamais été son truc. Elle laissa échapper un soupir.

— Quelque chose vous tracasse, dit Tyler, dont le regard bleu ne ratait décidément rien. Dites-moi. Qu'est-ce qui vous chagrine ?

— Eh bien, euh... J'ai... J'ai un petit problème de mal de mer, articula-t-elle à contrecœur. En général, je gère, mais là, malheureusement, je n'ai pas mes cachets sur moi. Je n'avais pas prévu que nous prendrions le bateau.

Elle le vit froncer les sourcils.

— Je savais bien que vous ne nous aviez pas tout dit, à l'entretien. Quand James a mentionné les visites sur les îles voisines, vous étiez soudain muette.

Elle détourna la tête. Comment allait-elle se tirer de ce mauvais pas ?

— Pardon. Ça ne pose pas de problème, d'habitude. Du moins, tant que je prends mes cachets au bon moment. Ce qui veut dire que je dois être informée à l'avance d'un déplacement en bateau, et dans ce cas, ça va. Aujourd'hui...

Elle s'interrompit. L'idée de passer les deux heures de la traversée pliée en deux par-dessus bord ne l'emballait que très moyennement. C'était au mieux désagréable, et au pire humiliant.

— Je vais peut-être… peut-être trouver quelque chose dans la pharmacie de l'hôpital ici, non ?

— Un « petit problème », avez-vous dit. C'est à quel point ?

Elle grimaça.

— Terrible.

Il se tut une seconde ou deux, l'air songeur.

— Je ne vous apprendrai pas que les médicaments pour le mal de mer mettent plusieurs heures à agir. Cependant, je pourrais vous faire une piqûre. Cela vous rendrait un peu vaseuse, peut-être même risquez-vous de dormir, mais on doit pouvoir gérer ça.

Elle s'éclaircit la gorge. L'idée de dormir en présence de Tyler, et pendant sa journée de travail, ne l'emballait guère non plus.

— Je crois que je préfère m'en tenir à ma technique habituelle, si vous n'y voyez pas d'inconvénient. Si je prenais les comprimés avant d'aller au chevet de Sam et de Megan, cela suffirait d'ici à ce que nous embarquions.

— O.K. Je vais vous trouver ça. Si je vous obtiens des cachets maintenant, vous pourrez les prendre avec votre café.

Troublée, elle leva les yeux vers lui.

— Merci. Est-ce que ça va changer quelque chose pour le poste ?

— Tout dépend si nous parvenons à trouver le moyen de gérer les imprévus, répondit-il avec une petite grimace. Comme par exemple de prendre les cachets d'emblée quand vous êtes de garde ? Ainsi vous seriez couverte, même si nous n'avons pas besoin de prendre la mer.

— Oui, je pourrais en effet faire ça.

— Ou utiliser un de ces patchs hyoscinés, qui durent soixante-douze heures. Dans tous les cas, il faudra voir quels effets le traitement a sur vous. S'il vous rend trop somnolente, et vous fait perdre une partie de vos moyens, cela va nous poser un problème. Mais attendons de voir avant de décider quoi que ce soit, d'accord ?

Elle hocha lentement la tête. Sa réponse n'était pas la plus encourageante qui soit, mais elle avait le mérite d'être honnête. Et au moins, à présent, elle n'avait plus rien à cacher. Elle ignorait à quoi tout cela aboutirait, mais vu les débuts qu'elle avait faits, cela tiendrait du miracle si elle gardait son poste.

Tyler s'éclipsa pour aller à la pharmacie de l'hôpital, et revint bientôt avec les cachets, qu'il lui donna, et qu'elle avala sur-le-champ.

— Merci, lui dit-elle. Je suis sûre que tout va bien se passer.

Hochant la tête, il jeta un coup d'œil en direction de sa montre.

— Vous devriez aller voir votre frère et sa femme, à présent. J'espère que vous les trouverez en meilleure forme.

— Moi aussi, répondit-elle en s'éloignant, inquiète.

Saskia retint son souffle en découvrant son frère. Assis sur son lit des soins intensifs, ses cheveux bruns en désordre contre les oreillers blancs qui le soutenaient, il était décharné et blême. Les yeux fermés, il émettait des bruits rauques à chaque inspiration.

— Il est très essoufflé, lui dit l'infirmière. Il a beaucoup de liquide dans les poumons, et le médecin a dû lui poser un drain pour l'infection. Il est sous antibiotiques à haute dose, et nous espérons qu'ils fonctionneront. Cependant, je ne vous cacherai pas que le docteur est très inquiet.

— Merci de votre franchise. Je sais que vous faites au mieux.

Saskia s'approcha de son frère, et lui serra doucement la main.

— J'ai besoin que tu ailles mieux, Sam, chuchota-t-elle. Nous comptons tous sur toi, il faut te battre.

Evidemment, il ne répondit pas, d'ailleurs elle le soupçonnait d'être trop faible pour remarquer sa présence. Il avait traversé tant d'épreuves : d'abord la terrible blessure à la poitrine qui avait failli lui coûter la vie, et maintenant cette infection.

Elle resta à son chevet un moment, bouleversée par la vue

de tous ces tubes et fils auxquels il était rattaché. En tant que médecin, elle connaissait leur utilité, ce qui n'atténuait en rien sa tristesse. Elle sentit les larmes monter à ses yeux, mais s'efforça de contenir son émotion.

— Les enfants n'arrêtent pas de parler de toi, reprit-elle. Ils t'envoient plein de baisers. Ils vous ont préparé des cartes et des cadeaux qu'ils veulent vous apporter la prochaine fois qu'ils viendront. Je t'en prie, essaie d'aller mieux, on a besoin de toi, dit-elle encore.

Au bout de quelques minutes, quand le médecin arriva pour administrer la médication de Sam, via le cathéter qu'il avait à la main, Saskia le laissa pour aller voir Megan.

Sa belle-sœur était dans le même état, et Saskia fut encore plus inquiète à la lecture des résultats de son moniteur.

— Qu'est-ce qui a causé pareille chute ? demanda-t-elle à l'infirmière. Elle a eu des saignements internes ?

Les gonflements et les hématomes de Megan semblaient constituer son problème majeur.

— J'en ai bien peur, répondit l'infirmière. Les examens d'hier ont révélé une fuite des vaisseaux pelviens. Elle a été opérée, mais apparemment il y a un autre problème, car un abcès s'est formé.

Elle secoua la tête, envahie par l'angoisse. Encore une mauvaise nouvelle, qui venait s'ajouter à toutes ses blessures. Les chances de guérison de Megan semblaient s'amenuiser d'heure en heure.

— Mais on lui a posé un drain ?

— Oui, dit l'infirmière, et elle reçoit des antibiotiques pour stopper l'infection.

Saskia quitta les soins intensifs, le cœur lourd. Megan était une jeune femme si douce et si gentille, qui donnait de l'amour à tous les gens qu'elle côtoyait. La voir souffrir ainsi était terrible.

Les yeux gonflés de larmes, Saskia sentait que ses prières

pour la guérison de Sam et de Megan, n'allaient pas s'exaucer de sitôt. Et elle ne supportait plus de les voir dans cet état.

— Vous êtes blanche comme un linge, lui dit Tyler, l'air inquiet, quand elle le rejoignit dans le hall de l'hôpital quelques minutes plus tard. Etaient-ils moins bien encore, que vous ne le redoutiez ?

Elle hocha la tête, incapable de parler.

— Asseyez-vous un instant, suggéra-t-il. Tenez, il y a un banc, là-bas, nous y serons tranquilles.

Ils sortirent, et il la guida jusqu'à un endroit encadré de verdure et d'arbres, à l'écart du parking. Saskia s'assit, et Tyler s'installa près d'elle, sans la quitter des yeux.

— Vous n'avez pas froid ? Vraiment, vous n'avez pas l'air bien.

Elle secoua la tête. En fait, elle ne savait plus vraiment comment elle se sentait. Elle était juste complètement engourdie.

— Ils se battent pour leur vie, murmura-t-elle soudain, sans plus pouvoir retenir ses larmes. Et personne ne sait s'ils vont s'en sortir.

— Je suis vraiment désolé.

Lui passant un bras autour des épaules, il l'attira contre lui. La chaleur de son corps s'insinua en elle, et la fermeté de son étreinte la réconforta. Comme s'il parvenait à lui redonner la force nécessaire pour continuer.

— S'il arrivait quelque chose à Sam, je ne le supporterais pas, reprit-elle d'une voix ténue. Il est tout pour moi. Et Megan... On est comme des sœurs. Comment pourrais-je m'en sortir sans eux ?

— N'y pensez pas, répondit-il d'une voix douce. Vous devez vous montrer forte, pour vous et pour les enfants. Ne pas leur montrer vos doutes, surtout. Vous êtes leur roc, leur repère à présent.

— Et si je n'y arrive pas ?

Il lui caressa la joue.

— Bien sûr que si, vous allez y arriver. Je vous ai vue avec les enfants, vous ne les abandonnez pas. Vous ferez ce qu'il faut pour eux.

— Vous paraissez bien sûr de vous, répliqua-t-elle en le regardant à travers ses yeux baignés de larmes. J'aimerais l'être autant de moi.

Il s'approcha d'elle, visiblement bouleversé par sa détresse.

— Vous n'êtes pas seule, Saskia, dit-il d'une voix rauque. Je suis là. Je vous le promets, et je vais vous aider de toutes les façons possibles.

Elle le vit poser les yeux sur ses lèvres et soudain, comme s'il n'avait pas pu s'en empêcher, il pencha la tête et l'embrassa. Très délicatement.

Ce fut un baiser tendre et séducteur, qui apaisa son esprit troublé tel un baume magique et exquis. Il émit un soupir, frissonna légèrement, comme s'il venait de perdre une longue bataille et qu'il se confrontait à présent, à un brûlant désir.

Elle aussi se perdit dans ce baiser, dans les bras réconfortants de Tyler, entre les mains qui la caressaient et l'invitaient à répondre. Là, elle se sentait en sécurité. Rien de mal ne pourrait lui arriver, tant qu'il la tenait contre lui. Une promesse muette venait de se nouer entre eux.

Il lui caressait les cheveux, glissant doucement ses doigts jusqu'à la base de son cou.

— Vous allez vous en sortir, chuchota-t-il, la voix empreinte d'émotion. S'il vous plaît, ne pleurez pas. Tout ira bien.

Et il la serra de nouveau, comme pour effacer tout son chagrin. Elle s'abandonna dans ses bras, débordée par l'émotion.

— Je déteste vous voir souffrir ainsi... Mais vous surmonterez ces problèmes. Je le sais, on va s'en sortir, ensemble.

Elle hocha lentement la tête, acceptant ses paroles tout en sachant qu'il n'avait au fond pas plus de certitudes qu'elle, tandis qu'il essuyait ses larmes de la pointe des doigts.

Il se souciait suffisamment d'elle pour vouloir la protéger, l'aider à se sentir mieux, et pendant quelques instants, il y avait réussi. Elle avait tout oublié ou presque, pour ne plus penser qu'à lui.

Doucement, elle se dégagea de son étreinte, et il continua à l'observer tandis qu'elle se recomposait. Puis il se rapprocha d'elle, comme sous l'effet d'une impulsion incontrôlable qui le poussait à la reprendre dans ses bras. Mais au dernier moment, il se ravisa, l'air inquiet, sur ses gardes, manifestement freiné dans son élan par un conflit interne. Regrettait-il déjà ses gestes d'affection ?

Il hésita encore un peu, puis dit d'une voix calme :

— Je n'aurais pas dû vous embrasser. J'aurais dû faire preuve de plus de maîtrise de moi. Je suis votre supérieur, j'ai franchi une limite. Et j'en suis désolé, vraiment.

— Pas de problème, murmura-t-elle. Je n'aurais pas dû ainsi m'abandonner à mes émotions. Nous nous sommes laissé entraîner malgré nous. J'ai perdu pied, mais ça va mieux.

Elle retint un soupir. C'était faux, bien sûr. Et ses lèvres refusaient d'oublier ce baiser. Ce court moment de paradis dans ses bras qui lui avait permis d'effacer tout le reste.

Mais qu'importe ! Jamais cela n'aurait dû se produire, il avait raison sur ce point-là. Leur baiser avait été spécial, vraiment spécial, incroyablement émouvant, tendre et empli de promesses, pourtant ils n'auraient pas dû se comporter de cette façon.

Ce serait une erreur de nouer une relation avec un collègue de travail, de toute façon. Et particulièrement avec lui. Il avait déjà admis qu'il avait du mal à concilier ses obligations professionnelles, et ses sentiments envers elle.

Ce ne serait donc pas sain pour eux de laisser leurs émotions prendre le dessus.

A moins qu'il ne soit déjà trop tard...

6

— Tout se passe bien entre Tyler et vous ? demanda Noah.

Il venait d'entrer dans la salle de repos où Saskia se préparait un café.

Elle réfléchit une seconde, avant de répondre :

— Euh... Oui, je pense.

Elle se sentit désemparée. Comment Noah avait-il détecté leurs difficultés ? Tyler et elle avaient pourtant veillé à ne rien laisser paraître, lorsqu'ils se trouvaient dans la même pièce, depuis leur fameux baiser. Plus précisément, Tyler se comportait comme si de rien n'était, alors qu'elle éprouvait quelques difficultés à en faire autant.

— Pourquoi ? demanda-t-elle à Noah. Qu'est-ce qui vous fait penser qu'il y aurait un problème ?

Il haussa les épaules, et plongea la main dans la boîte à biscuits.

— Je le trouve tendu, ces derniers jours, ça ne lui ressemble pas. Ce sont peut-être ses projets pour la maison qui n'avancent pas comme il le souhaite.

— Des projets ? Quels projets ?

— Vous n'êtes pas au courant ? Il envisage de refaire l'intérieur de sa maison, afin de la rendre plus claire et ouverte, mais il ne sait pas encore très bien comment s'y prendre. Je pense qu'il trouve l'endroit trop encombré, tel qu'il est. Evidemment, ça ne l'est pas, ajouta-t-il avec un sourire, du moins pas selon les standards de la plupart des gens normaux. Mais Tyler aime que tout soit parfait, propre et bien à sa place. Et son jardin n'échappe pas à la règle, évidemment.

Il se hissa sur le comptoir, face à elle.

— Enfin, vous devez le connaître un peu, reprit-il. Tout doit être impeccable : pelouse taillée aux ciseaux et parterres de fleurs « manucurés » ! Vous avez eu l'occasion de voir son petit potager ? On le croirait conçu selon des règles militaires.

— Oh oui ! répondit Saskia, sa tasse de café à la main, j'ai remarqué son magnifique jardin. Ces choses-là sont importantes pour lui, j'ai l'impression. Je crains d'être responsable de ses soucis, j'ai dû perturber son bel équilibre.

Noah lui jeta un regard en coin.

— Ah bon ? Et comment ça ? Ça n'est pas au boulot, en tout cas, les gens ici ne tarissent pas d'éloges à votre sujet.

— Vous ne pouvez me faire plus plaisir en me disant cela. Merci. Même si j'ai l'impression que Tyler s'attend à ce que je trébuche, d'une façon ou d'une autre. Mais non, ça n'a rien à voir avec le travail, ajouta-t-elle en se resservant. En fait, les enfants et moi sommes allés promener Boomer, l'autre jour. En général, tout se passe bien, il m'attend devant la porte. Mais là, il a dû sentir quelque chose, et il est parti comme une flèche. Avant que j'aie pu l'arrêter, il était dans le jardin de Tyler.

— Oh ! Oh..., je vois...

Elle grimaça.

— Il y avait deux planches cassées dans la barrière — d'ailleurs, je crois bien que ça aussi, c'était un exploit de Boomer : chaque fois qu'il entend le facteur, il devient comme fou. Bref, il a réussi à passer. Un peu plus tard, les enfants m'ont avoué qu'un d'entre eux — Charlie, sans doute, même s'il a refusé de le reconnaître — avait laissé la cage du lapin ouverte, et que Bugsy s'était échappé.

— De pire en pire, ou de mieux en mieux ! répliqua Noah,

hilare. Je suppose que le lapin lui aussi s'était enfui dans le jardin de Tyler ?

Elle hocha la tête.

— En effet. Quand je l'ai récupéré, il avait fait un massacre sur les carottes et les petits pois. Et quand Boomer l'a flairé, ils n'ont rien trouvé de mieux à faire que de se courir après dans les parterres de fleurs. Les chrysanthèmes et les dahlias étaient complètement écrasés, je ne savais plus où me mettre.

— Mon Dieu. Et comment a réagi Tyler ? J'aurais payé cher pour voir sa tête.

Saskia ne put totalement réprimer un sourire.

— Pour être franche, il n'a pas dit grand-chose. Il m'a demandé ce qui se passait, mais une fois qu'il a eu compris, il n'a plus prononcé un mot. Il a attrapé Bugsy, l'a remis dans sa cage, et a jeté un regard noir au chien. Je pense qu'il lui aurait volontiers botté les fesses, mais il s'en est abstenu. Moi, pendant ce temps-là j'essayais d'attraper Boomer, qui prenait ça pour un jeu et s'amusait beaucoup à courir de plus belle. Tyler a été plus rapide, il l'a saisi par le collier, et me l'a ramené.

— Il a bien dû vous dire quelque chose, demanda Noah, étonné, en lui tendant sa tasse pour qu'elle la remplisse.

— Euh... Oui, il a marmonné quelques mots entre ses dents. Qui revenaient plus ou moins à : « Quelle est la durée de votre bail, déjà ? » et puis : « Il doit bien y avoir un moyen de le rompre. » Je lui ai promis que nous reviendrions tout arranger, mais il a pris un air horrifié.

Noah éclata de rire.

— Je ne m'inquiéterais pas trop, à votre place. Je n'ai jamais vu Tyler perdre le contrôle de lui-même, ni rester fâché bien longtemps. Tout va s'arranger, vous verrez.

— Peut-être, il n'empêche que j'aimerais bien faire quelque chose. Je me demande si je ne devrais pas lui proposer de lui offrir mon aide pour les changements, chez lui. S'il ne sait comment s'y prendre, je pourrais peut-être lui trouver une solution.

— Ça vaut toujours la peine d'essayer, répondit Noah en sirotant son café. Je sais qu'Imogen passe pas mal de temps chez lui, mais visiblement elle n'a pas su l'aider. Elle lui ressemble beaucoup, c'est une femme très organisée. Je crois qu'elle lui a suggéré de déplacer certains meubles, d'enlever une étagère de livres ici ou là, des idées qui n'étaient a priori pas du goût de Tyler.

Saskia hocha la tête. Imogen — le Dr Lancaster — semblait être la seule personne en qui Tyler ait accepté de placer sa confiance. Il se montrait toujours agréable et de bonne humeur avec elle. Ce n'était pas étonnant, cela dit, Imogen était du genre à ne jamais faire un pas de travers. Toujours parfaite, le cheveu lisse et brillant, elle gérait son service cardiovasculaire avec une efficacité sans faille. Sans doute tout cela faisait-il d'elle, la femme idéale pour Tyler.

Une vague tristesse s'empara de Saskia.

— Cela vous dérange, qu'Imogen voie Tyler en dehors du travail ?

La question de Noah la ramena brutalement sur terre.

— Je... Je ne sais pas trop, articula-t-elle, bien consciente du regard attentif que Noah posait sur elle. Peut-être. Un peu.

Elle ne tenait pas à étaler devant lui ses véritables sentiments, mais Noah ne fut pas dupe.

— Vous craquez pour lui, pas vrai ? demanda-t-il avec un air triste. J'aurais dû m'en douter.

— Je ne sais pas ce que je ressens, murmura-t-elle. Je ne cherche pas à nouer une relation de toute façon.

— Peut-être pas, en effet, répliqua-t-il avec un sourire désabusé. Pour ma part, en tout cas, j'avais bien l'impression que je n'irais nulle part, avec vous... Quoi qu'il en soit, je suis là, et je reste là, si jamais vous avez besoin d'un ami.

— Merci, Noah, répondit-elle en lui effleurant le bras. Et j'apprécie aussi que vous m'ayez écoutée. Ça m'a beaucoup aidée. Et puis, poursuivit-elle après une hésitation, je suis désolée si vous aviez d'autres attentes me concernant.

— Pas de problème.

Elle se dirigea vers l'évier pour y rincer sa tasse.

— Je ferais mieux de retourner au travail, dit-elle en souriant.

Elle ne s'en faisait pas trop pour le beau Noah. Il ne tarderait pas à essayer ses charmes sur une autre jeune femme, ce n'était pas son genre de se laisser abattre.

Par ailleurs, il lui avait fourni une bonne idée quant à la façon de se faire pardonner par Tyler. Laissant donc Noah à son café, elle regagna les urgences.

— Pouvez-vous venir jeter un coup d'œil à la patiente de la salle 4 ? lui demanda Katie dès qu'elle aperçut Saskia. Je m'inquiète. Elle se plaint de douleurs thoraciques et de la mâchoire. Pourtant, d'après l'ECG, elle ne présente pas de signes d'attaque cardiaque. Elle a des antécédents de tension artérielle, et se sent faible depuis plusieurs semaines.

— Entendu, j'arrive tout de suite.

Saskia suivit Katie dans la salle d'examen. Dès qu'elle vit la patiente, aucun doute ne fut permis : cette femme souffrait manifestement beaucoup, même assise sur le lit. La quarantaine bien avancée, elle était haletante, et ses cheveux bruns étaient collés par la sueur. Katie l'encouragea à respirer dans un masque à oxygène, que la patiente écarta brièvement, pour répondre aux questions de Saskia.

— Pouvez-vous m'expliquer ce qui vous arrive ?

— Cela fait plusieurs jours que je me sens mal, répondit la femme, essoufflée. J'ai d'abord cru que c'était une grippe, et puis j'ai commencé à souffrir de la mâchoire. Une douleur terrible et lancinante, mais ce n'est rien à côté de la poitrine.

— Pouvez-vous décrire cette douleur ?

— C'est insupportable. Une sorte de déchirement, pour commencer, et maintenant… maintenant c'est tout bonnement horrible, pire que jamais.

Elle s'interrompit pour reprendre son souffle, et Saskia en profita pour lui poser son stéthoscope sur la poitrine.

— Bien, madame Miller — Jenny —, je vais vous donner quelque chose de plus fort contre la douleur, lui dit-elle doucement. Je vais aussi vous faire passer une radio et un scanner.

La tension de Jenny chutait. Chez tout patient habituellement hypertendu, cela aurait été plutôt bon signe, mais dans ce cas précis, Saskia redoutait qu'il ne s'agisse de tout autre chose.

— C'est grave, docteur ? demanda Jenny en se laissant retomber sur les oreillers. Elle avait les traits tirés, le teint grisâtre, et quelques gouttes de transpiration perlaient sur son front. Je vais mourir ?

Saskia lui posa une main sur l'épaule.

— Vous vous sentez très faible, mais ne vous en faites pas, rien ne vous arrivera, tant que vous serez entre mes mains.

Elle fut presque tentée de croiser ses doigts dans son dos, en même temps qu'elle prononçait ces paroles rassurantes. Si ce qu'elle soupçonnait s'avérait, cette femme courait un réel danger. Sa mission première était avant tout de l'empêcher de subir un stress démesuré, qui ne ferait qu'ajouter à la gravité de son état.

— En attendant les examens, je veux que vous vous reposiez, et ne vous inquiétez de rien.

Jenny hocha lentement la tête et reposa le masque à oxygène sur son visage.

Sitôt qu'elle eut obtenu un brancardier pour emmener Jenny en radiologie, Saskia se mit en quête de Tyler. L'inquiétude de Katie au sujet de cette patiente était fondée, quelque chose de grave se passait, et si ses doutes se confirmaient, il allait falloir agir extrêmement vite. La vie de Jenny en dépendait.

Elle trouva Tyler dans l'une des autres salles d'examen. Il leva les yeux à son entrée.

— Un problème ? demanda-t-il.

Elle acquiesça.

— O.K., accordez-moi une minute.

Il termina de vérifier les réflexes de son patient, puis demanda à l'infirmière de l'admettre en observation.

En sortant de la salle d'examen, il posa sur Saskia un regard inquisiteur. Il devait trouver bizarre qu'elle cherche à le voir. Jusque-là, elle s'était toujours efforcée de gérer seule les éventuels problèmes, sans venir quérir son aide. Et ce dans l'espoir de lui montrer qu'elle n'avait pas besoin d'une surveillance constante, qu'elle était au contraire parfaitement capable d'agir de façon indépendante.

Sur le cas qui la préoccupait, cependant, elle savait qu'elle ne pourrait pas le résoudre seule, car Jenny allait avoir besoin d'une intervention chirurgicale.

— Quel est le problème ? demanda-t-il de but en blanc.

Devant son attitude froidement professionnelle, quasi brutale, elle se rendit compte qu'elle regrettait l'ancien Tyler, qui se montrait toujours gentil avec elle.

— Ma patiente est gravement malade, et je ne crois pas que nous puissions la soigner ici, dans cet hôpital. Je pense qu'il faut appeler l'ambulance aéroportée.

— Très bien. Dites-m'en plus.

Elle lui fit une description concise du problème de Mme Miller.

— Elle présente tous les signes d'une crise cardiaque, néanmoins je crains que la réalité ne soit pire.

Il fronça les sourcils.

— Cela pourrait être dû à plusieurs choses : un ulcère, des calculs biliaires... C'est très douloureux, mais cela ne nécessite pas d'appeler l'hélicoptère.

— Oui, mais elle a un murmure au cœur. Et s'il s'agissait d'une déchirure de l'aorte ? C'est aussi une possibilité, n'est-ce pas ? Elle a utilisé le mot de « déchirement », pour décrire sa douleur.

L'aorte étant l'artère majeure conduisant au cœur, tout dysfonctionnement à ce niveau-là pouvait induire de graves conséquences.

Il la fixa.

— Vous ne croyez pas que vous dramatisez ? La description que les gens font de leur douleur n'est pas toujours exacte. Tout cela est très subjectif.

— Quoi qu'il en soit, on sera fixés grâce au scan. Mieux vaut que vous veniez lire les résultats vous-même.

— Quoi, vous avez déjà les résultats ?

Elle fit un petit signe de la tête, et ils se dirigèrent ensemble vers le service de radiologie.

— Non, à la vérité, pas encore, mais je suis quasi certaine qu'ils montreront un problème à l'artère. Si nous avons de la chance, la lésion est récente — ce qui expliquerait que sa tension baisse. Sinon, il ne nous reste peut-être que quelques heures pour agir.

— Vous semblez bien sûre de vous, dit-il, les sourcils froncés.

— J'ai déjà eu à faire avec ce genre de cas, c'est pourquoi je suis sur mes gardes.

Après avoir longuement étudié les films sur le moniteur de la radiologie, Tyler émit un long sifflement.

— Il y a un anévrisme, là, vous voyez ? L'artère a craqué en un point plus fragile. Sans doute sous l'effet d'une tension trop élevée.

Il s'écarta de l'écran et reprit, plus fermement :

— O.K., on va lui installer deux grosses perfusions et la mettre sous bêta bloquant sur-le-champ, pour réduire la pression sur la paroi artérielle. Et pour la douleur, on la laisse sous morphine.

— Je m'en occupe.

— Bien. Moi j'avertis l'hôpital de Truro, qu'ils aient une équipe prête à l'accueillir.

Saskia s'éloigna, intensément soulagée que Tyler l'ait écoutée. A présent, sa priorité était d'empêcher que la déchirure de l'artère n'empire.

Quand Tyler la rejoignit quelques minutes plus tard, elle avait fait son possible pour stabiliser la patiente.

— On va l'accompagner dans l'hélicoptère ? demanda-t-elle.

Tyler secoua la tête.

— Ils envoient l'un de leurs spécialistes cardiaques pour la préparer durant le vol. Elle entrera en salle d'opération, dès son arrivée à l'hôpital. Bien vu, en tout cas, ajouta-t-il avec un tout nouveau respect dans la voix. Vous venez sans doute de lui sauver la vie.

— Je l'espère.

Tyler parla un instant avec Jenny, afin de la rassurer ainsi que son mari, arrivé entre-temps à son chevet et très anxieux. Il leur promit que l'on s'occuperait bien d'elle et répondit à toutes leurs questions. Saskia les vit rassurés par son discours compatissant, et son attitude professionnelle. Enfin, lorsqu'il estima, apparemment, que le couple avait besoin de temps pour discuter de tout cela, il s'excusa, et les laissa entre les mains de l'infirmière.

Il accompagna Saskia au bureau des infirmières.

— Et de votre côté, comment ça va ? demanda-t-il. Vous avez eu des nouvelles plus rassurantes de votre frère et de sa femme ?

— Il n'y a pas de changement, lui expliqua-t-elle. Les médecins ont identifié la bactérie responsable de l'infection de Sam, ils utilisent donc un autre antibiotique. Ils l'ont aussi mis sous diurétiques, pour essayer de réduire son émission de fluides, mais pour l'instant son état reste très instable. Et c'est la même chose pour Megan. Malgré les traitements, rien n'y fait, l'abcès ne se résorbe pas. Ils essaient encore.

— J'imagine qu'il faudra du temps avant d'observer de réelles évolutions. Au moins leur état n'a pas empiré. C'est déjà ça, non ?

— Oui, sans doute.

Il lui jeta un bref regard.

— Si vous avez besoin d'aide pour aller leur rendre visite, je pourrais demander à un ami qui a un bateau à moteur de vous y emmener. Je sais que le ferry coûte cher. Il suffit que j'avertisse mon ami du jour où vous souhaitez voyager.

— Merci de votre offre, c'est vraiment adorable.

Reconnaissante, elle lui posa une main sur le bras, et il lui serra l'épaule en retour. Ce bref instant d'intimité lui fit un bien fou.

— Avec plaisir, je ferai tout ce qui est en mon pouvoir pour vous aider, je vous l'ai dit.

Elle lui adressa un timide sourire. Malgré la tension accumulée entre eux, il tenait parole, ce qu'elle appréciait grandement. C'était un homme prévenant et attentionné, elle ne voulait pas ériger de barrières entre elle et lui. Cela ne faisait pas très longtemps qu'ils se connaissaient, et déjà elle le cherchait, à la maison comme au travail. Etrangement, elle ressentait le besoin de sa présence.

Et puis, elle ne parvenait pas à oublier leur baiser, la façon dont il l'avait tenue dans ses bras. Cela avait été un moment spécial, d'une infinie tendresse, et encore aujourd'hui, le trouble l'envahissait, dès qu'elle y pensait.

Mais évidemment, elle ne pouvait pas se laisser aller à cette sensation, ni à un quelconque espoir. Le passé lui avait démontré que tomber amoureuse d'un homme ne pouvait, au bout du compte, lui apporter que des souffrances. S'ils entamaient une relation, et que les choses ne se passaient finalement pas bien entre eux, ce serait elle qui en paierait le prix. Sa vie professionnelle se transformerait de nouveau en cauchemar.

Et pour rien au monde, elle ne souhaitait revivre ce qu'elle avait enduré avec Michaël. Elle n'avait donc d'autre choix que de se protéger de Tyler. D'ériger entre eux le fameux mur, dont pourtant, elle ne voulait pas...

L'hélicoptère arriva au bout de quelques minutes, et elle accompagna Tyler pour confier leur patiente au médecin à bord.

— Nous avons une équipe qui l'attend, prête à opérer, les

informa-t-il. Nous vous tiendrons au courant, mais au vu des scans que vous nous avez envoyés, elle va probablement passer plusieurs heures en salle d'op'.

— O.K., merci, cria Tyler, alors que l'appareil décollait déjà. Nous en saurons plus ce soir, quoi qu'il en soit, dit-il en se retournant vers Saskia.

— Oui. J'espère qu'elle va s'en sortir.

De retour à la maison le soir même, elle était à cran, dans l'attente de nouvelles qu'elle espérait rassurantes. Apercevant Tyler dans le jardin, qui s'escrimait à rafistoler ses parterres de fleurs, elle décida de franchir la barrière pour aller lui parler. Il savait peut-être quelque chose, lui.

— Non, pas de nouvelles pour l'instant, lui répondit-il après qu'elle l'eut interrogé sur leur patiente.

Il termina d'attacher ses chrysanthèmes, puis se redressa et tourna la tête en direction des cris et des rires derrière eux. Becky et Charlie jouaient au cricket dehors.

— Ils ont l'air d'apprécier l'air frais.

— Oui, je les encourage à passer plus de temps à l'extérieur.

Elle avait installé des piquets de cricket sur la pelouse, et les enfants s'amusaient beaucoup, à frapper tour à tour la balle avec la batte. Le problème, et elle s'en rendait compte seulement maintenant en les regardant, était que la pelouse jadis impeccable commençait à souffrir des piétinements des enfants. Elle laissa échapper un soupir. Qu'allait encore en penser Tyler ?

Ravalant sa culpabilité, elle essaya de chasser cette pensée de son esprit.

— En fait, ils partent dans une demi-heure environ. En camp, pour le week-end ; c'est une initiative de leur école. Les enseignants les emmènent explorer la faune et la flore de l'île, ça fait partie d'un projet scolaire.

— Ils doivent être contents, non ?

— J'ai l'impression, oui. C'est moi qui m'inquiète un peu. Ils vont me manquer.

Il sourit.

— Oui, j'imagine qu'on s'attache, forcément.

Il reprit une expression plus neutre, tandis que son regard balayait le jardin et elle ne put s'empêcher de se demander s'il imaginait à quoi ressemblerait sa vie avec d'autres locataires… Un couple sans enfants, par exemple.

— Vous regrettez toujours d'avoir loué votre propriété ? demanda-t-elle. Je vous présente mes excuses pour l'autre jour. La clôture, les fleurs… Enfin, quand on a des locataires, il doit toujours y avoir des problèmes, non ?

— Sans doute, répondit-il. Enfin, non, dans l'ensemble je n'ai aucun regret.

Elle esquissa un sourire. Ça au moins, c'était un soulagement.

— Comment vous êtes-vous lancé dans la location de biens ?

— Par accident, je dirais. J'ai hérité de la maison de mes grands-parents paternels. Au départ, je ne pouvais pas l'habiter, car je travaillais dans une autre ville, alors j'ai décidé de la louer. Et puis, plus tard, la maison voisine s'est trouvée à vendre, et je l'ai achetée.

— Comment se fait-il que ce ne soit pas votre père qui ait hérité de la maison ?

— Il était déjà mort d'une crise cardiaque. Les seuls héritiers étaient donc ma sœur et moi. J'ai proposé à Suzie de lui racheter sa part, ce qu'elle a accepté volontiers.

Saskia leva les yeux vers la bâtisse de pierre aux couleurs douces, avec ses fenêtres de style géorgien.

— C'est une superbe maison.

— En effet. Elle a besoin de travaux, d'être un peu modernisée, mais l'ancien a le mérite de sa solidité. Et je m'y plais.

Elle le dévisagea un instant, curieuse.

— Ça n'a pas dû être facile pour votre mère, à la mort de votre père. Ni pour vous autres, les enfants, d'ailleurs. Vous deviez être jeunes, à l'époque, non ?

— La mort d'un proche, c'est toujours déstabilisant, répondit-il d'un ton un peu brusque. Mais pour être honnête, la vie n'était pas facile, avec mon père. Il passait son temps à pourchasser des rêves, à créer une affaire après l'autre, à échouer et à recommencer. Pour nous, cela signifiait que l'on n'avait jamais assez d'argent, et que l'on n'arrêtait pas de déménager, en fonction de ses projets. Du coup, on ne pouvait jamais s'enraciner nulle part.

Elle secoua légèrement la tête. Elle n'en revenait pas. Et dire qu'elle s'était imaginé que la vie l'avait épargné.

— Je suis désolée, dit-elle, sincère. Je l'ignorais. Ça a vraiment dû être dur pour vous.

Il haussa les épaules.

— Encore une fois, c'était perturbant plus qu'autre chose. On ne savait jamais ce qui nous attendait au tournant, combien de temps on resterait dans la même école, s'il allait falloir une nouvelle fois faire nos adieux aux copains, et s'en trouver de nouveaux. Heureusement, les enfants sont malléables, ils s'adaptent. Je pense que c'était bien plus dur pour ma mère. Il lui fallait toujours repartir de zéro, et après la mort de mon père, elle était complètement perdue. Très vulnérable. Je me suis donné pour mission de veiller sur elle et sur ma sœur.

Saskia l'écoutait attentivement, tout en observant les différentes émotions qui passaient sur son visage. Quelle part de son enfance avait pu induire sa recherche perpétuelle d'ordre dans sa vie ? Pour elle, en tout cas, les choses s'éclairaient un peu.

— Saskia...

Caitlin, qui venait d'arriver de l'autre côté de la clôture, interrompit le fil de ses pensées. Elle se frottait le cou, comme si elle souffrait, tout en roulant des épaules pour apaiser son inconfort.

— Tu ne te sens pas bien ? lui demanda aussitôt Saskia. Tu as un torticolis ?

— J'ai mal aux muscles, c'est tout. Et à la tête. Mais ça va aller. Je devrais peut-être prendre un comprimé, non ?

— Oui, tu as raison, ça te fera du bien.

— Je me disais, reprit l'adolescente en s'approchant un peu plus, si Becky et Charlie sont absents ce week-end, est-ce que je pourrais aller dormir chez une copine d'école ? Tu la connais, c'est Gemma, celle qui vit dans une ferme.

— Tu es sûre que c'est une bonne idée, si tu ne te sens pas bien ? demanda Saskia, un peu inquiète.

— Oui, ça va aller. J'en ai vraiment envie.

Elle réfléchit un instant. Après tout, ça lui ferait sans doute du bien de s'éloigner un peu de la maison.

— Bon, dans ce cas, d'accord, dit-elle enfin. Les parents de ton amie sont au courant ? O.K., ajouta-t-elle, après que Caitlin eut acquiescé, mais tu m'appelles si tu changes d'avis et que tu veux rentrer. Et tu vas me donner leur numéro de téléphone, au cas où.

Immédiatement, Caitlin leva le menton d'un air de défi.

— Quoi, tu ne me fais pas confiance ?

Saskia lui passa un bras autour des épaules en un geste qu'elle espérait apaisant. Derrière elle, Tyler les observait attentivement, elle sentait son regard dans son dos. Pourquoi avait-elle tant de difficultés avec Caitlin ? Elle voulait pourtant faire les choses bien, et malgré tout, leurs conversations tournaient souvent au conflit.

— Bien sûr que si, je te fais confiance. Ce n'est qu'une mesure de précaution, au cas où j'aurais besoin de les joindre. Je veux pouvoir m'assurer que tu es en sécurité, tu comprends ?

— Ouais, O.K. Bon, je vais me préparer, répondit-elle en faisant demi-tour vers la maison.

— Elle n'est pas très gaie, murmura Tyler. Le syndrome de l'adolescent grincheux ?

— Je ne sais pas trop, répondit Saskia en suivant Caitlin du regard. Elle s'inquiète pour ses parents, bien entendu, et je pense aussi que ses anciens amis lui manquent. Elle a laissé toutes ses habitudes en Cornouailles, il va lui falloir quelque temps pour s'adapter ici. Je lui ai proposé de leur parler, via une communication vidéo. Enfin, je suis contente qu'elle se fasse de nouvelles relations ici, c'est un bon début.

— En effet. Du coup, vous allez vous retrouver seule ce soir, ajouta-t-il en l'observant attentivement. Peut-être accepteriez-vous de venir dîner chez moi ? Je ne vous promets pas un repas extraordinaire, je ne suis pas un cuisinier hors pair, mais je projetais de me faire une pizza. C'est si simple que même moi j'y arrive. Ce serait bête que nous cuisinions chacun de notre côté, non ?

Elle sentit les battements de son cœur s'accélérer à l'idée de passer du temps en tête à tête avec Tyler. En même temps, une guerre se livrait en elle. Devait-elle accepter son offre ? Ne ferait-elle pas mieux de se tenir à l'écart de ce genre d'invitations ? Son instinct de protection se réveilla, l'incitant à refuser... Pourtant, une envie impétueuse s'opposait à sa raison. Souhaitait-elle vraiment passer la soirée seule, alors qu'il était juste à côté ?

— Avec plaisir, répondit-elle enfin.

— Bien, dit-il en souriant. Vous m'accordez une demi-heure pour me rafraîchir ?

— O.K.

Elle s'assura que Becky et Charlie avaient tout ce qu'il leur fallait pour leur week-end, puis agita la main longtemps, quand leur chauffeur passa les chercher. Caitlin, de son côté, avait rempli un sac de brosses à cheveux, d'un pyjama et de sous-vêtements propres, et sitôt qu'elle fut partie prendre le bus, Saskia monta se changer.

Elle enfila un jean ajusté et un joli haut orné de perles, puis elle se maquilla légèrement. La perspective de cette soirée avec Tyler l'enchantait. Elle sourit au miroir. Oui, malgré ses craintes, elle avait envie de passer du temps avec lui.

— Coucou, dit-elle quand il lui ouvrit sa porte peu après. Je suis trop en avance ?

— Bien sûr que non, répondit-il en l'examinant d'un regard appréciateur. Vous êtes très jolie.

Un simple compliment qui la remplit de joie.

— Merci.

Elle se sentit rosir. Il n'était pas mal lui non plus, dans son pantalon sombre et parfaitement coupé, et son T-shirt à manches courtes de marque.

— Entrez, proposa-t-il en s'écartant.

L'entrée s'ouvrait sur une cage d'escalier d'un côté, et de l'autre, une porte qui menait vers un vaste salon-salle à manger.

— Voici la pièce principale de la maison, expliqua-t-il, celle où je passe la plupart de mon temps libre. Après la cuisine, bien sûr.

Saskia regarda autour d'elle. Les plafonds étaient hauts, la pièce était pourvue de grandes fenêtres de style géorgien et d'une magnifique cheminée.

— C'est charmant ! s'exclama-t-elle. Vous avez gardé les éléments d'époque.

Elle n'osait même pas imaginer ce qu'il adviendrait de cette pièce, si les enfants y venaient. Sans parler de Boomer.

— Oui, je tenais à conserver à la maison son caractère. Cela dit, je me sens un peu oppressé, et j'aimerais faire quelque chose pour moderniser l'ensemble et aussi, y faire entrer plus de lumière.

— Oui, Noah m'en a parlé… Il m'a dit que vous ne saviez pas trop quoi faire. Moi, je trouve cette pièce très élégante.

Le mobilier était simple, presque minimal, mais donnait une impression de classicisme, d'éternité même.

Tyler lui jeta un rapide coup d'œil.

— Vous semblez bien vous entendre avec Noah.

— Oui, il est très avenant.

A cet instant le portable de Tyler se mit à sonner.

— Excusez-moi, c'est peut-être l'hôpital. Oui, c'est ça, dit-il en consultant son écran.

Il prit la communication, et écouta sans rien dire une minute ou deux, avant de répondre :

— O.K., merci de m'avoir tenu au courant.

— C'est Jenny Miller ? demanda Saskia dès qu'il eut raccroché. Elle a bien supporté l'opération ?

— Oui, ça va. Evidemment, elle est toujours en soins intensifs, et ils surveillent sa tension et sa respiration qui ne sont pas encore stabilisés, mais au moins, l'opération s'est bien passée.

Il posa sur elle un long regard.

— Si vous n'aviez pas détecté les signes, elle ne serait sans doute même plus des nôtres, ajouta-t-il doucement.

— Je suis vraiment contente pour elle, c'est une merveilleuse nouvelle.

Elle eut un soupir de soulagement. Un fort pourcentage de personnes ne survivait pas à une déchirure de l'artère principale, alors le seul fait que Jenny ait été capable de supporter l'intervention constituait un miracle. Et un sacré poids en moins pour Saskia.

— En effet.

Il posa une main sur son bras. Ils restèrent ainsi plusieurs secondes, immobiles, profitant de l'instant, jusqu'à ce que Tyler les tire de leur torpeur.

— Venez, je vais vous montrer le reste de la maison. La cuisine est là-bas, le repas est presque prêt.

Encore tremblante de son contact à la fois tendre et chaud, elle le suivit.

La cuisine baignait dans la chaleur et la bonne odeur de la pizza, qui dorait dans le four d'une cuisinière traditionnelle Aga. Au milieu, trônait un îlot de couleur crème, avec tiroirs et placards en caillebotis, et tout autour, contre les murs, se dressaient divers éléments fabriqués sur mesure, dans un heureux mélange de blanc et de crème. D'un côté, face à la large fenêtre, il y avait un large évier de porcelaine et un peu plus loin, près de la porte vitrée ouvrant sur le patio, une table et ses chaises faites à la main.

— C'est parfait ! s'exclama-t-elle, émerveillée. Je ne vois vraiment pas ce que vous avez envie de changer ici.

Il eut l'air surpris.

— Je n'y tiens pas particulièrement. J'ai fait rénover cette pièce voici un an ou deux, c'est donc la mieux aménagée de la maison. C'est le reste qui me soucie. Je ne vois pas comment organiser le réaménagement, sans gâcher le style d'origine de la maison.

— Il suffirait peut-être de pas grand-chose...

Elle l'aida à dresser la table, disposant les assiettes, les couverts, un saladier et des gressins. Il y avait quelque chose d'intime à partager ainsi les tâches simples du quotidien, et plus d'une fois, elle dut se reconcentrer sur la conversation.

— Les rideaux du salon sont assez lourds, murmura-t-elle. Si vous les remplaciez par des voilages plus légers en texture et en couleur. Et en faire autant peut-être, avec la couleur du mur, en optant pour un ton plus pâle.

Il lui désigna une chaise.

— Vous pensez que ça changerait quelque chose ? lui demanda-t-il, l'air peu convaincu, tout en sortant la pizza du four.

Il la déposa sur un dessous-de-plat circulaire, et ajouta une assiette d'ailerons de poulet grillés.

— Absolument, je crois même que vous seriez surpris du résultat. En ajoutant en plus quelques coussins, dans les tons vert clair et crème, ce serait charmant, et ça allégerait encore le tout.

— Je vais peut-être vous prendre au mot. Comme vous dites, ça n'est pas grand-chose, mais ça pourrait changer complètement l'atmosphère de la pièce. Servez-vous, je vous en prie, dit-il en désignant le plat. Mais attention, c'est chaud.

Il entreprit de couper la pizza, puis s'essuya les mains sur une serviette, avant de verser du vin dans deux verres en cristal.

Elle observa ses gestes précis et fluides, puis trempa les lèvres dans son vin, désireuse de cacher son trouble. Il y avait quelque chose, dans son corps mince et souple, qui la faisait frémir de désir.

— Merci, murmura-t-elle. Ça sent délicieusement bon. Je ne m'étais pas rendu compte à quel point j'avais faim.

Elle mordit dans la pizza, savourant le fromage fondu et les succulents poivrons. C'était exquis ! Se passant un doigt sur les lèvres pour essuyer un peu de leur jus, elle surprit Tyler les yeux rivés sur elle, comme fasciné.

— La pizza, c'est très bon, dit-elle bêtement, faute de mieux, mais ça n'est pas toujours facile à déguster avec élégance.

— Je ne suis pas tout à fait de votre avis, chuchota-t-il. C'est tout à fait élégant de mon point de vue.

Elle sentit une vague de chaleur lui empourprer les joues.

— Euh... Pour ce qui est de la maison, reprit-elle d'une voix trop rauque pour être naturelle, vous pourriez peut-être ouvrir la cage d'escalier de l'entrée. Retirer les planches qui l'entourent, et mettre au jour la structure. Ça changerait complètement cette partie de la maison.

Il sembla réfléchir.

— Vous êtes douée, répondit-il enfin, en la couvant d'un regard perçant. Comment faites-vous ?

Elle sourit.

— Je n'ai aucun mérite, ma mère est designer d'intérieur. Elle passe son temps à essayer des idées nouvelles, et je pense, au fil des ans, qu'elle m'a un peu transmis ses connaissances en la matière.

— Ah... Ceci explique donc cela.

Il saisit un aileron de poulet, et mordit dedans.

— C'est dans les gênes, alors, reprit-il.

— Peut-être, après tout...

Elle ne pouvait s'empêcher de l'observer. C'était fascinant de le regarder manger, de voir ses doigts forts et habiles saisir les morceaux avec une telle élégance. De suivre ses lèvres, quand il léchait son pouce et son index.

— Ça va ? demanda-t-il au bout d'un moment, alors qu'elle ne parvenait pas à détacher les yeux de ce spectacle.

— Oui, oui, dit-elle, baissant la tête pour se resservir de salade.

— Je crois me souvenir que vous m'aviez dit ne pas voir vos parents très souvent. Sont-ils allés rendre visite à votre frère et à Megan ?

— Oui, ils y sont allés à plusieurs reprises. Ma mère doit laisser son affaire entre les mains de quelqu'un quand elle s'absente, mais elle prend toujours son ordinateur portable avec elle, histoire de garder un œil sur le bon déroulement des choses. Quant à mon père, il a pris l'avion depuis l'Espagne deux ou trois fois, je crois.

Elle s'essuya les doigts sur sa serviette, et prit son verre de vin.

— Ils sont très inquiets.

— Je les comprends, répondit-il en plaçant une main sur la sienne, avant de poser sur elle un long regard pénétrant. C'est dur pour vous tous, pourtant je trouve que vous gérez les choses de main de maître. Vous vous en tirez superbement avec les enfants. Ça n'a pas dû être évident, de vous retrouver chargée de famille tout d'un coup.

Elle lui sourit, réconfortée par la chaleur rassurante de son contact. C'était comme s'il effaçait quelque peu la solitude de sa situation.

— Merci. Je me suis impliquée dans leur vie, dès le jour où ils sont nés. En fait, c'est presque comme si j'avais fondé ma propre famille. Et vous ? demanda-t-elle à brûle-pourpoint. Vous envisagez de fonder une famille, un jour ?

Il resta muet un long moment, et relâcha sa main comme à contrecœur pour reporter son attention sur son repas.

— Je n'y ai pas vraiment réfléchi, répondit-il enfin, les sourcils froncés. Sans doute me suis-je habitué à la solitude de cette grande maison. Je l'étais, du moins, ajouta-t-il avec un sourire. Imaginer les lieux envahis par une horde de gamins, c'est autre chose. Je n'ai rien contre l'idée, mais il faudrait du temps pour m'y habituer, je crois.

— Peut-être est-ce différent, quand ce sont les vôtres.

— Peut-être.

Elle cilla. Tout au fond d'elle, sans doute espérait-elle une autre réponse, pourtant ce qu'il lui avait dit n'avait rien de surprenant. Tyler était habitué à ce que tout autour de lui soit impeccable. Il façonnait sa vie selon des règles bien personnelles, et ne semblait pas prêt à en changer. Elle en était parfaitement consciente, alors pourquoi est-ce que cette idée l'ennuyait autant ?

— J'ai envie de passer un coup de fil à Caitlin, histoire de vérifier qu'elle est bien arrivée chez son amie, annonça-t-elle soudain.

Elle était pressée d'amener la conversation sur un sujet moins sensible.

— Elle doit être arrivée, à l'heure qu'il est, reprit-elle.

Il hocha la tête.

— Je m'occupe du dessert, en attendant.

— Oh ! Désolée ! Je l'appellerai plus tard, je ne pensais pas que vous aviez aussi prévu un dessert.

— Non, non, pas de problème, allez passer votre coup de fil. C'est important.

Il lui offrit un bref sourire, avant de sortir du réfrigérateur deux coupelles de verre.

— Je dois avouer que mon dessert n'est rien que d'extrêmement simple : une salade de fruits.

— Vous ne pouviez mieux choisir : c'est ce que je préfère, avec le crumble aux pommes et aux mûres.

Il planta une fourchette dans un morceau d'ananas et le porta lentement à sa bouche.

— Hum…, dit-elle, en acceptant de croquer dans le fruit juteux, dont la saveur lui envahit les papilles. Humm…

Le regard brillant et outrageusement séducteur qu'il lui jeta alors la fit éclater de rire. Incapable de résister plus longtemps à la tentation, elle dévora sa coupelle de fruits, délicieux mélange de raisins noirs et blancs, d'oranges, d'ananas, de pommes et de poires.

— C'était exquis, dit-elle enfin.

— Je suis content que vous ayez aimé, répliqua-t-il, esquissant un sourire satisfait. Cela valait la peine, rien que pour le plaisir de votre expression ! Appelez Caitlin, ajouta-t-il en débarrassant la table. Je prépare le café.

Elle obtempéra, et composa le numéro de l'adolescente. Mais après de nombreuses sonneries dans le vide, elle n'obtint pas de réponse. Inquiète, elle essaya le numéro que Caitlin lui avait donné pour joindre la famille où elle devait passer la nuit.

— Justement, j'allais vous appeler, répondit la mère de Gemma après les présentations d'usage. Nous l'attendons depuis plus d'une demi-heure, elle n'est toujours pas arrivée.

Elles parlèrent quelques minutes encore, et Saskia raccrocha.

— Que se passe-t-il ? demanda Tyler, l'air préoccupé.

— Elle n'est toujours pas arrivée chez sa copine, lui répondit-elle, la gorge nouée par l'angoisse. Il faut que je parte à sa recherche. J'ignore ce qui a pu se passer, elle n'en avait que pour dix minutes de bus, normalement. J'y vais, ajouta-t-elle en se levant précipitamment pour chercher son sac à main.

— Attendez une seconde, il n'y a pas de raisons de paniquer.

Il s'approcha d'elle et l'enveloppa de ses bras pour l'empêcher de se ruer hors de la maison.

— Prenons un instant pour y réfléchir.

— Mais elle… Il a pu lui arriver n'importe quoi. Un accident, un enlèvement…

Sa voix se brisa. Dieu qu'elle avait peur !

— Il y a peu de chances, dans une si petite ville. Calmez-vous, on va décider ensemble de ce qu'il convient de faire.

Il avait dit « on va décider ». Ce fut ce « on » qui la convainquit de ne pas courir arpenter les rues comme une folle. Cela, et la chaude pression de ses bras autour d'elle, apaisante. Elle n'était pas seule.

— Je dois partir à sa recherche, reprit-elle néanmoins.

— On va y aller. Partons du principe qu'elle a bien pris le bus, O.K. ? On va conduire jusqu'à l'arrêt où elle aurait dû descendre, puis on refera le chemin en sens inverse.

— D'accord.

Il la garda contre lui une seconde ou deux de plus et elle posa la tête contre son torse, rassurée par les battements forts et réguliers de son cœur.

— Merci, murmura-t-elle. Merci d'être là.

Il lui effleura le front d'un baiser très léger.

— On va la trouver.

— Oui.

Ce baiser n'avait sans doute pour but que de la rassurer. Et pourtant, et malgré son état d'inquiétude, elle en sentait encore l'empreinte brûlante sur sa peau. Comme elle savait qu'il était déjà gravé dans son cœur.

7

Suivant l'itinéraire du bus, Tyler les conduisit vers l'est de l'île. La nuit était tombée depuis un moment, ce qui rendait la visibilité moins bonne, mais Saskia gardait néanmoins les yeux rivés dehors à travers la vitre, espérant apercevoir une trace de Caitlin.

Ils laissèrent bientôt la ville derrière eux, et traversèrent les zones sauvages qui menaient à la côte. Un peu plus d'un kilomètre plus loin, quand la route s'arrêtait au terminus du car où Caitlin avait dû descendre, Tyler coupa le moteur. Ils décidèrent de poursuivre à pied le chemin menant à la maison de Gemma.

— C'est loin, jusqu'à la ferme ? demanda Tyler. Je suppose qu'elle a suivi le sentier.

— Il y en a pour dix minutes environ, je dirais. Avec le recul, je me sens très mal de l'avoir laissée faire le trajet toute seule. Même si elle y était déjà venue sans problème, et que j'étais certaine que tout irait bien.

Elle s'interrompit. Elle ne pouvait réprimer les tremblements de sa voix, à l'idée de ce qui avait pu se produire. Prenant une profonde inspiration, elle tenta de se calmer.

— Il faut prendre le sentier en direction de la côte.

De là, ils distinguaient déjà la côte escarpée qui contournait la crique. Le clair de lune se reflétait sur l'eau, révélant la silhouette des dunes de sable où poussaient des touffes d'oyats ici et là, bercés par le vent de la mer.

Saskia frémit. Elle avait enfilé une petite veste avant de partir, mais trop légère pour la protéger de la brise qui s'était levée avec le soir.

— Venez, que je vous réchauffe, proposa aussitôt Tyler en lui passant un bras autour des épaules pour l'attirer dans sa chaleur.

Elle leva les yeux vers lui, reconnaissante. Décidément, ses attentions la réconfortaient toujours. Se sentir serrée ainsi contre lui, atténuait un peu son angoisse. Il était chaleureux, attentif, il la soutenait… Exactement ce dont elle avait besoin en ce moment. Elle secoua légèrement la tête. Difficile de croire que leur charmante soirée s'était si rapidement transformée en cauchemar.

Ils avançaient lentement, observant ce qui les entourait, tout en appelant Caitlin. Toutes sortes de scénarios horribles traversaient l'esprit de Saskia.

— Elle ne se serait tout de même pas enfuie ? lança-t-elle, affolée. Je sais qu'elle n'était pas bien dans sa peau, mais j'ai mis ça sur le compte de la crise d'adolescence, en plus de tout le reste, bien sûr. J'aurais dû passer plus de temps avec elle, ajouta-t-elle, incapable de masquer son angoisse. Essayer de l'amener à me parler plus…

— Arrêtez de vous culpabiliser, l'interrompit Tyler. Vous avez fait de votre mieux. Mais réfléchissons, si elle voulait en effet s'enfuir, où irait-elle ? Il n'y a plus de ferry pour rejoindre le continent, à cette heure-ci.

— Non, c'est vrai.

Ils marchèrent ainsi longtemps, s'arrêtant de temps à autre pour examiner les haies de chaque côté du sentier, sans cesser d'appeler Caitlin. Saskia essayait de sonder la nuit et ses bruits — le hululement d'une chouette, un hérisson qui faisait trembler les buissons, une musaraigne… Soudain, un son différent des autres attira son attention. Comme un souffle rauque ou un murmure.

Elle s'immobilisa, à l'affût.

— Attendez ! Qu'est-ce que c'est ? Je crois avoir entendu quelque chose.

Mais il n'y avait que le silence.

— Caitlin, où es-tu ? cria-t-elle encore.

— Saskia...

C'était très faible, presque un murmure. Son cœur se mit à battre la chamade.

— Vous avez entendu aussi ?

Tyler hocha la tête.

— Je crois que ça venait de là, dit-il, vers le bord.

Il désignait un buisson d'aubépine, dont les branches descendaient bas vers le sol. Juste à côté, il y avait un fossé recouvert de broussailles entremêlées.

Le gémissement se refit entendre.

— Sass...

Dans l'obscurité, Saskia distingua vaguement une silhouette recroquevillée sur un parterre d'herbe et de feuilles. La boucle d'une ceinture scintillait dans le clair de lune, et un peu plus loin une barrette en strass.

— Caitlin... Dieu merci tu es là !

Saskia voulut s'approcher, mais son pied se prit dans les racines d'un arbre rabougri, et elle pesta en se débattant pour se libérer.

— Tyler, vous pouvez y aller ?

Il descendit dans le fossé, et s'agenouilla auprès de Caitlin.

— Oui, ça y est je l'ai, dit-il en lui passant délicatement une main derrière la tête. Tu as mal quelque part ? demanda-t-il. Tu peux nous dire ce qui t'est arrivé ?

— J'avais la tête qui tournait...

Sa voix était tout juste audible, et elle avait manifestement du mal à se concentrer.

— J'ai dû tomber, reprit-elle en fermant les yeux, épuisée par l'effort. J'ai mal à la tête… et à la cheville.

— Ça va aller maintenant, tout va bien se passer. Je vais t'examiner rapidement, et puis on t'emmènera.

— Gemma… Elle va… Il faut…

Saskia, qui s'était enfin libérée des racines, vint s'accroupir près de sa nièce. Elle lui prit la main, choquée par sa froideur, tout en essayant de l'apaiser.

— Je vais appeler Gemma pour lui expliquer ce qui s'est passé. Ne t'inquiète de rien, on va s'occuper de tout.

Tyler termina son examen.

— Je ne crois pas qu'elle ait quelque chose de cassé, annonça-t-il. Pour la cheville, je n'aurai de certitude, qu'une fois à l'hôpital. En revanche, il y a forcément une raison à son malaise, il va donc falloir la bouger avec précaution.

Saskia acquiesça.

— On peut lui faire un collier cervical avec ma veste. Elle est suffisamment fine pour être pliée.

— Oui, bonne idée.

Elle ôta donc aussitôt sa veste, et la roula pour lui donner la forme d'une minerve.

— C'est un peu approximatif, mais ça fera l'affaire le temps de la sortir de ce fossé, reprit-elle. Je lui maintiens la tête, pendant que vous la soulevez.

— O.K. Un, deux, trois, on y va.

Il porta Caitlin jusqu'à la voiture, et quand elle eut ouvert la portière, il glissa l'adolescente sur la banquette arrière, s'assurant qu'elle était bien installée avant de se redresser. Tremblante, Saskia s'assit à ses côtés.

— Elle est glacée, dit-elle. Elle devait être allongée sur le sol humide depuis un bon moment.

— Oui, elle souffre sans doute d'hypothermie. Mais ne vous inquiétez pas, j'ai une couverture dans le coffre. On va la réchauffer de notre mieux, en attendant.

Il retira sa veste, et en recouvrit la jeune fille blême, avant de partir fouiller son coffre. Il revint bientôt et remplaça la veste par un plaid en laine visiblement neuf, dont il borda Caitlin. Puis il enveloppa Saskia dans sa veste.

— Voilà. Je n'ai pas envie de vous voir vous effondrer à cause du froid vous aussi.

— Merci, répondit-elle.

Elle se lova volontiers dans sa chaleur et l'odeur subtile de son eau de Cologne. La sensation était presque aussi agréable que d'être serrée contre Tyler lui-même, et l'espace d'un instant, elle s'abandonna au plaisir quelque peu coupable de s'imaginer dans ses bras. Elle commençait à se rendre compte de ses envies : être avec lui, l'avoir auprès d'elle. Tout le temps.

Une fois à l'hôpital, Tyler s'assura qu'ils puissent rester au chevet de Caitlin tout au long de son examen. La minerve de fortune qu'ils lui avaient confectionnée fut délicatement remplacée par une vraie qui lui maintiendrait le cou, puis l'équipe se concentra sur sa température, que l'on essaya de faire remonter à la normale. Ils lui firent inhaler un mélange tiédi et humidifié d'air et d'oxygène, et l'enveloppèrent dans une couverture de survie. Le processus serait sans doute lent, car Caitlin était restée dans le froid un long moment, et qu'elle était gelée.

Jason Samuels, le médecin de garde, prit la jeune fille en charge. Il se montra d'abord peu disert, le temps que ses constantes se stabilisent, mais il fut bientôt en mesure de leur annoncer que son état s'améliorait.

— Je vais te donner quelque chose pour ta douleur à la cheville, lui annonça-t-il. Et dès que tu te seras réchauffée, on t'emmènera passer une radio. Je ne pense pas que tu aies quoi que ce soit de cassé, mais je préfère m'en assurer.

Une infirmière lui tendit une tasse de chocolat chaud.

— Tiens, voilà qui devrait te réchauffer de l'intérieur, lui dit-elle gentiment en lui tendant des comprimés à avaler avec.

— Tu avais déjà eu des étourdissements avant ce soir ? lui demanda Jason.

Caitlin hésita un instant avant de répondre, elle avait à l'évidence encore des difficultés à rassembler ses pensées.

— Ça arrive assez régulièrement depuis quelque temps, avoua-t-elle enfin. Depuis l'accident de papa et maman.

Surpris, Jason se tourna vers Saskia.

— Il y a certainement un lien.

Saskia tombait des nues.

— Je croyais que c'était la première fois, je n'avais aucune idée de ces problèmes, Caitlin. Pourquoi ne m'en as-tu pas parlé ?

L'adolescente haussa les épaules.

— Ce n'était pas très grave, et je ne voulais pas en faire tout un pataquès, après ce qui est arrivé à papa et maman. A côté d'eux, les pauvres, mes étourdissements ce n'était vraiment rien, ajouta-t-elle en s'enfonçant un peu plus sous sa couverture.

— Mais tu étais dans la voiture avec eux le jour de l'accident, non ? Tu as ressenti un choc ?

Elle se morigéna intérieurement. Comment n'avait-elle pas pensé à lui poser la question avant ?

— Oui, mais j'allais bien. Sauf que... j'ai la tête un peu lourde depuis, et j'entends des sortes de sifflements dans mes oreilles, ajouta-t-elle en soupirant. Je pensais que ça passerait. J'étais irritable, et je voudrais m'excuser pour mon mauvais caractère, Sass. Je ne comprenais pas moi-même ce qui m'arrivait.

— Ma belle, tu aurais dû me dire tout ça, répondit Saskia en lui serrant doucement la main.

— Je m'excuse, mais je ne voulais pas me plaindre, avec papa et maman si malades. Ce que je ressentais n'était rien, comparé à ce qu'ils traversaient.

— Je pense qu'il lui faut une radio, peut-être même un scanner, intervint Jason. Il se peut que tu souffres des conséquences d'un coup du lapin, mais les clichés permettront de nous en assurer. Je pense préférable de la garder ici en observation pour la nuit, ajouta-t-il à l'attention de Saskia. Par précaution, car elle a tout de même perdu connaissance et puis sa tension est encore faible. Sans parler de sa température, qu'il faut faire remonter.

— Oui, bien sûr, vous avez raison. Pendant que tu seras en radiologie, je vais passer prendre tes affaires à la maison, dit-elle à Caitlin. Ça va aller ? Je fais aussi vite que possible.

— Oui, d'accord, répondit Caitlin. Mais ensuite tu resteras avec moi, d'accord ?

— Oui, évidemment que je resterai avec toi, lui répondit Saskia en souriant. Ne te préoccupe de rien, je veux que tu essaies de te reposer.

Tyler attendit avec elle, pendant que les brancardiers emmenaient Caitlin en radiologie, puis ils se dirigèrent ensemble vers le parking.

— Je crois qu'elle va se remettre rapidement, murmura Tyler, une fois installé au volant. Elle est encore un peu tremblante, mais je pense qu'on l'a trouvée à temps, avant que l'hypothermie ne s'installe en profondeur. Pour ce qui est du coup du lapin, s'il avait causé des dommages sévères, on aurait vu des symptômes plus graves avant.

— Oui, vous avez sans doute raison. Je suis vraiment contente que vous ayez été avec moi, Tyler, ajouta-t-elle, intimidée, en se tournant vers lui. Ça m'a rassurée, de vous sentir près de moi.

Le regard de Tyler se posa sur elle. Bref mais intense.

— Je ne vous aurais pas laissé partir la chercher seule, je voulais vous accompagner.

Ils arrivèrent à la maison quelques minutes plus tard, et Saskia annonça qu'elle allait se dépêcher de rassembler les affaires de Caitlin.

— De mon côté, je vais me changer rapidement, lui répondit Tyler après l'avoir accompagnée jusqu'à sa porte. Suite à mon petit séjour dans le fossé au milieu des ronces, je crains que ce pantalon ne soit bon pour la poubelle, ajouta-t-il avec un sourire.

Elle se mordit la lèvre.

— Je suis vraiment désolée, il vous allait si bien...

Il éclata de rire, avant d'hausser un sourcil.

— Vous trouvez ? Eh bien, voilà qui est bon à savoir.

Il s'approcha un peu, et un instant, elle crut qu'il s'apprêtait à lui passer un bras autour de la taille... Mais au dernier moment il se ravisa, se contentant de lui effleurer le bras.

— Je suis heureux que nous ayons eu un peu de temps pour nous, ce soir, murmura-t-il. On devrait faire ça plus souvent... enfin, de préférence, sans le dénouement dramatique.

— Oui, je suis d'accord. Je ne sais pas ce que j'aurais fait sans vous.

Obéissant à une impulsion incontrôlable, elle se haussa sur la pointe des pieds et déposa un baiser sur sa bouche, en même temps que ses mains sur le torse.

Elle entendit sa brusque inspiration. Il parut sidéré par son baiser, comme cloué sur place. Mais au moment où il s'apprêtait à y répondre en la prenant dans ses bras, elle lui échappa subrepticement.

— Je monte récupérer des affaires pour Caitlin.

Elle baissa les yeux, les joues en feu. Qu'est-ce qui lui avait pris de l'embrasser ainsi ? Elle venait de franchir la ligne invisible qu'elle avait elle-même décidé de tracer entre eux deux. Pourtant, elle avait envie de lui, besoin de lui, et toutes ses bonnes résolutions — garder ses distances avec les hommes, ne pas s'engager dans une relation, surtout pas au travail — s'envolaient en fumée, depuis qu'elle connaissait Tyler. Etait-ce de l'amour ? Sans doute, vu la puissance de l'émotion qui l'envahissait en sa présence, la submergeait, la renversait. Jamais elle n'avait ressenti cela, jamais un homme ne l'avait bouleversée à ce point. Elle s'efforça de rassembler ses esprits.

— Je ne serai pas longue, dit-elle. J'ai promis à Caitlin que nous serions vite de retour à l'hôpital. N'hésitez pas à entrer dans la maison, si vous êtes prêt avant moi, je n'entends pas toujours la sonnette d'en haut.

— Euh... Oui, d'accord.

En tant que propriétaire, il possédait une clé, même s'il ne s'en était jamais servi. Etait-ce là encore une ligne qu'elle venait de franchir ? Après les événements de la soirée, tout cela ne semblait plus vraiment important.

Elle entra dans la maison, et monta les marches quatre à quatre. En bonne adolescente, Caitlin était attentive à ce qu'elle portait ; Saskia rassembla donc dans un sac, plusieurs jupes et leggings, ainsi qu'un haut chaud pour le lendemain matin, en espérant que sa nièce serait suffisamment remise pour rentrer. Elle y ajouta un pyjama, des sous-vêtements, une brosse à dents et une brosse à cheveux.

Elle se rendit ensuite dans la salle de bains pour se rafraîchir, enfila un jean propre et changea de chaussures. Une touche de maquillage, un dernier regard pour s'assurer qu'elle n'avait rien oublié, et elle redescendit dans le séjour.

La sonnette retentit, ce qui la fit sourire. Un signe que Tyler n'osait pas s'introduire chez elle ? Peut-être était-elle allée trop loin.

Sauf qu'il ne s'agissait pas de Tyler, et immédiatement le sourire de Saskia disparut. En même temps que l'anxiété l'envahit.

— Salut, dit Michael, ça fait une éternité que j'attends que tu rentres.

Elle le fixa, sidérée.

— Michael, qu'est-ce que tu fais ici ? Comment as-tu découvert où j'habitais ?

— Tu m'as appelé, rappelle-toi. Alors je n'ai eu aucun problème à te retrouver. Tu ne m'invites pas à entrer ? ajouta-t-il avec un sourire victorieux.

— Non, je dois ressortir. Pour aller à l'hôpital.

— Rien qu'une minute ou deux, s'il te plaît. Je ne te retiendrai pas longtemps. Je voulais juste m'excuser de t'avoir rendu la vie difficile. C'est vrai qu'au début, quand tu travaillais encore avec moi, je voulais te punir. Mais quand tu es partie… Eh bien, je me suis dit que si tu ne trouvais de boulot nulle part ailleurs, tu reviendrais vers moi. Vers ton ancien travail.

A contrecœur, elle s'écarta pour le laisser entrer. Sitôt que Tyler arriverait, ils partiraient, et avec un peu de chance, elle allait pouvoir montrer à Michael que tout était fini entre eux.

— Si je t'ai appelé, c'était seulement pour savoir ce qui te poussait à raconter partout que j'avais commis des erreurs médicales, lança-t-elle froidement. Et certainement pas pour te donner le sentiment que je souhaitais renouer avec toi. Désolée si tu m'as mal comprise.

— Je sais. Et je comprends, dit-il en la suivant dans la cuisine. Je ne te reproche d'ailleurs pas d'avoir rompu, j'ai été un peu compliqué. Je l'admets. N'empêche, j'ai détesté te perdre, et j'ai toujours espéré…

— Je ne reviendrai pas, Michael, l'interrompit-elle. Je croyais avoir été claire.

— Oui, oui, dit-il aussitôt en se passant une main dans ses cheveux bruns. Cependant, je veux que tu saches une chose : je peux changer. Je peux devenir l'homme que tu veux…

Plus il s'approchait et plus elle reculait, jusqu'à heurter le rebord dur du plan de travail.

— Non, répliqua-t-elle, ce n'est plus possible.

— Mais si tu me laissais te montrer…

Il était si près, qu'il la touchait presque. Elle n'avait pas envie de faire une scène, de crainte que les choses ne dérapent, alors elle se raidit tout entière.

— Elle vous a dit « non ».

La voix de Tyler brisa la tension qui régnait dans la pièce.

— Je crains que vous n'ayez fait le voyage pour rien, Michael. Vous feriez mieux de retourner à l'endroit où vous êtes descendu pour la nuit, en attendant le ferry de demain matin. Vous n'avez aucune raison de rester ici plus longtemps.

Instinctivement, Saskia se glissa hors de portée de Michael, attirée par la présence réconfortante de Tyler.

Les yeux de Michael s'écarquillèrent.

— Vous et elle... ? Vous êtes... ?

— Exact, répondit Tyler, les yeux plongés dans les siens.

Saskia retint un sursaut. Elle n'en revenait pas. Il sous-entendait qu'ils formaient un couple ! Consciente du regard scrutateur de Michael, elle se recomposa rapidement.

— Vous comprenez donc pourquoi ce que Saskia vous dit est vrai, reprit Tyler. C'est fini entre vous. Terminé.

Michael se recroquevilla, comme s'il venait de recevoir un coup dans le ventre. Si elle souhaitait que le message passe de façon claire, Saskia ne pouvait s'empêcher de le plaindre.

— Je suis désolée, Michael, dit-elle. Toi et moi, on n'était pas faits l'un pour l'autre. Tu sais, il y a des tas de femmes qui rêveraient d'être avec toi, ajouta-t-elle avec empathie. Tu es bel homme, tu as un travail génial, que tu exerces avec talent et grandeur d'âme. Tu as tout pour toi. Il faut juste que tu oublies cette histoire, et que tu ailles de l'avant.

— Je ne savais pas, murmura-t-il, avant de se détourner pour se diriger d'un pas légèrement chancelant vers le couloir. Jamais je n'aurais imaginé...

Elle le suivit des yeux, mal à l'aise. Manifestement, il était sous le choc.

Tyler le rejoignit à la porte.

— Ça va aller, vous pourrez conduire ? Où êtes-vous descendu ?

— A l'hôtel Schooner. J'y serai jusqu'au petit déjeuner demain matin, reprit-il avec un regard perçant en direction de Saskia. Si tu veux discuter...

— Je ne pense pas, non, répondit-elle d'un ton plus sec. Désolée, Michael. Au revoir.

Ils le regardèrent démarrer sa voiture et s'éloigner, puis Saskia se tourna vers Tyler.

— Vous lui avez laissé croire que nous formions un couple.

Elle se sentit rosir. Si seulement c'était vrai! Mais Tyler avait juste dit ça pour pousser Michael dehors. A moins que son affirmation ne renferme une once de vérité? Elle avait tellement envie de l'entendre le lui avouer...

Mais il hésita, puis se détourna d'elle. Impossible de lire son expression.

— C'était une sorte de mensonge par omission, répondit-il enfin en haussant les épaules. Il ne semblait pas vouloir entendre raison autrement. Pourquoi, ça vous dérange? demanda-t-il en posant sur elle son regard pénétrant.

Elle secoua la tête, tâchant de son mieux de cacher sa déception. Et de trouver un moyen de se dépêtrer de cette situation à la fois embarrassante et déraisonnable.

— Non, pas vraiment. Sauf que s'il raconte à tout le monde que nous sortons ensemble, cela va forcément revenir aux oreilles des collègues, à l'hôpital. Vous risquez de regretter votre aveu, dans ce cas.

Il esquissa un étrange sourire.

— Je doute qu'ils le croient. Ils m'ont tous acoquiné avec Imogen.

Elle le regarda, incrédule. Et piquée en plein cœur.

— Imogen?

Certes, elle avait vaguement soupçonné quelque chose dans ce genre, mais de là à ce que Tyler l'admette ouvertement...

Et si en effet il se passait quelque chose entre Imogen et lui, alors pourquoi l'avait-il embrassée, l'autre jour? Etait-ce donc seulement un geste destiné à la réconforter et rien d'autre? Une sorte de dérapage imprévu?

Elle s'était sentie de plus en plus proche de lui, ces derniers temps. Sauf qu'apparemment, les sentiments et les émotions n'allaient que dans un sens.

— C'est naturel, non? Imogen et moi, on se ressemble beaucoup, et on travaille bien ensemble. Pourquoi ne seraiton pas ensemble dans la vie?

Elle cilla. Alors là, elle n'en revenait pas.

— Mais..., vous travaillez avec elle, justement. Ça ne va pas à l'encontre de vos principes ? Après m'avoir embrassée, l'autre fois, vous vous êtes empressé de me dire que ce n'était pas bien, parce que vous étiez mon supérieur.

Il lui adressa un sourire désabusé, pourtant elle perçut une hésitation avant qu'il ne réponde :

— Je ne prétends pas être parfait. Peut-être ai-je été pris au dépourvu, que ma légendaire capacité de contrôle m'a fait défaut. Après tout, je suis tout aussi humain et vulnérable qu'un autre, lorsque je suis confronté à une belle femme sexy en détresse. Cela dit..., poursuivit-il sérieusement, je pensais ce que j'ai dit. Ce ne serait pas juste de ma part de profiter de vous, alors même que vous êtes en période d'essai.

— Et puis, ça ne mènerait nulle part... N'est-ce pas ? répliqua-t-elle avec un regard de défi. Nous sommes à l'opposé l'un de l'autre, c'est ça ? Ma vie est une ruine, je vis au jour le jour, en espérant survivre jusqu'au lendemain. Alors que vous, vous avez déjà prévu votre avenir : vous êtes au top de votre carrière, vous habitez une jolie maison où tout est bien à sa place, et tout ce qui vous manque, c'est la femme idéale avec qui partager tout cela. Quelqu'un qui saurait préserver à votre intérieur son aspect immaculé. Et en effet, Imogen correspond parfaitement à ce portrait.

Sa dernière réflexion était amère, elle la regretta sur-le-champ.

— On ferait mieux de retourner à l'hôpital, reprit-elle, exaspérée par sa propre faiblesse. Oubliez tout ce que je viens de dire. La journée a été longue, je suis un peu perturbée.

Il lui jeta un long regard sombre, mais ne répondit rien. Il se contenta de ramasser le sac de Caitlin et sortit.

8

— Comment va-t-elle ? Que disent les radios ?

Saskia entra presque en courant aux urgences, accompagnée de Tyler, pressée d'avoir des nouvelles de Caitlin.

Pour l'instant, elle n'avait pas d'autre choix que de mettre de côté les problèmes qu'elle rencontrait avec Tyler. Quels qu'ils soient. Elle ressentait des choses pour lui, que pouvait-elle y faire ? Plus précisément, elle l'aimait, et ne supportait pas l'idée qu'il ne fasse plus partie de sa vie. Etait-il possible que ses sentiments ne soient pas réciproques ? Avait-elle mal lu les signaux qu'il lui avait envoyés ? Elle était convaincue qu'il la désirait, mais en même temps, il avait réussi à se maîtriser. Peut-être parce qu'il était important à ses yeux de ne pas mélanger son rôle de mentor, et ce qu'éventuellement il éprouvait pour elle. A moins que la raison de cette distance ait tout simplement pour prénom, Imogen...

Dès qu'ils furent dans la salle des radios, Jason installa les clichés sur l'écran éclairé.

— A priori, on a une élongation des muscles et des ligaments du cou, ce qui, bien entendu, provoque une inflammation, une douleur et une fragilité, dit-il. Mais Caitlin est jeune : un mois ou deux, et il n'y paraîtra plus. Elle a eu de la chance, les articulations facettaires et les disques n'ont visiblement pas été touchés.

Saskia lâcha un soupir de soulagement.

— Et les étourdissements ? En avez-vous trouvé la cause ?

Jason secoua la tête.

— Il est possible qu'une blessure mineure au niveau de l'oreille interne affecte son équilibre. Ce qui devrait se résoudre aussi avec le temps.

— O.K., donc à présent, quelle est la procédure ? Anti-inflammatoires ?

— Oui, je lui en ai déjà administré, et on va lui en prescrire pour sa sortie d'hôpital. On peut aussi lui poser une petite minerve, si elle le souhaite. En revanche, si les problèmes persistent au bout d'une semaine, on essaiera des relaxants musculaires.

— Une série de massages thérapeutiques peuvent aussi aider, intervint Tyler. Ça augmenterait l'afflux sanguin dans la zone, et ça accélérerait le processus de guérison.

Jason acquiesça.

— En effet, ça vaut la peine d'essayer.

— Merci pour tout, dit Saskia. Je vais aller à son chevet, même si je suppose qu'elle a surtout besoin de repos.

Tyler lui jeta un bref regard.

— Vous voulez que je reste avec vous ?

Elle hésita. Plus que tout, elle avait envie d'accepter. Mais il avait déjà fait beaucoup, ce ne serait pas juste de l'obliger à attendre ici. Et puis, tout cela n'était pas son problème, après tout.

— Non, ça va aller, répondit-elle donc, la mort dans l'âme. Mais merci mille fois de m'avoir accompagnée jusqu'ici.

— Pas de problème. Appelez-moi demain quand vous serez prête à partir, je viendrai vous chercher.

— Euh… Merci.

Elle leva la tête vers lui. Elle ne l'appellerait sans doute pas. C'était une chose que d'accepter son aide quand elle pensait compter pour lui, mais à présent qu'elle savait qu'il en allait autrement, c'était différent. Elle essaierait de rentrer par ses propres moyens.

Il lui offrit un regard vaguement perplexe. Elle se sentit mal à l'aise. Avait-il perçu quelque chose dans le ton de sa voix qui ait trahi ses pensées ?

Il finit cependant par se détourner, et elle le suivit des yeux un moment, avant de se diriger vers la chambre de Caitlin. Elle se sentait soudain incroyablement seule et vide.

Un coup d'œil en direction du moniteur lui apprit que la tension de Caitlin était toujours basse, et son pouls faible.

— Comment te sens-tu ? lui demanda-t-elle. Tu t'es un peu réchauffée ?

— Oui, merci. Dès que ma température a été suffisamment haute, je les ai convaincus de m'autoriser à prendre un bon bain chaud. A présent, je n'ai plus qu'une envie : me glisser dans mon vieux pyjama bien douillet. Je déteste ce truc en coton ouvert dans le dos qu'ils m'ont donné.

— Eh bien, nous allons remédier à ça, répondit Saskia en souriant. Elle ouvrit le sac qu'elle avait emporté. Je t'ai apporté ton pyjama préféré et ton peignoir. Tu veux que je t'aide à les enfiler ?

— S'il te plaît, oui. Mes épaules et mon cou sont un peu raides. En fait, j'ai mal partout.

— Il va falloir quelque temps, avant que tu te sentes vraiment mieux, lui dit doucement Saskia, alors qu'elle l'aidait à mettre son pyjama. Tu te sens encore étourdie ?

— Un peu, mais ça va.

— Une bonne nuit de sommeil devrait te remettre d'aplomb. Tu peux fermer les yeux tranquillement. Je reste à côté de toi.

— Merci, répondit l'adolescente, visiblement soulagée. Je crois que j'ai envie de dormir, maintenant.

Après l'avoir serrée dans ses bras, Saskia s'installa sur sa chaise. Elle avait dû s'endormir elle aussi, car ce fut l'infirmière venue vérifier la tension de Caitlin, au petit matin, qui la réveilla.

L'adolescente s'assit sur le lit, en se frottant les yeux.

— Je vais pouvoir rentrer à la maison aujourd'hui ?

— Peut-être, oui, si tu te sens bien, lui répondit Saskia.

Les joues de sa nièce avaient retrouvé quelques couleurs. Pourtant, il fallut patienter jusqu'au début de l'après-midi, avant que Jason ne l'autorise à sortir. Elles durent ensuite attendre la prescription médicamenteuse de Caitlin, ce qui donna le temps à Saskia de remballer les affaires de sa nièce dans son sac.

— Coucou, les filles. Alors, prêtes à rentrer à la maison ?

Saskia eut un petit sursaut. Elle leva les yeux, et découvrit Tyler, en vêtements de ville — pantalon sombre et T-shirt à col ouvert. Superbe.

— Que faites-vous ici ? demanda-t-elle, étonnée.

— J'avais demandé à Jason de me tenir informé, expliqua-t-il. Je pressentais que vous vous apprêtiez à faire quelque chose de ridicule, comme payer un taxi ou rentrer à pied avec Caitlin sur votre dos.

Elle se sentit rougir.

— Eh bien, vous avez déjà tant fait pour nous que... je ne voulais pas vous déranger encore une fois.

— Si je n'avais pas voulu le faire, je vous l'aurais dit, répliqua-t-il en saisissant le sac. Les médicaments vous attendent au bureau des infirmières, on peut donc y aller dès que vous êtes prêtes.

Caitlin le regardait sans mot dire, mais un sourire aux lèvres. Elle se mit en marche à côté de lui, acceptant, de l'autre côté, le bras de Saskia.

Ce ne fut qu'une fois à la maison, alors que Tyler était rentré chez lui, que l'adolescente se tourna vers Saskia.

— Je crois qu'il a le béguin pour toi.

— Je ne pense pas, non. Il y a une collègue de travail qui semble être beaucoup plus son genre.

Caitlin fronça les sourcils.

— Et moi je crois qu'elle ne lui plaît pas pour autant. Il ne te quitte pas des yeux, Sass, c'est comme s'il ne pouvait s'en empêcher. Il ne veut pas le montrer, mais... ça se voit !

Saskia secoua légèrement la tête. Elle préférait en sourire, même si Caitlin venait de lui donner à réfléchir. Pourquoi Tyler ne voudrait-il pas lui dire ce qu'il ressentait pour elle ? Etait-ce vraiment sa période d'essai qui le poussait à la maintenir à distance ? Et elle, pourquoi se retrouvait-elle dans une telle situation, complètement dépassée par ses émotions, alors que sa raison l'intimait de rester loin de lui ? Tout cela était particulièrement déstabilisant et confus.

En elle-même, cependant, elle connaissait la réponse au moins à sa dernière question. Tyler avait réussi à se frayer un chemin jusqu'à son cœur, et maintenant elle n'arrivait plus à envisager sa vie sans lui. Etait-ce totalement irrationnel ? L'histoire se finirait-elle dans les larmes et les reproches, comme avec Michael ?

Tyler était différent, cela dit, elle en était persuadée. Jamais il ne la blesserait intentionnellement, jamais il n'agirait avec la mesquinerie de Michael. Du moins l'espérait-elle...

La semaine suivante, à l'hôpital, Tyler et Saskia essayèrent de conserver une relation professionnelle. Ils parvinrent à mettre en place un *modus vivendi* raisonnable, si ce n'était parfaitement détendu. Comme si aucun des deux n'osait baisser sa garde.

— Je dois passer voir un patient en rentrant à la maison, lui annonça-t-il peu avant la fin de leur service le vendredi. C'est une amie, un peu inquiète au sujet de son fils.

La journée ayant été longue et pénible, elle en déduisit donc que c'était important.

— Elle vit à l'opposé de la ville, mais je peux vous déposer d'abord, et y retourner ensuite.

Les urgences s'étaient enchaînées, elle n'allait pas lui imposer un fardeau de plus.

— Non, non, je vous en prie. Ne vous donnez pas cette peine. Je vais vous accompagner. Les enfants vont chez Rosie après l'école, il suffit que je l'appelle pour l'avertir que je les récupérerai un peu plus tard. Je suis certaine que ça ne lui posera aucun problème.

— Bien. Merci, ça va me faire gagner du temps. J'ai pas mal de choses à faire ce week-end, avec la réunion des administrateurs qui approche.

— Ah, oui, à l'hôpital de Truro, j'en ai entendu parler... Elle est prévue demain après-midi, c'est ça ? Noah m'a expliqué que vous aviez travaillé sur votre intervention avec Imogen, ces jours-ci. Sur la réorganisation des services cardiovasculaires de la région, si j'ai bien compris.

Elle se mordilla la lèvre. Elle n'avait su contenir sa curiosité, mais imaginer Tyler enfermé pendant des heures avec Imogen dans son bureau...

— Oui, c'est ça, répondit-il. Je remplace au pied levé un intervenant qui s'est désisté. Je vais donc devoir passer les prochaines heures à peaufiner mon discours.

— Vous vous seriez bien passé de cette intervention à domicile, dans ce cas, j'imagine. Avez-vous une idée de ce qui ne va pas chez le fils de votre amie ?

Il fronça les sourcils.

— Rien de très sérieux, du moins je l'espère. Il souffre de maux de tête depuis plusieurs mois, et aujourd'hui ça a été, paraît-il, particulièrement terrible. D'où l'inquiétude de sa mère.

Saskia réfléchit quelques secondes.

— Ça va vous sembler étrange, mais je me dis que c'est peut-être lié à la météo, suggéra-t-elle enfin. Nous avons eu plusieurs journées chaudes et humides, on prévoit de l'orage. Beaucoup de gens souffrent de migraines, dans ce genre de situations. C'est dû à l'air chaud qui balaie l'océan Atlantique en provenance des Açores, je crois.

Elle vit ses yeux bleus s'allumer d'une lueur amusée.

— Vous pensez ? Malheureusement, je ne crois pas que mes patients apprécient des diagnostics basés sur les aléas de la météo. Mieux vaut en rester à nos méthodes traditionnelles, à savoir, analyser les symptômes et en tirer des conclusions, vous ne croyez pas ?

— Oh ! très bien ! Je disais ça comme ça...

Elle s'interrompit en voyant les épaules de Tyler secouées du rire qu'il réprimait à grand-peine, et lui donna un coup de coude.

— Arrêtez de vous moquer. Je l'ai lu quelque part.

— Oui, oui, si vous le dites...

Dès qu'ils furent arrivés sur place, il présenta Saskia à Nicole, qui les fit entrer dans le salon. Un garçon d'une dizaine d'années était recroquevillé en position fœtale sur le canapé, les mains sur ses yeux.

— Merci d'être venus, dit doucement sa mère. Il est comme ça depuis deux heures. Il a vomi, et ne supporte ni la lumière ni le bruit.

Tyler alla s'asseoir au bord du canapé.

— Salut, Lewis. On va essayer de soigner ces maux de tête qui te font souffrir.

L'enfant se rassit lentement. A l'évidence, sa migraine le faisait beaucoup souffrir. Il avait l'air épuisé, et des cernes noirs se dessinaient sous ses yeux. Sans compter son front, perlé de sueur.

— Tu peux les faire partir ? demanda-t-il d'un ton suppliant.

— J'en suis certain. Tu veux bien me dire quand ça a commencé ?

— Cet après-midi, à l'école. J'avais des étincelles devant les yeux, et l'un des instituteurs a dû me raccompagner à la maison.

Tyler l'examina avec délicatesse, vérifiant ses réflexes et surtout ses oreilles, sa gorge et ses ganglions.

— Lewis n'a rien de grave. Ce n'est qu'une vilaine migraine, qui se soignera aisément.

Nicole se détendit visiblement.

— Mais ce n'est pas un mal de tête ordinaire, si ? demanda-t-elle.

— En effet, les migraines sont en général déclenchées par un élément particulier : lumières fluorescentes, clignotantes, certains aliments ou odeurs, le stress, la fatigue… Même les changements météorologiques peuvent agir, ajouta-t-il avec un regard de biais en direction de Saskia. Dans le cas de Lewis, il va falloir trouver le déclencheur, afin de l'éviter au maximum. Cela peut aider de consigner dans un journal les circonstances ou situations qui précèdent l'arrivée de la crise.

Il ouvrit sa mallette, dont il tira une boîte de cachets.

— Il va devoir prendre ça tout de suite, dit-il à Nicole. S'il ne parvient pas à l'avaler ou à le garder, je lui ferai une piqûre. La molécule va diminuer la nausée et le mal de tête. Je vais remplir une ordonnance pour des comprimés qu'il devra avaler dès les premiers signes de migraine. Plus tôt il les prend et mieux c'est.

— Merci, Tyler. Je sais que je n'aurais pas dû te déranger, mais je n'arrivais pas à obtenir de rendez-vous en urgence avec mon médecin de famille, et j'étais inquiète.

— Tu as bien fait. J'enverrai une lettre à son généraliste, et il reprendra le suivi du traitement.

Ils attendirent auprès de Lewis un moment, s'assurant qu'il gardait le médicament, et ce fut seulement quand l'enfant s'endormit, que Tyler prit congé.

— Je suis certain qu'il va se remettre, à présent, dit-il à sa mère. Mais si tu as le moindre souci, n'hésite pas à me rappeler.

Ils se saluèrent et quittèrent la maison. Dehors, la nuit tombait et les arbres qui les entouraient se penchaient, leurs branches ployant sous l'effet du vent.

— Le ciel est chargé, dit Saskia, taquine, en s'installant sur le siège passager. J'ai déjà dû le mentionner, mais je pense que nous venons de traverser un système dépressionnaire, et qu'une tempête s'achemine vers nous.

Un grand sourire aux lèvres, Tyler s'engagea sur le chemin de la maison.

— O.K., O.K., j'ai compris.

Ils récupérèrent les enfants chez Rosie, et Saskia les fit tous rentrer en vitesse, tandis que le tonnerre commençait à gronder et que les premières gouttes tombaient déjà.

L'orage continua pendant une heure ou deux, alors que Saskia s'affairait à ses tâches habituelles. Elle enfournait des petits pâtés typiques des Cornouailles qu'elle avait elle-même concoctés, quand les lumières s'éteignirent brutalement. Zut ! Il y avait une lanterne quelque part, et une ou deux lampes torches dans l'un des tiroirs de la cuisine, mais difficile de mettre la main dessus, tant que ses yeux ne s'étaient pas accoutumés à la pénombre.

— Qu'est-ce qui se passe ? demanda Becky.

— L'électricité est coupée, répondit Caitlin.

— A cause de l'orage ?

— Oui, répondit Saskia en cherchant le tiroir à tâtons. Les lignes ont dû être touchées, il va falloir qu'on se débrouille. Essayez de ne pas bouger, indiqua-t-elle aux enfants.

Un éclair alluma la pièce, et tous écarquillèrent les yeux, tels des lapins pris dans la lumière des phares. La lèvre inférieure de Charlie se mit à trembler, et Boomer leva brièvement les yeux de son panier, avant de se rendormir.

— Tout va bien, Charlie, murmura Saskia en ouvrant le tiroir enfin trouvé. Il n'y a aucune raison de s'inquiéter. Ça veut juste dire que nous n'aurons pas de lumière ni de four, tant que les ingénieurs n'auront pas rétabli le courant.

La maison fonctionnait entièrement à l'électricité, ils n'auraient donc pas de chauffage non plus.

— On ne va pas pouvoir dîner ? demanda Charlie. J'ai faim, moi.

— Je crois que les pâtés sont presque cuits. Heureusement, le four était déjà chaud. Je les laisse encore un instant, reprit-elle en allumant une torche. Becky, tiens, prends l'autre lampe. Caitlin, assieds-toi, ce n'est pas le moment que tu aies un vertige dans le noir.

Une quinzaine de minutes plus tard, on frappait à la porte. Saskia alla ouvrir, guidée par le rayon de sa lampe de poche.

— Je venais voir comment vous vous en sortiez avec la coupure de courant ?

La lanterne de Tyler brillait dans l'obscurité, et la pluie lui fouettait le visage. Saskia le fit entrer rapidement.

— Vous avez assez de lampes ou de bougies ? demanda-t-il.

Elle secoua la tête, mécontente contre elle-même, d'avoir manqué de prévoyance.

— Je n'avais pas pensé à faire le plein. On est tous dans la cuisine, éclairés à la lampe torche, ajouta-t-elle avec un sourire embarrassé. Les enfants sont déjà quasi morts d'ennui, parce qu'ils n'ont plus le Wi-Fi.

Il esquissa à son tour, un sourire.

— Eh bien, vous avez de la chance, car j'ai plein de lampes à piles, ainsi qu'une gazinière mixte. Je peux donc au moins faire bouillir de l'eau, et l'un de mes fours fonctionne. Pourquoi ne viendriez-vous pas chez moi en attendant que l'électricité revienne ? proposa-t-il. Si les lignes ont été endommagées, ça risque de prendre un moment avant que l'on ait de nouveau de la lumière. La dernière fois, il a fallu plusieurs heures pour que tout rentre dans l'ordre.

Elle hocha la tête. Si cela devait durer, elle redoutait que les enfants ne se trouvent vite désœuvrés.

— O.K., merci beaucoup... Vous êtes sûr que ça ne vous dérange pas ? Les enfants peuvent prendre quelques jouets ? Et Boomer ?

— Oui, pas de problème. Quant à Boomer, il faut qu'il vienne, bien entendu. Que chacun emporte ce dont il a besoin, ajouta-t-il, l'air un peu agité. Le seul problème, c'est que vous devrez m'excuser le temps que je finisse de travailler sur ma présentation. J'ai imprimé le discours car je redoutais une coupure de courant, mais je dois encore y apporter des modifications, et peaufiner mes présentations PowerPoint, tant que j'ai encore assez de batterie sur mon portable.

— Bien sûr, je comprends tout à fait.

En l'observant discrètement, Saskia constata qu'il était tendu. Il avait pris le temps de s'inquiéter de leur bien-être, mais il semblait pressé de retourner à son travail. Déjà aujourd'hui, il avait sauté le déjeuner à cause d'une urgence, et elle craignait qu'il ne force trop sur la machine.

Il lui tendit sa lanterne.

— Prenez-la avec vous pour chercher tout ce qu'il vous faut. Je vais me débrouiller avec la torche.

Ils rassemblèrent en vitesse tout ce dont ils pensaient avoir besoin, Saskia sortit les pâtés du four, et les mit dans une grande boîte pour les garder chauds. Au moins, ils ne mourraient pas de faim.

Quelques minutes plus tard, ils couraient vers la maison de Tyler, tête baissée pour se protéger tant bien que mal de la pluie battante et du vent puissant. Un nouvel éclair déchira le ciel, bientôt suivi par un impressionnant grondement.

— Je n'aime pas ça, articula Charlie entre ses larmes, immobilisé par la peur.

Tyler le souleva dans ses bras.

— Ce n'est rien, lui dit-il. Si tu comptes combien de secondes s'écoulent entre l'éclair et le coup de tonnerre, tu peux deviner à quelle distance se trouve l'orage. Chaque seconde correspond à un kilomètre environ, donc là il y avait environ trois kilomètres. Dans tous les cas, tu ne risques rien.

Mais Charlie avait enfoui la tête sous sa veste.

Une fois tout le monde à l'intérieur, Tyler s'assura qu'ils étaient confortablement installés dans le salon.

— Vous aurez assez de lumière ? demanda-t-il à Saskia. Je peux apporter d'autres lampes.

— Non, non, ça ira. Vous voyez, ils sont déjà comme chez eux, ajouta-t-elle en balayant la pièce du regard.

Becky et Charlie avaient vidé une boîte de Lego sur le tapis oriental et s'affairaient à construire ce qui devait ressembler à un château ; écouteurs aux oreilles, Caitlin avait investi un fauteuil, et écoutait de la musique.

— Et vous ? Ça va aller ? Je suis désolé de vous abandonner comme ça, mais il faut vraiment que je retourne à ma présentation. Je dois me mettre en route demain à 10 heures.

— J'ai emporté un livre, je pense que la lumière de la lampe à huile que vous avez allumée près du canapé me suffira pour lire. Ne vous tracassez pas pour nous, on se débrouille.

— Très bien. Préparez-vous à boire ou à manger quand vous voudrez. Vous trouverez ce qu'il faut dans les placards de la cuisine.

— Merci. Mais vous, vous avez mangé quelque chose ?

— J'ai pris une bricole à la cafétéria. Ça ira.

Elle le regarda. A son avis, il n'allait pas si bien que ça. Il n'était pas du genre stressé, en général, alors que là, il avait les traits tendus, et ses cheveux noirs étaient en désordre, comme s'il y avait moult fois passé la main.

Il rejoignit néanmoins son bureau, la laissant se diriger vers la cuisine. Elle servit les pâtés encore chauds et l'odeur appétissante du mélange de bœuf, d'oignons et de pommes de terre dans leur pâte croustillante emplit la pièce. Une fois les enfants attablés, elle remplit une théière et déposa deux pâtés sur une assiette pour Tyler.

Elle frappa à la porte et entra.

— J'ai pensé que vous auriez faim, dit-elle.

Il leva vers elle un front soucieux.

— Je ne peux pas vous ôter le pain de la bouche. Je prendrai quelque chose plus tard, quand j'aurai terminé de travailler.

— Nous avons déjà mangé. S'il vous plaît, prenez-en. Je vous ai aussi préparé du thé.

Il s'apprêtait manifestement à protester, mais elle ajouta fermement :

— Il vous faut avaler quelque chose, en tant que médecin, vous devez le savoir.

Souriant enfin, il rendit les armes, et repoussa son dossier pour accepter l'assiette qu'elle lui tendait.

— Hum, c'est délicieux, dit-il après avoir mordu dans la pâte dorée à souhait. Parfait.

— Je suis contente que ça vous plaise.

Elle jeta un regard sur la pile de papiers sur son bureau, et le diagramme coloré qui s'affichait sur l'écran de son ordinateur.

— Ça avance bien ?

— Oui, je crois. J'essaie d'en faire le maximum tant que dure la batterie. J'y suis presque, ajouta-t-il en reprenant une bouchée du pâté.

— Bien, tant mieux. Avec un peu de chance, le courant va être rétabli bientôt, non ?

— En fait, j'ai appelé la compagnie d'électricité, ils disent que des câbles ont été touchés, et qu'il faudra plusieurs heures avant que le problème ne soit résolu. Vous devriez peut-être aller chercher les affaires de nuit, ajouta-t-il après un instant d'hésitation. Caitlin et Becky pourraient prendre la grande chambre d'amis, et Charlie la voisine. Et pour vous, dit-il en coulant vers elle un bref regard, il y a une autre suite.

Saskia le dévisagea, surprise. Elle ne s'attendait pas à pareille offre.

— Oh… C'est gentil à vous de nous inviter, merci.

— Avec plaisir, dit-il avant d'avaler une gorgée de son thé, les yeux toujours rivés sur elle. Vous avez des nouvelles de votre frère et de sa femme ?

— Apparemment, Megan commence à se remettre. Mais Sam a toujours des difficultés à respirer. Les médecins ne savent pas vraiment à quoi c'est dû.

— Désolé. Ça doit vous tracasser. Vous avez eu plein de choses à gérer, en plus. Et cette histoire avec Michael ? Il vous a recontactée depuis le week-end dernier ?

— Non, il est rentré en Cornouailles, et ne m'a plus donné de nouvelles.

Elle s'assit sur le bord du bureau, croisant une jambe, et

vit le regard de Tyler suivre le mouvement de son jean ajusté, pour remonter jusqu'au T-shirt fluide qu'elle portait.

Elle s'éclaircit la gorge, troublée.

— Il… Euh… Il m'a rappelée il y a deux jours, reprit-elle. Il a dit qu'il avait recouvré ses esprits, et que je pouvais reprendre mon ancien poste quand je le souhaitais. Il a promis qu'il ne poserait plus aucun problème.

Les yeux bleus s'étrécirent une fraction de seconde.

— Et vous, qu'en pensez-vous ?

Elle hésita.

— Je ne sais pas trop. Je crois qu'en effet, il ne me causera plus de soucis. Il a avoué avoir agi ainsi, car il était devenu complètement obsédé par moi, et qu'il voulait que je revienne. Selon sa logique tordue, si je ne trouvais pas de travail, je finirais par retourner vers lui. A présent, il semble avoir pris conscience de la folie de son attitude, et vouloir changer. Et à vrai dire, la discussion que j'ai eue avec lui m'a permis de clarifier ma propre situation : si finalement les choses ne fonctionnent pas ici, je pourrai toujours envisager de reprendre mon ancien poste.

Tyler haussa les sourcils, manifestement surpris.

— Vous n'envisageriez pas sérieusement d'y retourner, si ?

— Je n'aurai peut-être pas vraiment le choix. Après tout, rien ne garantit que j'obtienne le poste ici. Et si ce n'est pas le cas, il faudra bien que je trouve du travail. Pas nécessairement à mon ancien hôpital, mais sur le continent, en tout cas.

Il se leva lentement.

— Je ne pense pas qu'il y ait de souci pour que vous continuiez à travailler ici. Après tout, il ne vous reste que quelques semaines…

— Peut-être, mais qui me dit que vous n'allez pas finalement décider que je ne conviens pas ? Et si un patient décide d'échapper à ma surveillance, ou que le traitement d'un malade n'agit pas comme il devrait ? Et si mon mal de mer finissait par poser un problème ?

Elle le regarda droit dans les yeux.

— C'est bien vous qui aviez des doutes sur mes capacités, c'est vous qui m'avez mise à l'essai pendant trois mois, non ? Dans d'autres circonstances, avec un autre employeur, j'aurais obtenu le poste sans conditions. C'est à cause du doute que Michael a instillé dans votre esprit à mon sujet, que vous vous êtes méfié de moi. Depuis que j'ai intégré ce poste, je suis sur la brèche, poursuivit-elle. Je ne suis pas certaine d'avoir envie de travailler dans ce genre d'ambiance, avec l'impression quotidienne de passer un examen, et de devoir constamment faire mes preuves.

— Vous n'avez pas à prouver quoi que ce soit. Vous êtes un bon médecin, Saskia. Je m'excuse si je vous ai donné le sentiment de penser autrement, ajouta-t-il en faisant glisser ses doigts sur son bras. Vous avez raison, j'étais inquiet au début, mais j'avais tort. Je m'en rends compte aujourd'hui. Sauf que je ne peux pas changer les termes du contrat. James Gregson est très à cheval sur les procédures. Il ne vous reste plus très longtemps à attendre. Et je ne veux pas que vous partiez, sachez-le.

Elle hocha lentement la tête. Il était bouleversé par ce qu'elle avait dit, elle le voyait bien. Il n'empêche, elle ne se sentait toujours pas tranquille, d'autant qu'elle ignorait tout de ce qu'il ressentait pour elle.

— Peut-être. Je ne suis pas sûre, Tyler. J'ai un peu de mal à vous cerner, je crois que je reçois des signaux perturbants de votre part. Des signaux contraires, parfois, et c'est déstabilisant. Je ne sais plus où j'en suis.

— Je pense que vous êtes un excellent médecin et une femme merveilleuse et attentionnée, dit-il, en la fixant. Je déteste l'idée de vous voir partir. Ce qui est sûr, c'est que je ne supporte pas de vous imaginer retournant vers lui. J'ai besoin que vous restiez ici, Saskia..., avec moi.

Il lui glissa une main autour de la taille, avant de la poser au creux de ses reins.

— J'ai besoin de toi, poursuivit-il. Je n'arrête pas de penser à toi. Tu es belle, irrésistible..., à couper le souffle.

Il l'attira à lui, la serrant contre son corps élancé. Et avant qu'elle comprenne ce qui lui arrivait, il avait penché la tête, et l'embrassait. Un baiser urgent, passionné, plein d'émotions retenues. Elle sentait la puissance de son corps contre le sien, de ses cuisses musclées qui la collaient contre l'ébène du bureau, tandis que ses bras l'enlaçaient, que ses mains la caressaient.

— J'essaie de me retenir depuis si longtemps, murmura-t-il d'une voix rauque. C'est trop dur. Tu n'envisages pas sérieusement de repartir vers lui, si ?

— Pas vers lui. Je n'ai jamais dit ça, mais...

Elle ne put poursuivre. Comment aligner plus de trois mots, comment réfléchir quand les mains de Tyler se promenaient sur elle, découvrant les contours de son corps ? Il posa une main sur son sein, légère, caressant du pouce la pointe érectile en cercles enivrants.

— Tyler, je...

Il l'interrompit par une multitude de baisers tendres sur sa bouche, ses joues, sa gorge. Un voyage, une exploration sensuelle et grisante.

— Je ne supporte pas l'idée qu'il puisse te convaincre de revenir avec lui. J'ai trop besoin de toi, répéta-t-il, d'une voix de plus en plus rauque. Je te désire, je te désire tellement, Saskia.

Elle posa à son tour une main sur son torse, et sentit sous sa paume la chaleur qui émanait de sa peau à travers la chemise. Enhardie, elle glissa jusqu'aux abdominaux parfaitement dessinés, avant de remonter caresser ses pectoraux. Tyler laissa échapper un grognement de plaisir.

— C'est si bon de te sentir me toucher comme ça.

Elle leva la tête à la rencontre de ses lèvres, se perdant dans la surprise de leur étreinte inattendue. Pourtant, dans un coin de sa tête, une question trottait : était-elle en train de commettre une erreur ? Pouvait-elle vraiment s'abandonner au plaisir du moment ?

Elle aussi le désirait, elle adorait être dans ses bras. Et elle rêvait de l'entendre lui susurrer les paroles qu'elle espérait. Mais ça n'arriverait jamais, car il ne l'aimait pas. Pas un instant, il n'avait prononcé les mots dont elle avait si désespérément besoin. Sans oublier qu'il restait son supérieur hiérarchique, l'homme qui tenait son avenir entre ses mains. Ne s'était-elle pas juré qu'elle ne se fourrerait plus jamais dans une situation pareille ? Bon sang, qu'est-ce qui n'allait pas chez elle, pour qu'elle soit incapable de repousser Tyler ?

Un bip perçant en provenance du bureau déchira brusquement le silence, et il fallut à Saskia plusieurs secondes avant de comprendre d'où il provenait. Ce n'était pas un téléphone.

Quand le bip sonna de nouveau, Tyler se crispa.

— Non… Non ! Comment ai-je pu être aussi stupide ?

Il s'écarta d'elle.

— Qu'est-ce que c'est ? demanda-t-elle, perplexe.

— L'ordinateur. La batterie va lâcher, expliqua-t-il en grimaçant. Il faut que j'enregistre immédiatement, et que je récupère mon travail avant de perdre toutes mes modifications.

Il leva vers elle un regard où semblaient se disputer frustration, exaspération et excuses.

— Bien sûr, dit-elle, vas-y.

Elle fit un pas de côté pour lui permettre d'accéder au portable. Elle eut un petit soupir, et s'efforça de reprendre ses esprits. Au fond, c'était peut-être aussi bien qu'ils aient été interrompus. Car elle n'était toujours pas persuadée de ce qu'il valait mieux pour elle. Michael n'avait-il pas lui aussi usé de ces mots doux et de son charme pour la convaincre qu'il était fait pour elle ? Allait-elle tomber dans le même piège une deuxième fois ?

— Si tu veux continuer à travailler, dit-elle à Tyler, tu peux utiliser mon portable, je l'ai pris avec moi. Enregistre ta présentation sur une clé USB, tu n'auras qu'à la transférer.

L'air préoccupé, il leva les yeux de son écran.

— Merci. Ce serait super.

Elle alla récupérer son ordinateur, et le lui déposa sur le bureau, avant de ressortir en fermant la porte derrière elle. Puis elle retrouva les enfants, et les aida à se préparer pour la nuit. Il lui fallait aller chercher leurs affaires à côté, mais elle n'en aurait que pour quelques minutes. Elle fut effectivement bientôt de retour, appréciant à sa juste valeur la chaleur du poêle au gaz qui brûlait dans le salon et celle de la cuisinière Aga dans la cuisine.

Tyler était toujours dans son bureau, quand elle partit se coucher. Apparemment, il était capable de tout donner, s'il décidait que cela en valait la peine. Ce serait quelque chose, s'il décidait de l'avoir, elle, à tout prix...

Cependant, les doutes ne tardèrent pas à s'insinuer de nouveau dans son esprit. Car enfin, Tyler avait lui-même qualifié Imogen de femme idéale, non ? Enfin, il n'avait peut-être pas utilisé ces termes-là précisément, mais il avait dit qu'ils se ressemblaient beaucoup et avaient tout pour former un couple. Dans ce cas, que faisait-il à l'embrasser, elle ? Etait-ce le fruit d'un désir soudain et passager, ou y avait-il autre chose dans son subconscient ?

Elle ne dormit pas bien. Dehors, la tempête fit rage toute la nuit, et elle se tourna et se retourna dans son lit, tandis que les éclairs éclairaient la pièce, et que le tonnerre grondait. Aux petites heures du jour, Charlie grimpa dans son lit pour se blottir entre ses bras.

Le petit garçon n'était plus là, lorsqu'elle se réveilla au matin. Se redressant sur le lit, elle regarda autour d'elle, perdue quelques secondes avant de reprendre ses esprits. Le réveil électrique sur la table de nuit était toujours éteint, signe que le courant n'avait pas été rétabli pendant la nuit. Pas étonnant, avec la tempête.

En hâte, elle se lava et enfila un jean et un haut boutonné

sur l'avant, qui moulait son buste et mettait en valeur sa taille fine.

— On peut se faire le petit déjeuner ? demanda Becky, entrant dans la chambre, alors que Saskia terminait de s'habiller. On a faim.

— Oui, je crois qu'on peut. Je vais voir ce qu'il y a.

— On a déjà mangé des céréales, mais Charlie est affamé, et Caitlin a dit qu'on devait attendre que tu descendes avant de nous servir autre chose.

— Elle a raison, on n'est pas chez nous. Je vais devoir aller faire des courses, pour remplir de nouveau les placards de Tyler. Tu sais s'il est levé ?

— Je ne l'ai pas vu.

— Bon, eh bien, allons voir ce qu'on peut picorer, d'accord ? Je suppose que Tyler prendra aussi quelque chose avant de partir.

— D'accord.

En pénétrant dans la cuisine d'habitude immaculée de Tyler, quelques minutes plus tard, Saskia resta bouche bée. Quel bazar ! Celui ou celle qui avait servi les céréales — probablement Becky ou Charlie — avait laissé de petites flaques de lait, de sucre et de flocons de maïs partout sur le plan de travail. Et ça n'était pas tout...

— J'ai donné des céréales à Boomer pour son petit déjeuner, expliqua Charlie. Il a aimé ça. Et après, il a voulu sortir, alors je lui ai ouvert la porte du jardin. Je crois que c'est un peu boueux à cause de la pluie.

— Je vois ça.

Une multitude de traces de pattes boueuses s'étalaient ici et là sur le carrelage.

— Dieu du ciel !

En entendant la voix de Tyler, Saskia se tourna vers lui. Incrédule, il écarquillait les yeux. Ses joues couvertes d'un voile sombre lui donnaient un air encore plus sexy, et ses cheveux brillaient, comme s'il sortait juste de la douche.

— Depuis quand les enfants sont-ils levés ?

— Euh... Une petite heure, je crois. Ils ont l'habitude de se lever tôt pour l'école.

Tyler grimaça.

— Tu as vu l'état du salon ? On dirait qu'une bombe y a explosé.

— Euh... Non, pas encore, répondit-elle, prise d'une nouvelle angoisse. On a pourtant tout rangé hier soir. Tu veux sans doute dire que tout n'est pas parfaitement net ?

— Tu plaisantes ? On ne voit plus le sol, tant il y a de plastique par terre, entre autres choses, et on croirait que les coussins ont été utilisés pour une bataille. Comment trois jeunes gens peuvent-ils causer autant de dégâts ?

Elle prit une longue inspiration, dans l'espoir vain de se calmer.

— Pour être honnête, je ne pense pas que Caitlin ait grand-chose à voir dans ce désordre.

— Eh bien, s'ils n'étaient que deux..., c'est encore pire ! Comment tu fais pour vivre dans un chaos pareil ?

— Je ne suis pas sûre de vivre, répliqua-t-elle en haussant les épaules, soudain lasse. Tout cela est nouveau pour moi, tu sais.

— Oui, en effet. Pour ma part, en tout cas, je ne pense pas pouvoir jamais vivre ainsi.

Par-dessus son épaule, il jeta un coup d'œil en direction du jardin et inspira brusquement. Saskia n'avait pas besoin de se retourner pour comprendre : la pelouse, d'ordinaire parfaite, s'était transformée en un véritable bourbier, pénible trace de l'orage de la veille.

— Cette partie du jardin est souvent détrempée, dit-il avant de regarder sa montre. Il faut que je finisse de me préparer. J'étais descendu me faire un café, mais après réflexion, j'en prendrai un plus tard.

Elle hocha la tête, très mal à l'aise. Manifestement, il

avait surtout un besoin urgent de s'éloigner de la scène de dévastation qu'il avait sous les yeux.

— Je vais t'en préparer un, proposa-t-elle. Tu veux le boire ici ?

— Euh... Non, je ne pense pas. Je dois encore trier des papiers et remplir mon attaché-case. Je serai dans mon bureau, merci.

Quelques minutes plus tard, Saskia déposa une tasse de café sur son bureau. Puis elle retourna dans la cuisine, où elle se mit en quête de quelque chose à manger pour le petit déjeuner. Tyler n'aurait pas le temps d'avaler grand-chose, sans doute. Elle alluma donc le four, et réchauffa des croissants. Elle se sentait très perturbée. Il ne pensait pas vraiment ce qu'il avait dit sur son incapacité à vivre ainsi, quand même ? Il ne désirait donc pas fonder une famille à lui ?

Elle entreprit de nettoyer la cuisine, essuyant les surfaces et épongeant le sol, jusqu'à ce que l'endroit ait retrouvé tout son lustre. Il faisait chaud, avec le four allumé, et Saskia avait les joues rougies à force de s'agiter. Elle dégrafa donc quelques boutons de son chemisier, et se passa les mains dans les cheveux pour dégager son visage.

A table, les enfants étaient déjà attelés à tartiner de la confiture sur leurs croissants. Elle en prit deux sur une assiette et les apporta au bureau.

Tyler était là, debout, sirotant son café tout en parcourant une liasse de papiers. Son attaché-case était ouvert, près de son ordinateur portable, et il semblait avoir les choses à peu près sous contrôle.

— Tiens, je t'ai apporté ceci, annonça-t-elle doucement. Il faut manger un peu avant de partir.

Peut-être l'avait-elle surpris en entrant dans la pièce. Peut-être ne l'avait-il pas entendue frapper, absorbé qu'il était par sa lecture. Quelle qu'en soit la cause, il dut avaler son café de travers et se mit à tousser, tandis qu'il la fixait d'un air éberlué. Que se passait-il ? En tout cas, il ne la quitta pas des yeux, comme hypnotisé, et malgré le café qui se déversait de sa tasse. Et gouttait irrémédiablement sur ses papiers.

— Tyler, ton café…

Il revint brusquement à lui, et posa sa tasse en marmonnant des paroles incompréhensibles.

— Attends, je vais t'aider, dit-elle en se précipitant vers lui, tirant plusieurs mouchoirs en papier d'une boîte qui se trouvait là.

Mais il leva une main, d'un geste autoritaire.

— Non ! Ne m'aide pas… Ne fais rien, s'il te plaît, lâcha-t-il entre ses dents. Reste où tu es, je me débrouille. Merci.

Même si elle ne comprenait pas son rejet brutal, et s'il lui faisait mal, elle perçut l'irritabilité dans le ton et resta prudemment en retrait. Bon sang, pourquoi est-ce qu'elle ne pouvait jamais rien faire de bien ? Ou plutôt, pourquoi rien de ce qu'elle faisait ne trouvait grâce aux yeux de Tyler ?

— Tu sais, dit-elle doucement, tu devrais peut-être commencer à t'interroger sur ce qui importe le plus, dans la vie. Tu es capable de travailler dur et de réussir une présentation géniale, tu peux aussi vivre dans une magnifique maison-témoin, mais rien de tout cela n'est très important, dans la vie. Ce qui compte, ce sont les gens… Les gens qui tiennent à toi, et te donnent envie de rentrer à la maison le soir, pour les retrouver. Peut-être ferais-tu bien de prendre le temps de réfléchir à ce que tu veux vraiment.

Il se redressa et plongea ses yeux dans les siens.

— Saskia…

— Non, s'il te plaît, ne dis rien. Tu en as déjà assez dit à mon goût. Je vais te laisser finir de te préparer pour ton voyage. J'espère que tout se passera bien.

Sur ce, elle retourna dans la cuisine, nettoya les restes du petit déjeuner, s'affairant à rester en mouvement et à éviter Tyler. Elle s'assura que les enfants avaient rassemblé toutes leurs affaires et ensemble, ils remirent la maison dans l'état où elle se trouvait à leur arrivée la veille.

Le courant fut rétabli quelques minutes plus tard, au moment où ils quittaient les lieux.

9

— Papa et maman vont bientôt rentrer à la maison ?

Le dimanche matin, Becky était sagement assise au bord du lit, tandis que Saskia lui brossait les cheveux. Ses boucles blondes brillaient dans les rayons du soleil que laissaient filtrer les rideaux.

— J'espère, répondit-elle, prudente. Ta maman va beaucoup mieux, c'est une bonne nouvelle, non ? On devrait peut-être lui apporter des fleurs et des magazines, et prendre des livres pour ton papa ?

Même s'il n'était pas certain que Sam soit encore en mesure de lire.

— Oui, il aime les histoires policières.

— Bien, on va lui en trouver alors.

Becky partie jouer, Saskia resta assise un instant, à songer aux événements récents. Ces dernières semaines, elle avait l'impression d'avoir été prise dans une tornade qui la projetait en tous sens.

Et au milieu de tout ça, il y avait Tyler. Elle secoua la tête, attristée. Avait-il la moindre idée de ce qu'il ratait, à vouloir toujours que tout soit parfaitement organisé et structuré ?

Hier, il était au comble du stress, résultat d'une accumulation de journées difficiles et d'une tension due à sa présentation, plus le réveil matinal… Pas étonnant qu'il ait perdu son calme. Quand on est sous pression permanente, quelque chose finit forcément par craquer. Si elle pouvait le comprendre, ça ne rendait pas la situation plus aisée à supporter pour elle.

Rassemblant son courage et ses pensées, elle passa son appel quotidien à l'hôpital. Avec un peu de chance, Sam se sentirait un peu mieux, aujourd'hui. Elle accueillerait volontiers une bonne nouvelle.

— J'ai bien peur que son état ne se soit aggravé, lui annonça l'infirmière, dès qu'elle l'eut en ligne. Nous sommes très inquiets. Nous faisons tout notre possible pour qu'il ne souffre pas, mais il a de grosses difficultés respiratoires. Le médecin doit passer le voir dans la matinée, bientôt j'espère.

Après quelques minutes de discussion, Saskia coupa la communication. Que faire ? Elle devait aller rendre visite à Sam, mais hésitait à emmener les enfants, vu son état. Ça ne ferait que les inquiéter encore plus.

Il ne restait donc qu'une solution : solliciter l'aide de Tyler. C'était vraiment à contrecœur, mais elle ne voyait aucun autre moyen. Rosie ne pouvait pas garder les enfants aujourd'hui, et il n'y avait personne qu'elle puisse appeler.

Elle descendit préparer le petit déjeuner pour tout le monde, puis chargea Caitlin de la surveillance des petits, pendant qu'elle se rendait chez Tyler.

— Saskia..., dit-il en l'invitant à entrer, visiblement surpris de la voir arriver seule. Ça me fait plaisir de te voir. Tu as laissé les enfants seuls ? Tu es sûre que la maison y survivra ?

Elle parvint à esquisser un sourire contrit.

— Je ne compte pas m'absenter plus de quelques minutes, répondit-elle en le suivant dans la cuisine, immaculée comme d'habitude, mais déclinant son café. Je ne peux pas rester. Comment s'est passée ta présentation, hier ? Bien, je suppose, avec tout le travail que tu as fourni.

Il sourit.

— Oui, ça s'est bien passé, merci. Je pense qu'il va y avoir des évolutions au niveau régional, des changements basés sur notre modèle de services cardiovasculaires.

— Un franc succès, donc, répondit-elle. Imogen doit être ravie.

— En effet. Elle y a mis beaucoup du sien, elle aussi.

— Avec ton aide.

— Eh bien, oui... Nous sommes amis, après tout, donc quand elle m'a demandé conseil, j'ai fait de mon mieux pour l'aider.

— Vous êtes seulement amis ? ne put-elle s'empêcher de demander.

Quelque chose dans le ton de sa question dut trahir ses véritables pensées, car Tyler répondit calmement :

— Oui, seulement amis. Il ne se passe rien entre nous. Saskia, reprit-il avec un regard perçant, au sujet d'hier...

— Non, non, tu n'as pas à te justifier.

Elle était immensément soulagée de ce qu'il venait de lui avouer. Enfin son esprit allait pouvoir s'apaiser sur ce point. Sauf qu'en parallèle, les choses avaient évolué, et à présent elle doutait que Tyler et elle puissent jamais envisager d'être ensemble comme elle l'aurait souhaité. Ils appréhendaient la vie de façon trop diamétralement opposée. Elle avait beau l'aimer, cela ne suffirait pas à faire fonctionner leur relation.

— Tu étais soumis à un fort stress, lança-t-elle soudain. Ça n'était pas évident de nous avoir là, qui envahissions ton espace, alors même que tout ton travail risquait d'être détruit au dernier moment. Je comprends très bien.

Il secoua la tête.

— Je ne crois pas, non. J'essaie de faire de mon mieux, mais pour une raison qui m'échappe, quand je suis avec toi rien ne se passe jamais comme prévu. Le problème, ajouta-t-il, sourcils froncés, c'est que je n'arrive plus à réfléchir normalement, en ta présence. Je suis perturbé, chose qui ne me ressemble pas. Pour quelqu'un qui a toujours eu les idées claires comme moi, c'est très agaçant, cette perte de contrôle de soi.

Elle esquissa une moue.

— Je suis donc coupable de tes erreurs ? Désolée, mais je crois que ton argument ne tiendra pas devant la cour.

Il éclata de rire.

— Tu comprends ce que je veux dire.

— Je crois, oui.

Elle ne put réprimer un sourire. Car enfin, elle était ravie qu'il ne puisse pas réfléchir normalement en sa présence. Ce qui, néanmoins, ne changeait rien à ses doutes, quant à leurs différences. Que rien ne pourrait effacer.

Elle se redressa, s'efforçant de se concentrer sur l'objet de sa visite.

— Tyler, si je suis venue... Je voulais te demander un service. Je m'inquiète beaucoup pour Sam, les nouvelles de l'hôpital sont mauvaises, et je dois absolument aller le voir. Le problème, c'est que je ne pense pas que ce soit une bonne idée d'emmener les enfants, alors...

— Tu veux que je m'en occupe en ton absence ?

Elle acquiesça timidement, redoutant sa réponse.

— Je sais que je te demande beaucoup.

— Pas de problème. Ils peuvent venir ici vaquer à leurs occupations.

Elle laissa échapper un soupir de soulagement.

— Merci. Vraiment. Je ne savais pas comment faire autrement. Si tu veux te faciliter la vie, mets leur un DVD. Et Charlie et Becky peuvent prendre leurs coloriages, ça les tient en général une heure ou deux. Caitlin ne posera pas de problème, elle sait se gérer toute seule.

— Ne te tracasse pas, dit-il, en la dévisageant. Tu as appelé le numéro que je t'ai transmis pour réserver ta traversée ?

— Pas encore. C'est ce que je vais faire en priorité.

— O.K., si tu veux, je vais passer un coup de fil à Tim. Je suis sûr que ça ne le dérangera pas de t'emmener là-bas et de te ramener ensuite. C'est le mari de Nicole, il me doit quelques services.

— Merci, ça m'arrangerait beaucoup, s'il est d'accord. Bon, je vais tout préparer.

Alors qu'elle faisait volte-face, il la retint par le bras. Immédiatement, son cœur s'emballa. Pourtant Tyler ne la prit pas dans ses bras, et n'essaya pas de l'embrasser. La déception l'envahit.

— Tu as pris tes comprimés contre le mal de mer ?

Elle prit une brusque inspiration.

— Non, je n'y avais pas pensé. Zut ! Ils n'auront pas le temps de faire effet, c'est ça ?

— Je vais te faire une piqûre. Tu vas être un peu somnolente la première heure, mais rien ne t'empêche de te reposer en attendant Tim. Il ne s'offusquera pas que tu dormes un peu sur le bateau. Je lui expliquerai.

— Comment se fait-il que tu aies ces médicaments-là sous la main ? Tu ne peux pas transporter tout ça dans ta sacoche médicale, si ?

— Je te rappelle que nous sommes sur une île, les gens sont amenés à prendre le bateau assez souvent. Les locaux et les touristes rencontrent régulièrement ce genre de problèmes, alors nous sommes prêts à y remédier, voilà. Assieds-toi confortablement, dit-il en désignant une chaise, je vais préparer le kit. Je m'occuperai des enfants, ainsi tu n'auras qu'à te reposer en attendant que l'injection fasse son effet.

Une demi-heure plus tard, Saskia était sur le bateau, somnolente et en route pour les Cornouailles. Pourvu que Tyler ne regrette pas d'avoir accepté de garder les petits... Pour un homme qui n'aspirait qu'au calme et à un environnement agréable et ordonné, il risquait d'être secoué.

— Appelez-moi quand vous souhaiterez rentrer, lui dit le batelier en la déposant sur le chemin de halage. Mon camarade, là, va vous accompagner pour le reste du trajet. J'espère que tout se passera bien pour votre frère.

— Merci, Tim.

Tandis que l'ami de Tim la conduisait à l'hôpital, Saskia ne put s'empêcher de s'émerveiller de la facilité avec laquelle se déroulaient les choses, quand Tyler les organisait.

Malheureusement, il n'en fut pas de même une fois à la clinique. A peine avait-elle eu le temps de saluer son frère, qu'une équipe de brancardiers arrivait pour l'emmener. Elle les regarda faire, sidérée. Que se passait-il ? Sam étant trop essoufflé pour parler, elle se contenta de lui serrer la main :

— Je vais t'attendre, lui dit-elle doucement. Je serai là quand ils te ramèneront.

— Il va en salle d'op pour une embolectomie artérielle, lui expliqua une infirmière. Il souffre énormément d'une douleur à la poitrine, qui s'est déclenchée brusquement. Ça l'empêche de respirer normalement, et à cause de cela, son cœur bat beaucoup trop vite. Nous avons dû envoyer chercher un médecin en urgence pour lui faire une angiographie pulmonaire. Qui a révélé la présence d'un caillot de sang dans un poumon.

— Oh non...

Elle se sentit vaciller. Les symptômes étaient effarants, surtout vu le temps que Sam avait déjà passé à l'hôpital. A force de rester allongé, son sang avait coagulé dans les artères des jambes, ce qui était fréquent dans ce genre de situation, mais dans le cas de Sam, le caillot s'était désolidarisé et avait remonté jusqu'au poumon, où il gênait la fluidité de la circulation. Tout cela était terrifiant, le patient pouvait collapser à tout instant, et même mourir.

Elle attrapa une chaise et s'y laissa tomber, soudain très faible. Si les docteurs avaient décidé de pratiquer une embolectomie artérielle, cela signifiait qu'ils le pensaient en réel danger. On allait lui passer un tube dans les veines pour atteindre le caillot, qui serait ensuite précautionneusement retiré, grâce à une série de procédures très précises.

— Vous désirez quelque chose ? proposa gentiment l'infirmière. Un thé peut-être ? Ça vous ferait du bien.

— Merci.

Saskia était trop inquiète pour se concentrer sur quoi que ce soit. La vie de son frère était en danger, et elle ne pouvait rien y faire. Pire encore, en tant que médecin, elle connaissait parfaitement les risques encourus.

Son téléphone portable vibra, et elle sortit dans le couloir pour répondre. La voix de Tyler, à l'autre bout du fil, lui procura un soulagement instantané.

— Comment va-t-il ?

— Mal. Ils viennent de l'emmener au bloc pour une embolectomie artérielle.

— Je suis navré, Saskia. Tu dois être terrorisée, mais dis-toi au moins qu'ils ont détecté le problème à temps. Et Sam bénéficie des meilleurs soins possible.

— Je sais. Il ne me reste qu'à attendre, en priant pour que tout se passe bien.

— L'hôpital possède tout le matériel nécessaire pour ce genre d'intervention, et d'excellents chirurgiens. Je t'assure qu'il est entre de bonnes mains.

Elle prit le temps d'absorber ses paroles et de les laisser l'apaiser un peu.

— Oui, dit-elle enfin. Et toi, comment ça se passe avec les enfants ? C'est étrangement calme derrière toi, on dirait.

— Oh ! Tu sais, les bâillons, ça peut servir dans les cas désespérés.

— Tyler !

Malgré sa peur, elle parvint à rire.

— Plus sérieusement, reprit-il, ils vont bien. On ne s'entend même pas mal, en fait. Je pense que nous survivrons jusqu'à ton retour.

Elle esquissa un sourire.

— Bien. Ça m'ôte au moins une épine du pied. Merci de ce que tu fais pour moi, Tyler.

— Je t'en prie.

Ils parlèrent encore quelques minutes, et à la fin de l'appel,

Saskia se sentait un peu requinquée. Tyler lui avait donné la force d'affronter l'état de son frère.

Un instant plus tard, le bruit d'un brancard la tira de ses pensées. Elle se leva immédiatement, et se dirigea vers la chambre de Sam. Il était toujours sous sédatif et quelque peu somnolent, mais il parvint à lui sourire.

— Salut Sass, murmura-t-il. Content que tu sois encore là. Ça fait peur, hein ?

— Tu m'étonnes, répondit-elle en lui prenant la main. Comment te sens-tu ?

— Fatigué... j'ai encore un peu mal... mais je suis beaucoup mieux.

— Génial ! Il faut que tu arrêtes de me faire des frayeurs, hein ! A partir de maintenant, je t'ordonne de recouvrer la santé. Tu ne vas pas passer ta vie à te la couler douce dans ce lit, on veut que tu rentres à la maison.

— Je vais faire de mon mieux, répondit-il en souriant.

Elle le prit dans ses bras, et resta à son chevet jusqu'à ce qu'il ferme les yeux et tombe dans un profond sommeil réparateur.

— Et maintenant, demanda-t-elle à l'infirmière, qu'est-ce qu'on fait ? Le médecin lui a prescrit des anticoagulants ?

— Oui, il va devoir en prendre pendant les trois prochains mois, expliqua l'infirmière avec un gentil sourire. Mais je suis sûre qu'il sera rentré chez lui d'ici là. Il devrait commencer à se remettre peu à peu, désormais.

Rassurée par ces bonnes nouvelles, Saskia fit une rapide visite à Megan, puis organisa son voyage de retour. Il lui tardait de retrouver Tyler et les enfants, même si elle ne parvenait pas à se débarrasser d'une certaine appréhension. Tyler aurait-il vraiment supporté le bazar et le bruit qu'engendraient forcément trois enfants ? Bon sang, pourquoi fallait-il qu'elle tombe amoureuse de quelqu'un d'aussi différent d'elle ?

Lorsque, enfin arrivée, elle sonna chez lui en fin d'après-midi, tout était calme. Bizarre. Elle entendit aboyer Boomer à l'intérieur, pourtant personne ne vint lui ouvrir. Elle resta plantée devant la porte fermée un moment, à se demander que faire. Enfin, des rires d'enfants lui parvinrent du jardin, et elle emprunta l'allée qui contournait la maison pour les rejoindre.

Ce qui l'attendait lui coupa le souffle. En jeans et T-shirt, Becky et Charlie étaient agenouillés dans la boue, à l'endroit où le jardin avait souffert de l'orage. Chaussés de bottes en caoutchouc et de gants de jardin, ils plantaient des fleurs sous la supervision de Tyler, lui aussi à genoux.

— Bon, et celle-là, où avait-on prévu de la mettre ? demanda-t-il. Ah oui, je sais. Là-bas, il reste de la place. Ça va être joli, au milieu des fleurs rouges, non ?

Becky observait attentivement l'étiquette.

— Primevères à floraison tardive, lut-elle. Elles sentent bon, pas vrai ?

Tyler huma les fleurs rouge vif.

— Oui, très bon, tu as raison.

Charlie recouvrit les racines de terre, et tapota le sol.

Saskia contemplait la scène, médusée. Ils riaient, s'amusaient visiblement comme des petits fous. Même Caitlin, assise à une table de jardin et munie d'un bloc et d'un stylo, prenait part au jeu.

— Alors, voici la prochaine : iris d'eau japonais. On la plante près du weigela, annonça-t-elle après avoir consulté ses notes.

— O.K., c'est parti, répondit Tyler en tendant la fleur à Becky.

Saskia secoua la tête, de plus en plus ahurie. Si on lui avait dit qu'elle découvrirait Tyler et les petits agenouillés dans la boue — Tyler, dans la boue ! — et concentrés sur leur travail de jardinage... Incroyable. S'arrachant à cette scène idyllique, elle approcha, et Tyler leva les yeux.

— Hé, tu es rentrée ! Super !

Il se mit debout et essuya ses mains terreuses sur son jean.

— Comment va Sam ? demanda-t-il en la regardant avec attention. Comment s'est passée l'opération ?

— Très bien, je pense qu'il va se rétablir.

— Fantastique ! Je te prendrais dans mes bras, si je n'étais pas aussi sale, ajouta-t-il en se dirigeant vers elle, un large sourire aux lèvres.

Elle le regarda de haut en bas, sidérée.

— Alors là, je n'en crois pas mes yeux, dit-elle. Tu es couvert de boue, les enfants sont crasseux… Comment est-ce que je vais ravoir leurs vêtements, moi, maintenant ?

— Aucun problème, je leur ai dit de mettre leurs plus vieux habits. Une fois que l'on aura fini, je les secouerai un bon coup, puis on fourrera le tout dans la machine à laver, et hop !

De plus en plus incroyable.

— Je ne m'attendais pas à vous trouver comme ça, dit-elle au bout d'un instant. Et je m'étonne que Boomer ne soit pas avec vous, à sauter sur tout le monde.

— Oh ! Il a bien essayé. Il était très intéressé par le creusage des trous, notamment, donc j'ai dû finir par l'enfermer dans la maison. Qu'est-ce que tu en penses ? demanda-t-il en désignant la zone de plantation.

— Je suis émerveillée… et stupéfaite. Ça ne te ressemble pas, toutes ces lignes courbes, ce retour à la nature. Aucun rapport avec le jardin bien ordonné que tu avais jusqu'ici. Tu as même sacrifié une grande partie de la pelouse pour les fleurettes.

— Eh bien, je me suis dit qu'elle était sans cesse inondée, de toute façon. Ça rendait les choses difficiles à entretenir. Caitlin m'a surpris en pleine réflexion, et m'a dit : « Pourquoi ne pas planter des fleurs qui aiment l'humidité ? » Malin, non ?

Saskia acquiesça en souriant.

— Du coup, reprit-il, j'ai emmené tout ce petit monde à la jardinerie, et on a choisi des plantes idoines. Et voilà ! On a presque fini.

— Dieu du ciel ! s'exclama-t-elle encore. Je ne m'en remets toujours pas.

Il esquissa un sourire.

— Bon, je vais aller prendre une douche rapide. Tu peux rester et veiller à ce qu'ils suivent le plan dessiné par Caitlin ? Je reviens dans deux minutes.

— Bien sûr, pas de problème.

Il s'éloigna à grands pas, et elle regarda autour d'elle, toujours sous le choc de ce qu'elle venait de voir. Tyler ne se comportait pas ainsi, en général. Il ne s'était jamais vraiment impliqué avec les enfants, et ce qu'il avait découvert d'eux ne lui avait manifestement pas plu. Elle découvrait donc un tout nouvel aspect de sa personnalité, un aspect qui la déroutait pour le moins.

Tyler revint, alors qu'elle aidait Caitlin, à qui Tyler avait assigné une tâche à accomplir assise, ce qui convenait à sa convalescence : elle devait identifier une jolie plante avec des fleurs roses et des feuilles pointues.

— Hesperantha, ou lys de rivière, lut Caitlin. Je ne la connais pas vraiment, celle-là.

— Je nous ai préparé le goûter, annonça Tyler.

Il était de nouveau impeccable, et dans son jean noir et son T-shirt légèrement ouvert sur le torse, il était superbe. Bien que différent de son allure habituelle. Ou de l'état dans lequel elle l'avait découvert un peu plus tôt. Quoique, même couvert de boue il restait toujours aussi sexy.

— Les enfants, vous voulez terminer et ensuite aller vous nettoyer ? suggéra-t-il. Vous pourrez laisser vos bottes dans la buanderie.

— Je veillerai à ce qu'ils rangent tout, dit Caitlin. De toute façon, on a presque fini.

— Super, merci. Vous avez fait du bon boulot, les enfants.

Ils allèrent ensemble dans la cuisine, et Saskia se planta près de la table pour l'observer, toujours aussi sidérée.

— Tu sais que tu m'étonnes vraiment, dit-elle, à renier ainsi tes principes, pour te mêler aux enfants, pauvres mortels ordinaires et crasseux. Je n'arrive pas à m'y faire.

— Ça ne te plaît pas ?

Elle lui sourit.

— Si, j'adore. Je me demande juste si ça peut durer. Enfin, c'est vrai, les gens ne changent pas, si ?

— Peut-être pas en général, dit-il en s'approchant pour l'envelopper de ses bras. Je suis content que ton frère et ta belle-sœur aillent mieux. Tu vas enfin pouvoir te détendre, et regarder vers l'avenir.

— En effet, et ça fait du bien.

C'était délicieux, d'être ainsi dans ses bras. Elle avait envie de poser la tête sur son torse, d'écouter les battements de son cœur. Se pouvait-il que les choses avancent dans le sens qu'elle espérait ? Pouvait-elle s'autoriser à croire en un avenir où Tyler serait là pour elle, quoi qu'il arrive ?

— J'ai réfléchi à ce que tu m'as dit, reprit-il. Depuis mon enfance, j'aspire à la stabilité et à la sécurité. Mais c'était une sorte de sentiment insaisissable. La seule solution que j'ai trouvée, pour contrôler les événements de ma vie, a été de tout structurer, de tout gérer avec ordre et méthode. C'était l'unique chose que j'avais l'impression de maîtriser.

De sa main, il lui caressait doucement le dos.

— Et puis, quand tu m'as conseillé de penser à ce qui était le plus important, je me suis rendu compte que je laissais filer la partie la plus vitale, la plus essentielle de ma vie : toi. Je t'éloignais.

Il posa la main sur sa joue, et dessina délicatement le contour de sa mâchoire.

— Je ne supporterais pas que tu me quittes, dit-il à voix basse. Je te veux par-dessus tout, Saskia. Je t'aime. Je ferais n'importe quoi pour toi.

A ses mots, Saskia sentit les larmes lui monter aux yeux.

— C'est tout ce que j'ai toujours voulu entendre, Tyler... Que tu m'aimes. Je suis tombée amoureuse de toi malgré mes craintes et mes doutes, mes peurs que tout s'écroule. A présent, je sais que tu es l'homme que j'aimerai à jamais. Vraiment.

Il poussa une sorte de grognement étouffé, et la serra plus fort contre lui, comme s'il ne voulait plus jamais la relâcher. Puis il l'embrassa passionnément, profondément, avec ferveur.

— Je peux changer, murmura-t-il contre ses lèvres. Pour toi, Saskia, je suis capable de tout. Et je suis même certain que ce sera facile.

— Tu n'as pas à faire quoi que ce soit, répondit-elle vivement. Je suis certaine que nous saurons trouver le bon chemin. Du moment que nous sommes ensemble, tout viendra naturellement.

— Oui, surtout si tu acceptes de te marier avec moi. Veux-tu bien m'épouser, Saskia ? Tu ferais de moi l'homme le plus heureux du monde.

— Oui, répondit-elle, tout sourire. Oui, je le veux !

Il la regarda, visiblement très ému.

— Tu as rendu ma vie complète, tu m'as apporté tant de chaleur et d'amour. Et tu m'as montré ce qu'il me manquait. Aussi longtemps que je t'aurai à mes côtés, je n'aurai besoin de rien d'autre. Jamais je ne t'abandonnerai.

— Je le sais. Je t'aime, Tyler. A compter de maintenant, nous serons ensemble, et notre vie va être belle. Si belle.

Elle leva la tête vers lui, et goûta avec délice son baiser, sachant que la prochaine étape serait encore meilleure. Car dans les bras de Tyler, elle savait qu'elle avait trouvé sa place. Et son bonheur.